Knaur.

Über die Autorin:

Sue Margolis wurde in Ilford, Essex, geboren. Wenn sie nicht gerade an einem neuen Roman schreibt, arbeitet sie als Produzentin und Ansagerin beim Radio. Sie ist verheiratet, hat drei Kinder und lebt in London.

Sue Margolis

Rausgeputzt

Roman

Aus dem Englischen
von Katharina Volk

Knaur Taschenbuch Verlag

Die englische Originalausgabe erschien 2001 unter dem Titel
»Launderama« bei Headline, London.

Dieser Titel erschien im Knaur Taschenbuch Verlag
bereits unter der Bandnummer 62294.

Besuchen Sie uns im Internet:
www.knaur.de

Vollständige Taschenbuch-Neuausgabe März 2005
Knaur Taschenbuch. Ein Unternehmen der
Droemerschen Verlagsanstalt
Th. Knaur Nachf. GmbH & Co. KG, München

Redaktion: Ilse Wagner
Umschlaggestaltung: ZERO Werbeagentur, München
Umschlagabbildung: Photocina
Satz: Ventura Publisher im Verlag
Druck und Bindung: Clausen & Bosse, Leck
Printed in Germany
ISBN 3-426-62888-0

2 4 5 3 1

Für meine Mum.
Danke, dass du mich bekommen hast.

1

Rachel Katz nahm das Mikro vom Ständer und schob das Kabel vor ihren Füßen weg.

»Na ja, also«, begann sie und räumte den Mikrofonständer beiseite, »was halten Sie von dieser neuen ›Pille danach‹ für Männer?«

Sie hatte sich bei dieser Eröffnung ein wenig erwartungsvolles Glucksen erhofft, war aber nicht allzu erschrocken, als es ausblieb.

»Die ›Pille danach‹ für Männer, o ja. Verändert die Blutgruppe.«

Schweigen. Okay, dachte sie. Kann vorkommen.

»Wissen Sie«, fuhr sie mit ihrer typischen, knochentrockenen Stimme fort, »jetzt bin ich vierunddreißig, und ich kapier's immer noch nicht. Männer – und diese Sache mit den Gefühlen. Ich meine, warum haben sie nur solche Angst davor, warum sind sie so abgestoßen von der geringsten Zurschaustellung von Gefühlen? Seien wir doch mal ehrlich, von allein würde sich kein Mann *Oprah* anschauen, außer es geht um Nymphomaninnen und ihre Lieblingsdiscos.«

Sie machte eine Pause. Wartete auf ihren Lacher. Wieder nichts. Allmählich wurde sie nervös, und sie fand es reichlich verwirrend. Sie hatte den *Oprah*-Gag in den letzten Wochen schon dutzendmal ausprobiert, und das Publikum hatte immer schallend gelacht.

Die Familie hyperaktiver Zirkusfrettchen, die während ihrer Auftritte normalerweise Rachels Magen bewohnte, schlug nun darin Räder und Purzelbäume.

»Tja«, sagte sie fröhlich und tat ihr Bestes, um die Frettchen zu ignorieren. »Der war wohl nur was für mich.« Sie lächelte ins Publikum, in der Hoffnung auf das eine oder andere ermunternde Kichern. Aber es kam nichts zurück.

»Ich meine«, fuhr sie fort, obwohl ihr ein wenig schlecht wurde, »die Sache mit den Gefühlen ist ja nicht das Einzige, was die Kerle nicht hinkriegen. Das ist nur die Spitze des Eisbergs. Ich meine, alle meine bisherigen Freunde haben die Dinge vergessen, die mir wirklich wichtig sind – meinen Geburtstag, den Jahrestag unserer ersten Begegnung … meine Klitoris.«

Sie legte wieder eine Pause ein. Immer noch nicht das leiseste Lachen. Das konnte doch nicht wahr sein.

Im verqualmten Halbdunkel suchte sie nach den Gesichtern des Publikums. An den Tischen im Anarchist Bathmat's Pub saß die übliche Mischung aus gepiercten oder spitzbärtigen Studenten, ein paar Yuppies und verstreute Mittvierziger, die der Welt unbedingt beweisen mussten, dass ihr Humor nach dem neuesten Fahrplan lief, und dabei leider nicht merkten, dass sie klamottenmäßig längst den Anschluss verpasst hatten.

»Ja … äh … okay«, kämpfte Rachel weiter. »Neulich Nacht liege ich also nach dem Sex mit meinem Freund im Bett, und da dachte ich mir, dass Gott einfach ein Mann sein muss. Ich meine, wenn Gott eine Frau wäre, dann hätte sie dafür gesorgt, dass Sperma nach Schokolade schmeckt.«

Eisiges Schweigen.

»Himmel, ich wünschte wirklich, ihr Leutchen wärt gestern hier gewesen«, sagte Rachel und schluckte schwer. »Da war ich nämlich in Birmingham.«

Plötzlich begann eine Frau in der ersten Reihe laut zu schniefen. Andere taten es ihr gleich. Dann hörte man jemanden weinen. Nun wurde aus Rachels Übelkeit, Panik und völliger Verwirrung baffes Staunen. Sie konnte das nicht begreifen. Wenn den Leuten ihre Nummer nicht gefiel, riefen sie normalerweise dazwischen, gingen an die Bar oder ignorierten sie einfach. Sie brachen nicht deprimiert zusammen. Sie war so erstaunt, dass ihr der nächste Teil ihrer Nummer nicht mehr einfiel. Sie musste improvisieren, und zwar flott.

»Schon komisch«, sagte sie mit nervösem Lachen. »Ich leide im Moment unter Gedächtnisschwund und Déjà-vu zugleich. Ich glaube, ich habe das hier schon einmal vergessen.«

Nun war von überall im Raum Weinen zu hören. Zum ersten Mal in ihrer Karriere und, so vermutete Rachel, zum ersten Mal in der Geschichte der Stand-up-Comedy war das gesamte Publikum über eine Nummer in Tränen ausgebrochen.

Im schummrigen Halbdunkel konnte sie Frauen erkennen, die den Kopf auf den Tisch gelegt hatten und unter lautem Schluchzen bebten. Männer bissen sich auf die Unterlippe und trösteten ihre Freundinnen. Ein paar Kerle lagen sich sogar in den Armen. Aus den Augenwinkeln bemerkte Rachel Lenny, den Showmaster, der hinter den Kulissen wild gestikulierte, sie solle abbrechen. Sie hatte keine andere Wahl, als die Bühne zu verlassen.

»Danke«, rief sie über das lärmende Heulen, Schniefen

und Naseputzen hinweg. »Ich bin Rachel Katz, und Sie waren ein ... Publikum. Gute Nacht.«

Rachel rannte zu Lenny hinüber. Er war ein kleiner Kerl aus Sheffield, Mitte dreißig, mit hellroter Verrückter-Professor-Frisur und einer Schottenkaro-Schlaghose in Pinktönen. Sie hatten schon Dutzende Male zusammen gearbeitet, und er und Rachel waren gute Freunde.

»Himmel«, japste sie. »Das nenn ich einen Durchhänger. Sylvester Stallones Schwanz bei einer Drag-Queen-Wahl ist ein Dreck dagegen. Würdest du mir bitte sagen, was da los war? Ich meine, ich bin schon mal mit einer Nummer gestorben, aber beweint hat mich noch keiner.«

»Ist schon gut, Rachel. Beruhig dich«, sagte Lenny lächelnd und rieb ihr sanft den Oberarm. »Das war nicht deine Schuld. Das Publikum konnte gar nicht anders.«

»Was soll das heißen, ›konnte gar nicht anders‹? Klar konnten die auch anders!«

»Nein, konnten sie nicht, ehrlich. Du warst mit deinem Freund an der Bar, als Mori Bund aufgetreten ist, dieser jüdische Gothic-Hypnotiseur. Er hat das gesamte Publikum in Trance versetzt – hat den Männern eingepflanzt, dass England soeben die Cricket-Ashes, die Fußball-WM und die Rugby-Weltmeisterschaft am selben Tag verloren hat. Die Frauen hat er glauben lassen, dass sie gerade die letzte Szene von *Casablanca* sehen. Als er abgetreten ist, war er sicher, dass er sie wieder aufgeweckt hatte. Erst als du auf der Bühne warst, hat er gemerkt, dass sie immer noch in Trance sind.«

Rachel drehte sich nach dem Publikum um. Das Weinen hatte aufgehört, alle saßen aufrecht da, mit geschlossenen Augen und auf die Brust gesunkenen Köpfen. Auf der Bühne stand ein schlaksiger, nervös wirkender Typ mit einem Gesicht wie Alice Cooper, einem schwarzen Zylinder, passendem Satin-Umhang, schwarz-weißer Ringelstrumpfhose und roten Doc Martens; er zählte laut rückwärts von zehn bis eins.

»Du bist so still«, sagte Rachel durch einen Mund voll Big Mac zu Adam. »Du hast mir noch nicht mal gesagt, wie du meinen Auftritt heute Abend fandest – na ja, den Teil, zu dem ich überhaupt gekommen bin. Ich weiß, wegen dieser Hypnose-Sache war es ein bisschen seltsam, aber von weinenden Gästen mal abgesehen, wie fandest du es?«

Adam nahm eine Hand vom Lenkrad und beugte sich hinüber, um von ihren Pommes frites zu stibitzen. Er sagte nichts. Er wirkte nachdenklich und nervös zugleich. Sie merkte, dass sich da etwas zusammenbraute.

»Komm schon, raus damit«, lockte sie ihn fröhlich. »Du findest, das war Mist, richtig?«

Er öffnete den Mund, doch sie schnitt ihm das Wort ab, bevor er überhaupt etwas herausbekam.

»Ich weiß, was dich stört«, sagte sie. »Du glaubst, ich würde auf dir herumhacken, weil ich die Männer immer so aufs Korn nehme. Komm schon, Adam, du weißt doch, dass meine Gags nie persönlich sind. Witze über Männer bringen Lacher, das ist alles.«

Sie streichelte seine Wange. »Du hast noch nie meinen Geburtstag vergessen«, schnurrte sie. »Und meine Klitoris auch nicht.«

Adam lächelte. »Ach was«, entgegnete er. »Ich würde deine männerfeindlichen Pointen doch nie persönlich nehmen. Aber du reitest schon ziemlich darauf rum. Warum probierst du nicht mal etwas anderes? Neulich habe ich einen tollen

Witz gehört. Moment, wie ging der noch? Gleich hab ich's ... Ach ja. Was tut ein Japaner, wenn er eine Latte hat?«

»Keine Ahnung«, entgegnete sie, die perfekte Imitation eines Varieté-Komödianten. »Was *tut* denn ein Japaner, wenn er eine Latte hat?«

»Er ruft den Kammerjäger.«

»Ah«, sagte sie mit schwachem Kichern.

»Na ja.« Adam zuckte die Schultern. »Mich hat er zum Lachen gebracht. Aber was weiß ich denn schon davon, ich bin ja nur Zahnarzt.«

»Ja. Du findest lockere Zahnprothesen lustig.« Sie schob sich mehr Pommes frites in den Mund.

»Das vielleicht nicht gerade, aber ich könnte dir ein paar Kollegen nennen, über deren Brücken ich mich schlapp lachen könnte.«

Einen Moment lang herrschte Schweigen.

»Ich weiß, was dich wirklich stört«, sagte sie schließlich. »Du findest immer noch, ich sollte die Comedy an den Nagel hängen, nicht?«

»Sieh mal«, antwortete er und brachte seinen brandneuen Audi vor einer roten Ampel zum Stehen, »vielleicht abgesehen von deiner Mutter, wäre niemand glücklicher als ich, wenn du das sein lassen und wieder als Journalistin arbeiten würdest. Verdammt noch mal, Rache, vor zwei Jahren warst du Redakteurin bei einer angesehenen Zeitschrift mit einem verdammt anständigen Gehalt. Du hattest ein Spesenkonto und einen Firmen-BMW. Dann schmeißt du einfach alles hin. Und wozu? Um einen Abend nach dem anderen in schäbigen, verrauchten Kneipen zu stehen und dir die Zwischenrufe von Besoffenen anzuhören.«

»Äh, entschuldige mal«, sagte sie. »Nur zu deiner Information, mir hat seit einer Ewigkeit niemand mehr dazwischengerufen. Adam, wir haben das doch schon tausend Mal durchgekaut. Du weiß, wie viel Spaß mir das macht. Du weißt, wie aufregend ich es finde, da oben zu stehen und ein Publikum zum Lachen zu bringen, mit Material, das *ich* geschrieben habe.«

»Ich kann mir gar nicht vorstellen, wie das ist, vor all diesen Leuten aufzutreten«, bemerkte Adam. »Ich hätte richtig Angst.«

»Ich *habe* ja auch Angst«, erklärte sie eifrig. »Aber irgendwie macht auch das Spaß. Sogar kurz bevor ich auf die Bühne gehe, strömt das Adrenalin, weil ich weiß, dass ich jetzt gleich dieses gewaltige Risiko eingehen muss. Das Publikum lacht vielleicht nicht – und davor habe ich Angst. Aber wenn sie dann lachen, gibt mir das dieses wundervolle Triumphgefühl. Es fühlt sich an, als hätte ich einen Berg bestiegen oder einen Marathonlauf geschafft. Als Journalistin hatte ich auch manchmal diese Befriedigung – du weißt schon, wenn man einen perversen Politiker auffliegen lässt oder so –, aber das war nie so ein Kick wie bei der Comedy. Nicht mal annähernd. Zum Schluss war ich nur noch gelangweilt.«

Als sie wieder in ihren Burger biss, rann ihr Mayonnaise über das Kinn. Sie wischte sie mit dem Handrücken ab. Dann merkte sie, dass sie die Mayo damit nur verlagert und nicht vernichtet hatte, und leckte sich die Hand ab.

Adam verzog das Gesicht und öffnete das Handschuhfach. Neben dem Karton Kosmetiktücher, die er immer im Wagen hatte, weil er oft an stressbedingtem Nasenbluten litt, lag eine Packung Feuchttücher. Er reichte sie ihr. Doch inzwischen hatte sie sich schon die Hand an der Hose abgewischt. Also legte sie die Packung auf den Boden neben ihre Füße.

»Es ist so«, fuhr sie fort, »ich muss der ganzen Sache erst mal eine richtige Chance geben. Ich kann nicht gleich aufgeben, nur weil mir ab und zu einer dazwischenruft. So lernen Comedians. So findet man auch heraus, was funktioniert und was nicht.« Sie hörte zu kauen auf und beobachtete, wie Adam ein säuberlich gefaltetes Staubtuch aus dem Fach in der Fahrertür holte, es entfaltete und um seinen Zeigefinger wickelte.

»Aber du verdienst kein Geld damit«, wandte er ein und rubbelte etwas nicht vorhandenen Schmutz vom Armaturenbrett.

»O doch«, erwiderte sie fröhlich. »Ich habe heute Abend hundertfünfzig Pfund verdient.«

»Ich meine richtiges Geld. Rache, du musst bei anderen Leuten putzen gehen, um über die Runden zu kommen. Und du hast ein Kind zu versorgen.«

»Hör schon auf, Ad«, sagte sie und boxte ihn spielerisch in den Oberarm. »Ich komme zurecht. Und du weißt, ich würde nie zulassen, dass Sam zu kurz kommt. Außerdem dauert es nicht mehr lange, dann bin ich berühmt. Möchtest du die restlichen Pommes frites?«

Er schüttelte den Kopf.

Sie knüllte die Burger-Verpackung zusammen und stopfte sie in die halb volle Pommes-Schachtel. »Außerdem habe ich vorgesorgt. Ich habe genug Geld für den Rest meines Lebens … vorausgesetzt, ich sterbe noch vor Montag.«

Adam wandte sich ihr zu und musste wider Willen lächeln.

»Sieh mal«, fuhr sie fort, »bitte versuch doch, mich zu verstehen. Ich tue genau das, was ich wirklich will, und das bedeutet mir so viel mehr als haufenweise Geld auf dem Konto.«

Statt einer Antwort nahm Adam den McDonald's-Müll von ihrem Schoß, drehte sich um und deponierte ihn ordentlich in dem kleinen Müllbeutel, der hinten am Beifahrersitz hing.

»Zahnseide?«, fragte er gleich darauf, nahm die Hand aus der Jackentasche und bot ihr den kleinen weißen Behälter an.

Rachel war an Adams Zahnseiden-Tick gewöhnt. Wie oft sie ihn auch darum bat, es zu lassen, er bot nach jedem Abendessen allen seine Zahnseide an. Sie schüttelte den Kopf.

»Na gut, aber ich sage dir, Rache, du ignorierst deine Mundhygiene nur zu deinem eigenen Schaden. Jammere mir ja nichts vor, wenn deine Zähne irgendwann ganz gelb werden.«

»Bestimmt nicht«, kicherte sie. »Dann trage ich eben Braun, da fällt's nicht so auf.«

Die Ampel sprang um, und Adam fuhr an.

»Also«, schnurrte sie, rückte näher und fuhr mit dem Zeigefinger über die kleine kahle Stelle an seinem Hinterkopf, »da wir gerade vom Zurechtkommen sprachen, wann kommen wir denn wieder mal zusammen? Es ist schon ewig her, seit du mal zu mir ›Weit aufmachen‹ gesagt hast.«

»Tut mir Leid«, antwortete er. »Ich habe im Moment so furchtbar viel zu tun. Die Verwaltung hält mich wirklich auf Trab.«

»Ja, ich weiß«, sagte sie mitfühlend. Sie rieb liebevoll seinen Arm und spürte, wie weich sein teures Jackett aus marineblauem Wollstoff war. Darunter trug er ein makellos gebügeltes Baumwollhemd. Sie blickte an ihrer Combat-Hose auf die abgewetzten Nike-Treter hinunter. Wie jemand, der angeblich so witzig und »alternativ« war wie sie, jemand, der ständig aussah, als hätte sie sich irgendetwas übergeworfen und dabei schlecht gezielt, wie diese Person es geschafft hatte, sich in einen jüdischen Zahnarzt mit einem Hang zu Zahnseide und Schuhspannern zu verlieben, konnte sie auch nicht erklären – da war nur ihr fester Glaube daran, dass Gegensätze sich tatsächlich anziehen.

»Ich will dich damit doch nicht unter Druck setzen«, sagte sie, »ehrlich. Aber ich finde es scheußlich, dass du in Manchester bist. Ich sehe dich immer nur am Wochenende, und dann auch nicht immer, weil du so viel zu tun hast. Und wenn du einen Monat nach Südafrika verschwindest, sehe ich dich gar nicht.«

Adam sollte nächste Woche nach Durban fliegen, um in der Zahnarztpraxis seines Onkels Stan zu arbeiten. Adams Vater war an einem Herzanfall gestorben, als Adam zwölf war, und er hatte keine Lebensversicherung und kaum Kapital hinterlassen. Als Stan, der Bruder von Adams Vater, davon erfuhr, übernahm er Adams Schulgebühren und brachte ihn auch durchs Studium. Trotz der großen Entfernung hatten sie sich immer sehr nahe gestanden, und Adam hatte das Gefühl, Stan sehr viel zu verdanken. Als Stan also anrief und erklärte, er müsse ins Krankenhaus, um sich ein künstliches Hüftgelenk einpflanzen zu lassen, und fragte, ob Adam eventuell für ein paar Wochen die Praxis übernehmen könne, hatte Adam ihm das nicht ausschlagen können.

»Wir telefonieren jeden Tag. Glaub mir, Rachel, ich habe zu tun, du hast zu tun. Vier Wochen sind in null Komma nichts vorbei.«

»Ja, kann sein. Aber ich verstehe nicht, warum du überhaupt nach Manchester gehen musstest.«

»Komm schon, das weißt du doch genau. Ich bin gegangen, weil ich im Gegensatz zu dir eine gute Gelegenheit erkenne, wenn ich sie sehe.«

Vor einem Jahr hatte Adams bester Freund aus Studientagen ihm die Partnerschaft in seinem Institut für Dentalkosmetik mit Sitz in Alderley Ridge und einem Jahresumsatz von einer Million Pfund angeboten, und Adam hatte sofort zugegriffen.

Sie brummelte. »Ich weiß. Aber ich vermisse dich eben. Hör mal, fahr doch heute Nacht nicht zurück. Bitte bleib. Es ist schon nach elf. Morgen ist Samstag. Was soll da schon so eilig sein?«

»Die Umsatzsteuererklärung, ein Riesenberg, das ist eilig. Ich schiebe das schon seit Wochen vor mir her. Ich würde wirklich gern bleiben, Rachel, das weißt du, aber ich muss dringend zurück. Außerdem sind deine Eltern bei dir. Ich kann's nicht, wenn die beiden keine zwei Meter weiter auf dem Schlafsofa liegen.«

Rachels Babysitter hatte sie heute im Stich gelassen, und ihre Eltern hatten sich erboten, auf ihren zehnjährigen Sohn Sam aufzupassen. Ihr Vater ermüdete in letzter Zeit sehr schnell und fuhr nicht gern mitten in der Nacht von Crouch End bis heim nach Chingford, also übernachteten sie immer bei Rachel, wenn sie zum Babysitten kamen.

»Außerdem bin ich fest davon überzeugt, dass deine Mutter wach bleibt, damit sie uns dabei belauschen kann.«

»Sei doch nicht albern. Warum sollte sie lauschen?«

»Rachel, dein Vater ist über siebzig. Er trägt Hosen mit Gummibund und Schuhe mit Klettverschluss. Seine Vorstellung von einem aufregenden Abend ist ein extra Rennie nach dem Abendessen. Wenn du mit solch einem Mann zusammenleben würdest, würdest du da *nicht* lauschen?«

»Vielleicht«, sagte sie. Einen flüchtigen Augenblick lang sah sie Adam als Siebzigjährigen vor sich, der sein Kleingeld über Nacht in Sagrotan einweichte und den Abfall wusch, bevor er ihn zur Mülltonne brachte.

Sie streckte die Hand aus und drückte die Innenseite seines Oberschenkels. Er lächelte sie an. Einen Moment später fuhr sie mit den Fingern seinen Penis entlang.

»Das ist schön«, sagte er leise.

Sie spürte seinen Penis steif werden.

»Ich liebe dich, weiß du?«, sagte er und strich ihr über den Kopf.

»Ja, ich dich auch. Und Adam – danke, dass du heute extra hergefahren bist, um meinen Auftritt zu sehen. Das war wirklich lieb von dir.«

»Es war mir ein Vergnügen. Rachel, ich weiß, dass ich dir manchmal ein bisschen auf die Nerven gehe, aber das liegt nur daran, dass ich mir Sorgen um dich mache. Ich finde es schrecklich, dass du so knapp bei Kasse bist. Warum darf ich dir nicht wenigstens ein bisschen Geld geben?«

»Ich hab's dir doch schon mal gesagt. Weil ich es mit der Comedy ganz allein nach oben schaffen will. Ich weigere mich, mich aushalten zu lassen und in einer Fantasiewelt zu leben.«

Er zuckte die Schultern. »Na schön. Aber wenn wir verheiratet sind … da fällt mir ein – wir sollten uns wirklich mal zusammensetzen und uns auf einen Termin einigen.«

»Machen wir. Bald – versprochen.«

»Das sagst du seit Monaten.«

»Ich weiß. Ich war nur so beschäftigt mit meiner Comedy, dass ich noch keinen Moment lang darüber nachdenken konnte. Wir reden darüber, wenn du aus Südafrika zurückkommst, ja?«

Er wandte sich ihr zu und sah sie an. »Rache, du liebst mich doch, oder nicht?«

»Natürlich liebe ich dich«, sagte sie, beugte sich vor und küsste ihn aufs Ohr.

»Dann vergeuden wir nur Zeit, wenn wir nicht gleich einen Termin festlegen. Und es ist für uns beide nur sinnvoll und vernünftig, wenn wir heiraten. Wir werden beide nicht jünger …«

»Du meine Güte, meinst du etwa, ich sollte allmählich aufhören, Vorratspackungen Nutella zu kaufen?«

»Seeehr komisch. Rachel, du weißt doch genau, was ich meine. Sieh mal, ich bin fast sechsunddreißig und will ein geregeltes Leben haben. Ich finde, es wird Zeit. Ich will etwas Dauerhaftes. Ich will, dass wir ein paar Kinder bekommen, ein nettes Haus in der Nähe der Praxis …«

»… die Mitgliedschaft im Begräbniskreis der Synagoge.«

Adam wurde allmählich gereizt. »Ich versuche, mich ernsthaft mit dir zu unterhalten. Warum hörst du mir nicht zu?«

»Ich höre dir zu«, sagte sie mit aufreizendem Lächeln, »aber erst später. Erst will ich noch etwas anderes machen.« Damit zog sie an seinem Reißverschluss.

»Gütiger Gott, Rache«, keuchte er. »Was, wenn uns jemand sieht?«

»Psst«, flüsterte sie und senkte den Kopf auf seinen Schoß. Einen Augenblick später glitt ihre Zunge über seine Penisspitze.

Adam wimmerte leise und sank ein wenig tiefer in den Sitz. Beinahe augenblicklich spürte sie, wie er panisch die Pobacken zusammenkniff.

»Aber was, wenn ich mich so gehen lasse, dass ich einen Unfall baue, und du dabei vielleicht noch mein bestes Stück abbeißt? O Gott, das fühlt sich unglaublich schön an … Rache, nur falls das hier schief geht und ich blute, erinnere dich um Gottes Willen daran, den Sanitätern zu sagen, dass ich sehr dünnflüssiges Blut habe. Du weißt doch, wie schwer mein Nasenbluten abzustellen ist, weil meine Blutgerinnung … verdammt, bist du gut. Ich brauche Blutplasma, klar? Und vielleicht auch noch Blutplättchen. Kannst du dir das merken? Frisches, gefrorenes Plasma.«

Doch Rachel hörte nicht zu. Sie nahm seinen Penis ganz in den Mund – in dem Augenblick, als der Audi in den Rotherhithe-Tunnel einfuhr.

2

Nein, Coral, jetzt hör doch mal zu. *Hör zu.* Ich weiß, im Augenblick kommt es dir unerträglich vor, aber du musst dich jetzt beruhigen und mir glauben, dass das nur ein vorübergehender Rückschlag ist. Du bist als Persönlichkeit wunderschön und wertvoll … Natürlich meine ich das ehrlich. Coral, ich bin's, Faye, deine beste Freundin. Würde ich dich je belügen?«

Rachel ließ ihre Umhängetasche neben dem Kleiderständer auf den Boden fallen und schüttelte den Kopf. Nicht nur, dass ihre Mutter nach Mitternacht noch auf war, sie quatschte auch noch am Telefon. Eines Tages würden ihre Stimmbänder einfach schlappmachen. Rachel ging auf die Küche und Fayes Stimme zu.

Sie öffnete die Tür. Ihre Mutter, das Handy zwischen Schulter und Kinn geklemmt, kniete in ihrem lila Chenille-Morgenmantel und einem Paar brandneuer Gummihandschuhe auf der Arbeitsfläche. Neben ihr stand ein Plastikeimer. Obwohl sie ihr den Rücken zuwandte, konnte Rachel genau erkennen, dass ihre Mutter die Lamellen-Jalousie über dem Spülbecken putzte. Etwa einen Meter weiter stand Rachels Vater Jack, ebenfalls im Morgenmantel, und rührte Kakaopulver in zwei Becher mit dampfend heißer Milch.

»Papa«, sagte sie, ohne ihre Mutter aus den Augen zu lassen, »kannst du mir bitte erklären, warum sie mitten in der Nacht hier herumturnt?«

Jack antwortete nur mit einem Du-kennst-doch-deine-Mutter-Achselzucken.

»Und wie ist es heute Abend gelaufen?«, fragte er und küsste Rachel auf die Stirn.

»Nicht schlecht«, erwiderte sie, nahm sich einen Keks aus der Keksdose und biss hinein. »Wie war's mit Sam?«

»Lammfromm, so ein braver Junge.« Jack lächelte. »Keinen Piep, seit er ins Bett gegangen ist. Auch einen Kakao?«

Rachel schüttelte den Kopf.

In diesem Moment hielt ihr Vater mitten in der Bewegung inne und griff sich mit verzerrtem Gesicht an die Brust.

Bevor Rachel noch auf das verzerrte Gesicht und den Griff zur Brust reagieren konnte, stieß Jack einen enormen Rülpser aus. Als Faye das hörte, fuhr sie herum. Sie legte die Hand über die Sprechmuschel, nahm das Telefon vom Ohr und wies mit einem Kopfnicken auf ihren Mann.

»Er hat heute Abend Weizen gegessen«, erklärte sie Rachel. »Jetzt muss er dafür büßen. Coral? Ich muss jetzt Schluss machen, Rachel ist gerade gekommen. Wir sprechen uns morgen früh. Lass den Kopf nicht hängen, und versuch ein bisschen zu schlafen. Tschüs. Grüß Ivan.«

»Seit drei Stunden hängt deine Mutter schon an diesem Handy«, sagte Jack, als Faye auf die Aus-Taste drückte und herumrutschte, bis sie auf der Arbeitsfläche saß. »Ich sage dir, ihr Kopf ist von diesen ganzen Mikrowellen so erhitzt, dass ich ihn als Wärmflasche benutzen könnte.«

Faye schnaubte. »Jack«, sagte sie brüsk, »halt den Mund und hilf mir hier runter.«

Er tapste hinüber zum Spülbecken, nahm ihr die Putzmittelflasche ab und streckte die Hand aus.

»Das war Coral«, erklärte sie Rachel, als sie glücklich gelandet war. »Die Ärmste, ihre Maniküre hat einen Blick auf den Zustand ihrer Nagelhaut geworfen und ihr gesagt, sie könne nichts mehr für sie tun. Und, wie war's heute Abend? Hat dich das Fernsehen schon entdeckt? Warte … lass mich raten. Ich glaube, ich kenne die Antwort. Rachel, ich bitte dich. Lass endlich diesen Comedy-Unsinn sein. Ich weiß ja, dass du komisch bist, dein Vater weiß, dass du komisch bist, also warum bringst du nicht einfach uns zum Lachen und suchst dir wieder eine ordentliche Stelle? Das Showgeschäft ist hart. Nur wenige schaffen es bis ganz nach oben, und ich mache mir Sorgen, weil du kein Geld hast.«

»Mama«, sagte Rachel, ging zu ihrer Mutter hinüber und legte einen Arm um ihre Schultern. »Hör auf, dir Sorgen zu machen. Ich gebe ja zu, dass es manchmal ziemlich knapp wird, aber es geht mir gut. Ehrlich.« Sie drückte Faye noch einen Kuss auf die Wange.

Ihre Mutter zuckte die Schultern und wandte sich auf der Suche nach moralischer Unterstützung an Jack, doch der war mit den Kakao-Bechern in den Händen und einem halben Dutzend Kekse in der Tasche seines Bademantels ins Wohnzimmer verschwunden.

»Und wo ist Adam?«, fragte Faye und wischte sich die Stirn. »Wollte er nicht heute hier übernachten?«

»Er fährt gleich wieder zurück nach Manchester«, erklärte Rachel und schluckten den Rest Keks hinunter.

»Aber da ist er doch nicht vor drei Uhr früh zu Hause!«

»Er muss morgen die Umsatzsteuer-Erklärung machen.«

»Und ich habe extra stundenlang geputzt. Ich weiß doch, was für hohe Ansprüche er hat.«

Rachel blickte sich um. Der Stapel schmutziges Geschirr, den sie in der Spüle stehen gelassen hatte, war abgewaschen, der zuvor noch überquellende Mülleimer leer, sämtliche Oberflächen waren sauber, und das Küchentuch unter dem Abtropfgestell, das dort bestimmt schon seit zwei Monaten lag, war durch ein frisches ersetzt worden.

Einerseits regte es Rachel furchtbar auf, dass Faye jedes Mal, wenn sie die Wohnung betrat, als Erstes in den Kühlschrank hineinschnüffelte, das Gesicht verzog und die Putzhandschuhe aus ihrer Handtasche holte. Andererseits hatte Rachel neuerdings nie viel Zeit für die Hausarbeit, also war sie ihrer Mutter wirklich dankbar dafür. Sie kam zu dem Schluss, dass es zu nichts führen würde, wenn sie Faye sagte, wie sehr ihre Putzerei sie ärgerte. Ihre Mutter würde sich nur darüber aufregen.

»Ach, Mama, es tut mir Leid«, sagte sie aufrichtig. »Ehrlich. Du hast so schwer geschuftet, und –« Rachel brach mitten im Satz ab. »Mama«, sagte sie betont beiläufig und beäugte Fayes mit Gummi umhüllte Hand, von der ein kleines weißes Bändchen herabhing. »Es kann ja sein, dass ich mich täusche, aber anscheinend hältst du einen mit Wasser voll gesogenen Tampon in der Hand.«

»Ja, ich weiß«, erwiderte ihre Mutter begeistert. »Da bin ich selbst drauf gekommen. Die benutze ich immer für Lamellen. Man nimmt einfach einen Tampon, feuchtet ihn an und fährt damit über die Lamellen. Funktioniert wirklich großartig.«

Faye blickte sich in der Küche um, lächelte befriedigt und zog sich die Gummihandschuhe aus. Beinahe sofort zog sie sie wieder an. Sie hatte eine nicht zu unterschätzende Menge grünen Glibber an der Dosierspitze von Rachels Spülmittelflasche entdeckt. Nachdem sie die zu ihrer Befriedigung gereinigt und die Handschuhe von neuem ausgezogen und ordentlich zum Trocknen umgestülpt hatte, schlug sie vor, sich zu Jack ins Wohnzimmer zu setzen. Als sie hereinkamen, saß er auf dem Bettsofa und las ein Buch über die Kontinentalverschiebung.

»Ich sag's euch«, erklärte Jack und blickte sie über Fayes Lesebrille hinweg an, die filigrane Bügel hatte und die er sich ständig auslieh, weil er seine eigene nicht finden konnte, »hier steht's, ganz Europa ist in Bewegung. Der gesamte Kontinent. Glaubt mir, es wird nicht mehr lange dauern, dann liegt Chingford in der Karibik.«

»Und was willst du uns damit sagen?«, fragte Faye, nahm ihren Kakao vom Couchtisch und ließ sich am anderen Ende des Schlafsofas nieder. »Dass ich mir dieses Jahr die Mühe sparen kann, mir einen Wintermantel zu kaufen?«

Die beiden Frauen brachen in Lachen aus.

Als Antwort war von Jack nur ein unfreiwilliges Rülpsen zu hören, dann schob er Fayes Lesebrille wieder vor die Augen und vertiefte sich in sein Buch.

Rachel setzte sich auf die Bettkante zu ihrer Mutter. Da bemerkte sie den großen, in Kunstleder gebundenen Katalog für Hochzeitseinladungen, der neben dem Bett auf dem Boden lag.

»Mama«, sagte sie und bemühte sich, einen gelassenen Tonfall anzuschlagen, »was ist das?« Sie nahm den Katalog und schlug ihn auf.

»Das siehst du doch«, entgegnete Faye ruhig. »Der Mann von der Druckerei hat gesagt, ich dürfte ihn bis morgen behalten. Ich dachte, vielleicht schauen wir ihn uns morgen mal zusammen an.«

»Ich weiß nicht«, sagte Rachel und schüttelte halb lachend den Kopf. »Was soll ich nur mit dir machen?«

»Adam wird nicht ewig auf dich warten. Bitte, Liebes, warum setzt ihr nicht ein Datum fest?« Damit stürzte Faye sich in ihre übliche zehnminütige Predigt darüber, was für ein wunderbarer junger Mann Adam doch sei, wie sehr er Rachel liebe und dass vierunddreißigjährige geschiedene Mütter nicht jede Woche einen Heiratsantrag bekämen.

»Und noch dazu steht er finanziell sehr gut da. Dir und Sam würde es an nichts mangeln. An gar nichts.«

»Ich weiß«, erwiderte Rachel sanft, »aber ich war einfach so damit beschäftigt, meine Karriere in Gang zu bringen, dass ich keine Zeit hatte, über Hochzeiten nachzudenken.«

»Aber du hattest dir doch schon eine Karriere aufgebaut. Eine großartige Karriere. Du hast gut verdient.«

»Ach, Mama, das Geld ist nicht so wichtig …«

»Rachel, Schätzchen, *natürlich* ist Geld wichtig. Sieh dir nur diese winzige, schäbige Wohnung an. Wie kannst du da behaupten, das Geld sei nicht wichtig? Ich meine, allein schon dieses Zimmer. Nackter Dielenboden. Du kannst dir ja nicht mal einen Teppichboden leisten.«

»Wie oft denn noch? Die sind nicht nackt, die sind abgezogen. Das ist heutzutage schick und kein Armutszeugnis.«

Faye zuckte die Schultern. »Wenn du meinst. Warum dürfen wir dir nicht wenigstens das Geld geben, damit du dieses Ungetüm da entfernen lassen kannst?« Sie nickte hinüber zu dem offenen viktorianischen Kamin.

»Mama«, keuchte Rachel, »wie kannst du einen Kamin mit weißem Marmorsims als Ungetüm bezeichnen? Er ist exquisit. Du weißt ganz genau, dass dieser Kamin einer der Gründe war, warum ich diese Wohnung gekauft habe.«

»Aber er ist so altmodisch. Er erinnert mich an das Haus

meiner Großmutter in East Ham. Rachel, du hast doch Zentralheizung. Du *brauchst* keinen Kamin. Aber daran ist natürlich nur dein Vater schuld.« Sie wandte sich an Jack, der mit seinem Buch auf der Brust eingenickt war. »Als du damals gesagt hast, dass du Literatur studieren willst, und nicht etwas Nützliches wie Vermögensverwaltung oder so, da hätte er wirklich energisch werden sollen.«

Rachel war zu müde, um einen Streit anzufangen. Sie stand auf.

»Lassen wir es gut sein«, sagte sie gähnend. »Außerdem haben Adam und ich uns geeinigt, über ein Hochzeitsdatum zu sprechen, wenn er aus Südafrika zurückkommt.«

»Habt ihr das?«, rief Faye strahlend. »Wunderbar. Lass mal sehen, jetzt haben wir November. Eine Hochzeit im Frühling wäre doch nett … Aber da kann man sich ja nie auf das Wetter verlassen. Juli wäre vielleicht besser. Da fahren dann aber schon viele in Urlaub …«

»Ja, gut, wie du meinst. Ich werde es mir überlegen. Jetzt muss ich aber wirklich ins Bett. Reden wir morgen darüber.«

Faye nickte. »Weißt du«, sagte sie und nahm die Hand ihrer Tochter, »dein Vater und ich sind seit fast vierzig Jahren verheiratet. Ich weiß, wir hatten gute und schlechte Zeiten, aber ich glaube ganz ehrlich, dass die Ehe etwas Wunderbares ist.«

»Mama«, entgegnete Rachel kichernd, »du findest auch Chingford wunderbar.«

In diesem Augenblick erschien Sam in der Tür, angetan mit seinem alten *Toy-Story*-Schlafanzug, der ihm zwei Nummern zu klein war. Sein dunkles Haar sah aus, als habe eine Mäusefamilie sich darin häuslich eingerichtet, und sein Gesicht war auf einer Seite ganz rot und zerdrückt.

»Hallo, Spätzchen«, sagte Faye, »ich dachte, du schläfst tief und fest.«

Rachel war aufgestanden und ging zu ihm hinüber. »Alles in Ordnung, mein Schatz?«

»Ja. Ich hab nur Durst.« Er hielt ihr ein Glas Wasser hin, das er sich offensichtlich eben aus der Küche geholt hatte.

»Na komm. Ich bring dich wieder ins Bett.«

»Gute Nacht, Schätzchen«, sagte Faye.

Rachel nahm das Glas, und sie gingen zusammen den Flur entlang, zurück in Sams Zimmer.

»Mami«, sagte Sam, als sie ihn zudeckte, »was ist Mause-Schokolade?«

Rachel lächelte und setzte sich aufs Bett. »Ich glaube, du meinst Mousse au chocolat. Das ist ein französischer Nachtisch mit Sahne und Schokolade.«

Er nickte langsam. »Ach so. Dann sind da also keine Mäuse drin?«

Rachel lachte. »Nein. Ganz sicher nicht. Wo hast du denn von Mousse au chocolat gehört?«

»Ich hab nur gehört, wie Oma das zu Opa gesagt hat. Sie haben sich über Hochzeiten oder so unterhalten.«

Rachel runzelte misstrauisch die Stirn.

»Aber das ist eine lustige Idee«, sagte sie dann, »Tier-Nachtisch. Wir könnten ja mal – hm, zum Beispiel … Affenstrudel essen.«

Sam begann zu kichern.

»Und Eisbärkuchen«, fuhr sie fort. »Schokoladen-Pinguin. Oh, und wie wär's mit Crème Kamel?«

Inzwischen lachte Sam sich kaputt.

»Du bist so lustig, Mami.«

»Bin ich das?«, fragte sie leise und strahlte vor Freude.

Er nickte.

Sie beugte sich vor und küsste ihn auf die Wange. »Schlaf schön«, sagte sie und knipste die Nachttischlampe aus.

»Nacht … Mami?«

»Was denn?«, fragte sie.

»Wie findest du Pfefferminz-Kätzchen?«

Rachel lag im Bett, die Hände hinter dem Kopf verschränkt, und starrte an die Decke. Ihre Mutter hatte Recht: Adam war eine gute Partie. Er war erfolgreich, wohlhabend, gut aussehend. Und er mochte Sam sehr. Wann immer Adam bei ihnen zu Besuch war, brachte er ihm etwas mit. Letztes Mal hatte er ihm seltene *Pokémon*-Karten geschenkt, die er für fünfzig Pfund per Internet bestellt hatte. Und er hatte Recht, wenn er sagte, dass sie beide nun in einem Alter waren, in dem sie sich allmählich häuslich niederlassen sollten. Rachel hatte zwar keinesfalls die Absicht, die Comedy aufzugeben, aber sie zweifelte nicht daran, dass sie sich ziemlich bald noch ein Baby wünschen würde oder sogar zwei.

Was war denn so schlimm daran, sagte sie sich, dass Adam die Laken zurechtzupfte, wenn sie nachts einmal pinkeln ging? Er war nur etwas steif, weiter nichts. Er hatte überhaupt keinen Sinn für Comedy und fand alberne Pennälerwitze über Japaner und ihr fehlendes R komischer als ihre Nummern – na und? Er konnte sich ja ändern – sie konnte ihn ändern. Sie würde langsam, aber stetig an ihm arbeiten. Das Wichtigste war doch, dass er sie auf seine eigene, zutiefst konventionelle, tadellos reinliche Weise liebte und sie ihn. Sogar noch wichtiger: Seine konservative, übervorsichtige Art war die beste Ergänzung zu ihrem leicht verrückten Idealismus. Er sorgte dafür, dass sie die Bodenhaftung nicht verlor – und das war genau das, was sie brauchte.

Natürlich war dies nicht die aufregende, alles auf den Kopf stellende Leidenschaft, die sie mit Joe, ihrem Exmann und Sams Vater, geteilt hatte. Dies war eine gesetztere, erwachsenere Art von Liebe, die auf gegenseitigem Verständnis, auf Fürsorge und Respekt beruhte.

Eine der ersten Eigenschaften, die Rachel an Adam aufgefallen war, war seine Güte. Sie hatten sich vor zwei Jahren in einer Zahnklinik kennen gelernt, als sie gerade erst als Komikerin angefangen hatte. Sie hatte sich zwei widerspenstige, gelegentlich schmerzende Weisheitszähne entfernen lassen. Abgesehen von den Zähnen tat ihr damals auch das Herz weh.

Rachel hatte eine besonders magere Zeit hinter sich, was ihr Liebesleben betraf. Es hatte zu nichts weiter gereicht als ein paar unerquicklichen Blind Dates mit überheblichen Idioten. Der einzige Vorteil war, dass jeder von denen sie mit hervorragendem Material für ihre Shows versorgt hatte – vor allem der amerikanische Steuerberater vom Abend zuvor, der während ihres gesamten dreistündigen gemeinsamen Abendessens nur von sich selbst gesprochen hatte.

Es half auch nicht gerade, dass Rachel sich verhört hatte, als er ihr seinen Beruf nannte, und deshalb während der ersten halben Stunde glaubte, er sei Tierpräparator. Als er mit seinem Egotrip-Gefasel ihre Geduld arg zu strapazieren begann, sagte sie: »Sie können *mich* ruhig auch etwas fragen. Das macht mir wirklich nichts aus.«

»Okay«, sagte er und lehnte sich auf dem Stuhl zurück. »Was halten Sie von mir? Ich glaub nämlich, ich bin genau Ihr Typ, wie?«

»Nein, Kumpel«, hatte sie erwidert. »Ich steh nicht auf aufblasbar.« Damit war sie aufgestanden und gegangen.

Sie war eben erst aus der Narkose erwacht, als ihre Mutter mit einem leeren Rollstuhl hereinplatzte.

»Rachel, hier gibt es einen umwerfenden jüdischen Arzt«, rief sie aus, etwa so atemlos wie ein Teenager, der auf einmal vor Brad Pitt steht. »Ich habe ihn gerade draußen auf dem Gang gesehen. Du meine Güte, ein Traum. Du musst ihn kennen lernen.«

»Mama«, sagte Rachel undeutlich durch die Wattebäusche in ihren Backen, »hier gibt es nur Zahnärzte, keine anderen Ärzte.«

»Na schön, dann eben ein Zahnarzt. Jüdischer Arzt, Zahnarzt – wo ist da der Unterschied? Jetzt komm schon.«

»Wie meinst du das, komm schon?«

»Ich meine, steh endlich auf und setz dich in den Rollstuhl. Ich fahre dich da raus und stelle dich ihm vor.«

Wäre ihr Verstand nicht noch von den Resten der Narkose so vernebelt gewesen, hätte dieser Vorschlag sie entsetzt, doch so sagte sie nur: »Aber Mama – was willst du denn zu ihm sagen?«

»Mir fällt schon was ein«, erwiderte Faye, zerrte ihre Tochter aus dem Bett und bugsierte sie in den Rollstuhl. Selbst in ihrem benebelten Zustand konnte Rachel sich nur wundern, wie eine sechzigjährige Frau von so elfengleicher Statur so viel Kraft in den Armen haben konnte wie ein Bauarbeiter.

Rachel sah sich selbst im Spiegel über der Kommode. Ihre Wangen waren so voll gestopft mit Wattebäuschen, dass sie aussah wie ein Hamster, der sich gegen eine drohende Hungersnot wappnete.

»Vielleicht solltest du doch erst etwas Wimperntusche und etwas Lidschatten auflegen. Rouge könnte auch nicht schaden.«

»Mama.« Rachels Aufschrei war gedämpft, aber beredt. Faye merkte offenbar, dass sie es weit genug getrieben hatte; sie legte ihrer Tochter eine Decke über die Knie und schob den Rollstuhl zur Tür herum.

Einen Augenblick später jagten sie den Gang hinunter, und Faye flüsterte atemlos: »Ich sehe ihn nirgends. Gerade eben war er noch hier. Wie weit kann er denn in den paar Sekunden gekommen sein?« Dann, als der Rollstuhl durch eine Barriere aus dicken Plastikvorhängen gebrochen war, kam sie mit quietschenden Reifen zum Stehen.

»Da ist er«, flüsterte sie schrill. »Da, links. Er redet mit ein paar anderen Ärzten.«

Rachel hätte ihn nicht unbedingt als umwerfend bezeichnet, aber er sah auf eine irgendwie spitznasige Weise gut aus. Plötzlich wurde sie sich ihres Hamstergesichts umso mehr bewusst und beschloss – unklugerweise, wie sich gleich herausstellen sollte –, die Wattebäusche aus ihren Backen zu nehmen. Fast sofort spürte sie, wie ihr das Blut die Kehle hinabrann.

»Doktor … äh …« Faye schielte auf Adams Namensschild. »Landsberg. Oh, sind Sie vielleicht mit den Landsbergs aus Hendon verwandt?«

Adam lächelte und schüttelte den Kopf.

Rachel wand sich vor Verlegenheit. Schlimmer noch, von dem Blutgeschmack wurde ihr übel. Ziemlich übel.

In diesem Moment kamen Adams Kollegen offensichtlich zu dem Schluss, dass er es mit ein paar armen Irren zu tun hatte, entschuldigten sich und verschwanden.

Faye räusperte sich nervös. »Äh, hören Sie, Doktor Landsberg«, fuhr sie fort.

»Er ist kein Doktor«, zischte Rachel.

Faye warf einen finsteren Blick zu ihr hinab.

»Äh, hören Sie«, sprach sie weiter. Rachel hätte schwören können, dass ihre Mutter auch noch mit den Wimpern klimpern würde. »Ich weiß, Sie sind ein viel beschäftigter Mann, und ich weiß auch, dass Sie meine Tochter nicht operiert haben, aber sie hat große Schmerzen, und es ist gerade niemand sonst in der Nähe, also hatte ich gehofft, dass Sie sie sich vielleicht einmal ansehen würden.«

Rachel blickte zu Adam auf und lächelte schwach und hilflos. Er erwiderte das Lächeln. Er hatte weiche, sanfte Augen, fand sie.

Er kniete sich neben sie und flüsterte ihr ins Ohr: »Ist schon gut. Ich habe auch eine jüdische Mutter zu Hause.«

In diesem Moment gewann die Übelkeit die Oberhand. Adam hatte keine Chance mehr, sich aufzurichten, bevor Rachel ihm auf die Edward-Green-Schuhe kotzte.

Er zuckte nicht einmal zusammen. (Erst als sie Adam und seinen Hygiene-Tick besser kannte, wurde ihr klar, wie heldenhaft das von ihm gewesen war.) Stattdessen holte er eine Krankenschwester, die das Erbrochene aufwischte, und versprach, Rachel zu untersuchen, sobald er sich gesäubert hatte. Am folgenden Tag, kurz bevor sie nach Hause gehen sollte, kam er mit einem riesigen Strauß weißer Lilien an.

Der liebe, süße Adam. Sie sollte wirklich endlich konkrete Hochzeitspläne schmieden. Es gab so vernünftige Gründe, ihn zu heiraten.

Rachel fiel in einen unruhigen Schlummer. In ihren Träumen schlug eine Horde weinender, mit Nasenringen bewehrter Feministinnen – alle hatten Adams kahlen Hinterkopf, trugen einen Chenille-Morgenmantel und Gummihandschuhe – mit putzmittelgetränkten Tampons auf sie ein, weil sie es gewagt hatte, den Vorschlag zu machen, jemand solle ein neues Intimdeodorant für Frauen erfinden und es Fischfrisch nennen.

3

Rachel starrte auf den feuchten Fleck auf dem Bettlaken und verzog das Gesicht. Komisch, dachte sie auf einmal, dass selbst die Reichen und Berühmten einen Fleck hinterließen, wenn sie es taten. Sie warf die riesigen Kopfkissen auf den Boden, zog eine Ecke des Spannbetttuchs ab und ging ums Bett herum, um auch die anderen abzuziehen. Wie viele normale Menschen hatte auch Rachel lange den Verdacht gehegt, dass VIPs und Royals durch höhere Gnade ausgenommen seien von den unangenehmen Körperfunktionen, Emissionen und Ausflüssen, die den Rest der Menschheit plagten. Dame Judi, die einen fahren ließ, Sophie Wessex, die ein ganz großes Geschäft machte, oder Carol Smillie, die ihr Kind durch irgendeine andere als die speziell konstruierte Öffnung hinter dem zarten Ohr ein Kind gebar – das war zu grausig, um es sich auch nur vorzustellen.

Doch nun war sie gezwungen, sich vorzustellen, dass Otto und Xantia Marx, Gründer der bekanntesten Firma für Wohndesign auf dem ganzen Erdball, *OP8 UK,* die bald ein neues Modelabel vorstellen wollten, *OP8 of the People,* das sicher ebenfalls zu den berühmtesten auf dem ganzen Erdball gehören würde, und bei denen sie erst seit kurzem fünfmal die Woche vormittags putzte, ziemlich genau so Sex hatten wie alle anderen auch. Sie knüllte das Laken zusammen und warf es neben die Kissen auf den Boden. Als sie die Bettdecke abzog, betete sie darum, dass sie, wenn sie ins Bad ging, an den Innenwänden der Toilettenschüssel keine Bremsspuren finden würde.

Von nassen Flecken mal abgesehen, schienen die Marx' mit gewöhnlichen Menschen nicht viel gemein zu haben. Zunächst einmal war da ihr ungeheurer Reichtum. Weil sie gute PR schätzten und auch weiterhin regelmäßig in der Downing Street Nr. 10 zu Gast sein wollten, spielten sie in Interviews meist ihren Status als Multimillionäre herunter und beriefen sich ständig und in den höchsten, grellsten Tönen auf Ottos namhaften Großonkel Karl. Im Privatleben jedoch besaß Xantia eine Sammlung moderner Kunst, die es mit der von Charles Saatchi aufnehmen konnte, und eine Rudermaschine, in der nach Rachels Schätzung acht Personen schlafen konnten. Und obwohl Xantia in diversen Ausschüssen saß, die sich dem Kampf gegen die Armut in der Stadt verschrieben hatten, war sie nicht unbedingt warmherzig zu nennen. An Rachels erstem Tag hatte sie Xantia am Telefon einer Freundin vorschlagen hören, dass man, anstatt die Dritte Welt mit Lebensmitteln zu versorgen, ihnen lieber von einem Guru beibringen lassen sollte, wie man von Lichtnahrung lebt.

Doch es war nicht nur ihr Ruhm und Reichtum, der sie vom Rest der Welt unterschied. Das Paar hatte einen einmaligen Kleidungsstil, und der war, nun ja, man könnte sagen, sehr seltsam. Xantia trug nichts anderes als violette Musselin-Saris und versteifte Schleier über ihren mauve gefärbten Dreadlocks. Otto rasierte sich den Kopf und trug violette Combat-Hosen und T-Shirts.

Und dann war da noch das Haus. Von außen sah es den anderen grandiosen fünfstöckigen viktorianischen Villen recht ähnlich, die über Hampstead Heath thronten. Das Innere hingegen erweckte zumindest bei Rachel den Eindruck, es sei von zwei Androiden aus dem dritten Jahrtausend gestaltet worden, die gerade im Lotto gewonnen hatten.

In den achtzehn Monaten, seit das Haus den Marx' gehörte, hatten sie jede einzelne nicht tragende Wand herausschlagen und das Dach sowie sämtliche Böden herausreißen lassen. Die riesige, vierundzwanzig Meter hohe Ruine war sodann mit einer Glaskuppel bedeckt und mit vier gewaltig dicken, halb durchsichtigen Hartglasplatten in Geschosse unterteilt worden, aufgehängt an und eingebettet in dicken Stahlkabeln. Die Schlafstätten wurden durch hohe metallene Raumteiler auf Rollen vor Blicken geschützt. Nur die Bäder hatten überhaupt Türen. Die verschiedenen Wohnbereiche waren mit Treppen aus Stahl und Glas oder durch Brücken miteinander verbunden. Letztere waren vierundzwanzig Stunden täglich von grellen, violetten Halogenstrahlern erleuchtet.

»Indem wir uns von der Vorstellung von Raum als solchem befreit haben«, hatte Otto Nettle di Lucca erläutert, die für die »Zeitgeist«-Seite der *Sunday Tribune* zum Interview angerückt war – auf dieser Seite durften berühmte Künstler und Designer ihre drei liebsten Design-Todsünden enthüllen –, »haben wir den autoritären Missbrauch von Macht und kollektiver Regulierung verworfen. Was wir stattdessen geschaffen haben, mit sorgfältig abgewogenen Kontrasten von schlussendlich künstlichen Materialien und Formen, ist ein funktionalistisches, zeitloses Idiom reiner, universeller Struktur. Das Zimmer ist tot. Lang lebe die *Piazza.*«

Nettle di Lucca sprang aus dem riesigen, violetten, aufgeblasenen Gummiboot voller Kissen, das als Sofa diente, wobei sie sich fast den Knöchel brach in ihren mit Blümchen dekorierten Designer-Plateauschuhen, und applaudierte geziert mit den Fingerspitzen.

»Da kann ich nur Beifall spenden«, quietschte sie und ließ von der Klatscherei ab, um die beiden Essstäbchen wieder festzustecken, die aus ihrem halb zum Pferdeschwanz, halb zum Fächer arrangierten Haar zu fallen drohten. »Otto, Darling, dies waren ohne Zweifel die erhebendsten Worte, die ich seit Gwyneths Ansprache bei der Oscar-Verleihung gehört habe.«

Rachel sah und hörte all das, weil sie am anderen Ende der unteren Piazza am Spülbecken stand und das gute halbe Dutzend Windspiele aus rostfreiem Stahl polierte, die die Marx-Engel aus Feng-Shui-Gründen überall aufgehängt hatten.

Wieder zurück auf der Schlaf-Piazza, hob Rachel die schmutzige Wäsche auf und trug sie ins Bad zum Wäschekorb; Xantia bestand allerdings darauf, dass Rachel ihn »den Wäschebehälter, Liebes. Wäsche*behälter*« nannte. Sie konnte die Laken nicht gleich in die Waschmaschine stecken, denn das verdammte Ding war kaputt. Als sie um halb neun gekommen war, da Xantia und Otto um diese Zeit das Haus verließen, hatte sie zwei, drei Handtücher hineingesteckt, und nach ein paar Minuten ratterte und hüpfte das Ding kreuz und quer herum, und es hörte sich an, als seien darin ein paar hundert Castagnetten durchgedreht. Sie wusste nicht, ob sie einen Mechaniker rufen oder lieber ›La Cucaracha‹ singen sollte. Schließlich zog sie Xantias *Handwerker für Notfälle*-Liste zu Rate und rief den Klempner an.

Sie schloss den Wäschebehälter und wandte sich dem Duschkubus zu. Die Marx'sche Duschkabine war nicht nur gigantisch und violett gefliest, beleuchtet von Spots im Boden und mit Surround-Lautsprechern ausgestattet, sondern sie gehörte zum Typ Autowaschanlage, bei dem elektronisch gesteuerte Heißwasserstrahlen nicht nur von oben, sondern auch aus den Wänden hervorschossen. Man konnte sie nur von innen sauber machen, und Rachel hatte es dabei noch jedes Mal geschafft, die vielen Regler zu verwechseln und sich klatschnass spritzen zu lassen.

Nun trat sie in den Kubus, hob ein Stück *Space-NK*-Seife vom gefliesten Boden auf, entfernte einige Marx'sche Schamhaare, die daran klebten, und legte es in den kleinen Drahtkorb. Dann nahm sie die Handbrause herunter, mit der sie die Fliesen abspülen wollte, nachdem sie sie mit Reinigungsmittel eingesprüht hatte.

Sie drehte den dicken metallenen Regler an der Wand auf die Position, die sie für die richtige hielt. Im nächsten Augenblick, wie jedes Mal, wenn sie an dem Ding drehte, lief eisig kaltes Wasser an ihr herunter. Sie schrie auf und sprang hinaus. Ihr Haar war patschnass. Fluchend schnappte sie sich eines der überdimensionierten Marx'schen Badetücher vom beheizten Handtuchhalter und wickelte es sich wie einen Turban um den Kopf. Dabei bemerkte sie, wie ihr T-Shirt aussah. Es triefte vor Nässe und klebte an ihrem BH. Sie fluchte wieder, beugte sich über die Badewanne und wrang etwas von dem Wasser aus. Als sie fertig war, war das T-Shirt furchtbar zerknüllt und nur geringfügig weniger nass. Sie begann zu zittern. Es half nichts. Sie würde sich ein T-Shirt aus Xantias Sammlung borgen müssen – der große Stapel T-Shirts zum Verschenken lag in der Gäste-Piazza. Junge Modedesigner und Firmen, die von ihr gesponsert werden wollten, schickten ihr T-Shirts, Trainingsklamotten und Sweatshirts »lastwagenweise, Liebes, lastwagenweise«. Da Xantia spießige Klamotten natürlich hasste wie die Pest (und dazu gehörten für sie auch *Voyage*, *Comme des Garçons* und Vivienne Westwood), trug sie nichts von alledem. An Rachels erstem Arbeitstag hatte Xantia ihr den Stapel gezeigt und erklärt, sie solle sich ruhig bedienen.

»Ihr Stilempfinden ist so natürlich, so unverfälscht, Liebes«, hatte sie gelächelt und Rachel ein kanariengelbes *Giorgio*-Sweatshirt hingehalten. »Hier drin finden Sie bestimmt tausend Sachen, die Ihnen gefallen.«

Rachel zog ihr durchweichtes T-Shirt und den BH aus und hängte beides über den beheizten Handtuchhalter. Da würden die Sachen in einer knappen Stunde trocknen, und sie konnte sie wieder anziehen, wenn sie mittags ging. Dann machte sie sich auf zur Gäste-Piazza. Unter der langen Garderobenstange lag ein Haufen schlichter weißer T-Shirts, jedes noch in seiner Plastikhülle. Sie hatte gerade das oberste Paket aufgerissen, als es an der Tür klingelte.

Sie sah auf die Uhr. Wenn das der Klempner war, kam er eine halbe Stunde zu früh. Rasch wickelte sie den Turban ab. Einen Augenblick später sauste sie in dem neuen T-Shirt auf die gläserne Brücke zu, die die Schlaf-Piazza mit den Treppen verband. Sie war schon fast unten angekommen, als es wieder klingelte.

»Schon gut, schon gut«, brummte sie. »Ich komm ja schon.« Sie warf das lange, feuchte Haar nach vorn und wieder zurück, in der Hoffnung, dass es in halbwegs akzeptabler Form landen würde. Durch die nach außen verspiegelte Glasscheibe in der Tür sah sie einen großen Kerl in Jeans und Lederjacke mit einem blauen Werkzeugkasten in der Hand.

»Matt Clapton«, sagte er fröhlich. »Sie haben vorhin wegen der Waschmaschine mit Trockner angerufen.«

»Hallo. Tut mir Leid, dass Sie warten mussten, ich war ganz oben im Haus.«

»Kein Problem«, sagte er lächelnd und stopfte einen Schlüsselbund in die Tasche seiner Levis 501.

Sie trat zurück, um ihn einzulassen.

»Himmel«, sagte er und blickte sich kopfschüttelnd um. »Ich hätte wohl doch lieber Titan anziehen sollen.«

Sie kicherte.

»In dem Moment, als ich in diese Straße eingebogen bin«, fuhr er fort, »ist mir eingefallen, dass ich schon mal hier war. Vor einem Jahr habe ich diese Waschmaschine installiert. Damals hat's hier schon ein bisschen nach Raumschiff ausgesehen, aber das hier ...«

Sein Blick schweifte weiter herum. Nach ein paar Sekunden blieb er hängen. An ihrer Brust. Sie war nicht ganz sicher, aber anscheinend versuchte er, durch das T-Shirt einen Blick auf ihre Brüste zu erhaschen. Sie errötete vor Freude. Rachel tat immer verächtlich gegenüber Männern, die Frauen nachglotzten, musste aber insgeheim gestehen, dass ein schöner lauter Pfiff von einem Typen mit Baustellenschutzhelm und Arbeitsstiefeln ihre Laune für den Rest des Tages hob. Erst als der Blick sich zu einem Starren ausdehnte, wurde aus dem leicht geschmeichelten Gefühl – vor allem, da ihre Brüste zwar schön straff, aber völlig durchschnittliche Körbchengröße B waren – allmählich eher Ärger und Beunruhigung.

»Entschuldigen Sie meine nassen Haare«, sagte sie lächelnd, in der Hoffnung, dass Small Talk ihn vielleicht ablenken würde. »Ich muss schrecklich aussehen. Ich wollte die Duschkabine putzen, dabei habe ich den Regler falsch eingestellt und bin mit eiskaltem Wasser nass gespritzt worden. Sehen Sie sich das nur an. Ich habe schon eine Gänsehaut an den Armen.«

Er blickte auf. »O ja«, sagte er abwesend und richtete den Blick wieder auf ihre Brüste.

»Also«, sagte sie energisch, denn sie wurde langsam wütend, »ich gehe mal voran, ja?«

Er schaffte es mit Mühe und Not, sich loszureißen. »Klar«, sagte er.

Als sie sah, wie sein Blick sofort wieder hinunterwanderte, hätte sie ihn am liebsten gleich weggeschickt, doch sie wusste einfach, dass Xantia genau der Typ für einen kleinen Anfall wäre, wenn sie nach Hause kam und einen Stapel Schmutzwäsche auf der kaputten Waschmaschine vorfand. Rachel brauchte das Geld viel zu dringend, als dass sie einen Rausschmiss riskieren könnte. Stattdessen dehnte sie den Halsausschnitt des T-Shirts, so weit es ging, und schob eine Hand hinein.

»Hier«, sagte sie sarkastisch, zog die Hand wieder heraus und hielt ihm die offene Handfläche hin. »Sie haben anscheinend Ihre Augäpfel unter meinem T-Shirt verloren.«

Er zuckte zusammen. »O Gott. Tut mir Leid, was haben Sie gesagt?«, fragte er, nun offensichtlich aus seinen erotischen Träumen gerissen. »Ich war gerade ganz woanders.«

»Das glaube ich gern«, erwiderte sie mit eisigem Lächeln und ließ die Hand sinken. »Zur Waschküche geht's hier lang.«

»Oh … klar«, sagte er.

Sie drehte sich um und ging auf die Küche zu. Er folgte ihr.

»Sie sind also eine Freundin von Xantia?«, fragte er fröhlich.

Ja, gibt's das denn, dachte Rachel. Ich erwische ihn dabei, wie er meine Brüste anglotzt, und er hat nicht mal den Anstand, ein verlegenes Gesicht zu machen – redet einfach weiter, als sei gar nichts gewesen.

»Nein, nur die Putzfrau«, antwortete sie und drehte

ihm weiter den Rücken zu, um unmissverständlich klar zu machen, dass sie nicht vorhatte, sich auf irgendetwas einzulassen.

»Oh, verstehe«, sagte er.

Er stellte seinen Werkzeugkasten auf den Boden, zog die Jacke aus und kniete sich vor die Maschine. Die Wiener 2500 in gebürstetem Aluminium war eine Kombination von Waschmaschine und Trockner mit Waschsalon-Ausmaßen, die ein paar Tausend gekostet hatte und extra aus Stuttgart importiert worden war.

»Wo liegt denn das Problem?«, fragte er und blickte zu ihr auf. Sie erzählte ihm von den Castagnetten.

»Wahrscheinlich braucht sie nur ein paar Spritzer Oil of Olé.« Er sah zu ihr auf, grinste und rollte die Ärmel seines Jeanshemds hoch.

Toll, dachte sie. Er war nicht nur ein Glotzer, sondern auch noch ein ganz Witziger.

»Meinen Sie?« Ihre Lippen formten ein schmales Lächeln.

»Nein, eigentlich nicht«, kicherte er. »Nur ein Scherz. He, machen Sie sich keine Sorgen. Setzen Sie schon mal Wasser auf, und ich hab das hier im Handumdrehen besorgt.«

Typisch Handwerker, dachte sie. Erst begafft er meinen Busen, dann will er auch noch Tee gekocht haben. Ein rotzfrecher Blödmann, entschied sie.

»Möchten Sie vielleicht noch etwas getoasteten Teekuchen dazu?«

»O Gott. Nein, Entschuldigung«, erwiderte er sofort. »Sie haben doch gesagt, Ihnen sei kalt, das war alles. Ich dachte, was Warmes zu trinken würde Ihnen gut tun. Ich wollte damit nicht sagen oder auch nur andeuten …«

»Natürlich nicht«, sagte Rachel tonlos.

»Nein, ehrlich.« Offensichtlich beschloss er jedoch, seinen

schwächlichen Protest aufzugeben; er wandte sich wieder der Maschine zu, klappte die Tür auf und steckte den Kopf in die Trommel.

»Was meinen Sie denn, woran es liegt?«, fragte Rachel.

»Vermutlich irgendein Fremdkörper da drinnen«, antwortete er. »Ich finde so alles Mögliche.«

»Klar, so was wie Lippenstift, Schmuck, Nagellackfläschchen?«, brummte sie kaum hörbar.

Er stocherte weiter im Inneren der Maschine herum.

»Okay«, sagte er schließlich, und sein Kopf erschien wieder aus der Trommel. »Ich kann's nicht genau sagen, bis ich sie hinten aufgeschraubt habe, aber es könnte sein, dass ich erst ein Ersatzteil besorgen muss.«

Sie nickte und bemerkte, dass er weder das Ersatzteil noch seine Funktion näher bezeichnete. Offensichtlich hielt er sie für zu dämlich, um es zu verstehen. Sie beobachtete, wie er aufstand und die ausgebeulte Levis hochzog. In zwei Minuten, dachte sie, wird er die Maschine von der Wand wegwuchten, ganz hervorquellender Bierbauch und haarige Pospalte, und sagen: »Ich meine, meine Freundin zum Beispiel. Verliert einfach alles. Sie ist ja auch ungefähr so helle wie Alaska im Dezember. Wenn auf einem Briefkopf steht ›Ihr Zeichen‹, schreibt sie ›Steinbock‹ rein.«

»Wenn es Ihnen nichts ausmacht, lasse ich Sie damit allein«, erklärte Rachel. »Ich habe oben noch viel zu tun.«

Sie war gerade damit fertig, Ottos und Xantias Bett frisch zu beziehen, als das Telefon klingelte. Zuerst wollte sie das dem Anrufbeantworter überlassen. Dann fiel ihr wieder ein, dass sie ihrer Mutter und Sams Schule diese Nummer für Notfälle gegeben hatte. In plötzlich aufwallender mütterlicher Panik rutschte sie quer übers Bett und schnappte sich den Hörer.

»Hallo?«

»Rachel, Gott sei Dank bist du da. Ich bin's. Ich bin bei Hylda Klompus.«

»Mama«, sagte sie. »Ich habe dir diese Nummer für den Notfall gegeben.«

»Aber, Liebes, das *ist* ein Notfall. Ein Catering-Notfall.«

»Tut mir Leid«, sagte Rachel und runzelte verwirrt die Stirn. »Ich weiß nicht, was du meinst.« Sie rutschte noch ein wenig herum, so dass sie nun auf der Bettkante saß.

»Liebes«, sagte Faye in ausgesprochen genervtem Ton, »ich will doch nur wissen, ob du zum Dessert lieber Profiteroles oder Crêpes mit heißen Kirschen hättest. Wenn du Profiteroles möchtest, dürfte die Creme natürlich keine Milchprodukte enthalten – das heißt, *wenn* wir als Hauptgang Hühnchen nehmen. Aber wir könnten auch die koschere chinesische Variante wählen. Du weißt schon, Frühlingsrollen, Hühnchen in Mango-Sauce …«

»Mama, jetzt mal langsam. Ich kann dir ungefähr so gut folgen wie ein Inder den Passionsspielen in Oberammergau.«

»Hylda sagt, sie hat noch einen Sonntag Ende April frei, den noch niemand genommen hat, und sie gibt uns zwanzig Prozent Nachlass, wenn wir jetzt buchen.«

»Mama, bitte. Was buchen?«

»Die Hochzeitsfeier, Schätzchen. Deine und Adams.«

»Unsere Hochzeitsfeier«, wiederholte Rachel tonlos.

»Ja. Ich bin gerade bei Hylda im Wohnzimmer. Sie macht uns eben einen Kaffee. Wenn wir eine Hochzeit im Frühling möchten, müssen wir uns schnell entscheiden.« Sie senkte die Stimme zu einem Flüstern. »Hör mal, Rachel, mit Hylda Klompus kannst du gar nichts verkehrt machen. Sie hat die Bar-Mizwa deines Cousins Geoffrey 1974 ausgerichtet. Wunderbare Melonenbällchen. Nicht zu reif. Sie ist inzwischen über achtzig, aber glaub, mir, bei den Büfetts nimmt sie es noch mit jedem auf … Rachel? Bitte sag doch was.«

Rachel stieß einen langen, tiefen Seufzer aus.

»Mama«, sagte sie und bemühte sich nach Leibeskräften, sich ihre Gereiztheit nicht anmerken zu lassen, »ich habe dir doch gesagt, dass Adam und ich erst über einen Termin sprechen wollen, wenn er aus Südafrika zurückkommt.«

»Ich weiß. Aber zum Schluss hast du gesagt, du würdest dir überlegen, ob du lieber im Frühjahr oder im Sommer heiraten möchtest.«

»Ja, es mir überlegen. Das ist noch lange kein Freibrief für dich, schon mal den Hochzeitsempfang zu organisieren, ohne das vorher mit uns zu besprechen. Ich wette, du hast schon der gesamten Nachbarschaft erzählt, dass Adam und ich nächsten Frühling heiraten. Das hast du doch, oder nicht?«

»Habe ich nicht, ehrlich … Ich meine, natürlich habe ich es deinem Vater gegenüber erwähnt. Na schön, es kann auch sein, dass ich es gestern nur so nebenbei dem Mädchen erzählt habe, das meine Bikinizone enthaart hat, aber Rachel, sie ist aus Tschetschenien und spricht kaum ein Wort Englisch. Wem soll sie es schon weitersagen?«

Rachel schüttelte langsam den Kopf.

»Mama, bitte … du kannst nicht damit anfangen, die Hochzeit zu planen, bevor Adam und ich unser Okay gegeben haben. Jetzt bedankst du dich bei Hylda Wie-auch-immer und sagst ihr, dass du dich bald bei ihr melden wirst. Also, ich muss jetzt aufhören. Der Klempner repariert gerade die Waschmaschine, und ich sollte mal nachsehen, wie er vorankommt. Ich rufe dich heute Abend an. Bis dahin versprich mir bitte, dass du nichts verbindlich buchen wirst.«

»Aber Schätzchen, was ist mit Hyldas zwanzig Prozent Nachlass? Ich finde ja wirklich, dass wir da zugreifen sollten.

Ich meine, wenn dir die chinesische Variante nicht gefällt, können wir immer noch pochierten Lachs in Erwägung ziehen. Vielleicht nicht besonders ausgefallen, macht sich aber immer gut …«

»Mama«, sagte Rachel sanft, aber bestimmt.

»Ist gut, Schätzchen, ich versprech's.«

Rachel stieg langsam die gläsernen Stufen hinunter, ging im Geiste das Gespräch mit ihrer Mutter noch einmal durch und hoffte, dass sie nicht allzu hart mit ihr umgesprungen war. So sehr Faye ihr auch manchmal auf die Nerven ging, sie meinte es gut. Erst nach einigen Augenblicken gelangte sie zu dem Teil, wo Faye ihre Bikinizone erwähnt hatte.

»Was?«, brummte sie laut. »Sie lässt sie enthaaren? In ihrem Alter?« In den vierunddreißig Jahren, seit sie ihre Mutter kannte, hatte Faye nicht einmal die Tatsache erwähnt, dass sie eine Bikinizone hatte, geschweige denn eine, der man mit Wachs zuleibe rücken musste. Außerdem hatte Rachel immer geglaubt, dass es bei Frauen in Fayes Alter allmählich ein wenig spärlicher da unten wurde.

»Bei jeder zweiten Frau über sechzig lockern sich ein paar Schrauben«, sagte sie zu sich, »und meine Mutter entwickelt plötzlich einen haarigen Intimbereich.« Sie erreichte den Flur. Als sie die Küche betrat, wunderte sie sich immer noch über den Grund für diesen neu entdeckten Zustand der Scham ihrer Mutter.

»Total unausgeglichen«, verkündete Matt Clapton und drehte sich lächelnd zu ihr um, während er sein Werkzeug einräumte.

Sie brauchte einen Moment, bis ihr klar wurde, dass er von der Waschmaschine sprach und nicht vom Hormonhaushalt ihrer Mutter.

»Und«, fragte sie, nachdem sie rasch ihre Gedanken geordnet hatte und von einem starken, beinahe kindischen Bedürfnis überwältigt wurde, diesem selbstzufrieden grinsenden Trottel eine Kostprobe ihrer Schlagfertigkeit zu liefern, »soll das heißen, diese unausgeglichene Waschmaschine ist übergeschnappt und braucht eine Psychotherapie?«

Er klappte seinen Werkzeugkasten zu und stand auf. Das Lächeln wurde zu einem breiten Grinsen.

»Nein, die Ladung war zu leicht, zu wenig, und deshalb war die Trommel unbalanciert«, erwiderte er. »Die Wiener macht gern mal Theater, wenn die Ladung nicht schwer genug ist. Dann springt die Trommel aus der Befestigung, und genau das ist hier passiert. Sie sollten keine Schwierigkeiten mehr haben, wenn Sie in Zukunft darauf achten, sie erst anzustellen, wenn sie voll ist.«

»Okay«, sagte sie leise und ärgerte sich darüber, dass die Maschine wegen ihrer Inkompetenz kaputtgegangen war. Nun war er vermutlich mehr denn je davon überzeugt, dass Frauen es in Technik nie weiter bringen würden, als sie auf ihre Mascara-Bürstchen spucken konnten.

»In Ordnung«, sagte sie. »Ich bring Sie dann zur Tür.«

Er nickte.

»Ach, übrigens, die Rechnung für Xantia habe ich in die Küche gelegt«, sagte er, als sie die Haustür erreichten.

Sie lächelte ihn so knapp an, wie sie nur konnte, und hielt ihm die Tür auf. Erst als sie zurücktrat, um ihn vorbeizulassen, bemerkte sie das Buch, das aus seiner Jackentasche ragte – *Die Clitorati – Heldinnen der britischen Frauenbewegung von Wollstonecraft bis Widdecombe.*

4

Du hältst es also für ausgeschlossen«, sagte Rachel, biss in ein Stück von Shelleys zuckerfreiem, glutenfreiem, milcheiweißfreiem Alfalfa-Seetang-Gebäck und wünschte, sie hätte es gelassen, »dass ein Frauen verachtender Tittenglotzer so etwas wie die *Clitorati* liest.«

Rachels beste Freundin Shelley Peach, eine partnerlose, im sechsten Monat schwangere Gelegenheitsschauspielerin, Hand-Model und Gesundheitsfanatikerin, die die Wohnung unter Rachels gemietet hatte, rührte weiterhin Minzeblätter in der Teekanne um.

»Es erscheint mir schon sehr unwahrscheinlich«, antwortete sie nachdenklich. »Das wäre ja, als liefe Rosemary West mit einem Exemplar von *Wenn Frauen zu sehr lieben* durch die Gegend.«

»Ja«, sagte Rachel gedehnt und kaute auf dem biologisch-dynamischen Klumpen herum, der sich als Rosinenbrötchen ausgeben wollte, während sie sich bequem auf dem abgewetzten hellgrünen Sofa ihrer Freundin ausstreckte. »Das hab ich mir auch gedacht – aber das erklärt nicht, warum er sich derart idiotisch arrogant aufgeführt hat.«

Während Shelley den Tee in zwei Elvis-Becher goss, schob Rachel einen Arm unter den Hinterkopf und dachte nach.

»Ha, jetzt hab ich's«, sagte sie dann, setzte sich auf und schwang die Beine vom Sofa. »Wie wäre es damit: Er läuft durch die Bücher- und Zeitschriftenabteilung auf der Suche nach Tittenheftchen« – in ihrer Begeisterung wedelte sie mit den Überresten des Gebäcks herum –, »bemerkt ein Buch mit *Clitorati* im Titel und meint, das müsste ein Porno sein, dass Wollstonecraft und Widdecombe ein Pärchen lesbischer Striptease-Tänzerinnen sind, und deshalb kauft er es.« Damit schob sie sich den letzten Bissen Gebäck in den Mund.

Shelley warf ihr einen strafenden Blick zu. »Rachel«, sagte sie, beugte sich über den Couchtisch und reichte ihr einen Becher Pfefferminztee, »ist dir schon mal der Gedanke gekommen, dass du ihn vielleicht völlig falsch eingeschätzt hast – dass du vielleicht überreagiert hast? Vielleicht hat er gar nicht auf deinen Busen gestarrt.«

»Was soll das heißen, nicht auf meinen Busen gestarrt?«, fuhr Rachel mit dem Mund voll Seetang auf. »Shelley, glaub mir. Seine Augen waren auf meine Brüste fixiert wie das Hubble-Teleskop auf Alpha Centauri.« Sie spülte die letzten Krümel mit einem Schluck Tee hinunter.

»Na ja, das denkst du vielleicht, aber was, wenn er schielt?«

»Schielt?«

»Ja. Warum nicht? Könnte doch sein. Wir hatten in der Schule eine Hauswirtschaftslehrerin, die geschielt hat. Wir haben sie Clarence genannt, nach dem Löwen aus *Daktari*. Sie konnte gleichzeitig eine Makrele filettieren und einen Kissenbezug stärken.«

»Klingt eher nach beidhändig als nach schielend.«

Shelley dachte kurz darüber nach. »Ja, da könntest du

Recht haben. Vielleicht stimmt ja auch beides. Du weißt schon, sie war beidhändig *und* hat geschielt.« Sie hielt inne, um an ihrem Tee zu nippen. »Aber du weißt, was ich damit sagen wollte.«

»Schätze, schon«, erwiderte Rachel lächelnd.

In diesem Moment klingelte in der Küche Shelleys schnurloses Telefon.

»O Gott«, sagte sie, ließ den Rest ihres eigenen Rosinenbrötchens auf ihren Teller fallen und sprang auf, »das könnte meine Agentin sein.« Rachel wusste, dass sie seit Tagen wie auf glühenden Kohlen saß, weil sie auf die Nachricht wartete, ob ihre Hände dazu ausersehen worden waren, die blaue Ersatzflüssigkeit in einer Binden-Werbung zu vergießen.

»Ich geh dann«, sagte Rachel nach einem Blick auf die Uhr. »Ich wollte gar nicht so lange bleiben. Sam wartet schon auf sein Essen und darauf, dass ich ihm bei den Hausaufgaben helfe.«

»Okay, aber warte nur noch eine Sekunde, wer dran ist«, rief Shelley aufgeregt aus der Küche. »Wenn ich diese Werbung kriege, sollst du die Erste sein, die mir gratuliert.«

Während Shelley ans Telefon ging, saß Rachel da, trank Tee und ließ den Blick durch den Raum schweifen. Shelley hatte ihn gerade neu dekoriert. Rachel lächelte. Den Geschmack ihrer Freundin als verrückt zu bezeichnen, war stark untertrieben. Gewöhnliche Verrücktheit verneigte sich auf Knien vor dem Altar der Shelley-Peach-Verrücktheit. Zunächst einmal waren sowohl die Wände als auch die Decke dunkelrot gestrichen. Eine riesige silbrige Disco-Kugel hing von der Decke, der zerschrammte Esstisch aus dem Trödelladen war unter einem bodenlangen, smaragdgrünen, mit Pailletten besetzten Tischtuch verborgen, und gegenüber dem limettengrünen Sofa aus den Siebzigern stand ein weiteres

Sofa mit Ponyfell-Bezug. Die Lampenschirme bestanden aus kaugummirosa Kunstpelz, und in der Ecke, über dem Kunstrasenteppich und einem halben Dutzend Blumentöpfen mit Plastikkrokussen darin, hing eine hölzerne Schaukel. Shelley bezeichnete das als ihren »Puff meets Teletubbies«-Look. Während Rachel es wunderbar witzig und exotisch fand, war Adam bei seinem ersten und einzigen Besuch bei Shelley ins Wohnzimmer gekommen, sichtlich zusammengezuckt und hatte in lautem Flüsterton erklärt, sie seien offensichtlich soeben in die Hölle hinabgestiegen und stünden in Luzifers Wintergarten.

Adams Besuch war schon einen Monat her, und damals hatte dem Raum noch der letzte Schliff gefehlt. Jetzt war jede ebene Fläche mit kultig-kitschigen Plastikobjekten bedeckt. Rachels besonderer Liebling war eine gut dreißig Zentimeter hohe Staue von Marilyn Monroe, deren weißer Polyäthylen-Rock hochflog, wenn man hinten auf einen Knopf drückte. Meistens tat er das allerdings nicht, sondern der Kopf fiel stattdessen ab. Rachels Meinung nach war Marilyns einzig ernst zu nehmende Konkurrenz der Elvis-Klorollen-Halter im Bad. Jedes Mal, wenn man ein Stück Papier abriss, schmetterte er »Wipe Me Tender«.

Die beiden Frauen hatten sofort Freundschaft geschlossen, als sie sich vor vier Monaten kennen lernten – an dem Samstag, als Shelley einzog.

Rachel kam sich ganz verloren vor, weil sie an diesem Abend keinen Auftritt hatte, Sam bei ihrem Exmann Joe und Adam auf einem Wurzelkanalkongress in Kentucky war. Sie lief den ganzen Vormittag lang im Schlafanzug von einem Zimmer ins andere, nahm sich halbherzig die eine oder andere kleine Hausarbeit vor und überlegte, was sie mit diesem Tag anfangen sollte. Mitten am Nachmittag war sie immer noch halbherzig am Aufräumen und immer noch im Schlafanzug. Sie starrte gerade aus dem Fenster, als ihr eine Frau auffiel, die in einem unglaublich zerbeulten, echt ostdeutschen Trabbi vorfuhr, der leuchtend orange lackiert war. Gleich dahinter hielt ein wohl gemieteter Umzugshelfer in einem Kleinlaster. Die Frau war offensichtlich ihre neue Nachbarin. Da sie neugierig war und absolut nichts anderes zu tun hatte, beschloss Rachel, weiter zuzuschauen.

Das Erste, was ihr an Shelley auffiel, waren ihre Brüste. Sie schienen gute drei Sekunden vor dem Rest von ihr aus dem Auto aufzutauchen. Sie waren nicht unbedingt absurd groß – vermutlich nur Doppel-D, schätzte Rachel –, sie wirkten nur so, weil Shelley gerade mal eins fünfzig groß und dazu noch sehr schmal war. Mit dem kurzen, kupferroten Haar, der weinroten Schlaghose und dem orange-lila gefärbten T-Shirt sah sie aus wie ein bunter Regenschirm, dessen eine Seite sich standhaft dem Zusammenklappen verweigerte. Rachel tat sich schwer, Kontakt zu schönen Frauen mit perfekter Figur zu finden, weil sie sich neben denen immer vorkam wie aus dem Gruselkabinett, aber Shelley mit ihren Brüsten, die so unproportioniert wirkten, und ihrer etwas zu groß geratenen Nase wirkte auf sie beruhigend unvollkommen. Außerdem ließ der grelle Kleidungsstil auf eine lebhafte, ungewöhnliche Persönlichkeit schließen, was Rachel sehr sympathisch war. Nachdem der Möbelpacker um sechs verschwunden war, ging sie also hinunter, um sich vorzustellen.

Als nachbarschaftliche Geste nahm sie das Usambara-Veilchen mit, das sie vor einer Woche im Supermarkt gekauft hatte; seither stand es auf dem Fensterbrett in der Küche, und es sah immer noch frisch aus.

»Hallo, ich bin Rachel«, sagte sie strahlend, als Shelley die Tür aufmachte. »Ich wohne da oben. Ich wollte nur kurz vorbeischauen und dich willkommen heißen.« Sie hielt ihr das Usambara-Veilchen hin, eingewickelt in ein Stück benutztes, aber kaum zerknittertes Geschenkpapier, das sie in einer Küchenschublade gefunden hatte. Shelley lächelte schwach. Dann, als sie die Blume entgegennahm, brach sie plötzlich in Tränen aus.

»O Gott«, sagte Rachel panisch. Sie glaubte, Shelley habe sofort bemerkt, dass das Usambara-Veilchen alles andere als frisch war, und sei deshalb verletzt. Sie entschied, dass ein schneller Rückzug das Allerbeste sei.

»Äh«, sagte sie, »ich habe offensichtlich einen schlechten Zeitpunkt erwischt. Ich komme ein andermal wieder.«

»N… nein, das ist es nicht«, schluchzte Shelley. »Ich bin nur leider …«

»Ach so«, sagte Rachel in deutlich erleichtertem Tonfall, »schon klar. Du bist allergisch gegen Usambara-Veilchen.«

Aus irgendeinem Grund fühlte Rachel sich dazu getrieben, eine Geschichte zu erfinden, um dieses Geschenk zu rechtfertigen.

»Es tut mir wirklich furchtbar Leid. Ich hatte ja keine Ahnung«, plapperte sie drauflos. »Es ist so, ich bin erst spät zum Einkaufen gekommen, und im Supermarkt gab es nur noch Usambara-Veilchen und Bonsai-Bäumchen, die man ständig trimmen soll. Ich weiß ganz sicher, dass die Bonsais nichts taugen. Meine Mutter trimmt ihren schon seit Jahren, und er schafft immer noch keine Liegestütze.«

Shelley begann unter Tränen zu lachen.

»Nein, es liegt nicht an der Pflanze«, sagte sie und wischte sich die großen grünen Augen. »Sie ist sehr hübsch, wirklich. Das ist sehr nett von dir. Ich bin nur gerade ein bisschen sehr emotional, weiter nichts. Liegt vermutlich am Umzug. Ich bin übrigens Shelley.« Sie streckte die Hand aus. Rachel bemerkte ihre langen, perfekt manikürten Finger. »Bitte, komm doch rein.«

Sie führte Rachel durch das Durcheinander halb ausgepackter Umzugskisten in die Küche. Rachel blieb in der Tür stehen und musste zweimal hinschauen. Sämtliche Oberflächen wimmelten von Päckchen mit biologisch-dynamischen Mehlsorten, Nüssen, Körnern, Bohnen, Kernen, Linsen und Behältern mit sprießenden Sprossen. Eine Kiste voll *Planet-Organic*-Obst- und Gemüsesaft stand etwas wackelig auf einem Stuhl. Der Küchentisch war voller Bücher von der Sorte *Heilende Säfte, Liebe deine Leber, Besser leben mit Bioflavonoiden.* Auf dem Boden neben dem Wasserfilter stand eine Kiste mit der Aufschrift *Der schonende Entsafter*. Daran schlossen sich etwa zwanzig oder dreißig Plastikbehälter mit Vitaminen und anderen Nahrungsergänzungsmittelchen an.

»Wow«, sagte Rachel, trat ein und schüttelte den Kopf. »Neben deiner Küche sieht ja der Bioladen aus wie eine Chemiefabrik.«

»Ich weiß«, entgegnete Shelley lächelnd. »Tut mir Leid, dass es hier so aussieht. Ich war gerade dabei, die Küchenschränke einzuräumen.« Sie hob den Obst- und Gemüsesaft hoch, stellte ihn auf den Boden und bot Rachel den Stuhl an.

Als Rachel sich setzte, fiel ihr auf, dass Shelley trotz ihres Lächelns hundeelend aussah.

»Ich bin auf den Bio-Trichter gekommen«, erklärte Shelley, nahm ein Päckchen Hirse und eine Flasche Tamarindensaft und stellte sie in einen der Küchenschränke, »nachdem eine Ernährungsberaterin meinen Candida geheilt hat. Ich sage dir, bevor ich bei ihr war, ging es mir so schlecht, dass ich dachte, ich hätte da unten eine kleine Pilzzucht aufgezogen.«

Rachel kicherte und reichte ihr weitere Päckchen, die Shelley dann in den Schrank räumte. So machten sie weiter, während sie die üblichen »Woher kommst du und was machst du?«-Fragen beantworteten. Rachel erzählte von ihrer Arbeit als Stand-up-Comedian und beschrieb Shelley das erste Mal, als sie auf der Bühne gestorben war bei einer Nummer über verwachsenes Gemüse, das wie Penisse aussah, und wie sie damals beinahe die Flinte ins Korn geworfen hätte.

»Zumindest musst du dich nicht mit denen hier rumschlagen«, sagte Shelley und deutete auf ihre Brüste. »Schon als Teenager war mein einziges Lebensziel, eine ernsthafte Schauspielerin zu werden. Klar doch. Alle anderen dürfen für ihre Rollen vorsprechen, bei mir nehmen sie die Maße. Warum hast du dich denn für die Comedy entschieden?«

Rachel erklärte, dass sie zuerst als Journalistin gearbeitet hatte, weil das nach ihrem Englischstudium die logische, vernünftige Wahl zu sein schien.

»Außerdem war ich damals schon verheiratet, und wir wollten eine Hypothek aufnehmen. Also brauchte ich einen richtigen Job. Aber tief drinnen wusste ich schon immer, dass ich Comedian werden wollte. Selbst als Kind schon. Meine Mutter hat oft die ganze Familie zum Essen eingeladen, und zum Schluss stand ich immer mitten im Wohnzimmer und erzählte erbärmliche Witze, die ich aus irgendeinem Witzbuch für Kinder hatte. Mit siebzehn fing ich dann an, in die Comedy-Clubs zu gehen. Ich habe Leute wie Jo Brand und Julian Clary gesehen, lange, bevor die berühmt wurden. Schon ziemlich bald habe ich dann selbst geschrieben – heimlich, natürlich. Ich habe meine Sachen nie jemandem gezeigt und bin immer nur vor dem Schlafzimmerspiegel aufgetreten. Dann eines Abends, zwei oder drei Jahre nach dem Uni-Abschluss, habe ich mir mit einem Haufen Freundinnen einen richtigen Mädelsabend gegönnt, und schließlich landeten wir in einem Comedy-Club. Die hatten dort einen Comedy-Slam. Die Mädels, mit denen ich unterwegs war, merkten genau, dass ich es unbedingt mal versuchen wollte, aber zu viel Angst hatte. Zum Schluss haben sie mich buchstäblich auf die Bühne gezerrt. Ich weiß noch, ich habe diese Nummer gebracht, in der ich meinen Kater zum Kastrieren geschafft habe, und wie er mir so Leid getan hat, dass ich am Abend zuvor noch mit ihm losgezogen bin, um eine Katzennutte zu suchen. Das Publikum hat gelacht. Sie haben tatsächlich gelacht. Ich konnte es nicht fassen. Danach bin ich ab und zu am Wochenende in ein paar Kneipen aufgetreten, und schließlich habe ich all meinen Mut zusammengenommen und es zu meinem Hauptberuf gemacht.«

Es stellte sich heraus, dass Shelley aus Upminster stammte. »Dann sind wir also beide echt Essex-blond«, sagte sie.

»Ja, aber vergiss nicht«, entgegnete Rachel, »als wir noch jünger waren, war das noch eine richtig noble Gegend. Damals waren Essex und Blondine noch keine Beleidigungen.«

Auf Shelleys Gesicht breitete sich ein Grinsen aus. Rachel hatte das Gefühl, es gelang ihr, Shelley aufzumuntern.

»Ich weiß ja nicht, wie's mit dir ist«, sagte Shelley, nachdem sie zwei Küchenschränke eingeräumt hatten, »aber ich könnte was zu trinken vertragen.«

In der Annahme, es handle sich dabei um Alkohol, nickte Rachel begeistert. Dann öffnete Shelley den Kühlschrank und holte biologisch-dynamischen Preiselbeersaft heraus.

»Das einzig Wahre gegen Blasenentzündung«, erklärte sie und hielt den Tetrapak hoch. »Spült alles so richtig durch ... oh, und ich glaube, ich habe noch irgendwo Sonnenblumen- und Kürbiskerne.« Sie suchte die Berge von Tüten und Päckchen durch.

»Weißt du«, sagte Rachel und bemühte sich, taktvoll zu sein, »du siehst immer noch ein bisschen traurig aus. Wie wär's, wenn wir das mit ein bisschen Wodka aufpeppen? Ich habe oben eine ganze Flasche.«

»Nein, ich darf nicht«, antwortete Shelley bedrückt. »Ich bin nämlich schwanger.« Sie brach erneut in Tränen aus.

»He«, sagte Rachel, »ich will mich nicht aufdrängen, aber wenn dir das hilft, höre ich dir gerne zu.«

Zehn Minuten später saßen sie auf dem Boden im Wohnzimmer (der Trödler konnte die Sofas erst am Montag liefern) und tranken Preiselbeersaft. In Rachels Fall handelte es sich allerdings eher um Wodkasaft mit Preiselbeeraroma.

Shelley nahm noch einen Schluck aus ihrem Glas und erzählte Rachel, dass sie im dritten Monat schwanger sei und ihr achtunddreißig Jahre alter Freund Ted, als sie ihm die gute Nachricht überbrachte, sie nur bat, auszuziehen, denn er sei noch nicht bereit für Ehe und Vaterschaft.

»Und was macht das verlogene Schwein? Ich sag dir, was er macht. Er angelt sich ein Schulmädchen, das noch eine Zahnspange trägt und samstags das Taschengeld bei McDonald's aufbessert. Wenigstens hat er zugestimmt, Unterhalt für das Baby zu zahlen. Dafür sollte ich wohl dankbar sein.«

Rachel, die den Biofraß-Tick mittlerweile entschuldbar fand, weil Shelley so lustig, offen und warmherzig war, tapste zu ihr hinüber und nahm sie in den Arm.

»Gott, das tut mir ehrlich Leid. Was für ein Arsch. Rennt mit dieser McZahnspange davon, wo er doch dich und das Baby hätte haben können. Ich weiß wirklich nicht, wozu wir überhaupt Männer brauchen«, fügte sie hinzu, nachdem sie noch etwas Wodka gekippt hatte.

»Ich schon«, sagte Shelley und lächelte unter Tränen. »Weil ein Vibrator nicht den Rasen mähen kann.« Die beiden platzten fast vor Lachen.

Gleich darauf erzählte Rachel, wie ihr Exmann Joe, ein

Sportreporter, sie wegen einer Schönheit verlassen hatte, die in einem großen Kaufhaus hinter dem *Estée-Lauder*-Tresen stand.

»Totaler Hohlkopf, nehme ich an«, sagte Shelley und bekam einen Schluckauf. »Lass mich raten – gewaltige Oberweite und so dämlich, dass sie sich nicht mal das Rezept für Eiswürfel merken kann.«

»Hm, nicht unbedingt«, erklärte Rachel. »Weißt du, diese Kosmetikfachkraft heißt ... Greg. Und seine Oberweite – na ja, geht so.«

»Himmel. Dein Ex – er ist also ...«

»Schwul? O ja, allerdings. Schwuler geht's gar nicht.«

»Oh – mein – Gott.«

»Ich meine«, fuhr Rachel fort, »ich habe zwar jemand anderen kennen gelernt, der mich wirklich liebt und mich auch heiraten möchte, aber es tut immer noch weh, wenn ich daran denke, dass Joe mich für jemanden mit schwarzen Härchen auf den Fingern und praktisch gar keinen Hüften verlassen hat. Ist nicht gerade Balsam fürs Selbstbewusstsein. Wir waren acht Jahre verheiratet. Ich habe natürlich überhaupt nichts davon gemerkt. Ich meine, wie sollte ich denn auch darauf kommen, bei einem Kerl, der fast eins neunzig groß ist und früher mal Rugby-Stürmer war. Erst ist der Sex langsam eingeschlafen. Aber ich dachte, das sei normal, wenn man ein kleines Kind hat. Wir waren beide so erschöpft.«

Sie nahm noch ein paar Schluck Wodka.

»Und dann hat er ständig in diesen Männermagazinen mit hohem Busenaufkommen geblättert. Er hat auf das Foto von irgendeiner halbnackten Frau gestarrt und gesagt: ›Himmel, sieh dir nur diese Polsterung an‹ – nur meinte er damit nicht die Frau, sondern das Conran-Sofa, auf dem sie sich räkelte. Sogar als ich eines Abends spät nach Hause kam und ihn mit einem Clear-up-Strip auf der Nase und einem Beauty-Buch in der Hand im Bett sitzen sah, ist der Groschen bei mir nicht gefallen.«

»O Gott. Du Ärmste«, sagte Shelley.

Rachel zuckte mit den Schultern. »Ein paar Wochen später«, erzählte sie weiter, »hat er es mir dann einfach so gesagt. Dass er seit seiner Kindheit eine Lüge lebt und es an der Zeit ist, dass er sich seiner Homosexualität stellt, also müsse er mich jetzt verlassen. Ich war natürlich total hysterisch und geschockt, aber er packt einfach weiter seine Sachen ein. Und die ganze Zeit über schwafelt er davon, wie sehr er sich wünschte, als Schwarzer und nicht als Schwuler geboren worden zu sein. Als ich ihn frage, warum, sagt er: ›Was denkst du denn? Dann müsste ich es wenigstens nicht meiner Mutter sagen.‹ Wir waren acht Jahre verheiratet, und wovor graust es ihm am meisten? Es seiner verrückten jüdischen Mutter erzählen zu müssen.« Sie trank ihr Glas leer.

Den restlichen Abend verbrachten sie damit, sich eine Welt ohne Männer auszumalen.

»Keine Kriege«, sagte Shelley verträumt. »Nur Millionen glücklicher Frauen mit haarigen Beinen, die sich einen Bauch anfressen mit … hm, was meinst du – Avocado?«

»Nee, mir wär eine ganze Schachtel Ferrero Rocher lieber«, kicherte Rachel.

Aus dem Schulmädchenkichern wurde brüllendes Lachen. Als sie sich schon beinahe nass machten vor Lachen, klammerten sie sich wie Ertrinkende aneinander, wie alte Freundinnen, die sich schon ewig kennen – und so kam es ihnen auch vor.

Rachel spielte noch ein wenig mit der Marilyn-Statue und konnte, wie immer, nicht widerstehen, auf den Knopf zu drücken. Es bestand ja die Hoffnung, dass diesmal der Rock hochfliegen und der Kopf dranbleiben würde. Aber wie immer kullerte der Kopf auf den Boden. Rachel hatte ihn gerade erst unter dem Sofa herausgefischt, wieder aufgesteckt und es geschafft, Marilyn auf den Kaminsims zu stellen, als Shelley hereinplatzte.

»Ja, ja, ja!«, quietschte sie und boxte in die Luft. »Ich hab sie. O ja, ich hab sie. Der Fötus und ich haben wieder für ein paar Wochen was zu essen. Das war meine Agentin. Sie hat eben mit der Frau von der Binden-Firma telefoniert, die offenbar nicht nur meine Hände ganz toll fand, sondern auch meine Stimme. Also haben sie mir auch noch einen Satz gegeben. Während ich diese blaue Farbe aus dem Reagenzglas gieße, wirst du also meine Stimme schnurren hören …« Sie legte eine dramatische Pause ein: »›Flowtex Ultra – immer ein sicheres Gefühl‹.«

»Das ist toll«, sagte Rachel, ging zu ihr und drückte sie an sich. »Das freut mich sehr für dich.« Sie brach ab und sah auf die Uhr. »Ich gehe ja wirklich ungern, wenn du gerade so tolle Neuigkeiten zu feiern hast, aber ich muss mich allmählich um Sam kümmern. Komm doch später noch rauf, wenn er im Bett ist.«

»Nein, ich kann nicht. Ich muss heute Abend mit der Zuckerpaste an das Gestrüpp zwischen meinen Beinen, bevor ich am Ende noch den Rasenmäher dafür brauche.«

Rachel schnaubte belustigt. »Weißt du«, fragte sie, »dass meine Mutter auf einmal angefangen hat, sich die Bikinizone enthaaren zu lassen?«

»Na und?«

»Na ja, findest du es nicht ein bisschen seltsam, dass sie jetzt erst damit anfängt? In ihrem Alter?«

»Wie kommst du denn darauf, dass sie erst jetzt damit angefangen hat? Sie hat das vermutlich schon immer gemacht. Sie hat dir nur noch nie davon erzählt, das ist alles. Für Frauen dieser Generation ist Haarentfernung eine sehr intime, persönliche Angelegenheit.«

»Nicht für meine Mutter«, entgegnete Rachel auf dem Weg zur Tür. »Worte wie ›intim‹ oder ›persönlich‹ kommen in ihrem Wortschatz nicht vor. Glaub mir, eine Frau, die schon immer in aller Seelenruhe am Frühstückstisch die optimale Konsistenz menschlicher Fäkalien diskutieren konnte, die kann sich unmöglich davor fürchten, von der Pflege ihres Schambereichs zu sprechen. Das wäre ja absurd. Nein, da ist was im Busch. Da bin ich ganz sicher.«

»Vielleicht fährt sie ja in Urlaub und hat sich einen knappen Bikini gegönnt.«

»Nein, sie hätte es mir erzählt, wenn sie wegfahren würden.«

»Also gut, jetzt hab ich's«, sagte Shelley und lachte auf. »Vielleicht hat sie sich einen jungen Liebhaber zugelegt.«

»Klar doch«, sagte Rachel kichernd.

Schon am Fuß der Treppe hörte Rachel Sams grauenvollen Gesang. Bei dem unmusikalischen Gejaule würde noch die Milch sauer werden, dachte sie und verzog das Gesicht. Sie öffnete die Wohnungstür, ging hinein und ließ den Schlüssel in ihre Handtasche fallen, die auf dem Tischchen im Flur stand. Sie ging zu Sams Zimmer und lugte durch einen Spalt in der Tür. Er saß in seiner Schuluniform – einem blauen Pullover und einer grauen Hose – auf dem Boden, umgeben von Kassetten und CDs. Er hatte Kopfhörer auf, die mit dem Ghetto-Blaster verbunden waren, den Rachel ihm zum Geburtstag geschenkt hatte, und er sang zu der unhörbaren Musik mit der Leidenschaft eines angetrunkenen japanischen

Geschäftsmannes in einem Karaoke-Club. Sie schüttelte den Kopf. Wie die meisten seiner Freunde hatte auch Sam gerade erst die Musik entdeckt. Doch während seine Freunde ihre Eltern in den Wahnsinn trieben, indem sie den neuesten Mist der Charts bei voller Lautstärke rauf und runter spielten, sobald sie von der Schule heimkamen, trieb Sam Rachel in den Wahnsinn, indem er Barbra Streisand hörte.

Er kannte alle ihre Songs auswendig. Er gab sein ganzes Taschengeld für Barbra-Streisand-CDs, alte Schallplatten und Videos von ihren Konzerten aus. Er konnte ihre Gestik und Mimik imitieren und tat sein Ohren betäubendes Bestes, um diese hohen Töne genauso lange zu halten wie Barbra. Sein Zimmer war mit Barbra-Postern tapeziert. Bis vor ein paar Wochen hatte Rachel diese Begeisterung für eine nervige, aber amüsante – wenn auch etwas exzentrische – Phase gehalten, die ihr Sohn eben durchmachte. Dann war Faye zum Babysitten gekommen, hatte ihre Predigt in Rachels Küche mit dem üblichen »Hier ist es so schmutzig, dass ich meine Tetanus-Impfung auffrischen lassen sollte, bevor ich diese Wohnung betrete« beendet und nahtlos einen Vortrag darüber angeschlossen, dass Joe und Greg Sam schwul machen würden.

»Mama«, hatte Rachel lachend erwidert, »Joe hat ihm nur mal nachmittags *Hello Dolly* aus der Videothek ausgeliehen, das war alles, und Sam war total begeistert von der Streisand-Stimme. Joe findet das Ganze genauso lustig wie ich.«

»Tatsächlich«, schnaufte Faye. »Und was sagt Adam dazu? Findet er das auch lustig?«

»Er hat kein Problem damit«, verteidigte sich Rachel. »Und ich auch nicht.«

Faye zog nur die Augenbrauen in die Höhe.

»Sieh mal«, erklärte Rachel, »Joe mag seine Fehler haben,

aber er würde nie versuchen, seinem eigenen Sohn irgendwas einzureden. Zum Beispiel, Joe war immer schon West-Ham-Anhänger, aber Sam ist ein absoluter Tottenham-Fan. Und außerdem kann man niemanden homosexuell *machen*. Als Schwuler wird man geboren.«

Faye hatte mit den Schultern gezuckt, als wolle sie sagen: Du glaubst vielleicht, du wüsstest, was das Beste für dich ist, aber ich warne dich – und seither hatte sie nicht wieder davon angefangen. Doch da war es schon geschehen. In Rachels ansonsten liberale, logische und intelligente Gedanken hinein hatte Faye (von Adam ganz zu schweigen) die Saat des Zweifels gesetzt. Nicht, dass Rachel auf einmal zum Schwulenhass neigte. Keineswegs. Es schmerzte sie immer noch, dass Joe ihre Ehe so lange mit einer Lüge fortgeführt hatte, bevor er sie dann plötzlich verließ, doch das hatte ihre offene, vorurteilsfreie Haltung gegenüber Homosexuellen nicht beeinflusst. Wenn Sam zu einem Schwulen heranwuchs, fände sie das zwar gewöhnungsbedürftig, aber sie zweifelte nicht im Geringsten daran, dass sie für ihn da sein, ihn lieben und unterstützen würde. Sie ertappte sich jedoch ab und an bei dem Gedanken: Was, wenn sie sich irrte, und ihre Mutter Recht hatte? Vielleicht war es doch möglich, dass Menschen – vor allem verletzliche, leicht zu beeinflussende Kinder – schwul »gemacht« werden könnten? Was, wenn Joe und Greg Sam dazu *ermunterten,* »seine schwule Seite zu entdecken«?

Sie schämte sich so sehr für diese neuen, schrecklich spießigen Gedanken, dass sie nicht gewagt hatte, jemandem davon zu erzählen, nicht einmal Shelley.

Nun kam sie ins Kinderzimmer und stand vor ihrem Sohn. »Also, Sam, was möchtest du zum Abendessen?«, fragte sie.

Er hob einen Kopfhörer vom Ohr und blickte zu ihr auf. »Was hast du gesagt?«, fragte er.

»Abendessen. Was möchtest du?«

»Weiß nicht«, sagte er achselzuckend.

»Na, du musst doch auf irgendwas Lust haben. Wie wär's mit Würstchen und Pommes? Ich könnte dir auch einen Hamburger grillen.«

»Ja, ist gut.«

»Was denn nun?«

»Die Würstchen. Da fällt mir was ein …« Er zog die Kopfhörer herunter, so dass sie ihm um den Hals hingen. »Greg hat am Wochenende so superlecker gewürzte Würstchen gemacht, und danach gab es ganz viel verschiedene Käsesorten aus Frankreich und Italien mit diesem süßen Marmeladenzeug, das man drauftut. Der Käse war ganz zerlaufen und hat eklig gerochen, aber ich hab ihn trotzdem probiert, weil Greg gesagt hat, es sei höchste Zeit, dass ich meinen Geschmackssinn entwickle. Er hat gesagt, das heißt, dass man seine Geschmacksknospen an schickes Essen gewöhnt. Der Käse war ganz gut, aber dieses Geleezeug war wahnsinnig lecker.«

»Wie hieß es denn, dieses Geleezeug?«

»Keine Ahnung. Hab ich vergessen. Kwi… irgendwas hat er es genannt, glaub ich.«

»Meinst du Quitten? Quittengelee?«

»Ja, genau so heißt es – Quittengelee.«

»Quitten«, brummte sie. »Er füttert dich mit französischem Käse und Quittengelee.«

»Ja. Was ist denn so schlimm daran?«

»Nichts, gar nichts«, sagte Rachel hastig mit gezwungenem Lächeln. »Wirklich. Das ist nett. Könnte gar nicht netter sein.«

Sam warf ihr einen verwunderten Blick zu. Dann stellte er seine Stereoanlage an, setzte sich die Kopfhörer wieder auf und schmetterte »Secondhand Rose«.

5

Nein, ehrlich, Adam«, sagte Rachel, das Handy in der einen und das Lenkrad in der anderen Hand, »es gefällt mir sehr. Wirklich. Es ist sehr lieb von dir, so an mich zu denken. Und dass du es extra per Kurier aus Manchester geschickt hast … Ich will gar nicht wissen, was das gekostet haben muss.«

»Ein Vermögen, aber was soll's? Es war ja für dich.«

»Und wo hast du es gefunden?«

»Ich war bei John Lewis in Cheadle«, erklärte er, »auf der Suche nach einem neuen Strumpfbeutel für die Waschmaschine, da habe ich es gesehen und gedacht: Das ist *genau* meine Rachel.«

»O ja, unbedingt«, schwärmte sie diplomatisch.

»Nur habe ich mich inzwischen gefragt«, sagte Adam ein wenig unsicher, »ob du nicht vielleicht lieber Blumen bekommen hättest.«

»Glaub mir«, erwiderte sie sanft, »es ist toll. Blumen wären in einer Woche verwelkt. Ein Schuhregal aus Plastik ist etwas, das mich auf ewig an dich erinnern wird.« Natürlich wären ihr Blumen oder Pralinen lieber gewesen, aber sie brachte es nicht über sich, ihm das zu sagen.

»Ja, das dachte ich mir auch«, fuhr Adam erleichtert fort. »Ich meine, aus diesem ganzen romantischen Unsinn sind wir doch inzwischen raus, oder?«

»O ja. Absolut«, sagte sie mit fester Stimme. »Hör mal, Adam, ich muss jetzt Schluss machen. Ich bin gerade bei meinen Eltern angekommen. Ich rufe dich heute Abend an, wenn ich wieder zu Hause bin.«

»Ist gut. Hab dich lieb.«

»Ich dich auch.«

Rachel stellte den Motor ab und nahm den Katalog für Hochzeitseinladungen vom Beifahrersitz. Ihre Mutter hatte ihn bei ihr vergessen, als sie mit Jack wieder heimgefahren war, vor einer Stunde in heller Panik angerufen und Rachel gebeten, ihn vorbeizubringen. Die Druckerei hatte angerufen und darauf hingewiesen, dass sie versprochen hatte, ihn gleich Montagmorgen wieder zurückzubringen, und heute sei schon Dienstag. Wenn der Katalog bis morgen früh nicht wieder da wäre, drohte er, würden sie dafür bezahlen müssen.

Rachel protestierte, weil es schon nach sechs war und sie Sam bei den Hausaufgaben helfen, ihn in die Badewanne und dann ins Bett stecken wollte.

»Kann Papa denn nicht herkommen und ihn holen?« Sie brauchte gar nicht erst vorzuschlagen, ihre Mutter solle herüberfahren. Obwohl Faye seit Jahren den Führerschein hatte, war sie erst ein paar Mal Auto gefahren, weil sie angeblich auf einmal eine Todesangst vor Überführungen hatte.

»Er hat Verstopfung.«

»Na und? Dann muss er wenigstens unterwegs keine Pause einlegen.«

»Rachel, nun tu doch nicht so. Du weißt, dass er sich nicht allzu weit von der Toilette fortwagt, da die Deiche ja plötzlich brechen könnten.«

Schließlich gab Rachel nach, und Shelley erklärte sich bereit, auf Sam aufzupassen.

Jack öffnete ihr die Tür, das schnurlose Telefon ans Ohr gedrückt.

»Ich bin in der Warteschleife«, flüsterte er Rachel zu, küsste sie auf die Wange und winkte sie herein.

»Wo denn?«, fragte sie und trat in den Flur.

»Bei der Oper. Ich wollte deine Mutter dieses Wochenende mal ausführen. Es ist eine Überraschung. Sie kann mich nicht hören. Sie ist oben und saugt Staub.«

Rachel hörte fernes Staubsauberbrummen. »Aber Papa, du kannst Opern doch nicht ausstehen.«

»Ja, ich weiß«, sagte er schulterzuckend. »Aber deine Mutter liebt sie, und sie war schon so lange nicht mehr in der Oper. Also dachte ich …« Er brach ab und deutete mit spitzem Finger auf das Telefon, um Rachel zu signalisieren, dass sein Gesprächspartner nun wieder dran war. »Sie haben also noch zweimal erster Rang für Samstag. Wunderbar. Wissen Sie, Miss, ich bin kein großer Opernkenner. Unter uns gesagt, für mich ist das nur lauter viel zu hohes Gequieke. Ich halte es nur aus, wenn's ein paar schöne Melodien gibt, die mir gefallen. Sie wissen schon, wie den Cancan aus *Orpheus in der Unterwelt.* Also diese *Götterdämmerung* – die kenn ich überhaupt nicht. Könnten Sie mir vielleicht ein paar Takte vorsummen?«

Rachel spürte, wie sie vor Peinlichkeit knallrot wurde.

»Können Sie nicht? Schon gut«, fuhr Jack fort, »kein Problem. Vielleicht ist ja irgendwas daraus mal in der Fernsehwerbung verwendet worden, das erkenn ich dann. Sie wissen schon, wie dieses Stück von Rossini in der Pizza-Werbung.«

Mit diesen Worten begann er laut und falsch in den Hörer

zu summen, und Rachel floh in die Küche, um den Kessel aufzusetzen.

Während sie darauf wartete, dass das Wasser kochte und er seine zunehmend lächerliche Unterhaltung mit der Dame von der Opernkasse fortführte, setzte sie sich an den Küchentisch und blätterte den Katalog mit den Hochzeitseinladungen durch. Nicht zum ersten Mal in den letzten paar Tagen. Schon mindestens dreimal hatte sie sich dabei ertappt, dass sie den Katalog mit dem wattierten Kunstledereinband und den Hochzeitsglocken in Silberprägung aufschlug und heimlichen Tagträumen von Hochzeiten ganz in Weiß nachhing.

Bei ihrer ersten Hochzeit hatten Rachel und Joe, damals noch altmodische, nicht rekonstruierte, linke Studenten, sich geweigert, eine riesige jüdische Hochzeit mit allem Drum und Dran auch nur in Betracht zu ziehen, weil sie das für totale Geldverschwendung hielten. Außerdem wusste Rachel ganz genau, dass ihre Mutter die ganze Sache an sich reißen würde, bis alles in lavendelfarbenen Einheitskleidern für die Brautjungfern und mit traditionellen Tränen endete.

Daher hatte das Brautpaar beschlossen, heimlich zu heiraten. Ohne ihren jeweiligen Eltern etwas davon zu sagen, heirateten sie standesamtlich, an einem verregneten Nachmittag im November, und feierten abends, indem sie sich mit ein paar Freunden von der Uni in einer Kneipe betranken. Als Faye dahinter kam, weinte sie eine ganze Woche lang. Jede Nacht lag sie neben Jack im Bett und fragte immer wieder, wie ihr einziges Kind ihr das nur antun konnte.

»Was ist das nur für eine Tochter, die nicht einmal ihre eigenen Eltern zu ihrer Hochzeit einlädt?«, schluchzte Faye. »Seit ihrer Geburt habe ich mich darauf gefreut, ihre Hochzeit zu organisieren, den Tag herbeigesehnt, an dem wir zusammen ihr Hochzeitskleid aussuchen. Und jetzt hat sie mir all das weggenommen. Wie konnte sie nur so grausam sein, Jack? Wie konnte sie nur?«

Jack wies vorsichtig darauf hin, dass Faye nicht deshalb traurig war, weil sie bei der Hochzeit nicht dabei sein durften, sondern dass sie es offenbar viel schlimmer fand, nun keine Sitzordnung für eine Hochzeitsfeier entwerfen zu dürfen, auf welcher sie dann ihre Cousine Irene, die sie beim Begräbnis von Fayes Mutter 1973 angeblich brüskiert hatte, so nahe wie nur möglich am Kücheneingang platzieren konnte. Zur Erwiderung schlug Faye ihm nur ein Kissen über den Kopf und schluchzte umso lauter.

Rachel musste Monate lang betteln und flehen, bis ihre Mutter ihr endlich verzieh. Jack verlieh seinen verletzten väterlichen Gefühlen wesentlich gedämpfter Ausdruck. Rachel vermutete, er sei insgeheim dankbar, dass dieser Kelch an ihm vorübergegangen war, finanziell gesehen.

Mehr als zehn Jahre später hatte Rachels Ansicht zu riesigen, verschwenderischen Hochzeitsfeiern sich nicht geändert. Andererseits wusste sie, wie weh sie ihrer Mutter mit dieser heimlichen Hochzeit getan hatte, und sie wollte das gern wieder gutmachen.

Als Rachel hörte, dass Faye die Treppe herunterkam, schlug sie augenblicklich den Katalog zu. Wenn ihre Mutter auf den Gedanken kam, Rachel könnte in irgendeiner Weise offen für Gespräche über die Hochzeitsplanung sein, dann würde sie schneller am Telefon hängen und ungefragte Buchungen bei Hylda Klompus vornehmen, als man »Eisskulptur« sagen konnte.

Faye betrat den Raum; sie sah einfach umwerfend aus. Sie trug ein cremeweißes Wollkostüm aus einem knielangen, engen Rock und einem kurzen, gerade geschnittenen Blazer mit einem zierlichen Kragen und großen Perlenknöpfen. Sie war komplett geschminkt, ihr blond gesträhntes Haar sah aus, als sei es frisch geschnitten und fachmännisch frisiert worden. Die Wirkung wurde nur durch den Staubsauger, den sie trug, und ein wenig weißes Pulver auf ihrer Oberlippe geschmälert. Außerdem fiel Rachel auf, dass Fayes Nase lief.

»Hallo, mein Schätzchen«, sagte Faye und stellte den Staubsauger ab. Dann ging sie zu Rachel hinüber, nahm ihr Gesicht in beide Hände und küsste sie. »Und, wie geht's meinem prächtigen Enkelsohn? Immer noch der große Streisand-Imitator? Ich sage dir, du musst endlich mal mit deinem Exmann ein Wörtchen reden.«

Rachel erschnupperte einen Hauch von Miss Dior. Sie bemerkte auch eine winzige Plastiktüte, die aus der Blazertasche ihrer Mutter ragte. Sie schien das gleiche weiße Pulver zu enthalten, das Faye auf der Oberlippe hing.

»Mama, das hatten wir doch schon«, erwiderte Rachel, während ihr Blick von der Oberlippe und der laufenden Nase ihrer Mutter wieder zu dem Tütchen Pulver huschte. »Das ist nur so eine Phase. Bitte hör auf, mich damit zu nerven.«

Faye zuckte mit den Schultern, wischte sich mit dem Handrücken die Nase und schniefte. Rachel bemerkte, dass ihre Augen tränten. Als ihr Blick wieder zu dem Tütchen wanderte, überschlugen sich ihre Gedanken förmlich. Himmel, dachte sie, die Beweise waren tatsächlich erdrückend. Andererseits war der Gedanke völlig absurd, eine über sechzigjährige jüdische Großmutter aus Chingford könnte Kokain konsumieren. Außer vielleicht, wenn ihre Mutter irgendeine akute psychische Krise durchmachte. Das würde auch die Sache mit der Bikinizone erklären. Vielleicht hatte sie panische Angst davor bekommen, alt zu werden. Ja, genau, das war's. Faye war auf der Suche nach ihrer verlorenen

Jugend, und sie glaubte, indem sie sich die Bikinizone enthaaren ließ und ab und an eine Linie zog, könnte sie ihr näher kommen.

»Also, Mama … du siehst unglaublich gut aus«, sagte Rachel nervös und beschloss, das Kokain nicht zur Sprache zu bringen, bis sie bei einer dieser Drogen-Beratungsstellen angerufen und sich informiert hatte, wie man das am besten anfing. »Dieses Kostüm muss ja ein Vermögen gekostet haben.«

»Hat es«, entgegnete Faye und wischte weiße Pulverspuren von ihrem Rock. »Hach, dieses verflixte Zeug«, fuhr sie fort. »Das verteilt sich ja überall.«

Rachel konnte kaum glauben, wie offen ihre Mutter darüber sprach, dass Kokain auf ihrem Rock gelandet war.

»Weißt du, ich habe so viel von diesem Zeug eingeatmet«, sagte sie gerade, »dass es mir schon zu Kopf steigt. Außerdem tropft meine Nase wie ein lecker Wasserhahn. Anscheinend bin ich allergisch dagegen oder so.«

»Nein, Mama, ich glaube nicht, dass du allergisch dagegen bist. So geht es den meisten Leuten damit.«

»Tatsächlich? Das ist ja unglaublich. Man sollte dafür sorgen, dass das Zeug vom Markt genommen wird.«

»Wie meinst du das, ›vom Markt genommen‹? Man kann nicht mal sagen, es sei überhaupt auf dem Markt.«

»Ach, Unsinn. Ich habe es selbst bei Waitrose in Buchhurst Hill gekauft.«

»Was?«, fragte Rachel fassungslos. »Du hast es im Supermarkt gekauft?« Sie hatte eine plötzliche Vision von ihrer jüdischen Mutter und irgendeiner finsteren Gestalt in Tommy Hilfiger mit riesiger Sonnenbrille, der neben der Fischtheke herumlungerte.

»Ja doch«, bekräftigte Faye und nickte langsam, als wolle

sie sich einem Besucher von der Venus verständlich machen. »Erde an Planet Rachel, hallo! Da kaufen wir Erdlinge Dinge wie Körperpuder.«

»Puder?«, wiederholte Rachel. »*Das* ist also in dem Tütchen?«

»Ja«, sagte Faye und lachte verwirrt. »Was dachtest du denn, was das ist?«

»Es ist also gar keines?«

»Kein was?«, fragte Rachel und sah ihre Tochter verständnislos an.

»Nichts, äh, nein. Vergiss es.« Also gehörte ihre Mutter nicht zu einem bizarren neuen Typus vorstädtischer Drogenfreaks. Rachel fiel beinahe hörbar ein Stein vom Herzen.

»Ich habe oben Staub gesaugt«, erklärte Faye nun, »und dabei ist mir die Dose mit diesem duftenden Körperpuder vom Kaminsims im Schlafzimmer gefallen und aufgegangen. Das verflixte Zeug hat sich über das ganze Bett, die Frisierkommode und mich verteilt. Wenigstens konnte ich noch ein bisschen was zusammenkehren.« Sie holte das Plastiktütchen aus der Tasche und legte es auf die Arbeitsplatte.

»Und, wofür hast du dich so fein gemacht?«, fragte Rachel, die das Gespräch endlich wieder in normale Bahnen lenken wollte.

Rachel bemerkte, dass Faye kurz zögerte, bevor sie ihr antwortete.

»Ach, nichts«, sagte sie. »Ich war schon aus. Eine alte Schulfreundin hat mich in ein sehr schickes Lokal in der Stadt zum Mittagessen eingeladen. Wir haben uns festgequatscht und sind noch Tee trinken gegangen. Als ich dich angerufen habe, war ich eben erst zurück.«

»Mit wem warst du denn essen?«, erkundigte sich Rachel und warf ihrer Mutter einen belustigten Blick zu. »Du hast noch nie erwähnt, dass du mit irgendjemandem aus deiner Schulzeit in Verbindung geblieben bist.«

»Nein?«, entgegnete Faye. Sie hörte sich eindeutig nervös an, fand Rachel. Außerdem wurde sie rot.

»Nein, hast du nicht«, sagte Rachel. Sie beobachtete ihre Mutter, die die Post zur Hand nahm und so tat, als sehe sie sie durch.

»Ach«, entgegnete Faye, ohne aufzublicken, »ich habe doch bestimmt irgendwann mal meine alte Freundin Tiggy Bristol erwähnt – früher hieß sie Goldberg.«

»Nicht dass ich wüsste.«

»Doch, ganz bestimmt«, beharrte Faye und lachte nervös. »Ich habe doch schon hundert Mal von ihr gesprochen. Ihr Mann ist Millionär – hat mit Papier ein Vermögen gemacht. Ich sage dir, Rachel, für die wächst es wirklich auf den Bäumen.«

»Mama«, sagte Rachel nachdrücklich, »ich denke doch, dass ich mich an einen Namen wie Tiggy Bristol erinnern würde, meinst du nicht?«

Faye zuckte mit den Schultern.

Rachel saß da und dachte nach. Sie war hundertprozentig davon überzeugt, dass ihre Mutter den Namen Tiggy Bristol noch nie erwähnt hatte. Sie war nicht ganz, aber doch fast sicher, dass Faye sie anlog. Ihre Nervosität war viel sagend. Erst die Sache mit der enthaarten Bikinizone, und nun erzählte sie auch noch frei erfundene Geschichten darüber, mit wem sie zum Mittagessen gegangen war. Rachel wusste genau, dass ihre Mutter irgendetwas im Schilde führte. Sie hatte allerdings keine Ahnung, was.

»Und, wo ist dein Vater?«, fragte Faye, die offenbar dringend das Thema wechseln wollte.

»Weiß nicht«, antwortete Rachel abwesend. Sie war immer

noch schwer mit dieser Tiggy-Bristol-Geschichte beschäftigt. »Als ich kam, hing er am Telefon.«

Faye wandte sich wieder der Post zu.

In diesem Moment kam Jack herein, einen Schokoladen-Jingle vor sich hin trällernd. Er zwinkerte Rachel verschwörerisch zu.

Rachel lächelte ihn an. Sie blickte von ihrem Vater mit seinem Bauch in einer hellbraunen Polyester-Hose mit Gummibund hinüber zu ihrer Mutter mit ihrem fantastisch geschnittenen Kostüm in Größe 38.

»Na, Jack?«, fragte Faye und sah auf, »warst du schon?«

Er verzog das Gesicht und wedelte mit der Hand, als wolle er sagen: »Frag lieber nicht.«

»Weißt du, Jack, dein Problem ist, dass du nicht genug Ballaststoffe isst. Deine Vorstellung von einer ausgewogenen Ernährung ist je ein Toast mit Spiegelei in beiden Händen. Ich sage dir, wenn du so weitermachst, hast du irgendwann einen Darmverschluss. Schau mal, deine Schwester hat heute Morgen diese Klistierspritze vorbeigebracht. Warum probierst du es nicht wenigstens mal damit? Sie sagte, dein Schwager hätte sie nur einmal benutzt. Und sie hat sie danach sorgfältig sterilisiert.«

»Rachel, sag deiner Mutter, dass sie nicht mehr ganz dicht ist. Wer könnte so verrückt sein, eine gebrauchte Klistierspritze zu benutzen?«

»*Ich* bin nicht ganz dicht?«, gab Faye zurück. »Darf ich dich daran erinnern, dass ich nicht diejenige bin, die etwas Brokkoli ab und zu als Bedrohung für ihre Männlichkeit empfindet? Ich habe dir doch gesagt, sie hat das Ding sterilisiert. Rachel, sag deinem Vater, dass er es mal probieren sollte.«

Da Rachel keinerlei Interesse daran hatte, in einen Streit

über die Darmtätigkeit ihres Vaters hineingezogen zu werden, verabschiedete sie sich rasch.

Sie hatte den ganzen Heimweg über versucht, dahinter zu kommen, ob es Tiggy Bristol nun wirklich gab oder nicht – und wenn es sie nicht gab, weshalb ihre Mutter sie erfunden hatte; erst vor der Haustür fiel ihr ein, dass sie keinen Orangensaft mehr hatte. Das wäre nicht so schlimm gewesen, nur leider weigerte sich Sam, irgendetwas anderes für seine Cornflakes zu nehmen. Jeden Morgen zog sie dieselbe Nummer ab und versuchte ihn davon zu überzeugen, dass Milch richtiges Essen war und viel sättigender als Saft, doch das war ihm ganz egal. Schlimmer noch, Cornflakes waren das Einzige, was Sam morgens zu essen gewillt war, und wenn sie es nicht schaffte, den Saft dazu zu liefern, würde er mit leerem Magen zur Schule gehen. Da in Rachel mehr von einer jüdischen Mutter steckte, als ihr lieb war, konnte sie das nicht zulassen. Wenn er hungrig zur Schule ging, entschuldigte sie ihren Eifer, würde er sich nicht konzentrieren können. Und wenn sein Blutzucker gefährlich niedrig sank, könnte er umkippen. Wenn er umkippte, könnte er mit dem Kopf aufschlagen. Als sie den Motor abstellte, gab es für Rachel keinen Zweifel mehr: Wenn sie nicht noch heute Abend irgendwo Orangensaft auftrieb, würde der folgende Vormittag für ihren Sohn im Krankenhaus enden, mit einer schweren Gehirnerschütterung.

Bis zum nächsten Supermarkt waren es mit dem Auto fünf Minuten. Sie beschloss, erst in der Kneipe um die Ecke Terry zu fragen, ob der etwas Orangensaft erübrigen konnte.

Wie an jedem Abend unter der Woche war im Red House nicht viel los. Sie ging zur Bar. Soweit sie sehen konnte, war Terry, ehemaliger Taxifahrer, alter Schatz und Kneipenwirt, die einzige Bedienung. Er zapfte offenbar gerade ein Bier für einen jüngeren Mann, der an der Bar über einem Kreuzworträtsel saß. Ihr fiel auf, wie ungewöhnlich blass er war – er sah aus wie ein Blutspender, der nicht mal mehr »genug jetzt« herausbrachte –, und er hatte eine wüste Bob-Geldof-Frisur.

Nachdem sie diese Frisur eines zweiten Blickes gewürdigt hatte, kam sie zu dem Schluss, dass er sich an die Shampoo-Anweisung »gründlich ausspülen« vielleicht noch hielt, das »wie gewohnt frisieren« jedoch ausließ. Sie lehnte sich ein paar Schritte entfernt von ihm an die Bar. Terry blickte auf, lächelte und gab ihr zu verstehen, er werde sich gleich um sie kümmern.

»Also, Tel«, hörte Rachel den Typen mit dem wirren Haar sagen, »waagrecht sechs Buchstaben, ›ausschließlich weiblich‹, fängt mit M U an.«

Terry zapfte weiter sanft am Bierhahn. »Mutter«, sagte er.

»Ach so, klar«, sagte der Kerl und zog an seiner Zigarette. »Logisch. Sonst hieße ja hier senkrecht ›beliebter lateinamerikanischer Tanz‹ noch Sango.«

Rachel lachte stumm in sich hinein, während sie zusah, wie er seine vorherige Antwort ausbesserte. Er trug ein sehr figurbetontes königsblaues Samtjackett im Siebzigerjahre-Stil, mit überbreitem Revers. Darunter lugte ein orangerotes Hemd hervor, bis zur Brust aufgeknöpft, mit einem langen Doppelkragen, Rüschen an der Knopfleiste und sogar extralangen, gerüschten Manschetten, die aus dem Jackettärmel hervorquollen.

Er warf Zeitung und Stift auf den Tresen und grinste. »So – fertig«, verkündete er. »Na gut, ich hab gestern Vormittag auch schon ein paar Stunden dran gesessen, nach *Kilroy*. Und drei am Nachmittag. Jetzt noch zwanzig Minuten. Das macht insgesamt was?«

»Fünf Stunden zwanzig Minuten«, sagte Terry und griff nach einem weiteren Glas.

»Su-pi. Neue persönliche Bestzeit.«

»Du hast also nur gut fünf Stunden gebraucht«, sagte Terry und stellte ihm ein Bier hin, »um das Kreuzworträtsel in der *Sun* zu lösen.«

»Tel, nicht so viel Hohn und Spott. Du weißt doch, dass ich Legastheniker bin.«

Er sprach das Wort »Legastheniker« mit zwei harten, Schleim räuspernden Kehllauten aus, wie man sie von todkranken Obdachlosen erwarten würde. »Du weißt doch, wenn ich meine Eier zähle, komme ich nie zweimal auf dieselbe Zahl. Also dann, ein Bedürfnis ruft – die alte Schildkröte steckt schon den Kopf raus. Schreib mir das Bier an.« Er drückte seine Zigarette im Aschenbecher aus.

Erst als er aufstand, merkte Rachel, dass er winzig war – knapp größer als einen Meter sechzig – und dass er zu dem Samtjackett eine hautenge schwarze Lederhose und Plateau-Schuhe trug. Was für ein Poser, dachte sie. Aber irgendwie auch gut aussehend, auf eine zerknitterte, Byron-hafte Art – wenn auch in der halben Portion. Aber ihr Typ war er nicht. Sie hatte bleiche Männer noch nie sonderlich attraktiv gefunden. Im Gegensatz zu Shelley, die der Aufgewärmte-Leiche-Look ausgesprochen antörnte.

»Terry«, fragte Rachel mit unterdrücktem Kichern, sobald er weg war, »wer, um Himmels willen, ist denn das?«

»Der?«, erwiderte Terry grinsend. »Das is' Trecker.«

»Wie war das bitte?«

»Trecker. Ich glaube, sein richtiger Name ist David Brown. Und David Brown ist zufällig die gängigste Traktoren-Marke in Cornwall. Also nennen ihn alle Trecker.«

»Er hört sich aber eher so an, als käme er aus Liverpool«, bemerkte Rachel.

»Ja, das fand ich auch bisschen seltsam. Aber …«

»Läuft er immer so rum?«

»Immer. Er meint, die Siebziger wären das coolste Jahrzehnt des zwanzigsten Jahrhunderts gewesen. Um ehrlich zu sein, ich seh das ja nicht so – all diese Dauerwellen und hängenden Schnauzer. Und das allein bei den Frauen.« Terry prustete vor Lachen.

In diesem Moment bemerkte Rachel ein Exemplar der *Clitorati* auf dem Tresen. So was, dachte sie. Was ist nur mit diesem Buch, dass es solche Idioten anzog?

»Irgendwie kam er mir nicht wie einer vor, der sich ausgiebig mit feministischer Literatur befasst«, sagte sie, drehte das Buch um und überflog das Gelaber auf der Rückseite.

»O nein, er liest das nicht«, erklärte Terry. Er beugte sich vor und sah sich rasch um. »Ich sollte dir das wohl nicht erzählen, aber er will damit Frauen aufreißen.«

»Frauen aufreißen? Du machst Witze?«

»Nein, im Ernst. Er nennt es sein ›Ticket ins Tussiland‹. Sagt, damit sähe er intelligent aus, wie ein Neuer Mann. Hat ihm aber anscheinend noch nicht viel Glück gebracht.«

»Tatsächlich?«, entgegnete Rachel sarkastisch. »Welche Überraschung.«

Terry lachte auf. »Und du, Rachel, was darf ich dir bringen?«

Sie erklärte, ihr sei der Orangensaft ausgegangen, und fragte, ob er ihr vielleicht aushelfen könnte.

»Kein Problem.« Er ging die paar Schritte hinüber zum Kühlschrank. Sie klopfte im Takt der Musik auf den Tresen. Irgendwer hatte gerade Abba's »Dancing Queen« auf der Jukebox ausgewählt.

»Bitte schön«, sagte er und stellte einen Saftkarton vor sie hin.

»Danke«, sagte sie und reichte ihm einen Fünf-Pfund-Schein.

Er drehte sich zur Kasse um. In diesem Moment kehrte Trecker zurück und setzte sich wieder auf den Barhocker neben Rachel. Sie betrachtete immer noch die Sammlung von Schnapsflaschen hinter der Bar, doch aus dem Augenwinkel sah sie, dass er sie anschaute.

»Tolles Buch«, sagte er und nahm die *Clitorati* zur Hand.

»Hab schon davon gehört«, entgegnete Rachel, wandte sich um und lächelte schwach.

»Ich finde«, sagte er und zündete sich eine Zigarette an, »es ist eine tiefsinnige und provokante historische Analyse des Geschlechterkampfs.« Er zog heftig an seiner Zigarette.

»Wie ulkig«, erwiderte Rachel und fächelte gegen den Qualm an, »das steht wortwörtlich hinten auf dem Umschlag.«

»Das glaube ich nicht. Das kann doch nicht wahr sein«, sagte er.

»Überzeugen Sie sich selbst.« Sie streckte die Hand aus, drehte das Buch um und tippte mit dem Finger auf die Rückseite.

»Das haut mich ja völlig von den Socken«, sagte er. »Wer hätte das gedacht? Na ja, Sie wissen ja, wie das ist – große Gedanken hat man nie für sich allein.«

»Glauben Sie?«, erwiderte sie lächelnd. Er war ein Vollidiot, aber sie fand ihn auch irgendwie unterhaltsam.

Einen Moment lang blieb er stumm.

»Zufällig«, sagte er schließlich und ließ etwas Asche in den Aschenbecher fallen, »kenne ich einen tollen Klitoris-Witz. Wollen Sie ihn hören?«

»Äh, nicht unbedingt«, sagte sie.

»Also, eine Frau geht an einem Zoogeschäft vorbei und

sieht im Schaufenster Werbung für einen Klitoris leckenden Pekinesen. Sie ist neugierig, also geht sie rein und sagt zu dem Typen hinter dem Ladentisch: ›Guten Tag, ich interessiere mich für den Klitoris leckenden Pekinesen‹, und er sagt« … Trecker machte es spannend … »und er sagt: ›Sehl gelne, gnädige Flau.‹«

Trecker klopfte sich auf die Schenkel. Rachel konnte nicht verhindern, dass ihre Lippen zitterten.

»Kapiert?«, fragte er lachend. »Pekinese, ein Typ aus Peking.«

»Ja«, brachte sie trotz unterdrücktem Kichern hervor. Wenn sie lachte, würde ihn das nur noch ermutigen, dachte sie. »Schon kapiert.«

»Ich liebe diesen Song, und Sie?«, fragte er gleich darauf.

»Ist ganz nett«, antwortete sie.

»Also, was ist denn so Ihre Lieblingsplatte?«

Inzwischen war Terry mit ihrem Wechselgeld erschienen.

»Die von Yul Brynner«, sagte sie und wandte sich ab, um ihr Wechselgeld in Empfang zu nehmen. »Danke dir, Terry. Tschüs«, sagte sie, lächelte Trecker kurz zu und ging zur Tür.

»Oho, Terry, ich schätze, da hab ich Chancen«, hörte sie Trecker sagen. »Sie steht echt auf mich. Die kommt wieder, das sag ich dir.«

Rachel fuhr herum. »Ist schon schlimm«, rief sie ihm zu, »was dabei rauskommt, wenn Cousins ihre Cousinen heiraten.«

Doch Trecker reagierte nicht. Stattdessen baute er sich vor Terry auf und deutete auf seinen lederumspannten Schritt.

»Terry, du als Kumpel«, tönte er, »sag mal ganz ehrlich … sehen meine Eier in dieser Hose schön groß aus?«

6

... Na, jedenfalls war der Sex mit diesem Amerikaner so gut, dass danach sogar die Nachbarn eine Zigarette geraucht haben.«

Das Publikum wieherte erneut vor Lachen. Im Gegensatz zu letzter Woche waren die Gäste diesmal von ihrem Auftritt begeistert.

»Aber die sind schon komisch, diese Amerikaner«, fuhr Rachel fort. Sie konnte sich nicht erinnern, auf der Bühne je so entspannt gewesen zu sein, und sie genoss jeden Augenblick.

»Da sind sie nun die reichste, mächtigste Nation der Welt, aber nicht einer von ihnen hat eine anständige Frisur. Wo lässt sich nur der Durchschnittsamerikaner die Haare schneiden? In Albanien? Und dann diese ganzen lächerlichen Umschreibungen für alles, was auch nur im Entferntesten mit Toiletten zu tun hat. Neulich habe ich im Radio eine Frau aus L.A. gehört – Sie kennen diese Sorte: dünner, neurotischer Biofraß-Fan, die so aussieht, als stehe sie den ganzen Tag lang schreckliche Ängste aus, dass bald auf unserer Erde nichts mehr übrig sein wird, das man noch entkoffeinieren könnte –

also, jedenfalls erzählt sie fünf Minuten lang in allen Einzelheiten, was sie und ihr Freund so im Bett treiben, und dann sagt sie: ›Und dann ist er sich in meinem Mund die Hände waschen gegangen.‹«

Das Publikum brüllte vor Lachen.

»Und dann kommt wieder diese Radio-Kummertante und sagt mir, Frauen sollten ihren Partnern sagen, wie sie geliebt werden möchten. Klar doch, dachte ich mir. Meiner kriegt ja schon einen Tobsuchtsanfall, wenn ich ihm nur sage, wie er Auto fahren soll.«

Die Frauen kreischten.

»Ja, und damit ist meine Zeit heute Abend abgelaufen«, sagte sie und steckte das Mikro wieder auf den Ständer, »aber ich möchte den Frauen im Publikum noch etwas mit auf den Weg geben. Denkt immer daran, nicht alle Männer sind arrogante, egoistische Mistkerle. Einige sind auch tot.«

Gelächter und Applaus wurden von Pfiffen begleitet. Rachel spürte, wie sie strahlte.

»Ihr wart ein tolles Publikum«, rief sie laut, um den Lärm zu übertönen. »Und ich war Rachel Katz.« Sie deutete eine kleine Verbeugung an und joggte von der Bühne.

Nach ihrem Auftritt, dem letzten vor der Pause, wollte sie sich an der Bar im hinteren Teil des Anarchist Bathmat Pub mit Adam treffen. Rasch schlüpfte sie auf der Toilette in das neue Kleid von *Ghost,* das sie extra für diesen Abend gekauft hatte (sie hatte überrascht festgestellt, dass auf ihrer Kreditkarte noch etwas Spielraum war). Dann ging sie zur Bar, wo es vor Leuten wimmelte, doch Adam war nicht zu sehen. Heute war ihr letzter gemeinsamer Abend, bevor Adam einen Monat nach Südafrika ging, und ausgerechnet an diesem Abend, den sie mit einem romantischen Abendessen beginnen wollten, musste er sich verspäten. Sie sah auf die Uhr. Es war kurz nach halb zehn. Sie hatte den Tisch bei Momo für zehn Uhr bestellt. Es konnte ewig dauern, bis sie an einem Samstagabend im West End einen Parkplatz fanden. Wenn Adam nicht in den nächsten Minuten auftauchte, würden sie den Tisch verlieren. Rachel blieb nichts anderes übrig, als zu warten, also drängte sie sich zum Tresen durch, schnappte sich einen Barhocker und schaffte es schließlich sogar, eine Cola zu bestellen.

Sie saß erst ein paar Minuten dort, als Pitsy Carter, eine nervtötende australische Komikerin, sich zu ihr durchdrängelte. Rachel stöhnte innerlich, als sie die Frau entdeckte, die ohne Zweifel die Unbeliebtheits-Hitliste in Australien anführte.

»Oh, hi, Rache«, sagte sie in ihrer üblichen Aussie-Kumpelhaftigkeit und grinste dabei von einem winzigen, blondierten Rattenschwänzchen zum anderen. »Toller Auftritt.« Sie boxte Rachel spielerisch, aber nicht allzu fest. Dann drehte sie sich um und bestellte ein Bier.

»Danke«, sagte Rachel und lächelte gezwungen, während sie sich die Schulter rieb.

»Dieser letzte Teil«, plapperte Pitsy weiter und schob ihr Wechselgeld in die hintere Hosentasche, »du weißt schon – nicht alle Männer sind arrogante Mistkerle, manche sind auch tot –, das hat mich echt geschafft.«

Pitsy – Hüftjeans, ärmelloses, bauchfreies Top, Fleece-Pulli um die Hüfte gebunden – setzte die Bierflasche an. Dabei entblößte sie eine der beiden Taranteln aus dicken schwarzen Achselhaaren, die sie anscheinend liebevoll züchtete. Da Pitsy, die eigentlich Janeece hieß, sich selbst als die Germaine Greer Australiens bezeichnete, weil sie offensichtlich keine Ahnung hatte, dass Germaine Greer a) ebenfalls aus Australien stammte und b) nicht absichtlich komisch war, nahm man allgemein an, dass sie die Taranteln aus politischen Gründen hielt.

»Ich habe mir das Hirn zermartert, wo ich den Spruch schon mal gehört habe«, fuhr Pitsy fort, »und dann ist mir eingefallen, dass ich ihn vor ein paar Monaten auf einem Autoaufkleber gelesen habe, aber er ist wirklich komischer, wenn man ihn so vorträgt.«

Rachels erster Impuls war, Pitsy mit einem gezielten Schlag das Licht auszuknipsen. Der zweite war, ihr zu sagen, sie sollte die Klappe halten und sich rasieren gehen. Stattdessen atmete sie tief durch und lächelte.

»Aha. Freut mich, dass es dir gefallen hat«, sagte sie gelassen. Obwohl Pitsy in ihr immer den Wunsch weckte, vor Glück Luftsprünge zu machen – von einem hohen Gebäude – hatte Rachel sich fest vorgenommen, sich nicht von ihr provozieren zu lassen. Im Gegensatz zu allen anderen in der Comedy-Szene, die Pitsy für ein gehässiges, gefährliches Miststück allererster Güte hielten, war Rachel zu dem Schluss gelangt, dass Pitsy nicht mehr alle Kängurus im Stall hatte.

»Sie ist einfach nur dumm«, hatte Rachel zu Lenny, dem Showmaster des Anarchist Bathmat, gesagt, als er sie einmal beiseite genommen und ihr geraten hatte, einen großen Bogen um Pitsy zu machen. »Glaub mir, Lenny, die würde sich ein Zebra kaufen und es Pünktchen nennen.«

»Aber ich muss dir sagen«, erklärte Pitsy und trank noch einen Schluck aus der Bierflasche, »ich mache mir Gedanken wegen deiner Mikro-Technik. Im Comedy-Kurs daheim in Killadingo haben sie uns immer ermahnt, nicht zu dicht am Mikro zu sprechen, weil man sonst ploppt. Und ich muss sagen, ich habe heute Abend eine ganze Menge Plopps gehört.«

»Plopps«, wiederholte Rachel, die nicht verhindern konnte, dass sich ein eisiger Unterton in ihre Stimme schlich.

»Ja. Das liegt daran, dass …«

»Danke, Janeece.« Rachel schnitt ihr das Wort ab. »Ich bin schon eine ganze Weile im Showbiz. Ich weiß, woran das liegt.«

»Natürlich weißt du das«, plapperte Pitsy fröhlich weiter, »aber ich glaube, es ist immer ganz nützlich, wenn einen jemand auch mal an so grundsätzliche Sachen erinnert. Und, wie ist es, Rache, nimmst du auch am Comedy Contest teil?«

»Was für ein Contest?«, fragte Rachel ziemlich betroffen.

»Du weißt schon, dieser europäische Comedy-Wettbewerb, ›Joke for Europe‹. Am letzten Sonntag vor Weihnachten im Gas Station in Islington.« Sie erzählte Rachel außerdem, dass dieses Event von Channel 6 gefilmt und gesponsert werde und dass der Gewinner eine eigene Comedy-Show im Fernsehen bekommen solle. »Außerdem dürfen die Besten noch auf den Eurovision Comedy Grand Prix nächsten März in Helsinki. Das wird anscheinend ein Mega-Event. Dreißig Länder nehmen da teil.«

Rachel lachte. »Der Eurovision Comedy Grand Prix? So ein Blödsinn, Janeece, da hat dir jemand einen Bären aufgebunden. Der Grand Prix de la Chanson ist doch hierzulande schon der letzte Witz. Seit Jahren.«

Sie schilderte Pitsy, dass die Leute sich das nur noch ansahen, um sich über die albernen Kostüme totzulachen, über die allzu offensichtlich politisch motivierte Abstimmerei und weil die slowenischen Schafhirten-Gesänge, die anscheinend jedes Jahr dabei sein mussten, so grauenhaft klangen, dass sie schon wieder kultig waren.

Sie hatte Visionen von einem türkischen Komiker mit Pailletten-Jackett und Michael-Bolton-Frisur, der die Griechen mit einer Nummer über Ariana Stassinopoulous, einen griechisch-orthodoxen Priester und eine Souvlaki auf die Palme brachte; o ja, und der Schwede, der von jedem skandinavischen Land zehn Punkte bekam für irgendeinen erbärmlichen Witz über das Gefrorene Land Gottes.

»Na ja, der Grand Prix de la Chanson mag ja ein Witz sein«, wandte Pitsy ein, »aber mein Agent hat gesagt, dass alle diesen Comedy-Grand-Prix sehr ernst nehmen. Ich kann es gar nicht fassen, dass du nichts davon weißt.«

»Janeece«, sagte Rachel und schüttelte stirnrunzelnd den Kopf, »bist du dir da wirklich ganz sicher?«

»Hundertprozentig. Mein Agent hat mir das Anmeldeformular vor ein paar Tagen zugeschickt, ich habe es eingereicht und habe nächste Woche einen Vorsprechtermin. Hat dein Agent dir denn keines geschickt?«

Rachel hatte keinen Agenten. Sie konnte sich keinen leisten.

»Nein«, sagte sie mit verlegenem Lächeln, »hat er nicht. Vielleicht hat er's vergessen.«

»Na, dann ruf ihn an und lass dir eines schicken. Und sag ihm auch gleich, dass du stinksauer bist. Du bezahlst ihm schließlich keine zehn Prozent dafür, dass er so was vergisst.«

»Ja, da hast du Recht«, entgegnete Rachel und lächelte Pitsy an. »Das mach ich.«

»Also«, plauderte Pitsy weiter, »zuerst hatte ich ja ein bisschen Angst, dass sie mich nicht zulassen – du weißt schon, weil ich aus Australien komme und so –, aber anscheinend geht das in Ordnung, weil meine Eltern beide von hier sind und ich die doppelte Staatsbürgerschaft habe.«

»Du willst es also versuchen?«

»Isst der oberste Rabbi Schweinefleisch? Allerdings werde ich's versuchen. Es ist nur so, dieser Wettbewerb ist für relativ unbekannte Komiker, und davon gibt es sehr viele, deswegen haben sie die Anzahl der Teilnehmer auf fünfundsiebzig begrenzt. Ich würde mich also schnell anmelden, wenn ich du wäre. Und keine Sorge, du kannst dich jederzeit an mich wenden, wenn du Schwierigkeiten hast, dir so schnell neues Material einfallen zu lassen. Ich habe noch stapelweise altes Zeug von früher, als ich noch in Killadingo aufgetreten bin, davon gebe ich natürlich gern was ab.«

»Nein, wirklich?«, brachte Rachel hervor, ganz schwach vor Entrüstung. Man konnte sich darüber streiten, ob Pitsy Carter fies oder einfach nur dämlich war, aber niemand zog je die Tatsache in Zweifel, dass sie Van Goghs Ohr für gute Comedy hatte.

Pitsys besondere Spezialität waren uralte, verhackstückte Gags über Menstruation, Glühbirnen-Witze und lahme Anekdoten aus dem Leben auf der Schaffarm ihres Onkels Frank in Killadingo. Dazu gehörte zum Beispiel eine Nummer über ihre Tante Gwen, die in einem Bottich voll *Vegemite* ertrank (inklusive Sound Effects). Wie sie überhaupt Eingang in die Comedy-Szene gefunden hatte, war allen ein Rätsel. Dass sie schließlich sogar in den besten Comedy-Häusern wie dem Anarchist Bathmat auftrat, war noch erstaunlicher, vor allem, weil sie beim Publikum nicht gerade großartig ankam. Aber aus irgendeinem Grunde wurde sie gern gebucht. Wenn Rachel es nicht besser gewusst hätte, hätte sie vermutet, dass bei den Buchungen bestochen wurde.

»Also dann«, erklärte Pitsy, »ich schlüpf mal schnell raus, eine rauchen – ich bin in ein paar Minuten dran. Weißt du, Rache, ich bin froh, dass ich mit dir reden kann, weil ich manchmal das Gefühl habe, die Leute lehnen mich vom ersten Moment an ab. Hast du eine Ahnung, woran das liegen könnte?«

»Vielleicht wollen sie einfach ein bisschen Zeit sparen, Janeece«, sagte Rachel mit mildem Lächeln.

Pitsy warf ihr einen verständnislosen Blick zu.

Nachdem Pitsy sich mit ihrer Zigarette verzogen hatte, trank Rachel ihre Cola aus und sah sich nach Lenny um, um die Wahrheit über diesen »Joke for Europe«-Wettbewerb in Erfahrung zu bringen. Glücklicherweise entdeckte sie ihn sofort, und er kam auf die Bar zu.

»Hallo, Rache«, sagte er atemlos. »Toller Auftritt.«

»Danke«, erwiderte sie geschmeichelt. Sie wollte ihn gerade nach dem Comedy-Grand-Prix fragen, aber er war schneller.

»Gott, ich habe gerade im Internet was über dieses Erdbeben gelesen – sechs Komma neun auf der Richter-Skala.«

»Oh, das ist ganz schön viel, oder?«

Er nickte aufgeregt.

Lenny war der weltweit einzige Seismologen-Komiker. Obwohl er in einem schäbigen Block von Sozialwohnungen aufgewachsen war und seine allein stehende Mutter noch vier weitere Kinder zu erziehen hatte, stellte er sich als ziemlich begabt heraus. Als Teenager entwickelte er eine Vorliebe für harte Sachen, allerdings waren das in Lennys Fall eher Granit und Bauxit als Schnaps und Motörhead; da schien es ganz natürlich, dass er später Geologie studierte. Nach drei Jahren in Cambridge, wo er dann doch die Geologie zugunsten kleiner Bühnen vernachlässigte, beschloss er, sein Glück in der Comedy zu versuchen.

Doch er hatte die Geologie nie ganz aufgegeben – vor allem seine Leidenschaft für Erdbeben. Heutzutage verbrachte er viel Zeit damit, immer neue Erdbeben im Internet zu suchen und in allen Einzelheiten in einem Schulheft einzutragen. Dass er cool, witzig und zugleich so streberhaft langweilig sein konnte, entsprach ganz Rachels Vorliebe für seltsame Persönlichkeiten, und so waren die beiden fast vom ersten Augenblick an dicke Freunde.

»Ich finde es unglaublich«, fuhr Lenny fort, »dass nichts davon in der Zeitung stand.«

»Wo war es denn?«

»In Bolivien.«

»Wie viele Tote?«

»Glücklicherweise gar keine. Es ist in der Wüste passiert.«

Sie sah ihn an und brach in Lachen aus. »Okay, ich fasse mal zusammen. Du sagst also, dass ein Erdbeben irgendwo in der Wüste in Bolivien, bei dem niemand ums Leben kam, in England auf der Titelseite stehen sollte.«

»Aber es war gewaltig«, beharrte er. »Ich kann gar nicht glauben, dass es in keiner einzigen Zeitung erwähnt wird.«

»Lenny«, sagte sie, »ich geb dir ein Bier aus. Und dann erkläre ich dir mal, was für die Zeitungen eine gute Story ausmacht.« Sie holte ihnen zwei Budweiser, und sie setzten sich an einen Tisch. »So«, sagte sie, »und mir hat Pitsy von diesem Comedy-Grand-Prix erzählt.«

»Gott, hast du etwa nichts davon gewusst?«, fragte er zugleich überrascht und ein wenig schuldbewusst. »Ich dachte, davon weiß doch jeder. Du nimmst natürlich auch teil.« Er setzte die Flasche an die Lippen.

»Weiß noch nicht«, sagte Rachel mit vagem Schulterzucken. »Ich bin nicht ganz sicher, ob ich schon so weit bin.«

»Ob du schon so weit bist?«, erwiderte er fassungslos. »Sei nicht albern. Klar bist du so weit.«

Sie errötete.

»Ich meine«, fuhr er fort und trank noch einen Schluck Budweiser, »wenn sie diesen Grand Prix vor ein paar Jahren veranstaltet hätten, als du gerade erst angefangen hast, da hätte ich dir Recht gegeben. Damals warst du wirklich scheiße.«

»Du kennst ja dein Problem, Lenny«, neckte sie ihn. »Du sagst nie einfach geradeheraus, was du denkst. Das geht mir wirklich auf die Nerven.«

Er grinste sie an. »Aber da liegen ein paar Jahre dazwischen, und jetzt bist du so bereit dafür, wie man bereiter gar nicht sein kann. Sie lassen nur unbekannte Komiker zu, und jetzt mal ehrlich, Rache – du bist eine der bekanntesten Unbekannten in der Szene. Du müsstest verrückt sein, wenn du es nicht wenigstens versuchen würdest.«

»Ich weiß nicht«, sagte sie wieder und starrte in ihr Bier.

»Ich meine es ernst. Das ist eine großartige Chance. Die darfst du dir nicht entgehen lassen.«

Sie fragte ihn, ob er auch teilnehmen werde, und er erklärte, Channel 6 suche auch jemanden als Showmaster für den Wettbewerb, und dafür hatte er mit einem Dutzend anderer Kandidaten vorgesprochen.

»In ein paar Wochen weiß ich Bescheid«, sagte er.

Sie versprach, ihm die Daumen zu drücken.

»Rache, ich habe nicht den geringsten Zweifel daran, dass du dieses Ding gewinnen kannst. Und selbst wenn du nicht Erste wirst, du kommst bestimmt unter die besten drei oder vier, und das wäre immer noch toll. Ich meine, du würdest dadurch auf jeden Fall bekannter werden und …«

Er brach ab und sah auf die Uhr. »Oje. Tut mir Leid, Rache, ich muss gleich den zweiten Block ankündigen.«

Lenny griff in die Tasche seiner Schottenkaro-Hose und holte ein Buch mit dem Titel *Plattentektonik und lithosphärische Evolution* hervor. Er schlug es auf und nahm ein Blatt Papier heraus, das er offensichtlich als Lesezeichen benutzt hatte. Er reichte es ihr.

»Da stehen Name und Telefonnummer von dem zuständigen Produzenten bei Channel 6 drauf.« Dann leerte er sein Bier, stellte die Flasche auf den Tresen und trottete zur Bühne.

Rachel blieb am Tisch sitzen, starrte das Blatt an und ließ sich noch einmal durch den Kopf gehen, was er gesagt hatte: dass sie verrückt sein müsste, um nicht an dem Comedy-Contest teilzunehmen. Sie war nicht so zuversichtlich wie er, was ihre Chancen anging, auch zu gewinnen, doch tief drinnen wusste sie auch, dass sie nur aus Bescheidenheit gesagt hatte, sie sei vielleicht noch nicht so weit. Sie war so weit. Sie brauchte eigentlich nicht erst von Lenny zu hören, wie gut sie in den letzten zwei Jahren geworden war. Natürlich würde sie eine Heidenangst davor haben, live im landesweiten Fernsehen aufzutreten, aber sie konnte sich eine solche Chance nicht entgehen lassen. Das ging einfach nicht.

Ihr breites Lächeln schwand, als sie auf die Uhr sah. Adam war schon fast eine halbe Stunde zu spät dran. Sie schnalzte ärgerlich mit der Zunge und beschloss dann, auf der Toilette noch einmal ihr Make-up aufzufrischen.

Als sie wiederkam, war von Adam immer noch nichts zu sehen. Allmählich machte sie sich Sorgen. Auf der Bühne sang ein kleiner, bebrillter Typ aus Tyneside, den sie noch nie gesehen hatte, in einer Troddelmütze seine Version von »Do-re-mi« mit eigenem, vermutlich komisch gemeintem Text. So mittelmäßig er auch war, den Gästen, von denen die meisten inzwischen schon ziemlich angetrunken waren, schien er zu gefallen. Ihr Gelächter war so ansteckend, dass selbst Rachel lächeln musste.

Als sie sich umdrehte, um sich aus dem Schälchen mit Erdnüssen auf dem Tresen zu bedienen (sie war am Verhungern), bemerkte sie eine bekannte Gestalt am anderen Ende der Bar. Die abgewetzte Lederjacke und die Jeans waren durch ein trendiges, langärmeliges T-Shirt mit V-Ausschnitt und eine braune Hose ersetzt worden, doch sie erkannte ihn sofort.

»O Gott«, zischte sie. »Nicht der Typ.«

Xantias ätzender, frauenfeindlicher Tittengaffer von Waschmaschinenmonteur stand am Tresen und wartete auf einen Drink. Sie betete, dass er sie noch nicht gesehen hatte. Was, wenn er herüberkam und sie anquatschte? Sollte sie ihn abblitzen lassen? Sie warf sich eine Hand voll Erdnüsse in den Mund und kaute hektisch. Sie wusste nicht so recht, wann genau das passiert war, aber sie wurde eindeutig zum Magneten für Trottel. Erst der da – der Klempner –, dann dieser Trecker im Pub und jetzt schon wieder dieser Waschmaschinen-Wichser. Was hatte sie bloß getan, dass sie so etwas verdiente?

»Okay, Leute«, hörte sie das Kerlchen auf der Bühne rufen. »Und jetzt alle mitsingen. Ihr kennt ja jetzt den Text. Also, auf drei …«

Himmel, dachte Rachel, was, wenn er rüberkommt und mich anmacht? Was musste Adam auch zu spät kommen? Sie drehte sich auf dem Barhocker um, so dass sie ihm den Rücken zuwandte.

Und was hatte der überhaupt hier zu suchen? Vielleicht war es kein Zufall, dass er heute im Publikum saß. Vielleicht hatte er sie mit Xantias Hilfe bis hierher verfolgt und würde ihr schrecklich auf die Nerven gehen oder, Gott behüte, sie ab jetzt ständig verfolgen.

Sie kaute eine weitere Hand voll Nüsse. Andererseits war sie ja vielleicht auch etwas paranoid, und er war ein harmloser, unschuldiger Kneipengast.

»Also trinken wir noch ein Bier, la … la-la-la-la-la«, kam es von der Bühne.

Aber es konnte ja auch sein, dass Shelley Recht hatte. Es war immerhin vorstellbar, dass er schielte und gar nicht absichtlich auf ihre Brüste gestarrt hatte. Wenn er herüberkam, sollte sie ihm also erst mal nach dem Motto begegnen: Im Zweifel für den Angeklagten.

»Hallo. Erinnern Sie sich noch an mich?«, übertönte eine Männerstimme die Gesänge. Rachel fuhr herum. Der Waschmaschinen-Mensch stand vor ihr, in einer Hand ein Guinness, in der anderen anscheinend eine Weinschorle.

Auf der Bühne ging das Lied endlich zu Ende. Er wartete kurz, bis Applaus und Gelächter etwas abgeklungen waren.

»Ich bin derjenige«, fuhr er schließlich fort und lächelte, wie Rachel fand, ausgesprochen sarkastisch, »den Sie neulich völlig fertig gemacht haben – bei den Marx'.« Er war viel größer, als sie ihn in Erinnerung hatte – gut einen Meter neunzig, schätzte sie. Und kräftiger gebaut.

»Äh, wie bitte?«, erwiderte sie entrüstet, denn ihre guten Absichten mit der Unschuldsvermutung waren sofort verpufft. »Ich denke, ich hatte allen Grund, wütend auf Sie zu sein. Immerhin haben Sie sich unmöglich benommen.«

»Ich bitte vielmals um Entschuldigung«, entgegnete er, »aber ich finde nicht, dass ich auch nur im Geringsten unhöflich zu Ihnen war.«

»Nicht im …? Ich glaube, ich höre nicht richtig. Sie standen in Xantias Flur und haben permanent auf meine Brüste gestarrt. Das würde ich als unhöflich bezeichnen, meinen Sie nicht?«

Er sah sie fragend an und antwortete nicht sofort.

»O nein«, sagte er langsam; offensichtlich war bei ihm der Groschen gefallen. »Jetzt komme ich mir wirklich blöd vor.

Dass ich überhaupt hier rüberkomme und versuche, Sie anzusprechen, obwohl es meine Schuld war. Jetzt verstehe ich. Sie dachten, ich würde auf Ihre …«

Sie errötete. Sein sandfarbenes Haar war modisch kurz geschnitten, mit längeren Koteletten. Das war ihr vorher nicht aufgefallen.

»Und«, sagte sie, »stimmt das etwa nicht?«

»Nein, ganz und gar nicht. Ich habe auf Ihr T-Shirt gestarrt.«

»Mein T-Shirt«, wiederholte sie zweifelnd.

»Doch, ehrlich«, beteuerte er. »Sie müssen mir glauben. Wissen Sie, bis vor kurzem war ich mit einer Frau zusammen, die genau das gleiche T-Shirt hatte. Sie hat es sogar getragen, als wir uns kennen gelernt haben. Die Trennung war ziemlich schmerzhaft, und ich war einfach wie vor den Kopf geschlagen, als ich es plötzlich vor mir hatte, das ist alles.«

Rachel schüttelte den Kopf. »Aber das war doch ein schlichtes weißes T-Shirt.«

»Na ja«, entgegnete er. »Ein schlichtes weißes T-Shirt, auf dem vorne drauf steht *In meinem Höschen steigt ne Party, willst du mitfeiern?*«

Rachel blieb der Mund offen stehen. »Das ist absurd«, sagte sie lachend. »Ich hätte es doch gemerkt, wenn ich so etwas angehabt hätte, meinen Sie nicht?«

Er zuckte die Schultern. »Das sollte man meinen, aber ich versichere Ihnen, genau das hatten Sie an.«

»Schwören Sie, dass das wahr ist?«

»Hoch und heilig.«

Sein Gesicht strahlte eine warme Offenheit aus. Plötzlich zweifelte sie nicht mehr daran, dass er die Wahrheit sagte. Sie stand da und dachte nach.

»O Gott«, sagte sie gedehnt, als ihr klar wurde, wie es dazu gekommen sein könnte. Sie hatte nach dem Zwischenfall in der Dusche unbedingt ihr nasses Zeug loswerden wollen und einfach das erste T-Shirt von dem Promotion-Haufen angezogen, so schnell sie konnte, ohne auch nur einen Blick darauf zu werfen. Und selbst als sie es ausgezogen hatte, um wieder in ihre inzwischen getrockneten Sachen zu schlüpfen, hatte sie den Aufdruck nicht bemerkt.

»Mein T-Shirt ist ganz nass geworden, als ich Xantias Dusche geputzt habe, und da habe ich mir schnell eines geborgt. Ich habe gar nicht gemerkt, dass da was draufstand.«

Er grinste breit. Unwillkürlich fielen ihr ein paar versprengte Sommersprossen auf seiner Nase auf.

»Na, immerhin haben wir das jetzt geklärt«, sagte er herzlich. »Es tut mir wirklich schrecklich Leid. Es war nicht meine Absicht, Sie zu beleidigen.«

»Nein, *mir* tut es Leid, dass ich so unfreundlich war. Shelley – meine beste Freundin – hat gesagt, ich müsste das ganz falsch aufgefasst haben, weil Sie doch die *Clitorati* in der Hosentasche hatten. Sie meinte, wahrscheinlich hätten Sie eigentlich ganz woanders hingeschaut, weil Sie schielten wie der Löwe in *Daktari.*«

»Schielen?«, wiederholte er.

»Ja. O Gott, tut mir Leid, jetzt habe ich *Sie* beleidigt.«

»Nein, haben Sie nicht.« Er grinste immer noch so jungenhaft und leicht schief, und sie fand dieses Grinsen einfach anziehend. »Aber das ist das erste Mal, dass mich jemand mit einem schielenden Löwen vergleicht.«

»Tut mir wirklich Leid. Ich hätte es gar nicht erwähnen sollen.«

»Bitte, ist schon gut. Wirklich.«

Einen Moment lang sagte keiner von beiden etwas.

»Schöner Zufall, Sie ausgerechnet hier wieder zu treffen«, sagte sie schließlich.

»Kann man so nicht sagen. Ich bin öfter hier, seit der Club in den Achtzigern aufgemacht hat.«

»Ach so«, sagte sie und fragte sich, wie sie auf die Idee gekommen sein konnte, er verfolge sie. »Übrigens, ich heiße Rachel«, fügte sie höflich hinzu.

»Ja, ich weiß. Ich habe Sie gerade auf der Bühne gesehen.« Ein weiteres schiefes Grinsen.

»Ach so. Sie haben mir Ihren Namen neulich schon gesagt, aber ich habe ihn leider vergessen.«

»Matt. Matt Clapton.«

»Hallo, Matt«, sagte sie und streckte die Hand aus.

Er wies mit einem Nicken auf die beiden Gläser in seinen Händen. »Äh, ich fürchte, ich kann gerade nicht.«

»O Gott. Nein, natürlich nicht«, sagte sie und spürte, dass sie rot wurde. »Wie dumm von mir.« Sie ließ die Hand sinken.

Peinliches Schweigen entstand.

»Ich fand Ihren Auftritt wirklich toll«, bemerkte Matt schließlich. »Sehr komisch.«

»Tatsächlich? Danke.« Rachel zwirbelte eine Haarsträhne um den Zeigefinger, was sie immer tat, wenn sie verlegen war.

»Ja. Sie waren fantastisch. Ich meine, es waren nicht nur die Gags« – er sprach jetzt so lebhaft, dass er ein wenig von seinem Bier verschüttete –, »Ihr Timing ist haargenau richtig. Das Publikum hat Ihnen aus der Hand gefressen.«

»Ehrlich? Meinen Sie wirklich?« Das Zwirbeln wurde immer schneller.

»Unbedingt.«

Schweigen.

»Also dann«, sagte er, »ich muss weiter. Da vorn wartet jemand auf mich.« Er nickte in Richtung Bühne. Rachel drehte sich um und folgte seinem Blick. Alle Tische in der ersten Reihe waren leer bis auf einen, an dem eine schlanke, hübsche Frau mit langem blondem Haar saß und Erdnüsse knabberte. Nachdem er mit dem T-Shirt-Weib fertig war, dachte sie, hatte er ziemlich schnell eine andere gefunden.

»Und, ist es gut? Die *Clitorati,* meine ich«, fragte sie, als er schon gehen wollte.

»Ach, das Buch? Ich hab's nicht gelesen. Als Sie angerufen haben, hatte ich gerade kein Papier zur Hand, also habe ich Ihre Adresse auf die innere Umschlagseite geschrieben. Eigentlich gehört es gar nicht mir.«

»Aha. Hoffentlich gefällt es ihr.«

»Ihm«, sagte Matt. »Es gehört meinem Mitbewohner.«

»Ach so. Entschuldigung. Ich hatte angenommen …«

Ein paar Sekunden lang standen sie verlegen herum.

»Na dann, also … bis bald«, sagte er. »Tut mir wirklich Leid wegen neulich.«

»Ja, mir auch. Wiedersehen.« Im Weggehen drehte er sich noch einmal zu ihr um und lächelte sie schief an.

Auf der Bühne versuchte Pitsy gerade, ihr alles andere als begeistertes Publikum zum Mitsingen zu animieren. »Und jetzt alle zusammen«, rief sie. »Oh, nimm nicht den weißen Trainingsanzug, wenn du deine Tage hast …«

»Das kommt bestimmt von dem Chili«, stöhnte Adam und drückte sich den Chapati-Fladen auf die Nase. Sämtliche Papierservietten waren schon aufgebraucht.

»So ein Unsinn, Ad«, erwiderte Rachel und sah zu, wie das Blut um den Fladen herumlief und auf das Tischtuch tropfte. »Von Chili schwitzt man vielleicht, aber man bekommt doch kein Nasenbluten. Du weißt genauso gut wie ich, dass deine Mutter daran schuld ist.«

Nachdem sie den Tisch im Momo verloren hatten, waren sie in einem indischen Restaurant in der Tottenham Court Road gelandet. Adam hatte sich angemessen häufig für seine Verspätung entschuldigt. Er hatte am Vormittag Klamotten gekauft. Als er nach Hause kam, beschloss er also, seinen Garderoben-Katalog zu aktualisieren. Er trug alle seine Kleider – bis hinunter zu Socken und Unterhosen – penibel auf Karteikarten ein, und diese Kartei sagte ihm genau, welches Hemd, welche Krawatte und welche Socken zu welchem Anzug passten. Bevor er sich versah, war es schon nach sechs. Rachel erkannte deutlich, dass es ihm wirklich sehr Leid tat, und brachte es nicht über sich, ihm böse zu sein.

Sie hatten beinahe zu Ende gegessen, als Adams Mutter Sylvia ihn auf dem Handy angerufen hatte. Sie war beinahe hysterisch, weil sie sich bei ihrem Fernsehkrimi eine Brücke an einer gerösteten Mandel ausgebrochen hatte, und da Adam schon mal in London war, bestand sie darauf, dass er sofort nach Stanmore kam und das in Ordnung brachte.

»Mama«, sagte er in flehendem Tonfall, »es ist schon nach zehn, und Rachel und ich sind noch beim Abendessen. Außerdem habe ich meine Instrumente nicht dabei. Hat das nicht Zeit bis Montag, wenn dein Zahnarzt wieder da ist?«

Offensichtlich hatte es keine Sekunde länger Zeit. Er protestierte noch ein paar Mal schwach, bevor er schließlich nachgab. Kaum hatte er das getan, da lief ihm auch schon das Blut aus der Nase.

»Ich glaube, es hört allmählich auf«, sagte Rachel und dachte – nicht zum ersten Mal –, was für eine herrische alte Ziege Adams Mutter doch sei.

Vorsichtig zog er den Fladen vom Gesicht.

»Ja«, sagte sie, beugte sich ein wenig vor und betrachtete seine Nasenlöcher. »Ist wieder gut.«

Er legte die Chapati auf seinen Brotteller, zu den blutigen Papierservietten.

»Ach, übrigens«, näselte er, »du hast nicht zufällig den *Media Guardian* vom letzten Montag gelesen? Der *Telegraph* sucht einen Feature-Redakteur.«

»Adam«, sagte sie sanft und nahm seine Hand, »darüber haben wir doch schon so oft gesprochen. Ich mache jetzt Comedy. Das ist mein Leben. Ich werde es nicht aufgeben.«

»Aber das ist eine großartige Chance. Sechzigtausend Pfund plus Firmenwagen. Ein tolles Angebot.«

»Kann sein, aber …«

»Schon gut, schon gut«, fiel er ihr resigniert ins Wort. »Vergiss es. Ich möchte mit dir auch noch über etwas anderes sprechen.«

»Nur zu«, sagte sie und fragte sich, was jetzt wieder auf sie zukommen mochte.

»Ich habe gerade erst mit Barry, meinem Steuerberater, telefoniert. Er besteht darauf, dass wir möglichst bald heiraten sollten. Es ist so, ich habe dieses Jahr ziemlich gute Gewinne mit einigen Aktien erzielt, und er hat mal nachgerechnet. Wenn wir noch vor dem sechsten April heiraten, kann ich die Aktien verkaufen und dir den Gewinn überschreiben, ohne dass wir dafür Kapitalertragssteuer zahlen müssen. Ich würde Tausende von Pfund sparen, und das Geld bliebe trotzdem in unserer gemeinsamen Kasse.«

Als er einen Taschenrechner aus der Brusttasche zog, warf Rachel den Kopf zurück und lachte.

»Weißt du, Adam, ich habe nicht die leiseste Ahnung, wovon du eigentlich redest.« Sie hielt inne und fuhr sich mit der

Zunge über die Lippen. »Aber wie du so mit dem Finger auf dem Taschenrechner rumspielst, das finde ich wahnsinnig sexy.«

Er grinste sie kurz an. »Rache, das ist doch überhaupt nicht kompliziert. Du willst es nur nicht verstehen.«

Er tippte noch ein paar Zahlen ein. »Also, jetzt hör mal zu …«

»Adam«, sagte sie ruhig und malte mit dem Zeigefinger Kreise auf dem Tischtuch, »in ein paar Wochen findet ein landesweiter Comedy-Contest statt, und ich glaube, ich will daran teilnehmen.«

»Also«, sagte Adam und legte den Taschenrechner auf den Tisch, »ich glaube, dass ich – vorsichtig geschätzt – zwanzigtausend Pfund Kapitalertragssteuer sparen kann, wenn wir noch vor April heiraten. Herrgott, selbst du musst doch einsehen, dass das nicht zu verachten ist.

»Nein, wohl nicht«, entgegnete sie. »Aber dieser Wettbewerb …«

Er hörte gar nicht zu.

»Du musst dich ja nicht sofort entscheiden«, sagte er, »aber es wäre finanziell gesehen wirklich sinnvoll für uns beide, wenn wir möglichst bald heiraten.«

»Na schön«, sagte sie. »Ich werde darüber nachdenken.«

Er steckte den Taschenrechner weg. »Also, erzähl mir von diesem Wettbewerb.«

Sie erklärte es ihm.

»Das ist eine Riesenchance für mich«, sagte sie aufgeregt. »Lenny meint, ich wäre gut genug, um zu gewinnen.«

»Ich weiß nicht, Rache«, entgegnete Adam und fuhr mit dem Zeigefinger am Rand seines Bierglases entlang, »ich hoffe, du lädst dir nicht zu viel auf. Ich meine, du bekommst da sicher große Konkurrenz.«

»Ich weiß«, sagte sie. »Es ist ein Risiko, aber ich bin bereit, es einzugehen.«

»Ich kann dir nicht sagen, was du tun sollst. Obwohl ich aus eigener Erfahrung sagen muss, dass man bei Wettbewerben meistens verliert, aber wenn du es unbedingt versuchen willst …«

»Will ich, Ad«, sagte sie und strahlte vor Begeisterung. »Glaub mir, das will ich unbedingt.«

»Rachel«, sagte Adam, »du hast mir gar nicht erzählt, dass bei euch im Haus Österreicher eingezogen sind.«

»Da sind auch keine eingezogen«, erwiderte sie.

»Warum macht dann gerade ein Typ in Lederhose und Tirolerhut die Haustür auf?«

»Was?« Rachel lehnte sich vor und schaute an Adam vorbei aus dem Autofenster. »Tatsächlich. Wer kann das bloß sein?«

»Das gefällt mir nicht«, erklärte Adam. »Du bleibst hier. Ich sehe mir den Kerl mal an.« Er öffnete die Wagentür.

»Adam«, zischte Rachel und zog ihn zurück. »Um Himmels willen, sei vorsichtig. Vielleicht hat er eine …«

»Eine was?«, fragte Adam. »Eine halbautomatische Bratwurst? Sei doch nicht albern.«

»Ich bin gar nicht albern«, schoss sie zurück, »und ich will nicht, dass du dem Kerl allein gegenübertrittst. Ich komme mit.«

Als sie die Tür erreichten, war der Mann schon im Haus verschwunden. Rachel musste erst noch einige Sekunden in ihrer Handtasche nach dem Schlüssel kramen. Als sie den Hausflur betraten, sahen sie, dass er sich vor Shelleys Wohnung herumdrückte.

»Äh, Entschuldigung«, rief Rachel. »Kann ich Ihnen helfen?«

Der Mann fuhr herum. Er war winzig und hatte einen ziemlich runden Bauch. Außerdem trug er einen Bart und eine kleine Brille mit goldenem Gestell.

»Oh, hallo, Rache. Hallo, Adam«, sagte er – aber die Stimme klang nicht nach einem Er. Er war eine Sie.

»Shelley?«, fragte Rachel unsicher. »Bist du das wirklich?«

Shelley nahm den Bart ab und brach in Lachen aus. »Na klar.«

Adam verdrehte die Augen.

»Ich war bei einer Kostüm-Party. Jeder musste als sein Lieblingsheld oder seine Lieblingsheldin kommen.«

»Und«, fragte Adam, »was soll das darstellen? Kapitän Von Trapp's Batman?«

»Haha. Ach, kommt schon – ist das denn so schwer zu erkennen?«

Rachel und Adam sahen erst sie, dann einander an.

»Schon«, sagte Rachel. »Ist wirklich schwer.«

»Nein, es ist ganz leicht«, drängte Shelley. »Rate mal.«

»Keine Ahnung. Ich geb's auf«, erklärte Rachel.

»Ich bin Dr. Joseph Bircher. Du weißt schon, der das Müsli erfunden hat.«

»Ach so, na klar«, sagte Rachel diplomatisch. »Ich wette, das war seine Kostümfest-Premiere.«

»Ja«, pflichtete Adam ihr bei. »Ganz Vollkorn, da bin ich sicher.« Dann flüsterte er Rachel zu, dass Bircher eigentlich aus der Schweiz komme. Rachel stieß ihn in die Rippen.

Shelley spielte ob der Vollkorn-Bemerkung die Beleidigte und bat sie dann auf einen Drink herein. Adam druckste herum, er müsse zu seiner Mutter, aber Rachel entgegnete, auf die fünf Minuten käme es wohl auch nicht an.

Während Shelley sich auf die Suche nach einer Flasche australischem Château Keinprofit aus organischem Weinbau machte, ging Adam auf die Toilette. Als er dann das Wohnzimmer betrat, verzog er das Gesicht, als sähe er diese Deko zum ersten Mal, wischte ein imaginäres Staubkorn vom Ponyfell-Sofa und setze sich vorsichtig neben Rachel. Gleich darauf kam Shelley mit zwei Gläsern Rotwein herein.

»Das Problem bei den meisten Weinen«, erklärte sie, »ist dass sie mit Frostschutzmittel versetzt werden, damit sie besser schmecken. Der hier ist völlig frei von künstlichen Zusätzen.« Sie reichte den beiden ihre Gläser und ging noch einmal in die Küche, um sich ihr Glas Preiselbeersaft zu holen.

Adam trank einen Schluck Wein und schnitt eine Grimasse. »Jetzt verstehe ich, warum man da Frostschutzmittel zusetzt«, brummte er.

Diesmal trat Rachel ihn vors Schienbein. »Sei still«, zischte sie. »Shelley hört dich noch.«

Als Shelley ins Wohnzimmer zurückkam, klingelte Adams Handy. Es war schon wieder seine Mutter.

»Es tut mir Leid, aber ich muss jetzt wirklich gehen.« Er stand auf und gab Rachel einen knappen Kuss auf die Lippen. »Es wird das Beste sein, ich übernachte heute gleich bei meiner Mutter. Ich schaue dann morgen bei dir vorbei, um Auf Wiedersehen zu sagen.«

Rachel lächelte und bemühte sich, nicht allzu enttäuscht dreinzuschauen. Sie hatten es schon ewig nicht mehr getan, und jetzt war es wieder nichts, bis er aus Südafrika zurückkam.

»Okay. Bis dann.«

Er drückte Shelley einen flüchtigen, verlegenen Kuss auf den Bart und ging.

Nachdem Adam weg war, erzählte Rachel Shelley von dem Comedy-Grand-Prix und ihrer Begegnung mit Matt Clapton. Shelley hörte zu, gab äußerst ermutigende Geräusche von sich, als es um den Wettbewerb ging, und lachte, als Rachel das Missverständnis mit dem T-Shirt erklärte; aber Rachel merkte trotzdem, dass ihre Freundin andere Sorgen hatte.

Schließlich saßen sie schweigend beisammen.

»Weißt du«, sagte Shelley schließlich, wobei sie sich weiterhin auf der Hängeschaukel wiegte und die Füße über den Kunstrasen schleifen ließ. »Es ist wirklich ein Glück für dich, dass du jemanden hast, der dich liebt.«

Rachels Lächeln war etwas schuldbewusst.

»Ich meine«, fuhr Shelley fort, »bei dieser Party heute Abend war nicht ein Kerl, der sich auch nur ein bisschen für mich interessiert hätte.«

Rachel hätte das am liebsten auf den Bart und die Lederhose geschoben anstatt auf persönliche Unattraktivität, aber sie tat es nicht.

»Ach«, sagte sie schließlich, »ich weiß, wie schwer es ist, einen gescheiten Mann zu finden. Da draußen laufen so viele Blödmänner und Dummschwätzer rum.« Sie erzählte Shelley von Trecker, dem wandelnden Siebziger-Revival, der sie neulich im *Red House* hatte anmachen wollen.

»Gnädige Flau«, kicherte Shelley, als Rachel zu dem Witz über den Klitoris leckenden Pekinesen kam. »Das ist ja abartig. Wie sieht er denn aus, dieser Typ?«

Rachel beschrieb ihn.

»Wie blass genau war er denn?«

»Sehr blass. Der könnte in einer Geisterbahn arbeiten.«

»Wirklich? So blass …« Die Vorstellung gefiel Shelley offensichtlich sehr. »Außerdem fand ich die Siebziger immer schon ziemlich sexy. Ich meine, das ist so kitschig, dass es schon wieder kultig ist.«

»Shelley, er benutzt *Die Clitorati,* um Frauen aufzureißen. Wenn das nicht erbärmlich ist …«

Shelley zuckte die Schultern. »Ich find das irgendwie süß, auch wenn es ziemlich doof ist. Vielleicht ist er schüchtern und versucht sich dahinter zu verstecken.«

»Na klar«, erwiderte Rachel wegwerfend.

»Und … haben seine Eier in der Lederhose groß gewirkt oder nicht?«

»Ich habe das nicht näher untersucht«, sagte Rachel kichernd und verzog das Gesicht.

Shelley tat so, als versinke sie in Selbstmitleid. »Tut mir Leid. Aber ich bin eine arme, schwangere Frau, die es nie kriegt.«

»Ach, Kopf hoch«, sagte Rachel herzlich, »da draußen läuft irgendwo der richtige Mann für dich herum. Da bin ich ganz sicher.«

»Aber keiner, der bereit ist, das Baby eines anderen Mannes zu akzeptieren.«

Rachel stand auf, ging zu Shelley hinüber und legte einen Arm um ihre Schultern. »Aber klar gibt es den«, sagte sie und drückte Shelley an sich. »Wart's nur ab.«

»Meinst du?« Shelley lächelte zweifelnd.

»Versprochen – so wahr ich Anagramm des großen Zar Tchakel heiße.«

7

Da gebe ich dir Recht«, erklärte Rachel. »Die Dinger sind wirklich absolut unmöglich. Sam, sieh mich an – ich würde dich nie, nie auch nur darum bitten, so etwas anzuziehen. Das verspreche ich dir. Deine Oma hätte dir gegenüber einen Pagenanzug überhaupt nicht erwähnen dürfen – schon gar nicht in kirschrotem Samt. Außerdem ist es noch viel zu früh, um sich zu überlegen, was du auf meiner Hochzeit tragen könntest. Adam und ich haben ja noch nicht einmal einen Termin festgelegt. Aber ich verspreche dir, wenn es so weit ist, erfährst du es von mir und nicht von deiner Oma, okay?«

Sam nickte und löffelte weiter seine Coco Pops, die in dem Orangensaft recht unappetitlich aussahen. Rachel nahm sich eine halbe Scheibe Toast mit Butter und verschwand wieder hinter ihrer Zeitung, doch sie konnte sich nicht konzentrieren, weil sie immer wieder daran denken musste, was gestern passiert war, als Adam gekommen war, um sich zu verabschieden – oder vielmehr, was *nicht* passiert war.

Er kam eine Stunde, nachdem Rachel Sam für den Rest des Tages bei seinem besten Freund Charlie abgeliefert hatte. Sie öffnete ihm die Tür und stand vor ihm, in nichts als einer

Küchenschürze und einem aufreizenden Lächeln. Sie küsste ihn und führte ihn in die Küche, wo sie gerade ein spätes Frühstück aus Rührei und Räucherlachs zubereitete.

»Was meinst du«, schnurrte sie und reichte ihm ein Glas Champagner, »wollen wir das Frühstück mit ins Bett nehmen?«

»Eine nette Idee, Rache, aber meine Mutter hat mir vorhin schon geräucherten Hering gemacht.«

»Ach so«, sagte sie. »Wie dumm von mir. Ich hätte mir ja denken können, dass sie dich noch mal bekochen will. Ich hätte erst anrufen und dich fragen sollen.«

»Das wäre besser gewesen.« Dann erklärte er, so verlockend die Aussicht auch sei, er habe jetzt keine Zeit, mit ihr zu schlafen, weil er gleich wieder zurückfahren und packen müsse.

»Komm schon, Ad«, schmeichelte sie und schlang die Arme um ihn. »Das ist die letzte Gelegenheit für uns.« Sie nahm einen Arm von seinem Nacken und zerrte an seinem Gürtel.

»Rache, jetzt nicht«, protestierte er und hielt ihre Hand fest. »Ich habe wirklich keine Zeit. Es ist ja nicht nur das Packen, ich muss noch eine Menge Post erledigen, bevor ich fliege, von einem Stapel offener Rechnungen ganz zu schweigen.« Er hielt inne und hob ihr Kinn an, das ihr fast bis auf die Brust gesunken war. »Komm schon, Rachel«, sagte er sanft. »Was ist schon ein Monat, wenn ein ganzes gemeinsames Leben vor uns liegt? Also, am besten gehst du dir jetzt was Wärmeres anziehen. Du frierst doch bestimmt in diesem Ding.«

Als sie Sonntagnacht im Bett lag, rechnete sie nach, dass sie seit fast sechs Wochen keinen Sex mehr gehabt hatten. Dabei zählte sie das eine Mal nicht mit, als sie ihm im Rotherhide-Tunnel einen geblasen hatte. Sie fand, das galt nicht, weil er sich ja nicht revanchiert hatte – das wäre damals wohl auch kaum möglich gewesen ohne einen völlig neuartigen Verstoß gegen die Straßenverkehrsordnung. Adam brachte ständig irgendwelche Ausreden vor, warum er gerade jetzt nicht mit ihr schlafen konnte. Wenn es nicht daran lag, dass ihre Eltern bei ihr übernachteten und Faye sie hören könnte, dann musste er ganz dringend zurück nach Manchester. Sie schob es darauf, dass er überarbeitet war, und bemühte sich, so zu tun, als mache es ihr nichts aus, doch das stimmte nicht. Es machte ihr sogar sehr viel aus. Sie begriff es einfach nicht: Wenn er so versessen darauf war, sie zu heiraten, warum interessierte ihn Sex mit ihr überhaupt nicht mehr? Das war völlig unbegreiflich. Kurz vor Sonnenaufgang schlug Rachels Gefühlspendel dann in großzügigere, verständnisvollere Bahnen um. Sie kam zu dem Schluss, dass sie ihn viel zu hart beurteilte. Schließlich war allgemein bekannt, dass Sex in einer festen Beziehung nach dem ersten Jahr ein wenig abkühlte. Da brauchte sie nur an ihre Ehe mit Joe zu denken. (Aus irgendeinem Grund vergaß sie bei dieser Begründung, dass ihr Sexleben mit ihrem Ex vor allem deshalb abgekühlt war, weil der eigentlich auf Männer stand.) Adam war vielleicht nicht der Typ, der einen mit heißblütigen Liebesbeweisen überschüttete, dachte sie; er zeigte seine Liebe eben auf praktischere Art.

»Sam«, sagte sie schließlich und ließ die Zeitung sinken. »Wenn Adam und ich heiraten, dann wird er nicht versuchen, deinen Papa zu ersetzen. Das weißt du doch, oder?«

»Das sollte er lieber nicht versuchen. Niemand kann *jemals* Papas Platz einnehmen, niemand.«

»Aber du magst Adam doch, oder?«

»Er ist okay«, sagte Sam achselzuckend.

Diese Antwort bekam sie jedes Mal, wenn sie Sam fragte,

was er von Adam hielt. Egal, wie oft oder wie energisch sie nachbohrte, er sagte nie mehr, als dass er Adam »okay« oder »ganz nett« fand.

»Er kauft dir tolle Geschenke«, beharrte Rachel. »Und diese Pokémon-Karten haben ihn ein Vermögen gekostet.«

Weiteres Achselzucken.

»Und neulich hat er sich ganz lange Zeit genommen, um dir bei den Mathe-Hausaufgaben zu helfen.«

»Hm.«

Sie wandte sich wieder ihrer Zeitung zu.

»Mama«, fragte Sam nachdenklich, »wenn du heiratest, könnte Barbra dann auch kommen?«

»Welche Barbara?«, fragte Rachel zerstreut hinter der Zeitung. »Bisschen altmodischer Name für ein Mädchen.«

»Nein, Mama«, nörgelte Sam ungeduldig, *»Barbra.«*

»Entschuldige, Schatz, ich bin noch nicht ganz wach. Ich weiß nicht, wen du meinst.«

»Ach Mama, also ehrlich …«

Plötzlich fiel der Groschen. »Wie?«, fragte sie und ließ die Zeitung sinken. »Du meinst Barbra wie Streisand?«

Er nickte begeistert.

»Du möchtest, dass Barbra Streisand zu meiner Hochzeit kommt?«

»Ja, geht das?«

Augenblicklich flammten ihre Zweifel über Sams sexuelle Orientierung wieder auf. Nicht, dass sie die je ganz vergessen hätte. Sie hatte im Prinzip immer noch kein Problem damit, dass er später vielleicht einmal schwul sein könnte, sie machte sich nur Sorgen, wie er als Teenager damit zurechtkommen würde. Sie wusste genau, dass homosexuelle Jugendliche oft sehr einsam und isoliert waren. Hätte er ein Fußballidol einladen wollen, hätte sie überhaupt nichts daran gefunden. Sie hätte ihn machen lassen und lediglich bemerkt: »Hab ich doch gleich gesagt«, wenn auf seine Einladung hin nur ein Standardbrief und ein Foto mit Autogramm zurückkamen. Aber weil ihr diese Barbra-Streisand-Sache nicht geheuer war, fühlte sie sich genötigt, sie ihm auszureden.

»Sam, sei doch nicht albern«, sagte sie mit gequältem Lachen. »Wir sprechen hier von Barbra Streisand, dem megareichen Superstar, nicht von Barbra Streisand, irgendeiner billigen Nachtclub-Sängerin, die man für Hochzeiten und Bar-Mizwas mieten kann. Ich meine, für Michael Jackson oder den Präsidenten der Vereinigten Staaten würde sie vielleicht schon singen, aber selbst dann würde sie ein paar hunderttausend Dollar dafür verlangen.«

»Nein«, fiel Sam ihr ins Wort. »Ich meine, vielleicht würde sie ja gern einfach so kommen – als Gast. Sie könnte mit uns am Tisch des Brautpaars sitzen.«

»Ach, Schatz, das ist wirklich lieb von dir«, sagte Rachel lächelnd, »aber sie kennt uns doch gar nicht. Warum sollte sie auf eine Hochzeit gehen, bei der sie keine Menschenseele kennt?«

»Aber mir kommt es so vor, als würde ich *sie* kennen«, widersprach Sam. »Ich kann alle ihre Lieder singen. Ich habe ihre Filme x-mal gesehen.«

»Das haben Tausende andere Leute auch, Sam. Aber ihre Dankbarkeit dafür geht sicher nicht so weit, dass sie auf die Hochzeiten sämtlicher Fans geht.«

»Man kann nie wissen«, beharrte er, »vielleicht kommt sie ja doch. Ich könnte ihr ja mal schreiben und sie einladen.«

»Sam, hör auf mit dem Unsinn«, sagte Rachel, die allmählich die Geduld verlor. »Du kannst unmöglich Barbra Streisand einladen.«

»Warum denn nicht?«

»Wir haben ja noch nicht einmal einen Termin festgelegt.«

»Ich könnte doch wenigstens fragen, ob sie überhaupt kommen würde.«

Rachel atmete langsam aus. »Also, wenn du mit dem Essen fertig bist, hol jetzt dein Pausenbrot und pack es in die Schultasche.«

»Darf ich nicht wenigstens …?«

»Nein«, sagte sie bestimmt. »Das reicht jetzt. Ab mit dir. Dein Vater kommt gleich.«

Ab und zu verbrachte Sam eine ganze Woche bei Joe und Greg. Sie hatten ihn gern bei sich. Sam fand es dort ganz toll, weil sie ihn schrecklich verwöhnten, und Rachel genoss es, abends in Ruhe an ihren Nummern zu arbeiten. Meistens holten sie ihn montags nach der Schule zu sich, doch da Rachel heute eine halbe Stunde früher als sonst bei Xantia sein sollte, hatte Joe sich bereit erklärt, Sam zur Schule zu fahren.

Offensichtlich enttäuscht stand Sam vom Tisch auf und rannte in die Küche. Gleich darauf klingelte es. Rachel stand auf, ging zur Tür und griff zum Hörer der Sprechanlage.

»Hallo, Joe. Komm doch rauf.«

Sie ließ die Tür offen und ging zurück zum Tisch, um das Frühstück abzuräumen. Wieder kreisten ihre Gedanken um Joe und Greg und die Frage, ob sie tatsächlich Sams sexuelle Orientierung beeinflussen könnten. Wie üblich bemühte sie sich nach Kräften, sich einzureden, dass die sexuelle Orientierung viel eher von den Genen als von der Erziehung abhing. Vor allem, dachte sie, hatte Joe überhaupt nichts »typisch Homosexuelles« an sich, das Sam beeinflussen könnte – falls das überhaupt möglich war. Er ging immer noch am Samstag ins Fußballstadion. Er war groß, breitschultrig und sah mit seinen dunklen Locken und den semitischen Gesichtszügen eher aus wie ein israelischer Fallschirmjäger als ein Schwuler aus dem Karikatur-Lehrbuch. Greg war allerdings blond und kokett und ein wenig zu effeminiert, wenn es nach Rachel ging. Na ja, aber was war denn mit Adam? Der Mann bedeckte seine ganze Wohnung mit kleinen Haftnotizen und führte eine Kartei über seine sämtlichen Klamotten, Herrgott noch mal. Wenn das nicht den gängigen Vorurteilen über Schwule entsprach, was denn dann? Aber weil sie wusste, dass Adam hetero war, war sie noch nicht einmal auf den Gedanken gekommen, diese bizarren Eigenheiten könnten einen negativen Einfluss auf Sam ausüben.

Es klopfte an der Tür, und Joe trat ein.

»Na, du?«, fragte er mit zurückhaltendem Lächeln. Zwei Jahre nach der Scheidung war die Feinseligkeit geschwunden, und seit ein paar Monaten kamen Rachel und Joe ganz gut miteinander aus. Doch ihr Verhältnis war immer noch etwas verkrampft.

»Hallo«, sagte Rachel mit demselben halben Lächeln. »Ist Greg nicht mitgekommen? Du hattest doch gesagt …«

»Doch, er sucht noch einen Parkplatz. Kommt bestimmt gleich.«

»Ich hoffe, er braucht nicht allzu lange«, sagte Rachel nervös und sammelte die Teller ein. »Ich möchte nicht, dass Sam zu spät zur Schule kommt. Also, ich habe ihm die Creme gegen seine Ekzeme eingepackt. In den Kniekehlen ist es gerade ziemlich schlimm. Du musst unbedingt dafür sorgen, dass er sie vor dem Schlafengehen aufträgt. Und ich dachte, es wäre vielleicht ganz gut, wenn er eine Zeit lang keine Milchprodukte isst. Anscheinend wird es davon nämlich schlimmer.«

»Rache, kannst du fünf Minuten lang keine jüdische Mama sein? Greg und ich kommen schon klar, weißt du? Sam wird es bei uns bestens gehen.«

»Entschuldige«, sagte sie und gestattete sich ein Lächeln.

»Ich mache mir Sorgen um ihn, wenn ich nicht bei ihm bin, das ist alles.«

In diesem Moment kam Sam aus seinem Zimmer geschossen und warf sich seinem Vater in die Arme. Joe küsste ihn auf die Wange und drückte ihn fest an sich.

»Hi. Wie geht's meinem Großen?«, fragte er, ließ Sam los und tätschelte ihm den Kopf.

»Super«, antwortete der. »Papa, können wir nach der Schule zu diesem Plattenladen fahren, wo wir vor ein paar Wochen waren – du weißt schon, der in Finsbury Park? Vielleicht haben die noch mehr Platten von Barbra.«

»Ja, klar«, antwortete Joe.

»Toll. Ach, übrigens, Mama hat gesagt, wenn sie und Adam heiraten, darf ich Barbra Streisand nicht zur Hochzeitsfeier einladen. Mama sagt, sie würde sowieso nicht kommen, aber ich finde, sie sollte mir wenigstens erlauben, dass ich ihr schreibe und sie mal frage …«

»Immer mit der Ruhe, Sam.« Joe wandte sich an Rachel. »Was denn, du und Adam, ihr habt euch endlich durchgerungen, ein Datum festzulegen?«

»Nein, nicht ganz«, erwiderte Rachel und schüttelte den Kopf. »Mit meiner Mutter gehen nur die Pferde durch, und sie verkündet ständig irgendwelche Ideen, obwohl es noch gar nichts zu verkünden gibt. Sam wird es dir erklären.«

»Gut. Also, Sam«, sagte er und tätschelte seinem Sohn wieder den Kopf, »wie kommst du auf die Idee, Barbra Streisand würde zur Hochzeit deiner Mutter kommen wollen?«

Bevor Sam antworten konnte, ging die Wohnzimmertür auf und Greg kam herein. Himmel, dachte Rachel, der Mann wackelte derart mit dem Hintern, dass man vom bloßen Hinschauen seekrank werden konnte.

»Hallo«, sagte er zu Sam und boxte ihn spielerisch in die

Schulter. Dann warf er Rachel eine Kusshand zu und reichte ihr eine schicke Einkaufstüte.

»Oho«, sagte sie, »was haben wir denn hier?« Sie schaute hinein. Die Tüte war voller Kosmetik-Pröbchen.

»Wie ich immer sage, Schönheit kommt von innen«, bemerkte Greg zwinkernd. »Aus dem Inneren von Tiegeln, Tuben und Töpfchen.«

»Danke, Greg«, sagte Rachel begeistert. »Die sind toll. Wie lieb von dir.«

»Na ja, wenn man hinter dem Kosmetiktresen steht, kann man sich vor lauter Proben kaum umdrehen. Ich muss gestehen, dass ich mich bei der *Gommage Polissant* und der *Lift Jour Anti-Rides* auch selbst bedient habe, aber alles andere habe ich dir aufgehoben.«

Sie danke ihm noch einmal. »Und, Greg, das ist ein toller, äh, fuchsienroter Kaschmirpulli, denn du da anhast.«

»Ist er nicht schön?«, entgegnete er stolz. »Um ehrlich zu sein, das war ein knappes Rennen zwischen diesem Pink von *Valentino* und dem von Yves Saint Laurent, aber Joe hat mich zu dem *Valentino* überredet. Ich glaube, da hatte er Recht. Die Farbe lässt meinen Teint einfach noch einen Touch weicher wirken.«

»Hm … Und«, fuhr sie mit aufgesetzter Fröhlichkeit fort, »was habt ihr denn nach der Schule noch vor, außer nach Barbra-Platten zu stöbern?«

»Greg und ich würden gern mal in diesen neuen Küchenladen in Hampstead schauen«, erklärte Joe. »Wir brauchen dringend neue Pfannen.«

»Und wenn wir zu Hause sind, kann Sam mir helfen, sie einzubraten«, versprach Greg.

»Cool«, meldete Sam sich zu Wort.

»Toll. Wunderbar«, sagte Rachel. »Großartige Idee. Jetzt

müsst ihr aber wirklich los, es ist schon fast halb. Sams Sachen stehen im Flur.«

»Hallo, ich bin's nur«, rief Rachel und schloss die Marx'sche Haustür hinter sich.

»Oh, hallo, Rachel«, rief Xantia. »Kommen Sie doch auf die Wohn-Piazza. Otto und ich sind gleich fertig mit unserer Meditation.«

Rachel hängte ihre Jacke auf. Auf dem Weg zur Wohn-Piazza hörte sie leisen, langsamen Trommelschlag und Xantia und Otto, die immer wieder dasselbe Wort vor sich hin sangen. Sie konnte es nicht verstehen, aber es hörte sich an wie »Taramasalata«.

Als sie die Wohn-Piazza erreichte, hatte der Singsang aufgehört. Xantia saß im Schneidersitz auf dem Boden und drehte langsam den Kopf hin und her. Otto, der schon stand, bückte sich und hob eine kleine afrikanische Trommel auf.

Er schenkte Rachel ein knappes, distanziertes Lächeln und verließ dann die Wohn-Piazza. Rachel wurde nicht schlau aus ihm. Einerseits war Otto ein reservierter, schweigsamer Künstler, der nur dann richtig lebhaft wurde, wenn andere Designer oder Journalisten wie Nettle di Lucca von der Zeitgeist-Seite der *Sunday Tribune* ins Haus kamen, um über seine Arbeit zu diskutieren. Andererseits, wenn Rachel sich ihn ohne die violetten Gewänder vorstellte, sah sie einen ziemlich gewöhnlich wirkenden, leicht übergewichtigen Juden in den Vierzigern – einer jüngeren, kahleren Version ihres eigenen Vaters gar nicht unähnlich. Und genau wie ihr Vater war Otto ständig naschend anzutreffen.

Gelegentlich verbrachten Otto und Xantia den Vormittag auch zu Hause, wenn sie an einem neuen Innenarchitektur-

Projekt oder den Skizzen für ihre neue Kollektion *OP8 of the People* arbeiteten, die zu Neujahr herauskommen sollte. Hier war es ruhiger als in ihrem Büro in Kensington – vor allem, wenn Rachel da war, um ihre Anrufe entgegenzunehmen und alle bis auf die wichtigsten Design-Notfälle abzufangen.

Xantia kam am späteren Vormittag oft in die Küche, um sich einen Yoghurt oder ein paar Reiscräcker zu holen; Otto hingegen stöberte permanent in den Schränken und im Kühlschrank nach Essbarem. Nach ein paar Minuten ging er mit einer Schachtel Jaffa-Kekse, einer Tüte Chips oder ein paar Käse-Bagels und einem Glas Milch nach oben. Eine Stunde später tauchte er wieder auf und steckte die Nase in den Kühlschrank.

Rachel fand Ottos Knabberei seltsam – und nicht nur wegen der Mengen, die er aß. Wenn sie nach oben ging, um die Arbeits-Piazza aufzuräumen, nachdem die Marx' endlich doch in ihr Büro gefahren waren, fand sie nie leere Verpackungen oder andere Reste. Noch seltsamer erschien es ihr, dass die Marx' im ersten Stock eines völlig offen konstruierten Hauses arbeiteten, in dem auch leise Geräusche sehr weit trugen, dass sie aber nie einen Ton von ihnen hörte. Keine Gesprächsfetzen, keine Schritte; nur Stille. Und wenn sie einmal hinaufging, um irgendwo zu putzen oder etwas wegzuräumen, sah sie sie nie an ihren Schreibtischen sitzen. Zuerst nahm sie an, vielleicht sei gerade einer von ihnen auf der Toilette und der andere mache einen kurzen Spaziergang. Aber sie hörte nie die Haustür zuschlagen oder die Toilettenspülung rauschen.

Das war wirklich eigenartig.

»Also«, sagte Xantia, die wie üblich erst einmal Rachels Outfit begutachtete (ein Lycra-Stretchtop und eine ausgebeulte Trainingshose mit einem eingetrockneten Saucenfleck) und das Gesicht verzog, »ich habe Sie gebeten, heute etwas früher zu kommen, weil wir heute Abend Gäste erwarten. Damit ich mehr Zeit für die Vorbereitungen habe, dachte ich, Sie könnten zusätzlich zum Saubermachen für mich einkaufen gehen und ein bisschen in der Küche helfen. Natürlich bezahle ich Ihnen die Überstunden.«

»Gern«, sagte Rachel freudig. »Geld kann ich immer gebrauchen, und ich muss heute auch nicht pünktlich Schluss machen, um Sam von der Schule abzuholen.«

»Wunderbar. Wissen Sie, ich koche grundsätzlich selbst. Ich finde Einladungen mit Essen vom Catering-Service immer so schrecklich unpersönlich, Sie nicht auch?«

»O ja«, stimmte Rachel nickend zu. Sie hatte selbstverständlich keine Ahnung, wovon sie sprach, denn abgesehen von Hochzeiten und Bar-Mizwas und der Beerdigung ihres Onkels Sid, der mit aufklappbaren Dokumentenmappen steinreich geworden war, hatte sie noch nie eine Einladung mit Essen vom einem teuren Partyservice erlebt.

»Und«, fragte Rachel, »wer kommt denn alles?«

»Ach, nur die Blairs, die Prescotts und der liebe Joel … Richardson, meine ich«, sagte Xantia beiläufig und schob den Feng-Shui-Bildband ans andere Ende des Couchtischs.

»Wow.«

»Ja, ein bisschen schon. Die Sicherheitsleute haben hier gestern alles auf den Kopf gestellt.«

»Und was wollen Sie kochen?«, erkundigte sich Rachel.

»Nun«, schwärmte Xantia, »da hatte ich eine fantastische Idee. Ich dachte, da die Prescotts ja aus dem Norden sind, würden sie sich hier wie zu Hause fühlen, wenn ich Fish and Chips serviere.« Sie beugte sich wieder über den Couchtisch und rückte das Feng-Shui-Buch noch einen Zentimeter weiter nach links. »Was meinen Sie?«

»Ich fand, es sah auch gut aus, wo es vorhin lag«, antwortete Rachel.

»Nein, nein«, erwiderte Xantia genervt, »doch nicht das Buch. Meine Idee. Was sagen Sie dazu?«

»Na ja, das ist jedenfalls schön schlicht«, antwortete Rachel diplomatisch. »Damit können Sie eigentlich nichts falsch machen.«

»Genau. Also, der Fisch wird nachher geliefert, aber ich dachte, Sie könnten schnell zu Waitrose fahren und die Kartoffeln, Gurken und die Guacamole kaufen.«

»Guacamole?«, fragte Rachel erstaunt.

»Ja, Sie wissen schon, dieses grüne Zeug. Das wird doch immer zu Fish and Chips serviert.«

»Xantia, das ist keine Guacamole, das ist Erbsenbrei.«

»Tatsächlich? Du meine Güte. Von mir aus. Dann kaufen Sie eben das – und etwas Biskuitkuchen, Vanillepudding und eine Flasche Emva Cream für das Sherry-Trifle. Ach ja, und dann hätte ich gerne, dass Sie die Kartoffeln gleich heute Vormittag schälen und schneiden und sie dann in einer Schüssel Wasser in den Kühlschrank stellen.«

»Gut. Kein Problem«, sagte Rachel.

»Otto und ich werden noch ein paar Stunden auf der Arbeits-Piazza an einigen Skizzen arbeiten, und dann gehen wir ins Büro. Ich sehe noch mal nach Ihnen, wie Sie so zurechtkommen, bevor ich gehe. Ach ja, ich habe Ihnen das Einkaufsgeld in die Küche gelegt.«

Damit zog sie ihren violetten Schleier zurecht und verschwand nach oben.

Um halb elf kam Rachel vom Supermarkt zurück. Als sie vier große Einkaufstüten in die Küche schleppte, stieß sie fast mit Otto zusammen, der gerade herauskam. In einer Hand hatte er ein halbes Schinkenbaguette, in der anderen eine Dose Cola. Er bot an, ihr mit den Tüten zu helfen. Sie sagte danke, es gehe schon, und er verschwand nach oben.

Sie hatte gerade angefangen, die Kartoffeln klein zu schneiden, als es an der Tür klingelte. Sie wusch sich schnell die Hände und trocknete sie auf dem Weg zur Haustür an ihrer Hose ab.

»Matt«, sagte sie überrascht, aber auch irgendwie erfreut. »Xantia hat gar nicht erwähnt, dass Sie vorbeikommen wollten. Macht die Waschmaschine schon wieder Zicken?« Sie bemerkte, dass er über seiner dunkelgrauen Combat-Hose eine trendige schwarze Windjacke trug.

»Nein, nein, mit der Maschine ist alles in Ordnung.« Er klang ein wenig nervös, fand sie. »Zumindest nehme ich das an. Ich meine, Sie wissen da sicher besser Bescheid, Sie arbeiten ja hier. Nein … mir ist nur eingefallen, dass Xantia vielleicht die Bedienungsanleitung für die Wiener verloren hat. Wie ich Ihnen neulich erklärt habe, ist das ein ziemlich temperamentvolles Gerät, die Wiener, und Sie sollten sich damit auskennen. Zufällig habe ich beim Aufräumen noch eine übrig gebliebene Bedienungsanleitung gefunden. Also dachte ich, äh, ich bringe Sie schnell vorbei.«

»Oh, das ist aber nett«, sagte sie und streckte lächelnd die Hand nach der Broschüre aus.

Er erwiderte das Lächeln.

Plötzlich wurde ihr bewusst, dass dieser Augenkontakt länger dauerte, als eigentlich üblich war, und dass sie kein Make-up aufgelegt hatte.

»Ich … äh … soll ich Xantia kurz holen? Sie ist oben und arbeitet.«

Sein Lächeln erlosch. »Was? Sie ist hier?«, fragte er erschrocken. »Ich hatte angenommen … ich meine, ich dachte, sie wäre im Büro. Bitte stören Sie sie nicht deswegen. Es ist wirklich nicht so wichtig. Ich wollte nur kurz das Heft vorbeibringen, weiter nichts.«

»Hören Sie«, sagte Rachel nach einer kleinen, verlegenen Pause, »ich wollte gerade Tee machen. Möchten Sie nicht auf eine Tasse hereinkommen? Xantia hätte bestimmt nichts dagegen, wo Sie sich doch so viel Mühe gemacht haben.«

Er zögerte. Einen Moment lang glaubte sie schon, er würde ja sagen.

»Das ist wirklich nett von Ihnen, aber ich denke, Xantia könnte doch etwas dagegen haben. Nicht, dass sie am Ende meint, Sie würden bei der Arbeit trödeln. Außerdem muss ich weiter. Ich bin spät dran.«

Sie war auf einmal sehr enttäuscht.

»Aber sie hat bestimmt nichts dagegen«, beharrte sie.

»Nein, ich muss wirklich weiter.

»Na gut«, sagte sie. In diesem Moment hörte sie das Telefon in der Küche klingeln. »Oje, da muss ich schnell rangehen. Otto und Xantia möchten nicht ständig gestört werden.«

»Nur zu«, sagte er.

»Also, vielleicht sieht man sich mal wieder.«

»Ja, klar«, sagte er nickend.

Sie schloss die Haustür und rannte in die Küche. Unterwegs kam ihr der Gedanke, dass Matt die Bedienungsanleitung vielleicht nur vorbeigebracht hatte, um sie wiederzusehen, weil er sie so toll fand. Sie errötete und konnte nicht leugnen, dass sie diesen Gedanken ziemlich erregend fand. Sein schiefes Grinsen war wirklich sehr, sehr sexy. Dann fiel ihr die Blondine wieder ein, mit der sie ihn neulich im Anarchist Bathmat gesehen hatte. Was bildete sie sich nun wieder ein? Der Mann hatte eine Freundin. Eine schöne, blonde Freundin. Also, sagte sie zu sich selbst, hat er die Bedienungsanleitung nur vorbeigebracht, weil Xantia eine reiche, berühmte Kundin war, die er sich gern warm halten wollte. Damit sie ihn ihren reichen, berühmten Freundinnen weiterempfahl.

Sie nahm den Hörer ab. Es war Kermit, Xantias Pariser Assistent bei *OP8,* auch gern Kermit der Froschfresser genannt.

»Kermit, wenn das ein echter Notfall ist«, erklärte sie, »hole ich sie ans Telefon. Können Sie mir bitte vorher wenigstens ungefähr erklären, worum es geht? … Halt, halt, habe ich das richtig verstanden? Irgendein avantgardistischer österreichischer Bildhauer, ja?, stellt seine Version von Lego morgen auf der Klagenfurter Messe vor und fängt an mit einem »Bau-dir-dein-Auschwitz«-Baukasten. Und obwohl das eigentlich als antifaschistisches Statement gedacht ist, wollen Sie jetzt wissen, ob Otto und Xantia immer noch möchten, dass *OP8* dort auch mit einem Stand vertreten ist.«

Sie sauste hinauf zur Arbeits-Piazza. Wie üblich war von Otto und Xantia nichts zu sehen. Rachel überlegte, dass die beiden vielleicht auf einen Quickie die Schlaf-Piazza aufgesucht haben könnten, doch von dort war nichts zu hören. Sie sah ihm Bad nach, rannte über die Brücke, erklomm die Stufen zur nächsthöheren Ebene, und dann zur höchsten. Überall gähnende Leere. Schließlich lief sie wieder hinunter und suchte die Wohn-Piazza und die Gärten hinter und vor dem Haus ab. Sie konnte nur vermuten, dass sie schon gegangen waren, ohne ihr Bescheid zu geben. Also ging sie wieder ans Telefon, um Kermit zu erklären, dass die Marx' offenbar schon unterwegs ins Büro seien, doch sie hatte so lange gebraucht, dass er inzwischen aufgelegt hatte.

»Rachel«, rief Xantia aus dem Flur, als Rachel eben auflegte. »Wir gehen jetzt. Bis morgen dann.«

Rachel sprang vor Schreck in die Luft. Dann flitzte sie in den Flur, um nachzusehen, ob sie nicht vielleicht schon Stimmen hörte, die gar nicht da waren. Sie waren aber da. Xantia zog gerade einen gefütterten violetten Seidenmantel über ihren Sari, und Otto kam Zeitung lesend die Treppe herunter. Rachel verstand gar nichts mehr. Noch vor ein paar Minuten waren Otto und Xantia nicht im Haus gewesen. Sie hatte überall nach ihnen gesucht. Allmählich wurde es bizarr. Woher waren sie so plötzlich gekommen? Sie wollte nicht fragen, denn dann würde sie wohl reichlich dumm dastehen.

»Und, irgendwelche Anrufe?«, fragte Xantia fröhlich und knöpfte den Mantel zu. »Über Klagenfurt weiß ich schon Bescheid – Kermit hat mich gerade auf dem Handy angerufen. War sonst noch etwas?«

»Nein, nichts … Oh, doch, Matt Clapton hat eine Bedienungsanleitung für die Waschmaschine vorbeigebracht. Er dachte, Ihre sei vielleicht verloren gegangen.«

»Das kann gut sein. Wissen Sie, er ist ja so aufmerksam. Also, an dem Tag, als er die Waschmaschine angeschlossen hat, sind im Haus ein paar Rohre geplatzt, und er ist extra noch zwei Stunden geblieben und hat den Installateuren geholfen, die Sauerei zu beseitigen. Ich meine, er konnte überhaupt nichts dafür. Aber er scheut wirklich keine Mühen. Der Mann ist ein Schatz.« Ihr Blick verschwamm sehnsuchtsvoll. »Und er ist so groß. Und stark. Wenn er lächelt, bringt er da so etwas niedlich Schiefes rein. Und er hat den knackigsten kleinen Hintern, …« Errötend brach sie ab und räusperte sich. »Wie gesagt, er ist ein Schatz. Ein ganz großer Schatz.«

Nachdem sie fort waren, grübelte Rachel weiter darüber nach, wo Otto und Xantia nur gewesen sein mochten, als sie sie gesucht hatte. Der einzig logische Schluss schien ihr zu sein, dass die beiden kurz aus dem Haus gegangen waren, ohne dass sie es gemerkt hatte.

Rachel kam um kurz nach vier nach Hause. Sie hängte ihre Jacke auf, legte Tasche und Schlüssel auf das Tischchen im Flur und hörte den Anrufbeantworter ab. Eine Nachricht.

»Hallo, Rache, ich bin's, Adam. Ich bin am Flughafen in Manchester. Hör zu, ich habe meinen Steuerberater Barry gebeten, dir die genauen Zahlen zu dieser Kapitalertragssteuer zu faxen. Du findest sie bestimmt höchst interessant. Er ist wirklich ein fantastischer Steuerfachmann. Habe ich schon mal erwähnt, dass sie sogar ein Steuerschlupfloch nach ihm benannt haben? Ach ja, und ich wollte dir gestern, als ich bei dir war, schon sagen, dass dein Kühlschrank ziemlich, na ja, nach Kühlschrank riecht. Ich habe gerade eines von diesen Kühlschrank-Deo-Eiern für dich zur Post gegeben. In ein paar Tagen sollte es bei dir ankommen. Wir hören uns bald wieder. Bis dann.«

Sie lächelte und schüttelte den Kopf.

»Adam, das ist ein Kühlschrank«, sagte sie laut. »Wie sollte es deiner Meinung nach denn da drin riechen – nach Orchideen? Frisch gebackenem Brot? Oder wie in der Fabrikhalle von *Estée Lauder*?«

8

... Also, Mrs. Peach, die Übungen, die Ihre Ärztin Ihnen gezeigt hat, helfen immer noch nicht? O ja, ich weiß, wir Frauen hätten es so viel leichter, wenn man einfach einen frischen Beckenboden einbauen könnte, so wie man ein Bad neu fliest. Hören Sie, ich würde gern mit Sh... Durchweicht? Jedes Mal, wenn Sie husten oder niesen müssen? Nein, wie unangenehm ... Ein halbes Dutzend Höschen, und das jeden Tag? Ja, da haben Sie Recht, Mrs. Peach, das ist wirklich kein Leben. Ich an Ihrer Stelle würde es unbedingt mit der Operation versuchen ... Nein, das finde ich *wirklich* ... Eine Warteliste von zwei Jahren? Das ist ja ein Skandal ... Nein, Elizabeth Taylor müsste bestimmt nicht so lange warten ... Hören Sie, Mrs. Peach, ist Shelley da? Ich würde gern kurz mit ihr sprechen ...«

Rachel saß an Xantias Küchentisch, das Handy am Ohr, und hörte Mrs. Peach ins Treppenhaus rufen.

Die Dreharbeiten für die Binden-Werbung waren aufgeschoben worden, und Shelley hatte beschlossen, ein paar Tage bei ihrer Mutter zu verbringen. Rachel wollte einfach nur ein bisschen mit ihr schwatzen und Shelley fragen, ob sie vielleicht eine Idee hätte, wie sie ihr Sexleben mit Adam wieder auf Trab bringen könnte.

Xantia hatte ihr verboten, während der Arbeitszeit private Telefongespräche zu führen, doch die Marx'sche PR-Maschinerie lief plötzlich auf Hochtouren und die beiden waren zu der Design-Messe nach Klagenfurt geflogen, wo eine Meute englischer Boulevard-Journalisten und ein Kamerateam von der BBC gespannt ihren Protest gegen das Lego-Auschwitz erwarteten. Also hatte Rachel beschlossen, sich bei ihren Aufräumarbeiten nach der gestrigen Party eine Pause zu gönnen und Shelley anzurufen.

»Aha, danke«, sagte Rachel nun zu Mrs. Peach, die wieder am Apparat war. »Wenn sie aus der Dusche kommt, würden Sie ihr dann ausrichten, sie möchte mich bitte anrufen? Ich bin in etwa einer halben Stunde zu Hause. Wiederhören.« Sie drückte hastig auf den roten Hörer, bevor Mrs. Peach sich wieder ihrem lecken Beckenboden zuwenden konnte.

Um kurz nach eins war Rachel bei den Marx' fertig. Sie schloss die Haustür zweimal ab und zitterte im bitterkalten Wind, der ihr bis in die Knochen fuhr, als sie plötzlich von der Straße her jemand ihren Namen rufen hörte. Sie drehte sich um und sah Matt aufs Haus zukommen. Ein breites Lächeln erschien auf ihrem Gesicht.

»Oh, hallo!«, rief sie zurück und winkte ihm zu. Sie schlüpfte in ihre Handschuhe und ging ihm entgegen.

»Hallo«, sagte er. Er klang nervös. Genau wie am Tag zuvor. Es entstand ein angespanntes Schweigen, das Rachel unbedingt beenden wollte.

»Na, wie geht's?«, fragte sie und blickte, immer noch lächelnd, zu ihm auf. Wie hatte sie je auf die Idee kommen können, dass er auch nur das kleinste bisschen schielte? Seine sanften, dunkelbraunen Augen gehörten zu den am wenigsten schielenden Augen, die sie je gesehen hatte.

»Oh, gut. Prima. Bisschen kalt ist es.«

»Ja, und es soll sogar noch kälter werden. Vielleicht kriegen wir sogar weiße Weihnachten.«

»Hm.«

»Schön, Sie zu sehen.« Sie wollte ihn fragen, ob er aus einem bestimmten Grund schon wieder hier sei, aber sie wusste nicht, wie sie das ausdrücken sollte, ohne unhöflich zu klingen.

»Ja, freut mich auch«, sagte er.

»Und, kommen Sie zufällig hier vorbei oder wollten Sie …?«

»Irgendwie schon. Ich habe gerade ein paar Häuser weiter eine Waschmaschine angeschlossen.«

»Aha.«

»Miele.«

»Oh, schick.«

»Ja, zweitausend Umdrehungen –«

»Aha. Also nicht ganz so toll wie die Wiener.«

»Nein, nicht ganz. Die Wiener schafft zweitausendfünfhundert.«

»Ich weiß«, sagte sie grinsend. »Ich habe die Betriebsanleitung gelesen.«

»Oh … gut.«

Sie sah, dass er tief durchatmete und schluckte.

»Ja, also«, fuhr er fort, »ich hoffe, Sie finden das nicht aufdringlich oder so, aber ich habe etwas für Sie.«

Sie war völlig perplex. »Tatsächlich?«, fragte sie und sah ihn belustigt an. Sie überlegte einen Moment. Dann begann sie zu lachen. »Halt, lassen Sie mich raten. Sie haben festgestellt, dass das Wiener-Handbuch noch einen zweiten Band hat.«

»Nein«, sagte er mit nervösem Lachen, »das nicht. Ich habe das hier für Sie gekauft.« Er zog ein kleines, flaches Päckchen in einer alten Supermarkt-Plastiktüte aus der Jackentasche. »Entschuldigen Sie die Tüte«, sagte er. »Was anderes hatten sie in dem Laden nicht.«

Sie griff in die Tüte und holte ein arg mitgenommenes Taschenbuch heraus. Sie starrte auf den Titel: *Frauen in Kabarett und Comedy – vom Varieté bis heute*.

»Das haben Sie für mich gekauft?« Sie wusste nicht, wann sie zuletzt so gerührt gewesen war.

»Na ja, es war nicht gerade teuer, aber ich dachte, vielleicht gefällt es Ihnen. Ich habe es in einem Antiquariat in Muswell Hill entdeckt. Ist in den Achtzigern erschienen. Es fängt bei Frauen wie Marie Lloyd an und geht ungefähr bis zu Jo Brand. Wenn es Ihnen nicht gefällt, werfen Sie es einfach weg. Ich nehme es Ihnen bestimmt nicht übel.«

»Matt, das ist fantastisch«, sagte sie und strahlte vor Freude. »Danke. Das ist sehr lieb von Ihnen. Natürlich werde ich es behalten – ich kann kaum erwarten, es zu lesen. Ich wollte schon immer mehr über meine Vorgängerinnen erfahren. Das ist haargenau das richtige Buch für mich, unglaublich!«

»Im Ernst?«

»Ehrlich«, sagte sie nickend.

Weiteres Schweigen.

»Und«, fragte er schließlich, »was haben Sie jetzt vor?«

»Ich wollte nach Hause gehen und mir ein Sandwich machen. Um halb vier habe ich einen Termin bei der Bank zu einem Gespräch über den, wie es in dem Brief hieß, ›bedenklichen Zustand‹ meines Kontos.«

»Klingt scheußlich«, sagte Matt. »Na ja, ich wollte auch

schnell irgendwo einen Happen essen. Möchten Sie mir vielleicht Gesellschaft leisten?«

»Sehr gern«, hörte sie sich sagen.

»Prima«, erwiderte er. »Mein Auto steht gleich da vorn.«

Sie erklärte, sie sei selber mit dem Auto da, doch er erbot sich, sie nach dem Essen wieder bei ihrem Auto abzusetzen, also sah sie keinen Grund, nicht mit ihm zu fahren.

Sie sprachen nicht viel, während sie sich durch den eisigen Wind die Straße entlangkämpften. Endlich blieb Matt neben einem alten weißen Ford Transit stehen, auf dessen Seite in großen schwarzen Lettern *Clapton Domestic* stand.

»Da sind wir«, sagte er und holte den Autoschlüssel aus der Hosentasche. »Und ich verbitte mir jegliche negative Bemerkungen über weiße Lieferwagen.«

»Ich würde nicht im Traum daran denken«, erwiderte sie.

»Ich bin ein sehr friedvoller Fahrer, habe noch nie absichtlich jemanden umgebracht und verringere grundsätzlich die Geschwindigkeit, bevor ich über rote Ampeln fahre.« Wieder dieses schiefe Grinsen.

»Dann ist es ja gut«, sagte sie.

»Ach, übrigens – er heißt Morrison.«

»Wer?«

»Mein Van. Sie wissen schon schon, Van …«

»Ja, schon kapiert«, sagte sie grinsend. Das war eigentlich ein alberner Scherz, aber irgendwie fand sie ihn sehr sympathisch.

Sie fand es ebenfalls sympathisch, dass Van Morrisons Armaturenbrett-Ablage übersät war mit Kugelschreibern, zerfledderten Straßenkarten, gelben Merkzetteln und McDonald's-Müll.

»Und«, sagte sie, während sie sich anschnallte, »hat Ihre Freundin denn nichts dagegen, dass Sie anderen Frauen Geschenke kaufen und sie dann auch noch zum Essen ausführen?«

»Meine Freundin?« Er sah sie fragend an.

»Ja. Die hübsche blonde Frau, mit der Sie im Anarchist Bathmat waren.«

»Ach, Sie meinen Rosie? Das ist keine Frau, sondern meine Tante.«

Rachel zog die Brauen hoch.

»Nein, ehrlich«, beteuerte er. »Sie ist die jüngste Schwester meiner Mutter. Ich weiß, es klingt komisch, aber als meine Mutter mit mir schwanger war, stellte sich heraus, dass wiederum ihre Mutter bald Rosie bekommen würde. Wir standen uns immer schon sehr nahe. Sie wohnt jetzt in Edinburgh, aber wir unternehmen immer etwas zusammen, wenn sie mal in London ist.«

»Ach so«, sagte Rachel nachdenklich.

Sie entschieden sich für Kaffee und Sandwiches im Bonjour Croissant in Highgate. Während der Fahrt fragte Matt, wie sie eigentlich zur Comedy gekommen sei. Sie erzählte ihm, wie sie sich als Journalistin gelangweilt hatte und dass sie schon als junges Mädchen davon geträumt habe.

»Also haben Sie den Journalismus an den Nagel gehängt und den Sprung ins kalte Wasser gewagt. Das finde ich bewundernswert.«

»Wirklich?«

»O ja«, antwortete er. »Man muss im Leben was riskieren. Okay, manchmal fällt man eben auf die Nase – aber immerhin hat man sich nach besten Kräften bemüht. Ich glaube, es gibt nichts Schlimmeres, als eines Morgens tot aufzuwachen und sich über verpasste Chancen zu ärgern.«

Sie nickte.

Er erzählte ihr, dass er seine Begeisterung fürs Kabarett

von seinem Vater geerbt habe, einem pensionierten Bauarbeiter, der in den Sechzigern und Siebzigern nebenbei Comedy in diversen Kneipen gemacht hatte.

»Er hatte vor allem Sachen drauf wie: ›Meine Frau ist so frigide, dass jedes Mal, wenn sie den Mund aufmacht, drinnen das Licht angeht.‹ Aber trotzdem verdanke ich ihm meine Vorliebe für die Comedy. Mit siebzehn, achtzehn habe ich schon in allen Comedy-Clubs in London herumgehangen.«

»Ich auch«, fiel sie begeistert ein. »Ich frage mich, wie oft wir schon aneinander vorbeigelaufen sind?«

Je länger sie sich unterhielten, desto mehr schwand seine Schüchternheit.

»Schon komisch«, sagte er, als sie sich im Bonjour Croissant an einen der Resopaltische setzten. »Können Sie sich ein Café in Paris mit dem Namen *Moin, Milchhörnchen* vorstellen?«

Sie brach in Lachen aus.

»Wollen wir uns nicht lieber duzen?«, fragte er gleich darauf.

»Okay. Also, Matt, wo wohnst du?«, fragte sie.

Er erzählte ihr von seiner Wohnung in Muswell Hill und dass sein bester Freund, der nach ein paar Monaten in New York die USA hatte verlassen müssen, weil er keine Green Card bekommen hatte, gerade für ein paar Wochen bei ihm wohnte.

»Er behauptet ständig, er würde sich einen Job suchen«, erklärte Matt, »aber er reißt sich nicht gerade um Arbeit. Oder darum, sich an der Miete zu beteiligen. Er hockt den ganzen Tag nur zu Hause herum und heckt lauter verrückte Pläne aus, aber es kommt nie ein praktikables Geschäft dabei heraus.«

»Was denn zum Beispiel?«

»Ach, letzten Monat war es eine Kette von Hunde-Restaurants mit dem klingenden Namen *Dog's Diner*. Dann wollte er einen biblischen Delikatessenladen namens *Käsus von Nazareth* aufmachen. Im Moment arbeitet er an irgendwelchen neuartigen Frühstücksflocken. Er hat es mir erklärt, aber ehrlich gesagt habe ich gar nicht richtig zugehört.«

Rachel kicherte.

»Ich weiß, dass er ein Faulpelz ist«, fuhr Matt fort, »aber er ist mein ältester und bester Freund und im Grunde ein sehr anständiger Kerl. Außerdem wünscht er sich sehnlichst eine Freundin. Aber er kann überhaupt nicht mit Frauen umgehen. Geht immer viel zu heftig ran – du weißt schon, der Typ, der sich anhört, als hätte er ein Buch mit Anmach-Sprüchen auswendig gelernt, und er versteht einfach nicht, warum ihn die Frauen reihenweise abblitzen lassen.«

»Und, wie heißt er denn, dein Freund?«

»Tr… Dave.«

»Trdave?« Sie runzelte die Stirn. »Was für ein seltsamer Name.«

»Nein, nicht Trdave«, erklärte er. »Eigentlich heißt er Dave. Es ist etwas kompliziert. Weißt du, er hat einen Spitznamen …«

In diesem Moment kam die Bedienung, um ihre Bestellung aufzunehmen.

»Jetzt habe ich dir lange genug von ihm vorgejammert«, sagte er, als die Bedienung gegangen war. »Also, nimmst du an diesem europäischen Comedy-Grand-Prix teil?« Er fügte hinzu, er habe die Werbeplakate für den Wettbewerb im Comedy Store gesehen.

Sie nickte. »Sofern ich durch das Vorsprechen komme.«

»Da sehe ich kein Problem. Neulich Abend warst du fantastisch. Du wirst nicht nur dieses Vorsprechen mit links schaffen, sondern beim Grand Prix mit der Konkurrenz den Boden aufwischen.«

»Na, da bin ich mir nicht so sicher«, sagte sie und spürte, dass sie rot wurde.

Sie schwatzten sich durch ihre Sandwiches und ein paar Runden Cappuccino. Bald erzählte sie ihm von Sam, ihrer Ehe mit Joe und weshalb sie gescheitert war.

»Wow«, sagte Matt und ließ sein Thunfischsandwich sinken.

»Ja, so ging es mir zuerst auch. Aber jetzt komme ich damit klar. Sam hat überhaupt kein Problem damit, einen schwulen Vater zu haben. Er ist echt unglaublich. Ich mache mir immer Sorgen, dass sie ihn in der Schule damit aufziehen, aber bisher ist nichts passiert.«

Sie saßen schon zwei Stunden da und unterhielten sich, als Rachel plötzlich ihr Termin bei der Bank wieder einfiel. Sie sah auf die Uhr. Es war schon fast halb vier.

»O Gott. Matt, tut mir Leid, aber ich muss ganz schnell weg. Ich soll in drei Minuten in der Bank sein.«

Die Enttäuschung stand ihm ins Gesicht geschrieben.

»Gut, dann fahre ich dich schnell zurück zu deinem Auto.«

Sie lehnte ab, denn die Bank war direkt gegenüber, und erklärte, sie könne später zurücklaufen. Sie holte ihr Portemonnaie heraus und bot an, sich an der Rechnung zu beteiligen, doch er wollte nichts davon hören. Sie bedankte sich überschwänglich.

»Hey«, sagte er, und seine Stimme klang wieder ein wenig zögerlich, »wenn deine Waschmaschine mal Schwierigkeiten macht, kannst du mich jederzeit anrufen.«

Er holte eine Visitenkarte aus seiner Brieftasche und reichte sie ihr.

Rachel kam aus der Bank und hätte am liebsten ein paar Luftsprünge gemacht. Mr. Lickdish, ihr väterlicher Kundenbetreuer, hatte ihr eine lange Predigt darüber gehalten, dass sie das Geld erst verdienen und dann ausgeben sollte, doch schließlich hatte er sich erweichen lassen und erklärt, dass die Bank ihre Kontoführung zwar nicht gutheiße, aber erst einmal bereit sei, die Überziehung noch eine Weile zu dulden.

»Aber machen Sie sich klar«, hatte Mr. Lickdish gesagt, sich über seinen Schreibtisch vorgebeugt und die Brille abgenommen, »dass dies eine Bank ist und keine wohltätige Einrichtung. In nicht allzu ferner Zukunft werden wir darauf bestehen müssen, dass Sie Ihr Konto ausgleichen.«

»Ja, ich verstehe«, sagte sie mit hoffentlich ausreichend ernster Miene. »Vielen Dank noch mal.« Sie rannte praktisch aus dem Gebäude vor lauter Angst, er könne es sich doch noch anders überlegen.

Sie wollte ihre Errettung aus dem Ruin irgendwie feiern, aber ihr fiel nichts ein. Shelley war nicht da, und ihre anderen Freundinnen alle bei der Arbeit. Schließlich entschied sie, ihre Eltern anzurufen und sich selbst auf eine Tasse Tee bei ihnen einzuladen. Das wäre eine gute Gelegenheit, ihre Mutter noch einmal unauffällig in Sachen Tiggy Bristol zu verhören.

Faye öffnete ihr die Tür, das schnurlose Telefon ans Ohr gedrückt.

»Doch, du hast völlig Recht, Coral. Ich denke, so eine Reinkarnationstherapie hat wirklich viel für sich.« Sie winkte Rachel herein, drückte ihr ein Küsschen auf die Wange und gab ihr zu verstehen, sie werde gleich für sie da sein.

»Also, diese Frau hat dich hypnotisiert. Und dann? …

Dann warst du eine ägyptische Prinzessin und bist in einer Wanne voll Eselsmilch ertrunken? Na ja, das würde jedenfalls deine Allergie gegen Milchprodukte erklären ... Hör mal, Coral, ich muss Schluss machen. Rachel ist gerade gekommen. Grüß Ivan. Bis später.«

Faye beendete das Gespräch.

»Weißt du«, sagte sie nachdenklich, als sie durch den Flur in die Küche gingen, »vielleicht sollte ich es auch einmal mit diesem Reinkarnationsquatsch versuchen. Wie viele Jahre lang habe ich jetzt schon diesen Albtraum, dass ich mit Captain Oates auf seiner letzten Expedition in der Antarktis bin? Das könnte erklären, warum ich so panische Angst vor der Tiefkühlabteilung im Großmarkt habe.«

Sie unterhielten sich eine Weile über alles Mögliche, während ihre Mutter Tee aufsetzte.

»Ach, das wollte ich dir noch sagen«, unterbrach Faye sich und goss Milch in zwei Becher. »Hylda Klompus hat am Wochenende angerufen und gesagt, sie sei bereit, uns noch einmal fünf Prozent Nachlass zu geben, wenn wir uns schnell entscheiden.«

»Mama, bitte«, erwiderte Rachel bestimmt. »Du hast mir versprochen, dass du mit diesem Hylda-Klompus-Unsinn aufhörst.«

»Schon gut, schon gut«, kam es resigniert von Faye. »Ich wollte ja nur, dass du Bescheid weißt. Ich werde kein Wort mehr darüber verlieren.«

»Also, Mama«, sagte Rachel beiläufig und nippte an ihrem Tee, »wirst du deine Freundin jetzt wieder öfter sehen, diese – wie hieß sie noch, Tiggy?«

»Kann sein«, antwortete Faye, die nun deutlich herumdruckste. »Aber sie wohnt in den Midlands. Das ist nicht gerade der nächste Weg.«

»Ach? Wo denn in den Midlands?«

In diesem Moment kam Jack im Trainingsanzug hereingetorkelt, rot, keuchend und schnaubend. Schweiß lief ihm übers Gesicht, und vorn und hinten auf seinem Oberteil zeichneten sich zwei riesige Schweißflecken ab.

»Papa«, japste Rachel. »Was, um Himmels willen, hast du denn getrieben?«

Er zog einen Stuhl vom Küchentisch zurück und ließ sich darauf plumpsen. »War joggen«, erklärte er keuchend.

Faye brachte ihm ein Glas Wasser. »Ist auch alles in Ordnung mit dir?«, fragte sie liebevoll.

Er nickte und kippte das Wasser hinunter.

»Aber Papa, du treibst doch nie Sport.« Rachel war immer noch fassungslos. »In all den Jahren, seit ich dich kenne, habe ich dich nie etwas Anstrengenderes tun sehen, als die Hand zum Mund zu führen.«

»Na ja«, verkündete er und unterbrach sich, um nach Luft zu schnappen, »das wird jetzt alles anders.«

Er stellte das Glas auf den Tisch und legte eine Hand auf die Speckrollen unter seinem Sweatshirt.

»Ich habe mich letzte Woche durchchecken lassen, und der Arzt sagt, ich sollte mal ein paar Pfund abnehmen. Also habe ich angefangen zu trainieren. Keine Sorge, er meinte, es würde mir nicht schaden – und deine Mutter hat mich auf Diät gesetzt.«

Das Telefon klingelte. Jack nahm es vom Tisch. »Ja, sie ist da«, sagte er und wandte sich zu Faye um. »Wer will ihr denn da stundenlang zuhören?« Er grinste Faye frech an. Sie antwortete mit einem Blick, der zu sieben Achteln aus Finsternis und zu einem Achtel aus Belustigung bestand.

Jack deckte die Sprechmuschel mit der Hand zu. »Es ist Simon.«

»Ach, wunderbar«, sagte Faye.

»Simon?«, fragte Rachel ihren Vater flüsternd.

»Ja, das ist der Polsterer. Er hat den Stoff, den deine Mutter bestellt hat. Sie lässt das Sofa neu beziehen.«

Rachel bemerkte wohl, dass Miene und Stimme ihrer Mutter leicht verkrampft wirkten, doch an ihrem Vater fiel ihr nichts auf.

Faye nahm das Telefon von Jack entgegen. »Hallo, Simon«, flötete sie. »Ich muss mich für meinen Mann entschuldigen. Er bildet sich ein, er habe Sinn für Humor.« Sie ging zur Tür und verschwand im Flur.

Rachel wandte sich Jack zu. »Aber Mama hat die ganze Sitzgruppe doch erst neulich mit diesem rosa Samt beziehen lassen«, sagte sie stirnrunzelnd. »Der gefiel ihr doch so gut. Sie hat die halbe Nachbarschaft eingeladen, um das fertige Werk zu bewundern.«

Jack zuckte die Schultern. »Sie hat es sich anders überlegt. Hat gesagt, sie hätte doch lieber etwas Moderneres.«

»Aber es muss doch ein Vermögen kosten, das schon wieder machen zu lassen.«

Ein weiteres Schulterzucken. »Wenn es sie glücklich macht …« Jack stand auf. »Nun, dann werde ich mal die Toilette aufsuchen und sehen, ob die viele Bewegung vielleicht was in Bewegung gesetzt hat.«

»Papa, warst du denn immer noch nicht? Hast du das dem Arzt gesagt?«

»Ach, Ärzte«, sagte er wegwerfend. »Was wissen die denn schon?«

Das war schon immer Jacks Überzeugung. Als Rachel noch klein war, hatten alle anderen Kinder Doktor gespielt, während sie so tat, als verklage sie sie wegen ärztlicher Kunstfehler.

Als er weg war, stellte Rachel noch einmal Wasser auf. Sie hatte gerade drei Becher mit Teebeuteln bestückt, als sie ihre Mutter kichern hörte. Rachel schlicht sich zur Küchentür, um zu lauschen. Das Kichern kam aus dem Wohnzimmer.

»Was wollten Sie mich denn neulich fragen? … Wie lange ich schon verheiratet bin? Ach, Simon, sagen wir's mal so – ich bin schon bei meiner vierten Flasche Tabasco angelangt … Nein, wirklich, das stimmt … Finden Sie? Oh, Sie Schmeichler. Na ja, an manchen Tagen fühle ich mich ja auch so.« Fayes Ton war jetzt geradezu kokett. »Ja, ich lege großen Wert darauf, in Form zu bleiben. Ich gehe ein paar Mal die Woche ins Fitness-Studio.«

Weiteres Kichern. Dann: »Freitag?«, sagte Faye und senkte plötzlich die Stimme. »Ich weiß nicht. Das könnte schwierig werden … Also gut, ich versuche es. Ich rufe an, falls es doch nicht geht … ja, ich auch. Ich auch. Also dann, Freitag um halb sechs … Nein, ich kann es auch kaum erwarten …«

Plötzlich fiel Rachel wieder ein, was Shelley neulich gesagt hatte: »Vielleicht hat sie sich ja einen jungen Liebhaber zugelegt.«

Menschen flirten oft mit irgendwem, sagte Rachel sich auf dem Heimweg immer wieder. Das war nichts weiter als ein harmloses kleines Vergnügen. Es bedeutete noch lange nicht, dass man gleich miteinander ins Bett hüpfte. Ebenso konnte man sagen, dass ihre Mutter sich nur deshalb die Bikinizone enthaaren ließ und sich teure neue Kleider kaufte, weil sie einfach jung und attraktiv bleiben wollte.

Die Sache mit Tiggy Bristol jedoch machte Rachel wirklich Sorgen. Sie war so sicher, wie sie ohne handfesten Beweis überhaupt sein konnte, dass diese Frau frei erfunden war. Andererseits, dachte sie, könnte es Dutzende von Gründen geben, warum Faye sie erfunden hatte. Vielleicht hatte sie tatsächlich ein Geheimnis. Aber was auch immer das sein mochte, es musste ja nicht unbedingt ein finsteres Geheimnis sein und schon gar keine Affäre. Von allem anderen mal abgesehen, war diese Vorstellung zu abartig, um auch nur darüber nachzudenken. So wie Eltern, wenn es nach ihren Kindern ginge, überhaupt keinen Sex hatten, so hatten sie schon gar keine Affären.

Rachel beschloss, nicht mehr nachzubohren. Ihre Mutter würde ihr schon sagen, was los war, wenn sie es für richtig hielt.

Als sie nach Hause kam, sah sie als Erstes nach dem Anrufbeantworter. Sie hoffte auf eine Nachricht von Shelley, war aber nicht allzu überrascht, wieder keine vorzufinden. Mrs. Peach war wirklich ein Herzchen, aber sie war auch der egozentrischste Mensch, den Rachel kannte. Sicher hatte sie völlig vergessen, Shelley von Rachels Anruf zu erzählen.

Als sie Adams Kühlschrank-Deo-Ei zur Hand nahm, das sie heute Morgen erhalten, ausgepackt und auf dem Tisch hatte liegen lassen, fiel ihr auf, dass sie auch von ihm noch nichts gehört hatte. Das sah Adam überhaupt nicht ähnlich. Er mochte nicht der Typ für feurige Liebeserklärungen sein, aber es war ihm sehr wichtig, mindestens einmal am Tag mit ihr zu sprechen – manchmal sogar zweimal – wenn er nicht im Lande war. Sie sah auf die Uhr. Es war schon fast sieben. Da es zwischen England und Südafrika keinen nennenswerten Zeitunterschied gab, war er vermutlich jetzt in seinem Hotelzimmer und zog sich zum Abendessen um. Onkel Stan und seine Frau Millie hatten angeboten, ihn bei sich aufzunehmen, doch er hatte höflich abgelehnt. Sie wohnten in einem luxuriösen, aber nicht besonders großen Apartment, und er meinte, es würde dort zu eng werden. Rachel hatte außerdem den Verdacht, dass Adam fürchtete, ihre Ansprüche an Ordnung und Hygiene könnten den seinen nicht genügen. Sie beschloss, ihn anzurufen. Sie hatte sich die Nummer auf einem gelben Post-It-Zettel notiert und direkt über dem Telefon an die Wand geklebt. Sie zog den Zettel ab, setzte sich auf den Fußboden im Flur und wählte die Nummer. Die Rezeption meldete sich nach dem ersten Klingeln. Ein paar Sekunden später wurde sie zu Adams Zimmer durchgestellt.

»Ja?« Das war eine Frauenstimme. Sehr brüsk. Sehr südafrikanisch.

»Äh, hallo«, sagte Rachel schüchtern, denn sie nahm an, sie sei ins falsche Zimmer durchgestellt worden. »Ist das Mr. Landsbergs Zimmer?«

Es gab eine längere Pause.

»Mr. Landsberg«, wiederholte Rachel. »Mr. Adam Landsberg.«

»Tut mir Leid, Mr. Landsberg ist gerade nicht da«, sagte die Stimme schließlich.

»Aber das ist doch das richtige Zimmer?«, fragte Rachel und rätselte, wer, um Himmels willen, diese Frau sein mochte.

»Ja.«

»Und, können Sie mir sagen, wo er ist?« Rachel war sicher, im Hintergrund eine Dusche rauschen zu hören.

»Nein«, antwortete die Frau. »Tut mir Leid, ich habe keine Ahnung.«

»Würden Sie mir dann vielleicht erklären, wer Sie sind?« Mittlerweile war in Rachel ein böser Verdacht aufgekommen, was Adam hinter ihrem Rücken treiben könnte.

»Ich?« Die Frau klang jetzt entschieden nervös. »Ich … ah … ich bin die Hotelmanagerin.«

»Tatsächlich?«, fragte Rachel äußerst skeptisch.

Eine weitere Pause. »Ja. Wissen Sie, in die Zimmer auf dieser Etage ist ein Schwarm Heuschrecken eingedrungen.«

»Heuschrecken«, wiederholte Rachel stirnrunzelnd.

»Ja. Eigentlich sogar in das ganze Gebäude. Kamen plötzlich aus, äh, Zimbabwe hergezogen – oder vielleicht war es auch Botswana – na ja, jedenfalls mussten wir das gesamte Gebäude evakuieren.«

Rachel hörte die Frau vom Telefon weggehen. Dann gab es ein lautes Geräusch, als schlage jemand mit einer zusammengerollten Zeitung kräftig auf eine harte Oberfläche.

»Verdammt. Daneben«, hörte sie die Frau schreien. Zwei weitere Schläge. Fluchen. Dann: »Ha, erwischt.«

»Was ist denn dieses Geräusch im Hintergrund?«, fragte Rachel. »Es hört sich an wie eine Dusche.«

»Nein, nein«, widersprach die Frau hastig. »Das ist keine Dusche. Das … das sind die Kammerjäger, die ihre Insektizide versprühen.«

»Was, während Sie im Zimmer sind?«

»Sie sind draußen im Flur.«

»Verstehe«, sagte Rachel misstrauisch. »Hört sich ziemlich gefährlich an.«

»Ach, halb so schlimm. Wir haben alle Atemschutzmasken. Die Dämpfe sind nach ein paar Stunden nicht mehr gefährlich. Wenn alles gut geht, können die Gäste übermorgen wieder einziehen. Bis dahin müssen wir ihnen eine andere Unterkunft besorgen.«

»Na gut«, sagte Rachel. »Wenn Mr. Landsberg ausgezogen ist, ist wohl nichts zu machen. Dann muss ich eben warten, bis er sich bei mir meldet.«

Sie verabschiedete sich und legte auf. Sie hatte eine wirklich absurde Vorstellung. Aber vielleicht war sie gar nicht so absurd. Absurd war höchstens die Vorstellung, dass ein modernes Hotel wie dieses, in dem die Fenster normalerweise wegen der Klimaanlage gar nicht zu öffnen waren, von Heuschrecken heimgesucht wurde. So schrecklich sie diesen Gedanken auch fand, sie konnte die Möglichkeit nicht von der Hand weisen, dass Adam sie betrog. Es sah ganz so aus, als sei diese Frau ans Telefon gegangen, weil Adam gerade unter der Dusche stand; dann war sie furchtbar erschrocken, als sie Rachels Stimme gehört hatte, und hatte sich diese unsägliche Geschichte über die Heuschrecken ausgedacht.

Aber Adam drängte sie, ihn zu heiraten. Es ergab doch keinen Sinn, dass der Mann monatelang an sie hinredete, endlich einen Termin für die Hochzeit festzulegen, und dann bei der erstbesten Gelegenheit eine Affäre anfing. Es war auch unwahrscheinlich, dass sich jemand eine so weit hergeholte Geschichte wie die von den Heuschrecken ausdachte und erwartete, dass man sie glaubte. Rachel kam zu dem Schluss, die Geschichte sei so ungeheuerlich, dass sie einfach wahr sein musste. Vielleicht waren die kleinen Biester ja durch die Lüftungsschächte eingedrungen wie in einem Horrorfilm. Sie erschauerte. Armer Adam. Sie fragte sich, ob Heuschrecken sich auch durch Plastikfolie fressen konnten. Wenn nicht, hätte es sich endlich einmal bezahlt gemacht, dass Adam darauf bestand, seine sämtlichen Socken, Hemden und Unterhosen in hygienischen Plastikbeuteln zu verpacken.

Sie nahm sich ein Glas und eine Flasche Wein mit ins Wohnzimmer. Als sie an dem kleinen Schreibtisch mit dem Faxgerät darauf vorbeikam, bemerkte sie, dass ein langes Fax von Barry, dem Steuerberater, eingetroffen war. Das hatte Zeit bis morgen früh.

Die nächsten Stunden machte sie es sich mit ihrem Wein auf dem Sofa gemütlich. Nachdem sie von dort mit dem schnurlosen Telefon Sam angerufen und sich vergewissert hatte, dass er etwas zu essen bekam und seine Ekzeme unter Kontrolle waren, versuchte sie noch einmal, Shelley zu erreichen, doch es ging niemand ran. Wahrscheinlich hatten ihre Eltern sie zum Essen ausgeführt.

Schließlich schweiften ihre Gedanken zu Matt Clapton ab.

Sie konnte immer noch kaum glauben, wie sehr sie dieses Mittagessen genossen hatte. Und das Buch. Das war so lieb von ihm. Sie musste sich eingestehen, dass sie sich mit Matt auf eine Weise verbunden fühlte, die sie bei Adam in letzter Zeit kaum mehr empfand. Und im Gegensatz zu Adam hatte Matt sie ermutigt, an dem Comedy-Wettbewerb teilzunehmen.

Sie trank einen Schluck Wein. Sie kannte Matt kaum, dachte sie, doch es kam ihr vor, als seien sie alte Freunde. Sie schob eine Hand in die Hosentasche und holte seine Visitenkarte hervor. Volle fünf Minuten lang saß sie nur da, trank und starrte sie an, ohne sie wirklich zu lesen. Stattdessen sah sie sein Grinsen vor sich, seine braunen Augen, Van Morrisons zugemülltes Armaturenbrett.

Sie lächelte. Also gut, sie fand ihn sehr attraktiv. Und sie musste zugeben, sie hatte sich gefreut, als sich herausstellte, dass er keine Freundin hatte. Na und? Sie war keine Nonne. Sie fand viele Männer attraktiv. Nur weil sie demnächst Adam heiraten würde, musste sie ja nicht aufhören, auch andere Männer nett zu finden. Es war ja nicht so, als würde sie Adam betrügen. Das könnte sie nie tun – nur manchmal in Gedanken, wenn sie sich liebten. Aber das war in Ordnung, weil sie über Fantasieliebhaber gesprochen und sich auf zwei geeinigt hatten – Ralph Fiennes bei ihr, Nurse Ratchet bei ihm. Er behauptete, er stehe auf diesen großen, blonden, teutonischen Typ und nicht auf ihren Sadismus.

Dennoch hätte sie im Moment alles gegeben, um Matts

Stimme zu hören. Ihr Blick fiel auf seine Telefonnummer. Das war die geschäftliche Nummer. Wenn sie da anrief, würde nur sein Anrufbeantworter dran sein. Auf diese Weise konnte sie ihn hören, ohne etwas sagen zu müssen. Sie starrte auf die Nummer hinab und machte eine Mutprobe daraus. Sie zögerte noch ein paar Sekunden, doch dann, zusätzlich angefeuert von dem Fleurie, den sie auf leeren Magen getrunken hatte und von dem sich ihr nun der Kopf drehte, schnappte sie sich das Telefon und wählte.

Acht, neun, zehnmal klingelte es.

»Hallo«, sagte die Stimme. Sie wartete auf den Ansagetext, doch es kam keiner.

»Hallo?«, fragte er wieder.

Scheiße, das war er, nicht sein Anrufbeantworter. Offenbar ließ er die Anrufe weiterschalten.

»Oh, hallo, Matt«, stieß sie hervor. »Hier ist Kachel. Kachel Ratz.«

»Oh, hi, Kachel, wie geht's dir?«

Sie hatte weder ihren Versprecher noch seine Reaktion darauf bemerkt, denn ihr armes Hirn rang verzweifelt um eine Ausrede, warum sie überhaupt anrief.

»Ich … äh … du hast doch gesagt, ich könnte dich jederzeit anrufen, wenn meine Waschmaschine mal kaputtgeht? Na ja, sie ist kaputt. Sie rattert ganz fürchterlich, und da dachte ich mir, vielleicht könntest du sie dir irgendwann mal ansehen. Wann du Zeit hast, ganz egal. Es ist nicht so dringend … Was, jetzt gleich? Ach so, du bist sowieso gerade in der Nähe. Aber es ist schon nach neun … Nein, ich meine nur, du hast doch schon Feierabend. Du störst mich überhaupt nicht. Gut, also dann, in einer halben Stunde.«

Rachel stand vor der Waschmaschine und leerte ihr Weinglas. Was sollte sie ihm sagen, wenn er kam? Mit der Maschine hier war alles in bester Ordnung. Sie war so gut wie neu. Ihr Vater hatte sie ihr letztes Jahr gekauft, als ihre vorsintflutliche Maschine endgültig zusammengebrochen war. Sie konnte Matt unmöglich gestehen, dass sie ihn unter Vorspiegelung falscher Tatsachen hergelockt hatte. Er würde denken, sie wollte etwas von ihm. Frustriert versetzte sie der Maschine ein paar Fußtritte. Na ja, wenn er kam, konnte sie vielleicht immer noch behaupten, das Problem trete nur manchmal auf. Dann würde er nicht allzu überrascht sein, wenn er feststellte, dass die Maschine einwandfrei funktionierte, und ihr bliebe die Peinlichkeit erspart. Was konnte sie sonst tun, außer ihre eigene Waschmaschine zu sabotieren?

»Sabotage.« Sie sprach das Wort laut aus und stand noch eine Minute nachdenklich da. Langsam hellte sich ihre Miene auf. »Ja, klar!«, schrie sie. Vom Wein leicht schwankend, ging sie in Sams Zimmer, zog den Gummistöpsel aus seiner *Yentl*-Spardose (Greg hatte sie auf einem Flohmarkt in Tel Aviv entdeckt) und kippte den Inhalt auf sein Bett. Sie suchte acht schwere Pfundmünzen heraus und ging wieder in die Küche. Dann öffnete sie die Tür der Waschmaschine, warf die Münzen auf die Ladung schmutziger Wäsche, die sie noch hatte waschen wollen, gab ein paar Persil-Tabs dazu und startete das Waschprogramm.

9

Als sie Matt in seinem zerknitterten T-Shirt und der schmutzigen Jeans in der Tür stehen sah, war sie plötzlich total scharf. Allerdings sank bei ihr Alkohol immer direkt in die Klitoris.

»Hallo«, sagte sie mit verlegenem Lachen und trat zurück, um ihn einzulassen. »Es ist wirklich lieb von dir, dass du so schnell gekommen bist. Ich weiß das wirklich zu schätzen.«

»Kein Problem«, erwiderte er lächelnd. »Ich hatte einen Notfall in Highgate, also war ich sowieso gerade in der Nähe. Entschuldige bitte, wie ich aussehe – das war eine ziemliche Sauerei. Die Kundin hat mich vor einer Stunde in heller Panik angerufen, weil es aus dem Rohr nur so spritzte.«

»Aha. Passiert so etwas also auch Frauen?«, hörte sie sich sagen. Sie führte ihn in die Küche und merkte, dass geradeaus gehen gar nicht so einfach war.

»Da wären wir«, sagte sie und zeigte auf die Waschmaschine, die schon mit dem Programm fertig war. »Als ich sie eingeschaltet habe, hat sie auf einmal diese grecklichen Scheräusche gemacht.«

Er musste offensichtlich ein Lächeln unterdrücken.

»Entschuldigung, ich meinte natürlich schreckliche Geräusche.« Sie errötete. Im selben Moment fiel ihr ein, dass es ziemlich spät war und er wahrscheinlich noch nicht zu Abend gegessen hatte.

»Du meine Güte, du hast bestimmt Hunger. Kann ich dir vielleicht ein Sandwich machen …«

»Danke, aber ich habe keinen Hunger. Ich habe mir auf dem Weg hierher einen Burger geholt.« Er wandte sich der Maschine zu. »Schön, dann sehe ich mir das mal an«, sagte er und stellte seine Werkzeugkiste auf den Boden. Er drückte den Startknopf. Augenblicklich machte die Maschine einen fürchterlichen Lärm.

»Du meine Güte«, sagte er und schaltete sie wieder aus. »Klingt, als wäre eine Menge Kleingeld in die Mechanik geraten. Vielleicht hast du vergessen, die Taschen auszuleeren, bevor du die Maschine beladen hast.« Er zog seine Jacke aus und legte sie auf die Arbeitsplatte.

»Kann gut sein«, sagte sie mit nervösem Lächeln.

Er kniete sich hin und öffnete die Tür. »Darf ich die Wäsche rausnehmen?«

»Klar«, sagte sie locker. Sie beugte sich vor, um ihm dabei zu helfen, hatte allerdings nicht bemerkt, dass sich Matts Hand in genau demselben Moment in die Öffnung schob wie ihre. Ihre Hände berührten sich einen Herzschlag lang, vielleicht auch zwei. Ihre Blicke begegneten sich.

»Entschuldigung«, sagte sie, zog die Hand zurück und lächelte verlegen. »Mach du nur.«

Gleich darauf sah sie ihn in die Maschine greifen und bereute die letzten Worte bitterlich. Als Erstes zog er ihren ältesten, verschlissensten grauen BH hervor, gefolgt von drei gigantischen, großmütterlichen Unterhosen – genau jenen, die sie an ihren »dicken« Tagen unter der Trainingshose trug, oder wenn sie mit PMS vor dem Fernseher saß und sich mit Schokolade voll stopfte.

»Wo soll ich die, äh ...«, fragte Matt, eine Hand voll Unterwäsche.

Sie spürte ihre Wangen brennen. »O Gott. Tut mir Leid«, sagte sie und schnappte sich BH und Unterhosen. »Das sind natürlich nicht meine. Sie ... äh ... gehören meiner Freundin Shelley. Sie wohnt unter mir. Schon lustig, ihre Waschmaschine ist auch kaputtgegangen. Seltsam, dass so was immer paarweise auftritt. Ich meine kaputte Waschmaschinen, nicht Unterhosen. Ich meine, na ja, die gibt es schon auch paarweise, die Unterhosen. Und ...« Ihr überforderter Verstand war plötzlich vollkommen leer. Sie stotterte und stammelte nur noch. »Na ja, jedenfalls habe ich ihr angeboten, dass sie bei mir waschen kann. Du findest wahrscheinlich auch noch ein paar Wollsocken, Flanellnachthemden mit Teddybären drauf ... oh, und einen flauschigen rosa Wärmflaschen-Überzug. Shelley ist wirklich nett, aber ein bisschen langweilig. Du kennst diese Sorte sicher auch – trägt viel Rehbraun und verpasst keine Sendung über Antiquitäten.«

Sie stand da und sah sich nach dem Wäschekorb um, fand ihn nicht und warf die Unterwäsche stattdessen ins Spülbecken. Als Matt mit dem Kopf in der Trommel vor ihr kniete, fragte sie ihn, wie er dazu gekommen war, Waschmaschinen zu reparieren.

Er erklärte, dass er das eigentlich gar nicht geplant habe.

»Als ich mit der Schule fertig war, wollte ich unbedingt auf die Schauspielschule, aber obwohl mein Vater ja auch ein bisschen mit dem Showbusiness zu tun hatte, wollte er nichts davon hören.«

»Aber warum denn nicht?«

»Geld. Er meinte, Schauspieler hätten die meiste Zeit über

keine Arbeit. Kann gut sein, dass er da Recht hatte, aber ich war damals stinksauer. Außerdem wusste er noch, wie gern ich als Kind an allen möglichen Maschinen und Geräten rumgebastelt habe. Tue ich immer noch gern. Na ja, dann bin ich auf die Uni gegangen und Ingenieur geworden. Nach dem Abschluss habe ich mir dann ein Jahr Auszeit genommen. Ein Freund meines Vaters brauchte einen Helfer für Waschmaschinen-Reparaturen, und so ist aus meinem Sabbatjahr irgendwie ein Sabbatleben geworden.«

»Also war die Entscheidung, Waschmaschinen zu reparieren, so eine Art verspätete pubertäre Rebellion?«

»So ungefähr.«

»Tja, so kann's gehen«, sagte sie unter Schluckauf.

Matt lächelte.

»Und, willst du immer noch auf die Schauspielschule?«

Er schüttelte den Kopf. »Ich bin jetzt fünfunddreißig – wahrscheinlich ist es dafür zu spät. Außerdem glaube ich, ich habe mich in eine andere Richtung entwickelt. Ich habe zwar noch nie was dagegen gehabt, gutes Geld zu verdienen, aber ich bin nicht richtig scharf darauf. Was ich gern tun würde, und du findest wahrscheinlich, dass sich das total naiv anhört, ist, meine Fähigkeiten als Ingenieur so einzusetzen, dass sie wirklichen, praktischen Nutzen bringen – zum Beispiel in einem Entwicklungsland. Himmel, entschuldige. Ich höre mich an wie bei einer Miss-Wahl.«

Sie lachte. »Nein, ganz und gar nicht. Ich weiß genau, was du meinst.«

Plötzlich merkte Rachel, dass ihr von dem Wein irgendwie übel wurde. Sie war nicht daran gewöhnt, allein eine ganze Flasche zu trinken, und sie hatte immer noch nichts gegessen. Je schlechter ihr wurde, desto weniger konnte sie sich auf die Unterhaltung konzentrieren. Während Matt die Abdeckung von der Waschmaschine schraubte, setzte sie sich auf einen Küchenstuhl und rieb sich die Stirn.

»Rachel, geht's dir nicht gut?«, fragte Matt.

»Nein, ist schon gut. Mir ist nur ein bisschen komisch. Vielleicht habe ich was Falsches gegessen.«

Sie sah, dass sein Blick zu der leeren Weinflasche auf der Arbeitsfläche huschte. Er sagte nichts. Stattdessen nahm ein Glas vom Abtropfgestell.

»Hast du Mineralwasser da?«

»Ja, im Kühlschrank.«

Er ging hinüber zum Kühlschrank, nahm eine Flasche heraus und füllte das Glas.

»Hier«, sagte er dann und reichte es ihr. »Das wird deinen Magen beruhigen.«

»Danke«, sagte sie und sah ihm in die Augen, als sie nach dem Glas griff. So schlecht ihr auch war, sie musste trotzdem feststellen, dass er genau die Art von sexy jungenhaftem Gesicht hatte, das Unterhöschen zum Qualmen bringen konnte.

Sie trank einen Schluck. Von dem eiskalten Wasser, das in ihrem Magen landete, wurde ihr noch schlechter. Sie verzog das Gesicht.

»He«, sagte er, »geh ruhig und leg dich hin, ich komme hier schon klar.«

»Nein, es geht schon, ehrlich. Ich bleibe einfach hier sitzen und schaue dir zu.«

Er arbeitete weiter, und sie nippte an dem Wasser. Allmählich ließ die Übelkeit nach, stattdessen wurde sie schläfrig. Schließlich kam sie nicht mehr dagegen an. Sie legte die Arme auf den Tisch, den Kopf obendrauf und schlief ein.

10

Rachel stöhnte, als der Wecker klingelte, versuchte aber nicht einmal, die Augen zu öffnen. Sie blieb auf dem Bauch liegen, streckte die Hand unter der Bettdecke hervor und tastete auf dem Nachttisch nach dem Wecker. Nur vage drang der Gedanke zu ihr durch, dass sie dabei einen kleinen, metallenen Gegenstand berührte, der ihr fremd vorkam, doch sie schlief noch halb und interessierte sich überhaupt nicht dafür, was das sein könnte. Als sie den Wecker endlich gefunden hatte, machte sie sich nicht die Mühe, den Knopf zu suchen. Dazu hätte sie ja die Augen aufmachen müssen. Stattdessen stopfte sie den schrillenden Wecker kurzerhand unter ihr Kopfkissen. Er würde sich ohnehin gleich ausschalten.

Sie fühlte sich jämmerlich. Ihr Kopf dröhnte, und ihre Zunge fühlte sich an wie ein Hornhauthobel. Sie blieb still liegen und wartete darauf, dass sich der Wecker endlich ausschaltete. Doch das tat er nicht. Eine Minute später bildete das gedämpfte Piepsen immer noch den passenden Hintergrund zu dem Hämmern in ihrem Kopf. Schließlich öffnete sie die Augen und setzte sich auf. Sie blinzelte im hellen Licht (sie musste wohl vergessen haben, die Vorhänge zuzuziehen), holte den Wecker unter dem Kissen hervor, schaltete ihn aus und stellte das verflixte Ding wieder auf den Nachttisch.

Sie rollte sich auf den Rücken und machte kauende Mundbewegungen, um ihren Mund mit Spucke zu befeuchten. Sie starrte zur Decke hinauf und spürte, wie ihr ausgetrockneter Mund allmählich wieder feuchter wurde. Dann merkte sie, dass sie sich nicht an den vergangenen Abend erinnern konnte, außer, dass sie nach Hause gekommen war und auf dem Sofa ein bisschen Wein getrunken hatte.

Sie drehte sich nach dem Nachttisch um. Der kleine, metallene Gegenstand, den sie auf der Suche nach dem Wecker berührt hatte, war in Wirklichkeit ein Stapel Pfundmünzen. Sie hatte keine Ahnung, wie die da hingekommen sein mochten. Sie hatte auch keine Ahnung, warum ihr Putzeimer aus blauem Plastik neben dem Bett auf dem Boden stand.

Als sie die Hand nach den Münzen ausstreckte, bemerkte sie, dass ihr Arm in einem weißen T-Shirt-Ärmel steckte. Dem weißen T-Shirt von gestern. Sie warf einen Blick unter die Bettdecke. Auch die Hose war die von gestern. O Gott. Das konnte nur heißen, sie hatte sich gestern derart betrunken, dass sie vergessen hatte, sich auszuziehen.

Sie legte die Münzen in den offenen Handteller und zählte sie. Es waren acht. Sie konnte ja noch begreifen, warum sie sich nicht ausgezogen hatte; warum sie ins Bett gegangen war und acht Pfundmünzen auf den Nachttisch gelegt haben sollte, war ihr unerklärlich. Sie blickte zwischen den Münzen und dem Eimer hin und her, eine ganze Weile, bis sich allmählich verschwommene Bilder der vergangenen Nacht einstellten – in entsetzlich peinlichen, äußerst lebhaften Ausschnitten.

Ihr Gesicht wurde krebsrot, als sie sich daran erinnerte, wie sie betrunken Matts Geschäftsnummer angerufen und den Anrufbeantworter erwartet hatte und dass Matt dann doch selbst am Apparat gewesen war. Sie sah sich die Pfundmünzen in die Waschmaschine werfen. Sie erinnerte sich, dass er vorbeigekommen war und wie sexy sie ihn gefunden hatte.

»Gütiger Gott«, stöhnte sie und schlug die Hände vors Gesicht. »Die Unterhosen. Er hat meine Oma-Wäsche gesehen.«

Sie erinnerte sich an ihre Unterhaltung über seine schauspielerischen Ambitionen und seine Bemerkung über sein Sabbatleben und dass er etwas Sinnvolles tun und in einem Entwicklungsland helfen wollte.

Danach wusste sie nichts mehr.

Ein paar Minuten lang war da nur Leere, doch nach und nach schälte sich ein weiteres, äußerst klares und lebhaftes Bild heraus. Sie war in der Küche eingeschlafen und nur halb aufgewacht, als Matt sie auf die Arme nahm, sie ins Schlafzimmer trug und ins Bett steckte.

Ihr Teint verdunkelte sich von Krebsrot zu Lila. Denn nun traf sie die absolut peinlichste Erinnerung wie ein Schlag. Sie verzog das Gesicht zu einer entsetzten Grimasse, als sie sich an das erinnerte, was dann passiert war. Als er sie zugedeckt hatte, hatte sie die Arme um seinen Hals geschlungen, sich an ihn gekuschelt und ihn … und ihn …

»O Gottogott«, rief sie und warf sich herum, um das Gesicht im Kopfkissen zu vergraben. »Ich habe ihn meinen rittlen Eder genannt.«

Xantia rief um kurz vor acht an, um ihr zu sagen, dass sie heute nicht kommen musste, weil sie und Otto immer noch in Klagenfurt seien und es für sie nichts zu tun gäbe. Als die beiden nämlich auf der Design-Messe erschienen waren, um gegen den Auschwitz-Baukasten zu protestieren, waren die einzigen anwesenden Journalisten ein Mann vom *Jewish Chronicle* und ein Kamerateam von einem Nachrichtensender aus Zagreb gewesen. Sie hatten sich schrecklich darüber aufgeregt, dass die Massenmedien ihnen nicht die Aufmerksamkeit schenkten, die den Marx' ihrer Meinung nach zukam, und deshalb beschlossen, noch einen weiteren Tag zu bleiben und den Zeitungsredakteuren zu Hause Feuer unterm Hintern zu machen. Zweifellos würde Xantia so lange am Telefon hängen, wie eben nötig war, und sämtliche Nachrichtenredakteure in London jagen und bedrängen, bis sie schließlich nachgaben und versprachen, ihre Reporter nach Klagenfurt zu schicken.

Rachel war mehr als erleichtert, heute nicht arbeiten zu müssen. Sie stellte erst mal Wasser auf und ließ sich ein heißes Bad ein. Nach ein paar Tassen Tee und einem genüsslichen Schaumbad waren zwar ihre Kopfschmerzen fast verschwunden, doch sie schämte sich immer noch entsetzlich. Sie wollte sich gerade die Haare föhnen, als das Telefon klingelte. Es war Matt, der sich erkundigen wollte, wie es ihr ging.

»Ich hatte ziemliche Kopfschmerzen«, erklärte sie verlegen, »aber jetzt ist alles wieder in Ordnung.«

»Dann hast du den Eimer also nicht gebraucht?«, witzelte er.

»Ach ja, richtig. Den hast du mir wohl hingestellt.«

»Ja, nur für den Fall, dass dir nachts schlecht wird.«

»Das war sehr aufmerksam von dir. Und vielen Dank, dass du mich ins Bett gebracht hast. Ich habe auf leeren Magen ein bisschen zu viel getrunken. Ich will gar nicht wissen, was du jetzt von mir denkst.« Sie holte tief Luft. »Und wenn ich dich mit irgendwas, das ich gesagt habe, in Verlegenheit gebracht haben sollte, tut es mir aufrichtig Leid.«

»Du brauchst dich für nichts zu entschuldigen. Du hast überhaupt nichts irgendwie Peinliches gesagt. Ehrlich.«

»Das habe ich anders in Erinnerung«, murmelte sie.

»Aber meine Erinnerung dürfte etwas genauer sein. Du bist eingeschlafen, und ich habe dich ins Bett gebracht. Du bist nicht mal aufgewacht.«

»Tatsächlich?«

»Tatsächlich. Also vergessen wir's einfach.«

»Gut«, seufzte sie. »Wenn du meinst.«

»Ja, das meine ich.«

»Sag mal«, hörte sie sich sagen, »wie wär's, wenn ich dir als Wiedergutmachung heute Abend was Schönes koche?«

»Rachel, wie oft denn noch?« Er lachte, aber er klang allmählich etwas genervt. »Du brauchst dich bei mir nicht zu entschuldigen.«

»Ich weiß, aber ich würde dir trotzdem gern was kochen. Wirklich. Bitte.«

»Okay, sehr gern«, sagte er freundlich. »Das finde ich sehr nett.«

»Um acht?«

»Um acht.«

Sie versuchte im Laufe des Vormittags noch einige Male, Shelley zu erreichen, aber bei den Peachs ging immer noch niemand ans Telefon. Vermutlich waren sie ausgegangen – bestimmt kauften sie etwas für das Baby. Rachel war trotzdem beunruhigt. Selbst wenn Shelley ihre Nachricht von gestern nicht bekommen hatte, war es ungewöhnlich, dass sie sich nicht auf einen Schwatz bei Rachel gemeldet hatte.

Als sie am Nachmittag mit den Einkäufen fürs Abendessen nach Hause kam, versuchte sie es noch einmal, doch es hob immer noch niemand ab. Rachel geriet allmählich in Panik:

Shelley oder dem Baby war etwas passiert. Dann, um kurz vor fünf, rief Mrs. Peach an und bestätigte ihre Befürchtungen. Rachel lauschte entsetzt, als die Mutter ihrer besten Freundin erklärte, was kurz nach ihrem gestrigen Anruf passiert war. Bei Shelley hatten die Wehen eingesetzt.

»Sie hat ständig gesagt, es sei nichts weiter, aber ich habe darauf bestanden, sie ins Krankenhaus zu bringen. Da haben sie einen einzigen Blick auf sie geworfen und gleich vermutet, dass sie vorzeitige Wehen hat. Aber nach ein paar Stunden war alles wieder vorbei. Sie haben sie trotzdem zur Beobachtung dabehalten.«

»Es geht ihr also gut – und dem Baby auch?«

»Beiden geht es prächtig. Aber ich habe wirklich einen bösen Schrecken bekommen. Ich meine, eben stehe ich noch in der Küche und mache gefüllte Rinderherzen für mich und meinen Mann – keines für Shelley, Sie wissen ja, dass sie nicht so gern Fleisch isst. Ich sage ihr ständig, dass rotes Fleisch keinem Menschen schadet, nur blaues und grünes. Aber sie hört ja nie auf mich. Und – wo war ich gleich? Jetzt habe ich völlig den Faden –«

»Wann darf sie denn wieder nach Hause?«, fragte Rachel.

»Morgen, wenn alles ruhig bleibt. Sie meinen, es war wohl doch nur falscher Alarm, kein Grund zur Besorgnis. Aber sie haben gesagt, sie darf es nicht übertreiben. Sie ist zwar schon im siebten Monat, aber sie wollen trotzdem nicht, dass sie so früh schon Wehen bekommt, wenn es sich irgendwie vermeiden lässt.«

»Geht sie dann wieder zu Ihnen?«

»Also, ich möchte sie ja lieber hier haben, aber sie behauptet, ich würde sie verrückt machen. Sie besteht darauf, in ihre Wohnung zurückzugehen, also fahren wir sie morgen Abend nach Hause. Rachel, Sie sorgen doch dafür, dass sie sich ordentlich schont, ja? Wenn ihr oder dem Baby irgendwas passiert, weiß ich nicht, was ich …«

Rachel hörte, dass Mrs. Peach zu weinen begann.

»Mrs. Peach, bitte, machen Sie sich keine Sorgen. Ich kümmere mich um sie. Versprochen.«

Nun schon viel ruhiger, da sie wusste, dass es Shelley gut ging, machte Rachel sich ans Abendessen. Dann ging sie zum Kleiderschrank, um sich zu überlegen, was sie anziehen wollte. Sie entschied sich für ihr neues Kleid von *Ghost*. Sie hatte schon von vielen Leuten gehört, wie toll sie darin aussähe. Nach einem weiteren Bad und einer langen, gründlichen Enthaarungsaktion föhnte sie sich vorsichtig das Haar und schminkte sich.

Erst als sie in der Kommode nach ihrer feinsten Seidenunterwäsche kramte, hielt sie plötzlich inne.

»Was tue ich überhaupt?«, fragte sie laut. »Das ist doch nur ein Abendessen von zwei Freunden. Er wird ganz sicher keinen Blick auf meine Unterwäsche werfen können.«

Matt erschien pünktlich auf die Minute, mit einer teuren Flasche Rotwein.

Rachel bedankte sich überschwänglich. Sie überlegte sogar, ob sie ihn auf die Wange küssen sollte, doch das wäre ihm vielleicht peinlich gewesen. Er trug dieselbe schicke schwarze Windjacke wie bei ihrem Mittagessen im Bonjour Croissant und darunter ein grauschwarzes Polohemd.

Sie nahm ihm die Jacke ab und hängte sie an den Garderobenständer.

»Komm doch mit in die Küche«, sagte sie, »dann können wir uns unterhalten, während ich das Essen fertig mache.«

Er folgte ihr den Flur entlang. »Mmm. Irgendwas riecht hier ganz wunderbar«, bemerkte er.

»Lammbraten mit Shrewsbury-Sauce.«

Er machte ein langes Gesicht.

»O Gott«, sagte sie und spürte Panik in sich aufsteigen. »Du bist doch kein Vegetarier, oder?«

»Nein, das ist es nicht. Aber von Shrewsbury habe ich für heute genug.«

Sie starrte ihn einen Moment lang verständnislos an und kicherte dann.

Während er den Wein entkorkte, öffnete sie die Ofenklappe und zog ein Blech mit gebackenen Kartoffeln heraus. Die brauchten noch zwanzig Minuten, schätzte sie.

»Ach, übrigens«, sagte er, »ich dachte, den gebe ich dir lieber wieder.«

Er schob eine Hand in die Hosentasche und holte eine zerknitterte Papiertüte heraus. Erstaunt nahm sie sie entgegen.

»Ich wüsste nicht, was ich dir geliehen haben sollte«, sagte sie stirnrunzelnd. Sie schaute in die Tüte. Darin lag ein weißer, mit Spitze besetzter Tanga. *Ihr* weißer Spitzentanga.

»Wie, zum Kuckuck, bist du denn zu dem gekommen?«, fragte sie und merkte, dass sie rot wurde.

Matt sagte nichts. Er schenkte weiter gelassen den Wein ein. Schließlich drehte er sich zu ihr um, zwei Gläser in Händen. Er lächelte auf eine Art, die sie als geheimnisvoll und wissend empfand.

»O mein Gott«, sagte sie langsam. »Gestern Nacht … ich, ich meine, wir … ich meine, wir haben doch nicht … oder doch?«

Er lächelte weiter.

»Also, ich weiß, dass ich ziemlich geschafft war, aber ich bin sicher, ich würde mich daran erinnern, wenn wir … Und als ich aufgewacht bin, hatte ich mein Höschen noch an.«

»Rachel«, sagte er schließlich, »alles in Ordnung. Ich zieh

dich nur auf. Ich habe den Tanga heute Morgen in meiner Werkzeugkiste gefunden. Muss reingefallen sein, als du die Wäsche ins Spülbecken geräumt hast.«

»Das war ein grausames Spielchen«, sagte sie und bemühte sich um einen empörten Tonfall, doch sie konnte sich das Grinsen nicht verkneifen. »Einen Moment lang dachte ich schon …«

»Was?«, fragte er, offensichtlich immer noch neckend.

»Du weißt schon«, sagte sie und senkte den Blick. Der Wein stieg ihr zu Kopf.

Matt stellte sein Glas ab und ging auf sie zu. Er nahm ihr Glas und stellte auch das weg. Er legte eine Hand unter ihr Kinn und hob es an, so dass er ihr in die Augen sehen konnte. Sie tauschten einen wissenden Blick. Gleich darauf zog er sie an sich und küsste sie auf den Mund. Eine Sekunde lang war sie wie erstarrt, als sie an Adam und ihre gefestigte Beziehung dachte, gegründet auf gegenseitige Achtung und Aufrichtigkeit. Aber sie konnte nicht anders. Sie schlang die Arme um Matts Nacken und erwiderte den Kuss.

»Du ahnst ja nicht, wie lange ich mir das schon gewünscht habe«, sagte er danach.

»Wie lange denn?«, flüsterte sie und spürte ihr Herz rasen.

»Seit du dich damals bei Xantia wie eine herrische, hochnäsige Zicke aufgeführt hast.«

»Tatsächlich?«, fragte sie errötend.

»Tatsächlich.«

Er zog sie wieder an sich und fuhr mit der Zunge ihre Lippen entlang. Er schmeckte nach Wein. Als er ihre Lippen teilte und seine Zunge tief in ihren Mund drang, fühlte sie ein köstliches Erschauern in ihrem Bauch. Sie schlang die Arme noch enger um seinen Nacken und schmiegte ihr Becken an ihn. Sie spürte seine Erektion an ihrem Bauch. Er hörte nicht auf, sie zu küssen, zu erforschen, und sie stellte sich unwillkürlich seine Zunge zwischen ihren Beinen vor. Als er eine Hand über ihren Po gleiten ließ, spürte sie, dass sie immer feuchter wurde. Sie konnte sich nicht erinnern, jemals einen Mann so sehr gewollt zu haben. Wieder dachte sie an Adam. Sie wusste, dass sie das hier sofort beenden sollte. Aber sie kam nicht dagegen an.

Als seine Küsse immer drängender wurden, schob er sie sanft durch den Raum. Schließlich merkte sie, dass sie am kalten Metall der Waschmaschine lehnte. Er hörte nicht auf, sie zu küssen, und zog nun ihr Kleid hoch, um eine Hand darunter zu schieben.

»O Gott«, flüsterte er, als er mit dem Finger über die feuchte Stelle an ihrem Höschen fuhr. Sie stieß ein leises Wimmern aus. Er drückte ihre Beine auseinander und berührte sie wieder, strich außen an ihren Schamlippen entlang. Ihr Herz hämmerte, sie atmete langsam und tief. Er fuhr mit der Zunge über ihren Hals. Dann suchte er wieder ihren Mund.

»He«, sagte sie und rückte erschrocken ab. »Was wird aus meinem Lammbraten?«

»Ich hab's dir doch schon gesagt«, erwiderte er lächelnd. »Mit Shrewsbury reicht's mir für heute.«

Sie streckte die Hand aus, fand sogar den Drehknopf am Herd und schaltete den Ofen aus.

Irgendwie schaffte er es, sie auf die Waschmaschine zu heben und zugleich ihr Kleid bis über die Hüfte hochzuschieben. Sie wusste nicht, ob dieser Platz ein kleiner Scherz sein sollte oder ob es purer Zufall war. Doch mittlerweile war sie viel zu erregt, um ihn danach zu fragen. Sie wollte nur noch genießen, selbst wenn er ihr diesen Genuss mit dem Waschmittel-Dosierspender bereitet hätte.

Als er begann, die Innenseiten ihrer Schenkel zu streicheln, lehnte sie sich an die gekachelte Wand und hielt sich am Rand der Waschmaschine fest. Er zog den Schritt ihres Höschens zur Seite und strich mit den Fingern ganz leicht über ihre Haut. Sie stöhnte leise und hob den Po an, während er an ihrem Höschen zerrte. Als es zu Boden fiel, stand er nur da und starrte sie an.

»Heb die Beine hoch«, flüsterte er.

Sie stellte auch die Füße auf die Waschmaschine. Es schoss ihr durch den Kopf, dass sie aussehen musste, als würde sie gleich ein Kind gebären. Endlich, als das Pochen zwischen ihren Beinen unerträglich wurde, schob er zwei Finger in sie hinein. Sie glitten immer tiefer, erspürten sie, erforschten sie, doch er machte keine Anstalten, ihre Klitoris zu berühren. Als sie schon aufschreien wollte, er solle sie doch endlich berühren, beugte er sich vor und glitt mit der Zunge über den geschwollenen, pochenden Hügel.

Sie bog den Rücken durch und wimmerte.

»Verdammt noch mal, Waschmaschinen-Mann«, sagte sie, »ich glaube, du hast gerade den richtigen Knopf gefunden.«

Er blickte kurz auf und lächelte.

Jedes Mal, wenn sie meinte, gleich zu kommen, ließ der Druck seiner Zunge nach, bis er sie nur noch federleicht streifte. Ab und zu hörte er ganz auf. Dann schob er stattdessen wieder zwei Finger in sie. Sie fühlte sich offen, völlig bloßgelegt und total hilflos.

So großartig er als Liebhaber auch war, nach einer Weile merkte sie, dass ihre Stellung auf der Waschmaschine nicht ideal war und dass ihr allmählich Rücken und Beine wehtaten. Als habe er ihre Gedanken gelesen, schob er ihre Beine wieder zusammen und hob sie von der Maschine. Sie sah ihn fragend an.

»Dreh dich um«, sagte er.

Sie drehte sich um, und er drückte sie sanft vornüber über die Maschine. Sie hörte, dass er von ihr wegging und anscheinend etwas suchte. Schließlich kehrte er zurück und zog ihr Kleid wieder hoch. Ein paar Sekunden später schrie sie vor Erregung auf, als er kalte Handlotion auf ihren Po tropfen ließ. Er massierte sie ein, wobei er hin und wieder einen Finger zwischen ihre feuchten Pobacken und über ihre Klitoris gleiten ließ. Sie spürte, wie das Schauern und Beben in ihrer Vagina begann, als er wieder innehielt.

»Ich will dich richtig ausziehen«, flüsterte er.

Er drehte sie zu sich herum und griff nach ihrem Kleid.

»Nein«, sagte sie und schob seine Hand fort. »Erst du.«

Sie küsste ihn und fuhr mit dem Finger an seinem steifen Penis entlang. Dann öffnete sie seinen Gürtel und knöpfte die Hose auf. Er befreite sich von seinem langärmeligen Polohemd und ließ es zu Boden fallen. Sein Oberkörper war muskulös, da fehlte höchstens noch eine Dose zum Sixpack, aber übertrieben hochtrainierte Männerkörper mochte sie sowieso nicht.

Sie zog an seiner braunen Hose. Er stieg heraus, sie zog an seinen Boxershorts, und sein prächtiger Penis sprang hervor. Sie nahm seine Eier in eine Hand und streichelte sie. Sie sah, wie seine Bauchmuskeln bebten, spürte seine Hände, die sich in ihre Schultern krallten. Sie kniete sich auf den Boden und fuhr mit der Zunge erst über seinen Bauch und dann tiefer durch die dunklen Haare. Ein winziger Tropfen erschien auf seiner Eichel. Als sie ihn mit einem Finger verrieb, keuchte er auf, und sie leckte ihn genüsslich ab.

»Gott, ist das gut«, stöhnte er und grub die Finger noch tiefer in ihre Schultern.

Sie beschäftige sich noch ein paar Minuten lang nur mit

der Eichel, bis sie endlich seinen ganzen Penis in den Mund nahm. Er bebte von Kopf bis Fuß, als ihre Lippen über die gesamte Länge seines Schaftes auf und ab glitten.

»Ich glaube, meine Knie geben gleich nach«, flüsterte er drängend.

»Komm, gehen wir ins Bett«, sagte sie.

»Darf ich dir jetzt das Kleid ausziehen?«, fragte er, als sie am Bett standen. Sie nickte.

Er schob das Kleid hoch und hielt es mit einer Hand auf ihrem Bauch fest, während er die andere zwischen ihre Beine schob. Gleich darauf spürte sie seine Finger wieder tief in sich. Sie ließ den Kopf sinken und atmete tief aus. Schließlich zog er sie wieder heraus und malte nasse Kreise auf ihrem Unterleib.

Er zog ihr das Kleid ganz aus und knabberte an ihren Schultern und am Ansatz ihrer Brüste. Dabei schaffte er es auch noch, ihren BH aufzuhaken.

»Du bist so wunderschön«, sagte er und starrte auf ihre Brüste. Er nahm nacheinander ihre Brustwarzen in den Mund, bis beide voll aufgerichtet waren.

»Komm her«, sagte er und ergriff ihre Hand. Er führte sie zum Bett, nahm zwei Kissen und legte sie aufeinander mitten aufs Bett. Sie wusste, was er wollte. Sie legte sich bäuchlings auf die Kissen – den Po in die Luft gereckt. Sie holte sich noch ein Kissen für ihren Kopf und spürte, dass er hinter ihr aufs Bett stieg. Wieder streichelte er ihre eingeölten Pobacken, strich über ihre Klitoris oder schob zwei Finger in sie. Sie holte keuchend Atem.

Nun konzentrierte er sich auf ihre Klitoris und rieb sie mit festen, kreisenden Bewegungen. Sie spürte sich davontreiben. Sie wusste nicht, wie lange er so weitermachte. Aber schließlich flehte sie ihn an, endlich zu ihr zu kommen. Doch er ignorierte alle ihre Bitten. Als er endlich in sie eindrang, hatte sie nicht damit gerechnet, und sie schrie vor Überraschung und Glück laut auf. Seine Stöße waren langsam und tief. Manchmal waren sie beinahe schmerzhaft, doch die ganze Zeit über streichelte er weiter ihre Klitoris, ohne auch nur eine Sekunde nachzulassen.

Die Glücksgefühle waren so intensiv, dass sie beinahe darum betete, nicht zu kommen. Zum zweiten Mal spürte sie, wie sich der Orgasmus in ihr aufbaute. Zugleich wurden seine Stöße langsamer und tiefer. Sie hörte, wie er zwischen den Atemzügen länger die Luft anhielt. Doch selbst jetzt hörte er nicht auf, sie zu streicheln. Sie kam nur Augenblicke nach ihm, während er keuchend mit dem Kopf auf ihren Rücken sank.

Als es soweit war, konnte sie trotz der wundervollen Empfindungen den Gedanken nicht verhindern, dass es sie sehr an eine Waschmaschine im letzten Stadium des Schleuderganges erinnerte.

»Weißt du, wann ich zum ersten Mal gemerkt habe, dass du mich magst?«, fragte er und legte Messer und Gabel ab.

»Wann denn?«, fragte sie und strich mit dem Finger über die Sommersprossen auf seiner Nase.

»Gestern Abend, als du mich deinen rittlen Eder genannt hast.« Er lachte.

»Aber du hast doch gesagt …« Sie beugte sich über den Tisch und knuffte ihn nicht ganz spielerisch in den Arm.

In diesem Moment klingelte das Telefon im Flur.

»Ich gehe lieber ran«, sagte sie und stand auf. »Vielleicht ist es Sam.« Sie band ihren Morgenmantel zu, lief zur Tür hinaus und schloss sie hinter sich.

Entsetzen und furchtbare Schuldgefühle überfielen sie, als

sie seine Stimme hörte. »Adam«, sagte sie so ruhig wie möglich. »Du … Ach was, natürlich freue ich mich, von dir zu hören. Nein, ehrlich. Du hast mich nur in einem dummen Moment erwischt, weiter nichts. Was ich gemacht habe? Ich war, äh, gerade dabei, meine Schuhe in das Schuhregal zu räumen, das du mir gekauft hast, und dabei ist mir ein Turnschuh unters Bett gerutscht. Ich bin hinterher gekrochen, und in diesem Moment hat das Telefon geklingelt, ich bin erschrocken und habe mir den Kopf angestoßen. Weißt du was, lass uns doch morgen telefonieren. Okay. Gute Nacht … Ja, ich dich auch.«

Sie kehrte in die Küche zurück, mit hängendem Kopf, die Hände in den Taschen des Morgenmantels verborgen. Sie hatte soeben den unglaublichsten Sex seit vielen, vielen Jahren gehabt. Aber zugleich konnte sie nicht fassen, was sie Adam gerade angetan hatte.

»Rachel«, sagte Matt und sah sie fragend an, »was ist denn bloß los? Ist Sam etwas zugestoßen?«

»Nein, nein«, sagte sie mit gezwungenem Lächeln. »Das hatte nichts mit Sam zu tun.«

»Möchtest du mit mir darüber reden?«

»Nein. Das war nur meine neurotische jüdische Mutter, die ständig anruft, um zu hören, ob es mir auch gut geht. Man gewöhnt sich daran.«

»Aber es ist schon halb zwölf«, sagte er nach einem Blick auf die Uhr. »Ruft sie immer so spät noch an?«

»Ach, manchmal auch um eins in der Nacht – nur um sicherzugehen, dass ich auch schlafe.«

Erst jetzt bemerkte sie, dass er sich inzwischen angezogen hatte.

»Du willst doch nicht etwa schon gehen?«, fragte sie.

»Rachel, bitte versteh mich nicht falsch. Es war ein fantastischer Abend, und das Essen war ganz toll. Aber es ist schon ziemlich spät, und ich muss um fünf Uhr aufstehen.«

»Warum denn so früh?«

»Ach, ich arbeite schon länger an Plänen für eine billige Waschmaschine, die praktisch keine Betriebskosten verursacht – ich glaube, sie könnte in der Dritten Welt sehr nützlich sein. Ein Freund von mir ist Ingenieur, und er hilft mir dabei, den Prototyp zu bauen, mit Teilen von ausgeschlachteten Waschmaschinen. Ich habe es geschafft, dass sich die Regierung von Burkina Faso dafür interessiert, und ein paar Leute von deren Wirtschaftsministerium wollen sich das mal anschauen. Ich habe versprochen, vor Weihnachten fertig zu sein, und wir haben noch nicht mal damit angefangen, das verflixte Ding zusammenzubauen.«

»Du meine Güte, stell dir nur mal vor, da wird tatsächlich was draus. Ich meine, mit so einer Erfindung könntest du weltberühmt werden …«

»Vielleicht«, sagte er lächelnd. »Hör mal, tut mir wirklich Leid.«

»Schon gut, ich verstehe das.«

Er zog sie an sich und küsste sie. »Ich ruf dich morgen an«, sagte er.

»Ist gut«, hörte sie sich erwidern.

11

Und, hat er?«

»Hat er was?«, fragte Rachel ganz in Gedanken, während sie einen winzigen Strampelanzug vom Regal nahm und vor Shelleys Bauch hielt.

»Dich angerufen.« Shelley blickte auf den Strampelanzug hinab und rümpfte die Nase. »Babyblau? Na klar. Schau doch mal, ob es den auch in Giftgrün gibt.«

Rachel legte ihn stöhnend beiseite. Shelleys Ex, Ted, hatte ihr einen dicken Scheck geschickt, damit sie für das Baby einkaufen konnte. Also waren sie und Rachel den ganzen Nachmittag lang im eisigen Regen die Oxford Street auf und ab gelaufen und hatten es doch nicht geschafft, das Geld auszugeben, weil Shelley darauf beharrte, dass *ihr* Baby der Welt nicht in Pastelltönen oder ganzen Familien niedlicher Entchen entgegenstrampeln würde.

»Komm schon, du hast mir immer noch nicht geantwortet«, drängte Shelley. »Hat er dich angerufen?«

»Zwei oder drei Mal«, sagte Rachel, »aber ich habe immer den Anrufbeantworter rangehen lassen. Ich finde es schrecklich feige von mir, nicht mit ihm zu sprechen, aber was soll ich denn machen? Neulich Abend war wirklich fantastisch, aber es war auch ein furchtbarer Fehler.«

»Aber es überrascht mich nicht, dass du es getan hast«, sagte Shelley grinsend.

»Wirklich nicht? Mich allerdings schon.«

»Schau dir nur mal an, wie Adam dich unter Druck setzt, die Comedy aufzugeben, obwohl er weiß, wie wichtig dir das ist. Vielleicht zweifelst du insgeheim ja doch an euch.«

»Das ist lächerlich«, lachte Rachel, die gar nicht merkte, wie wenig überzeugt sie klang. »Du weißt doch, wie sehr ich Adam liebe.«

Shelley sagte gar nichts. Sie gingen weiter die Regale entlang, zu den Fläschchen und Saugern.

»Sex mit ihm war also richtig gut?«, fragte Shelley beiläufig.

Rachel wurde rot.

»Hab ich mir doch gedacht«, sagte ihre Freundin grinsend. »Ich sage dir«, fuhr sie fort, »es gibt nichts Besseres, als sich ab und zu einen harten Kerl zu gönnen, der nicht so verkopft ist.«

»Moment mal«, erwiderte Rachel. »Nur zu deiner Information, Matt ist nicht einfach so ein Kerl. Er hat zufällig einen Universitätsabschluss in Ingenieurwissenschaften.«

»Jackpot – ein harter Kerl mit Verstand.« Shelley hob ein Päckchen Brustwarzenschoner aus Gummi auf, verzog das Gesicht und legte sie wieder weg.

»Habe ich dir schon mal erzählt, dass ich früher mit einem Feuerwehrmann namens Terry ausgegangen bin? Wir waren zwei Jahre lang zusammen. Gott, diesen Helm konnte ich stundenlang streicheln.« Sie machte sich zu den Kinderwägen auf. Rachel folgte ihr.

»Weißt du, nach allem, was du mir von Matt erzählt hast, scheint er wirklich ein netter Kerl zu sein.«

»Ist er auch, aber ich liebe Adam und werde ihn heiraten.«

»Ach ja?«, frage Shelley aufreizend. »Wann denn?«

»Bald. Ja, ich werde ihn heute Abend in Durban anrufen und mit ihm über einen Termin sprechen. Ich hatte an den Valentinstag gedacht. Das wäre doch unglaublich romantisch.«

Shelley zog nur die Brauen hoch und schlenderte zwischen den Kinderwägen herum.

»Rache«, sagte sie und stellte sich vor einem Wagen auf, »sehe ich damit dick aus?«

»Sei doch nicht albern«, erwiderte Rachel. »Wie könnte ein Kinderwagen dich dick aussehen lassen?«

»Er hat ein Blumenmuster. In geblümten Sachen sehe ich immer schwerer aus.«

»Shelley, das ist ein Kinderwagen – kein Laura-Ashley-Rüschen-Jäckchen.«

Shelley ging weiter den Gang entlang und blieb ab und zu stehen, um finster auf die ach so niedlichen Teddybären- und Häschenmotive der Kinderwägen hinabzustarren.

»Hör mal«, sagte Rachel schließlich, »jetzt waren wir schon überall, und du hast nichts gefunden, was dir gefällt. Vielleicht solltest du endlich einsehen, dass du weder neongrüne Strampelanzüge noch einen Kinderwagen in Cadillac-Pink mit Strassbesatz und abnehmbarem Zebrafell-Verdeck finden wirst.«

»Ich will ja gar keinen Strass, aber etwas, das ein bisschen mehr stylish ist als das hier. Ein bisschen weniger spießiger Vorort.«

»Aber wenn es um Babysachen geht«, erklärte Rachel, »wollen die Leute nichts, was stylish ist. Sie wollen braven Vorort. Sie wollen ihr Baby nicht in etwas über die Straße schieben, das aussieht, als hätte jemand es aus Elvis' Grab geraubt. Na komm, du bist schon den ganzen Nachmittag auf den Beinen. Du weißt doch, dass du dich schonen sollst. Ich habe deiner Mutter versprochen, dafür zu sorgen, dass du es nicht übertreibst. Wollen wir nicht irgendwo Tee trinken und etwas essen? Du bist eingeladen.«

Draußen war es schon dunkel. Der feine Nieselregen glänzte im Licht der Straßenlaternen und der kitschigen Weihnachtsbeleuchtung. Es war, als ginge man durch eisige, hauchzarte Fäden mit winzigen, glitzernden Perlen.

Rachel nahm schützend Shelleys Arm und führte sie um Pfützen herum und an einer Menschenmenge vorbei, die sich um einen Straßenhändler versammelt hatte, der Schaumstoffgeweihe und Nikolausmützen aus einem Koffer verkaufte. Sie brachte sie über die Straße zu Selfridges. Sie gingen durch das Kaufhaus zum Café im zweiten Stock. Genau wie auf der Straße draußen drängte sich auch hier die Weihnachtskundschaft.

»Man sollte sich wirklich mal überlegen«, erklärte Shelley, als sie endlich einen freien Tisch gefunden hatten, »ob man Weihnachten nicht lieber auf eine Jahreszeit verlegt, wo in den Geschäften nicht so viel los ist.« Sie schraubte ihre Mineralwasserflasche auf und goss Wasser in einen Plastikbecher. »Oh, ich bin immer noch ganz aufgeregt wegen diesem Comedy-Wettbewerb. Das freut mich ja so für dich. Super.«

Rachel errötete und lächelte.

Sie war tags zuvor nach der Arbeit bei Xantia zu Channel 6 gefahren und hatte das Teilnahmeformular ausgefüllt. Das war der letzte Tag, an dem man sich anmelden konnte, und die letzte Runde Vorsprechen fand noch am selben Nachmittag statt. Sie quetschten sie um vier Uhr hinein und erklärten auf der Stelle, sie sei dabei. Ihr war immer noch ganz schwindlig, weil es so schnell gegangen war, aber auch, weil sie es tatsächlich geschafft hatte.

»Himmel«, quietschte Shelley, »stell dir nur vor, du gewinnst und kriegst deine eigene Show auf Channel 6?«

»Ich weiß. Manchmal glaube ich, meine Chancen bei diesem europäischen Grand Prix stünden so gut wie die eines Einbeinigen bei einem Turnier im In-den-Hintern-Treten. Dann wieder denke ich, na ja, was, wenn …«

Shelley nahm Rachels Hand und drückte sie. »Du wirst dich großartig schlagen«, sagte sie. »Das weiß ich genau.«

Als Rachel sich bei ihr bedankte, merkte sie, dass Shelley gar nicht zuhörte. Ihr Blick war in die Ferne gerichtet.

»Was?«, fragte Rachel, hörte mittendrin auf zu kauen und runzelte die Stirn. »Was ist denn?«

»Psst«, flüsterte Shelley und beugte sich über den Tisch. »Ich werde dir gleich etwas sagen, und wenn ich es dir gesagt habe, darfst du dich nicht rühren, okay?«

»Warum denn?«

»Weil sie dich sonst sieht.«

»Wer?«

»Deine Mutter. Sie sitzt an einem Tisch beim Ausgang. Und zwar mit einem Mann.«

Obwohl Rachel ihr Bestes getan hatte, um das kokette Gehabe ihrer Mutter bei dem Telefonat mit Simon, dem Polsterer, herunterzuspielen, hatte sie immer noch ihre Zweifel, ob das wirklich nur ein harmloser Flirt war. Gestern Abend hatte sie Shelley davon erzählt, und die war der Ansicht, dass man die Möglichkeit einer Affäre zwar unmöglich ganz ausschließen könne, aber wenn man bedächte, dass Faye schon über sechzig und, soweit man das beurteilen konnte, glücklich verheiratet war, sei das doch recht unwahrscheinlich.

Das hatte Rachel beruhigt, aber nur vorübergehend. Heute Morgen hatte Jack angerufen, um sie zu fragen, ob Sam zu Weihnachten vielleicht gern eine Kamera hätte, und da hatte sie nicht widerstehen können, Tiggy Bristol in die Unterhaltung einfließen zu lassen.

»Wer?«, hatte Jack gefragt und sich über diesen dämlich klingenden Namen amüsiert. »Hab noch nie von der gehört.«

Als Rachel aufgelegt hatte, waren ihre Sorgen mit aller Macht zurückgekehrt.

»Und du bist ganz sicher, dass es meine Mutter ist?«, fragte sie nun und verrenkte sich auf ihrem Stuhl.

»Sicher bin ich sicher.«

»Wo ist sie? Ich sehe sie nirgends.« Inzwischen war Rachel schon beinahe aufgestanden. »O Gott, ist das Simon, der Polsterer?«

»Na ja, er ist im Moment nicht dabei, den Stuhl mit Chintz zu beziehen, aber er könnte es schon sein. Rache, um Himmels willen, setz dich, sonst sieht sie dich!«

Rachel setzte sich wieder hin und wandte sich Shelley zu. »Was ist heute für ein Tag?«, fragte sie.

»Freitag. Warum?«

»Das ist der Tag, für den sie sich verabredet haben. Freitag um halb sechs.« Sie sah auf die Uhr. Es war ein paar Minuten nach halb sechs.

»Okay«, sagte Shelley, »immer mit der Ruhe. Also, versuchen wir's noch mal. Sie sitzt an dem Tisch rechts von dem Schild am Ausgang. Wenn ich es dir sage, drehst du dich ganz langsam um. Gut – jetzt.«

Rachel drehte sich um. »O mein Gott«, stieß sie in entsetztem Flüsterton hervor. »Der ist ja höchstens dreißig. Himmel, du hattest Recht. Meine Mutter hat eine Affäre.«

»Das weißt du doch gar nicht sicher. Die Situation könnte völlig harmlos sein.« Shelley hielt inne. »Aber ich muss schon sagen«, fuhr sie verträumt fort, »er ist wirklich sehr niedlich. Wenn das Simon ist, kann er bei mir jederzeit etwas neu beziehen.«

»Shelley.« Rachel geriet nun ziemlich in Rage. »Das ist überhaupt nicht komisch. Das ist der Mann, wegen dem meine Mutter vielleicht meinen Vater verlassen will. Ich meine, sieh sie dir doch mal an. Ich könnte schwören, dass dieser Mantel brandneu ist. Und siehst du, wie er sie anglotzt? Igitt, mit diesem klebrig-süßen Blick könnte man ja Waffeln übergießen.«

Rachel fuhr wieder zu Shelley herum. »Und, was tut er jetzt?«, fragte sie herrisch.

»Er tut überhaupt nichts. Sie unterhalten sich. Aber ich muss schon sagen, für mich sieht er überhaupt nicht wie ein Polsterer aus. Schon seine Klamotten sind viel zu trendy.«

»Was erwartest du denn?«, fragte Rachel. »Einen Brokatanzug mit Fransen und Troddeln?«

»Nicht unbedingt. Er sieht nur einfach ein bisschen zu – ich weiß nicht – nach *Soho House* aus oder so. Sieh dir nur mal diesen schwarzen Regenmantel an … Oho, und das ist eine Aktentasche von Paul Smith, die er da gerade aufmacht. Die Gleiche habe ich letztes Jahr meinem Vater zu Weihnachten geschenkt.

»Wie? Du hast deinem Vater eine Paul-Smith-Tasche geschenkt. Aber der ist ja noch älter als mein Vater!«

»Na ja, ich habe meiner Mama ein Bustier von Vivienne Westwood gekauft, und ich wollte nicht, dass er sich vernachlässigt fühlt.«

»Himmel, kein Wunder, dass du ständig pleite bist. Also, was meinst du, wenn er kein Polsterer ist, was ist er dann?«

»Irgendwas Medienartiges, würde ich sagen. Vielleicht vom Fernsehen.«

»Vielleicht ist er ja Fernsehpolsterer«, sagte Rachel, wider Willen kichernd, »und hat seine eigene Show. ›Sehen Sie heute Abend bei *Frisch bezogen*: Simon, der Super-Sofa-Popper macht es Faye Katz aus Chingford.‹«

Lachend goss Shelley sich Wasser nach, doch plötzlich hielt sie inne. »Ich glaube, sie wollen gehen.«

Rachel fuhr wieder herum. »Gut, dann gehe ich auch«, sagte sie, schob mit einem lauten Geräusch ihren Stuhl zurück und stand auf. »Ich folge ihnen. Meine Mutter hat entweder schon eine Affäre oder ist dabei, eine anzufangen, und ich werde nicht ruhig hier sitzen bleiben und zulassen, dass sie vierzig Jahre Ehe einfach so wegwirft.« Sie schlüpfte in ihren Mantel.

»Gut, ich komme mit«, erklärte Shelley. »Aber ich sage dir, Rache, das Ganze könnte immer noch völlig harmlos sein. Wenn du das falsch verstanden hast, wirst du dastehen wie der letzte Idiot.«

»Glaub mir«, entgegnete Rachel, »ich habe überhaupt nichts falsch verstanden.«

Es war schon fast sechs, und allmählich leerten sich die Shopping-Meilen. Das erleichterte es den beiden zwar, ihren Zielpersonen durch das Kaufhaus zu folgen, doch es bedeutete auch, dass sie leichter entdeckt werden konnten.

Sie waren erst ein paar Meter weit gekommen, als Faye und Simon stehen blieben.

»O nein!«, quietschte Rachel entsetzt. »Sie kommen hierher zurück. Schnell – erstarren!«

»Wie meinst du das, erstarren?«

»Tu so, als wärst du eine Schaufensterpuppe.«

»So ein Quatsch«, zischte Shelley. »Deine Mutter erkennt uns doch sofort. Verstecken wir uns lieber hinter einer Kleiderstange.«

»Nein, sieh mal, das ist noch besser. Da drüben, die Perückenabteilung. Wir können so tun, als wollten wir Perücken anprobieren.«

Rachel sauste zu den Perücken hinüber. Shelley trottete hinter ihr her, wobei sie den Bauch mit den Händen stützte. Beide schnappten sich Perücken, setzten sie auf und stellten sich mit dem Rücken zum Gang vor den Spiegel.

Faye und Simon gingen keinen Meter entfernt an ihnen vorbei.

»Das war knapp«, flüsterte Rachel mit klopfendem Herzen.

»Allerdings«, keuchte Shelley.

»Alles in Ordnung?«

»Rachel, hör auf damit. Mir geht's gut.«

Als Shelley sich die Lockenperücke vom Kopf zog, warf sie einen Blick auf Rachels blonden Pagenkopf, den diese falsch herum aufgesetzt hatte, so dass er ihr Gesicht völlig verdeckte.

»Du meine Güte«, rief sie lachend, »das Cousinen-Monster. So einen Schnitt könnten nicht viele Leute tragen. Aber, weißt du was, Rache? Ich finde, er passt perfekt zu dir.« Sie schob die Haare vor Rachels Gesicht auseinander und steckte sie ihr hinter die Ohren.

»Sehr komisch«, sagte Rachel und sah sich gehetzt um. »O Gott, wir haben sie verloren.«

»Nein, haben wir nicht«, erwiderte Shelley gelassen. »Da sind sie, in der Wäscheabteilung.«

»Warum überrascht mich das nicht?«, fragte Rachel und schüttelte langsam den Kopf.

Sie bezogen Stellung hinter einem zwei Meter hohen Weihnachtsbaum, der mit roten und grünen, paillettenbesetzten BHs und Strapsen behängt war, und beobachteten, wie Simon und Faye gemächlich durch die Abteilung schlenderten. Hier und da blieb einer von beiden stehen, um ein Spitzenhöschen oder einen BH zu betasten. Einmal hielt Simon einen schwarzen Spitzentanga hoch und grinste Faye an. Dann nahm Faye einen roten Wonderbra zur Hand. Simon grinste wieder, und Faye kicherte haltlos.

»Tja«, brummte Rachel sarkastisch, »ich würde sagen, das sieht alles vollkommen harmlos aus, meinst du nicht?«

Shelley sah sie ein wenig beschämt an und sagte nichts.

Endlich entschieden Faye und Simon sich offenbar für ein Höschen und einen BH in cremefarbener Seide von La Perla. Die beiden Frauen beobachteten, wie Simon seine Kreditkarte zückte und bezahlte, während Faye mit kokettem Lächeln zusah.

Sie verfolgten das Pärchen hinunter ins Erdgeschoss und durch die Drehtüren hinaus in die eisige, feuchte Nacht. Einen Augenblick später winkte Simon ein Taxi herbei.

»O nein!«, schrie Rachel. »Sie werden uns abhängen.«

Sie rannte an den Straßenrand und betete um ein gelbes Taxi-Schild. Drei oder vier Taxis sausten an ihnen vorbei, doch alle hatten das Licht ausgeschaltet. Mittlerweile hatte Shelley sie eingeholt.

»Sie sind weg, Rache«, sagte sie sanft. »Schau.«

Rachel sah zu, wie das Taxi mit Simon und ihrer Mutter darin mitten auf der Straße wendete und in westlicher Richtung davonbrauste.

Rachel hatte eben damit aufgehört, in einer großen Pfütze mit dem Fuß aufzustampfen, als sie sich umdrehte und eine viel zu dick geschminkte Frau in einem Trenchcoat vor sich stehen sah. Kerzengerade ragte sie über Rachel auf.

»Entschuldigen Sie«, sagte die Frau und rückte ihre braune Tasche auf der Schulter zurecht. »Würden Sie bitte wieder mit hineinkommen?« Sie streckte die Hand aus und packte Rachel am Arm.

»Wie bitte?«, stammelte Rachel verwirrt. Sie wandte sich an Shelley, als wolle sie sagen: »Erklärst du mir bitte, was hier los ist?«

»Sie haben Ware aus unserem Haus mitgenommen, ohne sie zu bezahlen«, erklärte die Frau.

»O Gott, Rache«, rief Shelley aus. »Die Cousinen-Monster-Perücke. Du hast sie immer noch auf.«

Die Kaufhausdetektivin lehnte mit vor der Brust gekreuzten Armen in ihrem Schreibtisch und hörte sich geduldig die atemlose, wirre und weitschweifige Erzählung der beiden an, von Fayes enthaarter Bikinizone über ihre Verabredungen mit der erfundenen Tiggy Bristol und ihre Affäre mit Simon, dem möglicherweise im Fernsehen auftretenden Polsterer, bis hin zu der Verfolgungsjagd durch die Wäscheabteilung und den Verkleidungsnotfall. Nach fünf Minuten waren ihre Brauen vor lauter Ungläubigkeit so hochgezogen, dass sie unter ihrem Haaransatz zu verschwinden drohten.

»Bitte, Sie müssen mir glauben«, flehte Rachel. »Ich bin keine Diebin. Ich mache Stand-up-Comedy. Ich kann es beweisen.« Sie erzählte ihren Witz über die »Pille danach« für den Mann, doch die dicke Schminke der Detektivin zeigte keinerlei Regung. Rachel war fast sicher, dass sie gar nicht zugehört hatte. Offensichtlich war alles verloren.

Die Frau ließ die Arme sinken.

»Wissen Sie«, sagte sie nachdenklich und stützte die Hände auf den Schreibtisch, »wenn ich in fünfundzwanzig Jahren bei der Polizei irgendetwas gelernt habe, dann, dass echte Ladendiebe immerhin versuchen, die Ware zu verstecken, die sie stehlen wollen. Zumindest machen sie das Preisschild ab.

Sie haben keines von beidem getan. Sie sind entweder eine völlig unfähige Diebin, oder der Weihnachtsstress war zu viel für Sie – Sie sind durcheinander gekommen und haben wirklich nur einen Fehler gemacht.«

»O ja, so ist es«, entfuhr es Rachel aufgeregt, die ihre Rettung witterte. »Ich war völlig durcheinander. Sehr, sehr durcheinander. Nicht wahr, Shelley?«

Ihre Freundin nickte eifrig.

»Und da schließlich Weihnachten ist«, fuhr die Detektivin fort und gestattete sich ein Lächeln, »bin ich bereit, Ihnen zu glauben.«

»Wirklich?«

Die Frau nickte.

»Oh, danke. Vielen, vielen Dank«, sagte Rachel atemlos, immer noch voll gepumpt mit Adrenalin. »Wissen Sie, ich komme sehr leicht durcheinander. Liegt in der Familie. Das reicht über Generationen zurück. Meine Großmutter war am schlimmsten. Als sie gehört hat, dass neunzig Prozent aller Verbrechen zu Hause passieren, ist sie umgezogen.«

Daraufhin lächelte Shelley die Kaufhausdetektivin verlegen an, nahm Rachel sanft beim Arm und führte sie zur Tür.

»Oh, und sie hat jahrelang geglaubt«, sagte Rachel und drehte sich noch einmal um, als sie und Shelley schon die Tür erreicht hatten, »eine Blumenrabatte wäre etwas, wobei man Geld sparen kann.«

12

Als Rachel zu ihrem wöchentlichen Auftritt im Gas Station in Islington eintraf, wo auch der Comedy-Wettbewerb stattfinden sollte, war ihr immer noch ganz schwindlig von den Ereignissen dieses Tages. Faye mit Simon zusammen zu sehen, hatte sie von den Socken gehauen. Deshalb war ihr Timing an diesem Abend völlig daneben, sie hatte verkrampft und jämmerlich verunsichert gewirkt, und das Publikum war ihr dafür regelrecht an die Kehle gegangen. Als sie erklärt hatte, die Industrie könne sich ihre Diaphragmen sonst wohin stecken, hatte eine Frau dazwischengerufen: »Da gehört so was aber nicht hin!« Alles brüllte vor Lachen. Sie kämpfte sich weiter durch ihr Programm, bis schließlich das Handy eines Gastes klingelte.

»Das ist mein Freund«, verkündete er laut und sprang auf, »er hat ein paar gute Witze für Sie.« Daraufhin brach das Publikum in lauten Applaus aus, und Rachel beendete ihren Auftritt so schnell wie möglich.

Sie trottete von der Bühne, wischte sich den Schweiß von der Stirn und prallte beinahe mit Lenny zusammen. Meistens spielte er den Showmaster im Anarchist Bathmat, aber heute

Abend hatte er hier zwischen den anderen Comedians eine Zehn-Minuten-Nummer geliefert.

»He, Rache«, sagte er mit besorgtem Blick, »was war denn los? Geht's dir nicht gut? Ich dachte, vielleicht bist du krank oder so.«

»Nein, mir geht's gut«, sagte sie lächelnd. »Hab heute einen miesen Tag, weiter nichts – das hat mich irritiert.«

»Nicht doch – hast du etwa Ärger mit deinem Freund?«

»Nein, du wirst es nicht glauben«, sagte sie, »es sind meine Eltern.«

»Mist«, entgegnete er grinsend. »Ich dachte schon, ich kriege endlich meine Chance.«

Sie lachte. Sie wusste, dass er nur Spaß machte. Er lebte schon seit Jahren mit seiner Freundin zusammen. Außerdem hatte es zwischen ihnen auf der erotischen Ebene noch nie gefunkt.

»Schon besser«, sagte er fröhlich. »Na, komm, ich geb dir ein Bier aus. Ich habe Neuigkeiten für dich.«

Auf dem Weg zur Bar erzählte Lenny ihr, dass die Leute von Channel 6 ihn heute früh angerufen und ihm mitgeteilt hatten, er sei als Showmaster für den Wettbewerb ausgewählt worden.

»Lenny, das ist ja fantastisch, gut gemacht«, rief Rachel. Lenny, der schon viel länger auf der Bühne stand als Rachel, hatte sie von ihrem ersten Auftritt an unter seine Fittiche genommen, und sie hielt sehr viel von ihm. Sie drückte ihm einen Kuss auf die Wange, und er wurde rot.

An der Bar hatte sich die kleine Gruppe von Kollegen versammelt, die in der ersten Hälfte des Abends aufgetreten waren – Rachel kannte sie alle seit Jahren –, und sie zerrissen sich das Maul darüber, wer in dem Wettbewerb eine Chance hatte und wer nicht.

Während Lenny sich anstellte, um ihnen etwas zu trinken zu holen, gesellte Rachel sich zu den anderen. Es war nicht zu übersehen, dass die Spannung allmählich anstieg und dass die Leute hart an neuem Material arbeiteten. Als sich jemand zu ihr umdrehte und sie fragte, wie sie mit dem Schreiben vorankomme, und sie antwortete, sie habe noch gar nicht angefangen, sahen alle sie an, als sei sie entweder eine arme Irre oder eine Lügnerin.

»Bitte schön«, sagte Lenny und reichte ihr eine Flasche Bier.

»Danke, Len.«

Er deutete auf einen Tisch. »Rache, egal, was du tust, lass dich von denen nicht fertig machen. Panik ist ansteckend. Bleib ganz ruhig, und alles geht gut. Du weißt doch, dass insgeheim alle glauben, du hättest gute Chancen, dieses Ding zu gewinnen, oder?«

»Meinst du?«, fragte sie und blickte seufzend auf ihr Bier hinab.

»Das meine ich nicht nur. Ich weiß es«, erwiderte er.

Sie unterhielten sich, während die anderen wieder zur Bühne gingen, um sich die zweite Hälfte des Programms anzusehen. Nach ein paar Minuten fiel Rachel auf, dass das Publikum drüben im Saal sich vor Lachen kaum noch halten konnte.

»Himmel«, sagte sie, »da kommt aber jemand gut an. Wer ist denn gerade dran?«

»Ob du es glaubst oder nicht, es ist Pitsy.«

»Pitsy? Seit wann ist die denn komisch? Hast du was dagegen, wenn ich mich kurz in die Tür stelle und zuhöre?«

»Nur zu.«

Rachel stand auf und ging zu der Doppeltür, die den Barbereich von dem riesigen Zuschauerraum trennte – die Gas

Station war früher einmal ein Theater gewesen. Lenny folgte ihr. Pitsy war schwer in Fahrt.

»... Mein Freund und ich sind schon astrologisch unvereinbar. Ich bin eine Jungfrau. Er ist ein Arschloch. Ich meine, neulich liegen wir zusammen im Bett, und er sagt, er will es jetzt. Ich sage, wir haben keine Kondome mehr. Woraufhin er sagt: ›Ach, komm schon, ich will ihn doch nur mal eine Minute reinstecken‹, und ich sage: ›Was bin ich eigentlich, eine verdammte Mikrowelle oder was?‹«

Wieder brüllendes Gelächter.

»Außerdem hat er ständig damit geprahlt, was für ein Gentleman er sei. Ich habe nur gesagt: ›Warum denn, weil du in der Badewanne aufstehst, um ins Waschbecken zu pinkeln?‹«

Noch mehr Gelächter.

Rachel blickte verwirrt drein. »Das versteh ich nicht, Lenny. Was ist denn auf einmal los? Das hört sich ja fast an wie richtige Comedy.«

Er brummte. »Ich sage dazu nur zwei Worte«, erklärte er und zupfte mit einer präzisen, pinzettenartigen Bewegung ein Haar von seiner karierten Hose.

»Nämlich?«, fragte sie.

»Noeleen Piccolo.«

»Wie war das, bitte?«

»Noeleen Piccolo – die beliebteste Komikerin Australiens. Anscheinend hat unsere Ms. Carter ihr gesamtes Material geklaut.«

Rachel war entsetzt. »Das ist doch nicht dein Ernst.«

»Ich fürchte, ja«, entgegnete Lenny. »Ich war neulich bei meinem Freund Gary – er ist eben aus Australien zurückgekehrt. Wir haben uns zum Essen hingesetzt und ich hatte gerade dieses fantastische dreistündige Video von dem Erdbeben in Kobe eingelegt, das die japanischen Seismologen gedreht haben. Da hat er gefragt, ob ich vielleicht gern ein Video sehen möchte, das er aus Australien mitgebracht habe, von einer Komikerin namens Noeleen Piccolo. Ich war zwar ein bisschen sauer wegen Kobe, aber ich hab's mir trotzdem angesehen, und sie war super. Am nächsten Abend war ich dann als Showmaster hier, und da liefert Pitsy doch tatsächlich dieselben Nummern – Wort für Wort.«

»Nein. Das kann nicht sein.«

»Ehrlich. Gaz hat mir das Video geliehen. Du kannst es dir gern mal ansehen.«

»Die hat vielleicht Nerven«, sagte Rachel und schüttelte den Kopf.

Es gab ein letztes dröhnendes Gelächter und Applaus, und Pitsy verließ die Bühne.

»Verdammt, sie kommt genau auf uns zu«, sagte Rachel. »Also dann, ich muss los. Danke für das Bier, Len. Wir sehen uns morgen im Bathmat.« Sie wandte sich zum Gehen, doch es war schon zu spät.

»Hi, Rache. Hi, Lenny«, strahlte Pitsy, immer noch voll unter Adrenalin. Als sie die Hand hob, um eines ihrer beiden Rattenschwänzchen zurechtzurücken, konnte Rachel nicht verhindern, dass sie einen Blick auf die glänzenden schwarzen Haare in ihrer Achselhöhle gewährt bekam, mitsamt den kleinen Deo-Schuppen darauf.

»Hör mal, Rache, tut mir Leid für dich, wie dein Auftritt heute Abend gelaufen ist. Ich meine, dein Material war gar nicht mal schlecht, es lag an deinem Timing. Vielleicht sollten wir uns mal zusammensetzen. Ich würde dir gern ein bisschen unter die Arme greifen …«

Rachel hatte genug gehört.

Sie warf Pitsy einen finsteren Blick zu und wandte sich an

Lenny. »Noch mal vielen Dank für das Bier, Len. Bis dann.« Sie gab ihm noch einen Kuss auf die Wange und stürmte hinaus.

Als Rachel sich ins Auto setzte, beschloss sie, erst noch auf dem Handy Adam anzurufen, bevor sie nach Hause fuhr. Sie konnte es kaum erwarten, ihm zu erzählen, dass sie ihn am Valentinstag heiraten wollte. Doch als sie ihn am Apparat hatte, wirkte er distanziert und abgelenkt.

»Störe ich dich bei irgendwas?«, fragte sie verletzt. »Du klingst, als wolltest du mich schnell wieder loswerden.«

»Nein … nein. Ich erwarte nur jeden Moment den Zimmerservice mit meinem Abendessen.«

»Ach so«, sagte sie leise, nur halb überzeugt.

»Tut mir Leid, wenn ich ein bisschen zerstreut bin«, fuhr er fort. »Ich bin fix und fertig.« Wieder eine Pause. »Ah – es hat geklopft. Ich muss Schluss machen. Mein Essen ist da.«

»Was gibt es denn?«

»Ich … äh. Ich weiß nicht. Hab ich vergessen.«

»Du hast es vergessen? Aber du hast es doch vorhin erst bestellt?«

»Ja, ja«, sagte er nervös. »Also, es gibt … es gibt Springbock. Genau. Springbock-Carpaccio.«

»Wie nett«, sagte sie sarkastisch.

»Rachel, ich muss die Tür aufmachen. Moment mal.« Sie hörte, dass der Hörer beiseite gelegt wurde. Ein paar Sekunden später drang das Kichern des offenbar weiblichen Zimmerservice an ihr Ohr.

Er war wieder am Telefon.

»Die klingt aber fröhlich«, bemerkte Rachel.

»Wie bitte?«

»Die Kellnerin«, sagte sie.

»Oh. Ja, anscheinend bestellen hier nicht viele Ausländer Springbock, und sie findet es wohl sehr komisch. Also dann, Rache, ich muss Schluss machen. Mein Essen wird kalt, und ich bin am Verhungern.«

»Ad?«

»Ja?«

»Verschweigst du mir vielleicht irgendwas?«

»Verschweigen? Was denn?«

»Na ja, jedes Mal, wenn ich dich anrufe, ist eine Frau in deinem Zimmer.«

Er lachte. Ein wenig zu laut, wie Rachel fand.

»Rache«, sagte er. Sein Tonfall war sanft und beruhigend. »Ich habe einen Sechzehn-Stunden-Tag in Onkel Stans Praxis zu leisten. Wo soll ich denn da noch die Zeit oder die Kraft für andere Frauen hernehmen? Ich glaube, all die Sorgen mit deiner Mutter und dazu noch dieser Comedy-Wettbewerb, das ist einfach zu viel für dich. Du bist schon völlig irrational.«

»Ja, das kann sein«, sagte sie. »Tut mir Leid.«

»Schon gut. Also, ich muss jetzt wirklich.«

»Verstehe«, sagte sie traurig. »Bis bald. Ich liebe –«

Doch er hatte schon aufgelegt. Sie hatte nicht einmal Gelegenheit gehabt, die Hochzeit anzusprechen.

Sie fuhr durch eine Seitenstraße nach Hause, die zu beiden Seiten von parkenden Autos gesäumt war; ein Wagen kam ihr entgegen, und sie passten nicht aneinander vorbei, so dass sie gezwungen war, bis zu einer Einfahrt zurückzusetzen, um das andere Auto vorbeizulassen. Während sie wartete, dass er an ihr vorbeifuhr, sah sie Matts Transit auf der anderen Straßenseite unter einer Laterne stehen.

»O nein«, sagte sie laut. »Nicht Van Morrison.«

Jetzt fehlte nur noch, dass Matt auftauchte. Wie sollte sie ihm erklären, warum sie ihn nicht zurückgerufen hatte?

Natürlich erschien er genau in diesem Moment; er kam aus einem der Häuser gegenüber. Er erreichte das Gartentor und drehte sich um, um dem Paar in der offenen Haustür zuzuwinken. Sie rammte den Fuß aufs Gaspedal und raste los. Sie war kaum ein paar Meter weit gekommen, als ein Auto vor ihr aus einer Einfahrt schoss und sie zu einer Vollbremsung zwang, woraufhin ihr Motor absoff. Sie drehte am Zündschlüssel, doch das Auto wollte nicht wieder anspringen. Sie versuchte es noch einmal – wieder nichts. Auch die nächsten zwei Versuche blieben erfolglos. Sie konnte sich nicht überwinden, in Matts Richtung zu schauen, aber er würde ziemlich sicher gleich hier auftauchen, um ihr zu helfen, selbst wenn er sie im Auto nicht erkannt hatte.

Einen Augenblick später klopfte er an die Windschutzscheibe. Sie drehte sich zu ihm um und kurbelte sie herunter.

»Rachel«, sagte er, als er sie erkannte. »Was machst du denn hier?«

»Hallo«, sagte sie verlegen und drehte wieder den Zündschlüssel um, doch ohne Erfolg. »Ich bin auf dem Heimweg von der Gas Station.«

»Aha. Hör mal, wenn du so weitermachst, säuft er dir noch völlig ab. Gönn ihm mal eine kleine Pause.«

Sie nahm die Hand vom Zündschlüssel und legte sie in den Schoß. »Und, wie geht es dir?«, fragte sie.

»Gut. Ich war gerade bei Freunden zum Essen.«

Sie nickte. »Also, Matt«, begann sie schüchtern, »es tut mir Leid, dass ich dich nicht zurückgerufen habe …«

»Na ja«, sagte er lächelnd, »ich habe zwar leise befürchtet, dass du mich abservieren willst, aber ich war andererseits ziemlich sicher, dass du unseren gemeinsamen Abend genauso genossen hast wie ich, also habe ich mir gedacht, du hast einfach ziemlich viel zu tun.«

Sie sah ihn an, wie er da in der Kälte stand und zitterte. Er hatte ein Recht darauf, den Grund zu erfahren, warum aus ihnen nichts werden konnte. Sie musste ihm von Adam erzählen. Das war sie ihm schuldig.

»Ja, habe ich«, entgegnete sie, »aber ich glaube, ich muss dir da noch was anderes erklären. Ich weiß, es ist schon spät, aber hättest du Zeit, noch auf einen Kaffee mit zu mir zu kommen?«

»Gern«, sagte er fröhlich. »Also, versuch's jetzt noch mal.«

Sie drehte den Zündschlüssel um. Und siehe da, der Motor sprang an.

13

Mmm, das fühlt sich gut an«, rief Rachel. »Ein bisschen rauf. Wieder ein ganz kleines bisschen runter. Halt. Da. Oh. O ja. Genau da. Oooh.«

»Bist du sicher, dass es so richtig ist?«, fragte Matt.

»Hm. Du könntest vielleicht noch etwas fester drücken.«

»So?«

»O ja. Genau so.«

»Soll ich mal nachschauen, ob ich noch eine Packung gefrorene Erbsen finde?«, fragte Matt. »Die hier sind schon fast geschmolzen.«

»Gut, aber du musst dich wahrscheinlich mit Rosenkohl begnügen.«

Matt stand auf und ging in die Küche. Rachel lag auf dem Sofa, versuchte, ihren Fuß zu drehen, und verzog das Gesicht.

Auf dem Heimweg war Rachel über einen schiefen Pflasterstein im Bürgersteig gestolpert und hatte sich den Knöchel verrenkt. Es hatte furchtbar wehgetan. Matt wollte sie sofort ins Krankenhaus fahren, doch da sie die Zehen bewegen und sogar einigermaßen auftreten konnte, überzeugte sie ihn schließlich davon, dass es nicht weiter schlimm war. Sie hatte sogar die Treppe zu ihrer Wohnung selbst bewältigen wollen, doch bevor sie es noch versuchen konnte, hatte Matt sie auf die Arme genommen und nach oben getragen.

Als sie die Arme um seinen Nacken schlang und seinen warmen, leicht alkoholischen Geruch einsog, spürte sie trotz der Schmerzen im Knöchel Lust in sich aufsteigen. Alle Glühbirnen der Weihnachtsbeleuchtung in ganz London zusammengenommen waren nicht so heiß wie sie. Sosehr sie auch dagegen ankämpfte, sie wollte nur noch, dass er sie aufs Bett legte, ihr die Kleider vom Leib riss und sie liebte. Stattdessen legte er sie aufs Sofa, zog ihr den Schuh aus und machte sich daran, die Schwellung an ihrem Knöchel mit einer Packung tiefgefrorener Erbsen zu bekämpfen.

»Kein Gemüse mehr da, fürchte ich«, verkündete er, als er zurückkehrte, »also habe ich ein Geschirrtuch in kaltem Wasser getränkt. Das sollte beinahe so gut funktionieren wie ein Eisbeutel.«

Er setzte sich auf die Sofakante.

»Roll das Hosenbein noch ein bisschen hoch«, bat er. Sie rollte.

Als sie zusah, wie seine starken Hände das kalte, nasse Geschirrtuch um ihren Knöchel legten, konnte sie sich kaum noch davon abhalten, ihn zu packen und zu sich aufs Sofa zu ziehen. Doch sie sagte nur: »Sei vorsichtig. Wickel es nicht zu eng, sonst drückst du die Blutzufuhr ab.«

Er blickte zu ihr auf und lächelte.

»Vertrau mir«, sagte er, »ich bin ein Spin-Doktor.«

»Sehr komisch«, erwiderte sie; sie fühlte ihr Herz klopfen und merkte, dass dies einer der Momente war, die Shelley nach ein paar Gläsern Château Keinprofit gern als »Pattex-Moment – sollte ewig halten« bezeichnete.

»Also, du wolltest mir etwas sagen.«

»Ja«, sagte sie leise, »das muss ich.« Sie schloss die Augen und rieb mit den Fingerspitzen die geschlossenen Lider.

»Was? Was ist denn?«, fragte er besorgt.

Sie öffnete die Augen und nahm seine Hand. »Na ja, es ist so ... also, ich, äh, habe gestern für den Comedy-Wettbewerb vorgesprochen, und sie haben mich genommen.«

»Das ist ja toll. Ich verstehe nur nicht, warum du so ein Getue darum gemacht hast, mir das zu sagen.«

Sie senkte den Blick. »Na ja, weißt du«, sagte sie bedrückt, »das ist noch nicht alles. Da ist noch etwas.«

In diesem Moment klingelte das Telefon.

»Entschuldige«, sagte sie und griff nach dem Schnurlosen, das zwischen ihr und der Sofalehne eingeklemmt war. Es war Faye.

»Oh. Hallo, Mama«, sagte sie – vielleicht ein wenig zu brüsk, doch nach dem Vorfall bei Selfridges war sie nicht zu einem friedlichen Ratsch mit ihrer Mutter aufgelegt.

»Wie geht es dir? ... Wie meinst du das, ich wäre anscheinend nicht erfreut, von dir zu hören? ... Natürlich freue ich mich, dass du mich anrufst ... Nein, ich kriege nicht gerade meine Tage. Wenn ich mich etwas geknickt anhöre, dann deshalb, weil ich mir gerade den Knöchel verknackst habe ... Mama, beruhige dich! ... Nein, wirklich nicht ... Bitte, es ist nicht weiter schlimm ... Nein, ich brauche nicht sofort einen Termin bei deinem Cousin Michael, dem Orthopäden. Ich bin nur ein bisschen umgeknickt ... Ja, ich habe ihn hochgelegt. Ja, ich habe Eis darauf gelegt ... Mama, es ist schon fast Mitternacht. Warum rufst du so spät noch an? ... Tante Wer ist gestorben? Tante Jessie, du meine Güte. Ja, sicher erinnere ich mich an sie – war das nicht die, die so einen tollen Suppentrick draufhatte? ... Ja, ich erinnere mich. Sie hat immer Borschtsch geweint und wollte uns einreden, das sei eine Art religiöses Stigma … Aber, Mama, wenn die Beerdigung schon morgen ist, kann ich wegen meinem Knöchel sicher nicht kommen. Entschuldigst du mich bitte bei allen? Gut … Gute Nacht … Ja, mir geht's gut. Nein, ich versuche nicht, dich loszuwerden. Nein, Mama, *bitte* schau nicht auf dem Weg zum Friedhof mit irgendwelchem Essen bei mir vorbei. Ich habe genug zu essen im Haus. Ich brauche gar nichts. Sicher bin ich sicher. Gute Nacht. Ja. Ich hab dich auch lieb.« Sie verdrehte die Augen und schaltete das Telefon ab.

»Du hattest eine Tante, die Borschtsch weinen konnte?«, fragte Matt sehr erstaunt.

»In unserer Familie ist das noch gar nichts. Meine Mutter hat mich mit Matzen gesäugt.«

Er kicherte. »Also«, sagte er. »Was war denn da noch, was du mir unbedingt erzählen willst?«

Sie saß da und sah in seine warmen braunen Augen. Er hielt ihre Hand und lächelte sie an. Sie konnte es ihm nicht sagen. Noch nicht. Sie brachte es nicht über sich, ihm wehzutun. Sie würde ihn bitten, eine Flasche Wein aufzumachen. Vielleicht wäre es nicht ganz so schmerzhaft, wenn sie sich vorher mit Alkohol betäubte. Sie wollte ihn gerade bitten, den Fitou aus der Küche zu holen, als er sich vorbeugte und mit dem Handrücken über ihre Wange strich.

»Du bist wirklich wunderschön.«

Sie wurde knallrot.

»Ich will mit dir schlafen«, sagte er und küsste sie.

Sofort wich sie zurück. Sie durfte das nicht zulassen. Nicht noch einmal. Sie musste es ihm sagen. Auf der Stelle.

»Matt, ich kann nicht.«

»Warum? Was hast du?«

Sie schloss kurz die Augen und massierte sich den Nasenrücken. »Es ist nur … ich habe …«

»Was? Bitte sag mir doch, was los ist. Was habe ich falsch gemacht? Warum willst du nicht mit mir schlafen?«

»Weil … weil ich …« Sie sah ihm wieder in die Augen. »Weil ich den ganzen Tag lang unterwegs war. Ich habe nicht gebadet, und ich fühle mich scheußlich.«

»Du lieber Himmel, ist das alles? Du hast mir gerade einen richtigen Schrecken eingejagt. Rachel, das ist doch kein Problem.«

»Warum nicht?«

»Weil«, sagte er mit aufreizendem Grinsen, »ich dich baden werde.«

»Nein – nein, Matt!«, rief sie aus. »Das geht nicht.«

»Warum denn nicht?«, fragte er locker, nahm ihr die Bierflasche ab und stellte sie auf den Couchtisch.

Sie wusste, dass sie ihm von Adam erzählen und ihm sagen musste, dass sie sich nicht mehr treffen durften. Sie wusste, sie sollte ihn gehen lassen. Doch sie konnte es einfach nicht. Sie wollte ihn viel zu sehr.

Im nächsten Augenblick nahm er sie auf die Arme und trug sie ins Bad.

Das Bad gefiel ihr an dieser Wohnung am besten, es war einer der ausschlaggebenden Gründe gewesen, weshalb sie sie gekauft hatte. Zunächst einmal war es riesig – der Raum war früher ein großes Schlafzimmer gewesen –, und obwohl die vorherigen Eigentümer sich um die übrige Wohnung nicht weiter gekümmert hatten, hatten sie ein Vermögen in dieses Badezimmer gesteckt. Es war vielleicht ein bisschen sehr von den Achtzigern geprägt, fand Rachel, mit der gewaltigen viktorianischen Badewanne mit Messingfüßen und Messingarmaturen, den weißen Kacheln und einer umlaufenden, blau gekachelten Ablagekonsole – Rachel neigte, was Bäder betraf, eher zu minimalistischem Schick und Edelstahl –, aber es ließ sich nicht leugnen: Wenn man das Licht ausmachte und ein paar Duftkerzen anzündete, war es unglaublich romantisch.

Matt setzte sie vorsichtig in den uralten Lehnstuhl mitroséfarbenem Brokatbezug, aus dem schon die Polsterung hervorquoll und den Rachel immer noch nicht repariert hatte. Dann nahm er eine Schachtel Streichhölzer von einem Regal am Fenster, ging hinüber zu dem niedrigen Tischchen am Fußende der Badewanne und zündete die dicken Kaminkerzen an. Dort stand ein knappes Dutzend, die meisten schon halb zerlaufen, mit tief eingebrannten, staubigen Kratern in der Mitte.

Er schaltete das Licht aus, und Rachel sah zu, wie die kleinen Flammen züngelten und an den gekachelten Wänden Schatten tanzen ließen.

»Schon viel besser«, sagte er. Er drehte den Wasserhahn auf und griff nach ein paar Flaschen mit duftenden Badeölen. »Welches hättest du gern?«, fragte er.

»Egal«, sagte sie lächelnd. »Warum nicht von jedem ein paar Tropfen?«

Bald war der Raum von lavendel- und jasminduftendem Dampf erfüllt, zu dem sich ein Hauch Vanille von den Kerzen mischte.

»Okay. Arme hoch«, befahl er sanft.

Sie hob sie hoch, und er zog ihr das T-Shirt aus. Sofort kniete er sich neben sie und küsste ihre Schultern und den Ansatz ihrer Brüste. Sie legte genüsslich den Kopf in den Nacken, als er mit der Zunge über ihren Hals fuhr. Schließlich küsste er sie auch auf den Mund. Als seine Zunge tief in sie hineinglitt, konnte sie nur noch daran denken, wie sehr sie sich danach sehnte, mit ihm zu schlafen. Die Küsse wurden immer drängender.

»Wow«, sagte er, als sie schließlich eine Atempause machten. »Das wollte ich dich schon letztes Mal fragen – wo hast du bloß gelernt, so zu küssen?«

»Oh, ich war mal Testkauer in einer Kaugummifabrik«, antwortete sie.

»Ich beneide den Kaugummi«, sagte er. Er kniete sich vor sie und zog den Reißverschluss ihrer Jeans auf. »Hilf mir, die herunterzubekommen«, bat er.

Sie hob den Po, und er zog an der Jeans. Gleich darauf saß sie ihm in nichts als BH und Slip gegenüber. Matt kniete sich wieder hin, hakte ihren BH auf und saugte an ihren Brustwarzen. Dann fuhr er mit der Zunge ihren Bauch hinab zu ihrem Höschen. Seine Finger strichen unter dem Bund entlang. Sie dankte Gott dafür, dass sie einen hübschen Tanga und nicht ihre Oma-Unterhosen angezogen hatte. Er glitt mit der Hand unter den Gummibund und ließ einen Finger durch ihr Schamhaar wandern. Sie hob wieder den Po an und ließ sich das kleine Stoffdreieck ausziehen. Bevor sie wusste, wie ihr geschah, hatte er ihre Beine gespreizt und senkte den Kopf dazwischen.

»Matt. Nicht«, rief sie aus und presste die Beine wieder zusammen. »Das geht nicht. Ich stinke bestimmt.«

Doch er blickte nur zu ihr auf und lächelte. »Nachdem du nur einen Tag lang nicht gebadet hast? Natürlich stinkst du nicht.«

Plötzlich musste sie an Adam denken. Sie versuchte sich vorzustellen, dass er so etwas zu ihr sagte. Himmel, dachte sie, er würde schon bei dem bloßen Gedanken daran, mit ihr zu schlafen, ohne dass sie vorher geduscht hatte, Nasenbluten bekommen.

»Na komm«, sagte er, »entspann dich.« Er legte die Hände auf ihre Knie und wollte ihre Beine wieder spreizen, doch sie hielt dagegen. »Rachel, es ist schon gut«, versprach er zärtlich. »Wirklich.«

Schließlich ließ sie zu, dass er sie auf dem Sessel nach vorne zog und ihre Beine spreizte. Einen Moment lang tat er gar nichts, er kniete nur vor ihr und starrte sie an. Sie stieß ein lang gezogenes Stöhnen aus, als er langsam mit der Zunge über ihre Klitoris leckte; das fühlte sich so fantastisch an, dass sie in ein paar Sekunden kommen würde. Offenbar spürte er es auch, denn er hielt inne.

»Nachher geht's weiter«, flüsterte er. »Ich glaube, dein Bad ist fertig.« Er nahm seine Armbanduhr ab und legte sie auf die Konsole. Dann beugte er sich über die Wanne und tauchte eine Hand ins Wasser, um die Temperatur zu prüfen.

»Perfekt«, sagte er und drehte das Wasser ab.

Rachel bemerkte, dass die Schwellung in ihrem Fuß schon ein wenig zurückgegangen war, doch dafür färbte sich die Haut allmählich blau.

»Keine Sorge«, sagte Matt, »das ist ein gutes Zeichen. Das heißt, dass die Flüssigkeit gerinnt.« Er hob sie hoch, und als er sie in die Wanne sinken ließ, fühlte sich das warme Wasser an ihrem Knöchel wunderbar an.

Zuerst ließ er warmes Wasser über ihren Kopf laufen, dann verbrachte er eine kleine Ewigkeit damit, ihn mit Shampoo zu massieren.

»Hm, nicht nur ein fantastischer Küsser, sondern auch noch ein ausgezeichneter Masseur«, schnurrte sie und spürte, wie die Anspannung aus Kopf und Nacken wich.

Nachdem er das Shampoo ausgewaschen hatte, bat er sie, sich zurückzulehnen. Dann ließ er etwas Duschgel in seine Hand tropfen. Damit strich er ihren Arm entlang. Sie schloss die Augen und genoss das Gefühl. Bald ging er zu ihren Brüsten über, und Rachel wimmerte, als seine Hand über ihre feuchte Haut glitt. Manchmal hielt er inne, um kleine Kreise um ihre Brustwarzen zu ziehen. Schließlich verschwand seine Hand unter Wasser.

»Kannst du dich hinknien?«, fragte er.

»Ich glaube schon.« Sie hielt sich an den Griffen zu beiden Seiten der Wanne fest und manövrierte sich sehr vorsichtig auf die Knie.

»Beug dich vor«, sagte er.

Sie tat alles, was er sagte. Er ließ das Duschgel direkt auf ihren Po tropfen. Es war kalt, und ihre Haut zuckte. Ganz langsam massierte er es ein. Sie schloss wieder die Augen und hielt sich mit aller Kraft an den Haltern fest. Plötzlich ließ er die Finger unglaublich leicht und zart zwischen ihre Pobacken schlüpfen. Er glitt tiefer und wusch ihre Scham. Sie spürte den cremigen, klebrigen Schaum, der sich dort gesammelt hatte. Dann, ohne Vorwarnung, schob er zwei Finger tief in sie hinein. Sie warf den Kopf zurück. Sie musste sich schwer beherrschen, um nicht laut aufzuschreien. Als er die Finger forschend weiter vorschob, bettelte sie ihn an, sie kommen zu lassen.

»Bald«, murmelte er und schob die Finger noch tiefer hinein, so dass es fast schon wehtat. »Bald.«

So machte er noch eine Weile weiter, während sie stöhnte und sich auf seinen Fingern auf und ab bewegte. Endlich zog er sie heraus und wandte sich wieder ihren Pobacken zu. Dann wanderte seine Hand um sie herum und begann, ihre Klitoris in kleinen, rhythmisch kreisenden Bewegungen zu streicheln. Sie stieß leise, verzweifelt keuchende Laute aus. Endlich spürte sie, wie dieses vibrierende Gefühl sich tief in ihr aufbaute.

Doch sobald sie gekommen war, wollte sie noch mehr. Sie sehnte sich so danach, ihn in sich zu spüren. Sie befahl ihm, sich auszuziehen und zu ihr in die Wanne zu steigen.

»Komm schon«, drängte sie ihn. »Hier ist genug Platz für uns zwei.«

Er zog sich das T-Shirt aus und stand auf, um seine Hose aufzuknöpfen. Sobald sie offen war, zog sie an der Combat-Hose und den Boxershorts darunter. Sein steifer Penis sprang hervor. Sie legte die Hände auf seinen Po, zog ihn zu sich her und nahm seinen Penis ganz in den Mund. Während sie langsam den Kopf hob und senkte und zugleich die Eichel mit der Zunge liebkoste, stand er über ihr, sah auf sie hinab und stöhnte leise.

Dann, als sie spürte, dass er gleich kommen würde, hörte sie auf. Sie lockte ihn in die Wanne. Vorsichtig, um nicht an ihren Knöchel zu stoßen, stieg er hinein und setzte sich mit angezogenen Beinen vor sie.

»Streck die Beine aus«, sagte sie.

»Da ist nicht genug Platz«, protestierte er.

»Doch, wenn wir es so machen – na los.«

Als er die Beine ausstreckte, rutschte sie auf den Knien vorwärts und setzte sich auf ihn.

»Okay, jetzt leg dich hin.« Er lehnte sich zurück, den Kopf direkt unter dem großen Messing-Wasserhahn.

Sie nahm seinen Penis in die Hand und führte ihn zu ihrer Vagina. Eine paar Mal strich sie damit über die Öffnung, dann ließ sie ihn nur wenige Millimeter hineingleiten und zog ihn sofort wieder heraus. Er keuchte und bettelte, endlich in ihr sein zu dürfen, doch sie ließ ihn nicht. Warum sollte sie ihn nicht so lange so köstlich leiden lassen wie er sie? Sie streichelte und neckte ihn, bis sie es beide nicht mehr aushielten. Endlich ließ sie sich auf seinen steifen Penis hinabsinken. Sie hielt sich an einem der Griffe fest und bewegte sich langsam auf und ab. Es war himmlisch, ihn in sich zu spüren. Er bemühte sich, ihre Klitoris zu erreichen, aber das war unmöglich. Also lag er da, hielt ihren Po fest und stöhnte, während er zusah, wie sie sich selbst streichelte.

Sie ritt ihn immer schneller, wobei das Wasser über den Rand der Wanne platschte.

Ein paar Augenblicke später kamen sie zusammen.

»Gott. Gott. O Gott«, stöhnte er.

Rachel hatte die Augen geschlossen und nahm an, dass er in Ekstase schrie. Ohne die Augen zu öffnen, legte sie sich bäuchlings auf ihn und küsste ihn auf die Wange. Matt stöhnte weiter den lieben Gott an.

»Ich brauche wohl nicht zu fragen, ob dir das gefallen hat«, flüsterte sie verträumt. Sie lächelte, als ihr ein Gedanke kam. »Hast du dich schon mal gefragt«, begann sie nachdenklich zwischen zwei Küssen, »was Atheisten schreien, wenn sie kommen? Ich meine, es hört sich doch bestimmt komisch an, wenn jemand schreit: ›O Willkür, o Zufall, o chaotisches Universum!‹, was meinst du?«

»Rachel, ich enttäusche dich ja nur ungern, aber ich schreie nicht, weil es so schön war. Sondern weil es wehtut.«

Sie riss die Augen auf und sah, dass er die Hand an die Stirn drückte.

»Ich habe mich am Wasserhahn gestoßen.«

»O nein«, japste sie und setzte sich auf. »Lass mich mal sehen.« Sie zog seine Hand fort. Er blutete nicht, aber es wuchs ihm bereits eine glänzende, cocktailtomatengroße Beule.

»Sieht es schlimm aus?«, fragte er.

»Es tut bestimmt weh, aber es ist nicht weiter schlimm. Ich mache dir eine kalte Kompresse.«

Vorsichtig kletterte sie aus der Wanne. Sie wickelte sich in ein Handtuch und holte eine Packung Wattepads aus dem Schränkchen unter dem Waschbecken.

»So was«, sagte sie kopfschüttelnd, während sie den Wattebausch unters kalte Wasser hielt, »dein Kopf, mein Knöchel. Hier geht's zu wie in einem Lazarett.«

Sie kniete sich neben die Wanne auf den Boden und legte die Watte auf seine Stirn. Er zuckte zusammen, als sie die Beule berührte.

»Ach, jetzt stell dich nicht so an«, schalt sie ihn. »Das ist doch nur eine kleine Beule.« Sie wollte den Wattebausch noch länger auf seine Stirn drücken, doch er packte ihr Handgelenk und lächelte sehr sexy.

»Komm her«, flüsterte er, zog sie zu sich heran und küsste sie.

Nachdem der Kuss vorüber war, rührte sie sich nicht. Sie blieb, wo sie war, und sah ihm in die Augen. Erst in diesem Moment, als sie vor der Wanne kniete und Matts Beule kühlte, konnte sie sich endlich eingestehen, dass sie etwas für ihn empfand. Tiefe, starke Gefühle.

14

So wie ich das verstehe, geht es hier um das Wort mit L«, sagte Shelley, nahm einen Löffel und wirbelte den Zitronenschnitz in ihrem heißen Zitronenwasser herum.

Rachel zuckte mit den Schultern. »Ich weiß nicht. Ja. Nein. Vielleicht, könnte sein. Ich weiß nur, als ich da gehockt und seine Stirn gekühlt habe, habe ich so eine Stimme gehört, die mir gesagt hat, dass es falsch wäre, ihn wegzuschicken.«

»Und, hast du ihm das gesagt?«

»Natürlich nicht. Ich meine, hätte ich dasitzen und sagen sollen: ›Ach, übrigens, ich glaube, ich verliebe mich gerade in dich. Da gibt es nur ein winziges Problem – ich bin mit jemand anderem verlobt‹?«

Shelley nickte verständnisvoll.

»Ich verstehe nicht, warum Adam mir nicht genügt«, jammerte Rachel. »Er ist attraktiv, erfolgreich. Und er liebt mich …« Ihre Stimme erstarb. »Shelley«, sagte sie und bemühte sich um einen beiläufigen Tonfall, »hältst du es für möglich, dass Adam mich betrügen könnte?«

»Was?« Shelley brach in Gelächter aus. »Du spinnst. Der

würde doch beim bloßen Gedanken daran Nasenbluten bekommen.«

Rachel erzählte ihr von den Frauen in Adams Hotelzimmer. Shelley dachte kurz darüber nach.

»Na ja, es wäre schon möglich, dass er eine andere hat«, sagte sie gedehnt.

»Ich bin mir da sogar ziemlich sicher.«

Shelley fragte sie, wie es ihr damit ginge.

»Na ja, obwohl ich mit Matt geschlafen habe, verletzt es mich trotzdem. Aber es ist nicht so überwältigend und unerträglich schmerzlich, wie ich es mir vorgestellt hätte. Weißt du, was ich vor allem fühle?«

Shelley schüttelte den Kopf.

»Erleichterung.« Sie nahm Shelleys Löffel und spielte damit in der Zuckerdose herum. »Wenn er eine andere hat, brauche ich wenigstens kein so schlechtes Gewissen wegen Matt zu haben.«

In diesem Moment klingelte es an der Tür. Rachel blickte auf. »Das sind bestimmt meine Eltern auf dem Weg zu Großtante Jessies Beerdigung.«

»Bleib sitzen«, sagte Shelley. »Ich geh schon.« Sie verschwand, kehrte gleich darauf wieder und nickte. »Deine Mutter ist gleich oben. Dein Vater sucht noch einen Parkplatz. Ich habe die Tür offen gelassen.«

»O Gott«, seufzte Rachel, »gestern Nacht am Telefon war es schon schlimm genug. Wie soll ich jetzt mit meiner Mutter umgehen? Nach dieser Szene bei Selfridges kann ich doch nicht hier sitzen und so tun, als wäre alles wie immer?«

»Tu es trotzdem, okay?«, erwiderte Shelley schlicht. »Zum letzten Mal, Rache, ihre Ehe geht dich nichts an. Ich weiß, das ist hart, aber du hast keine andere Wahl.«

Rachel nickte. »Ach, übrigens«, warnte sie ihre Freundin,

»sag bitte meiner Mutter nichts von dem falschen Alarm mit deinen Wehen neulich – außer, du möchtest gern die Schauergeschichte hören, wie sie bei meiner Geburt zweiundsiebzig Stunden lang in den Wehen lag; der krönende Höhepunkt der Geschichte ist die grauenhaft detaillierte Beschreibung ihres umgestülpten Mutterkuchens und ihres Damms nach der Geburt, der zur Größe, Farbe und Form eines Hotdog-Würstchens anschwillt.«

Shelley verzog angewidert das Gesicht. »Igitt.«

»Denk einfach dran, du darfst nichts von Wehen erwähnen, dann passiert auch nichts.«

»Keine Sorge«, versprach Shelley. »Ich sag nichts.«

Faye kam in die Küche, das Handy am Ohr.

»Nein, Coral, glaub mir, es ist alles in Ordnung. Wenn die Krankenschwester gesagt hat, es ist nichts, dann ist da auch nichts. Geh einfach nach Hause und mach dir keine Gedanken. Hör mal, ich bin jetzt bei Rachel. Ich muss Schluss machen … Gut, bis später dann. Grüß Ivan.«

Sie steckte das Handy in die Handtasche und wandte sich an Rachel. »Also, ich weiß nicht, wenn jemand zwei Wochen vor Weihnachten stundenlang durch die Stadt rennt und Einkäufe macht und dann müde und durstig wird, was tut er dann normalerweise? Sich hinsetzen und etwas trinken. Aber nicht Coral. Stattdessen ruft sie im Krankenhaus an, weil sie fürchtet, sie könnte vielleicht Diabetes haben.«

»Hallo, Mama«, sagte Rachel lächelnd.

»Oh, mein armes Schätzchen«, rief Faye aus, als sie Rachel – den Fuß auf einem Stuhl – am Küchentisch sitzen sah. Sie eilte zu ihr, schlang die Arme um Rachels Nacken und küsste sie.

»Mein Süßes, wie geht es dir denn? Tut es weh? Kannst du den Fuß belasten? Bist du sicher, dass wir ihn nicht doch lieber röntgen lassen sollten? Nimm vielleicht mal den Verband ab – er schnürt das Blut ab, das weißt du doch. Lass nur, ich mache ihn ab.« Sie beugte sich darüber.

»Mama, bitte lass das. Es ist alles in Ordnung, wirklich.«

»Gut, aber lass mich wenigstens einen Blick darauf werfen.«

»Mama, der Knöchel fühlt sich heute schon viel besser an. Du brauchst ihn dir nicht anzusehen.«

»Na ja, wenn du meinst ...«

»Ich meine.«

»Hallo, Mrs. Katz«, sagte Shelley munter.

Faye fuhr herum. »Oh, Shelley, Schätzchen. Tut mir Leid, ich habe Sie da drüben gar nicht gesehen.« Faye ging hinüber und küsste sie auf die Wange. »Na, nicht mehr lange, dann ist es soweit«, sagte sie aufgeregt und legte ihren Mantel ab. »Wie steht's denn so?«

»Prächtig«, strahlte Shelley. »Könnte gar nicht besser sein.«

Faye hängte den Mantel über einen Küchenstuhl und wedelte mit der Hand herum.

»Tja, jetzt mag es Ihnen ja noch ganz gut gehen, aber warten Sie nur ab, bis die Wehen einsetzen. Sie hätten mich mal sehen sollen – zweiundsiebzig Stunden habe ich gebraucht, bis Rachel endlich draußen war. War das entsetzlich. Und ich sage Ihnen, danach war da unten vielleicht alles geschwollen. Es sah aus wie ein –«

»Danke, Mama, aber ich glaube, Shelley möchte wirklich nicht wissen, dass dein Unterbau aussah wie eine dicke Bratwurst.«

»Bratwurst?«, rief Faye schockiert. »Es hat sich weiß Gott verdammt viel größer angefühlt als eine Bratwurst. Ich sage Ihnen, Shelley, in den drei Wochen nach Rachels Geburt kam ich mir vor, als müsste ich mit einem Kürbis zwischen den Beinen herumlaufen.«

»Ich setze mal Tee auf«, erklärte Shelley, um das Thema zu wechseln.

Da erschien Jack mit zwei vollen Einkaufstüten. Er stellte sie auf den Küchentisch, begrüßte Shelley mit einem Kuss auf die Wange und wiederholte die Prozedur bei Rachel.

»Hallo, mein Schätzchen. Was macht dein Knöchel?«, fragte er, zog seinen Mantel aus und legte ihn auf Fayes.

»Schon besser heute. Es tut nicht mehr so weh, wenn ich gehe.«

»Dann ist also nichts gebrochen. Gott sei Dank.«

»Wie geht es dir denn, Papa? Du weißt schon – bewegt sich was?«

»Seit zwei Tagen nicht«, sagte er düster. »Nicht das kleinste bisschen.« Er rieb sich die Hände. »Ist das kalt da draußen. Die Sonne wird sich heute wohl nicht mehr sehen lassen.«

»Wer kann ihr das verübeln?«, entgegnete Faye. »Würdest *du* an einem solchen Tag freiwillig rauskommen? Also dann, Jack«, sagte sie forsch, »packen wir mal diese Tüten aus. Rachel, dein Vater und ich haben auf dem Weg hierher noch im Shalom in Gants Hill eingekauft. Zwei Dutzend Bagels, ein paar Pfund Räucherlachs, zwei Packungen Frischkäse, Gürkchen und eine große Tüte Blätterteiggebäck – das sollte für heute und morgen reichen.«

»Aber Mama, das sind ja Unmengen. Das kann ich gar nicht alles essen. Ihr müsst die Hälfte wieder mitnehmen.«

»Ach, Unsinn. Natürlich isst du das«, sagte sie und trug Lachs und Käse zum Kühlschrank. »Ich kann doch deinem Vater kein Gebäck oder Frischkäse geben – er hat letzte Woche doch tatsächlich zwei, drei Pfund abgenommen.«

»Ja«, sagte Jack kläglich und räumte mit Bedauern Gebäck

und Bagels in Rachels Brotkasten. »Ich hungere mich zu Tode, damit ich ein bisschen länger lebe.«

»Weißt du, Rachel«, bemerkte Faye, »in diesem Kühlschrank müsste mal wieder ordentlich sauber gemacht werden. Da drin wächst ja schon Moos. Am besten, ich hole mir schnell einen Lappen und –«

»Mama, bitte«, sagte Rachel lauter, als sie beabsichtigt hatte. »Lass es einfach, ja? Ich mache das schon irgendwann.«

»Ist ja gut, Schätzchen«, sagte Faye, die verletzt wirkte. »Ich wollte dir doch nur helfen.«

Shelley teilte Becher mit heißem Tee aus, und alle setzten sich zu Rachel an den Tisch.

»Shelley«, flüsterte Jack augenzwinkernd. »Hol doch mal etwas von dem Blätterteiggebäck – sei so lieb.«

Mit verschwörerischem Lächeln ging Shelley zum Brotkasten und kehrte mit der Tüte voll Gebäck zurück. Er steckte die Hand hinein, nahm sich ein Stück und führte es zum Mund.

»Jack«, herrschte Faye ihn an, »was tust du da? Du hast diese Woche schon drei Pfund abgenommen.«

»Ja, und wenn ich so weitermache, ist in achtzehn Monaten nichts mehr von mir übrig. Wie fändest du das, he?« Damit schob er sich das Gebäck in den Mund.

»Na schön, iss du nur. Ist mir doch egal«, sagte Faye und wandte sich Rachel zu. »Also«, begann sie, »ich hätte da noch ein paar Ideen für die Hochzeitsfeier.«

Rachel verzog das Gesicht. Sie und Shelley tauschten einen Blick.

»Ich habe schon mal eine vorläufige Sitzordnung aufgestellt, die zeige ich dir ein andermal, wenn wir mehr Zeit haben. Aber nicht nur das, ich habe eine ganz fantastische Idee.« Sie machte eine effektvolle Pause.

»Ich habe mir gedacht«, sagte sie dann, »da dein Adam schließlich Zahnarzt ist, wäre es doch furchtbar lustig, die einzelnen Tische nach Zähnen zu nennen.« Eine weitere Pause.

»Ich meine«, fuhr sie fort und sprudelte vor Aufregung förmlich über, »die Tische heißen dann zum Beispiel Schneidezahn, Backenzahn, Weisheitszahn – da könnten wir die älteren Leute hinsetzen. Ich finde, das ist eine sehr originelle Idee. Was sagst du dazu?«

Rachel schloss die Augen und rieb sich den Nasenrücken.

»Mama, also ehrlich, gleich nach der Idee, Sam in einen Pagenanzug aus Samt zu stecken, halte ich das für …«

»Also, ich finde die Idee ganz toll, Mrs. Katz«, sprang Shelley in die Bresche, um einen offenen Krieg zu verhindern. »Wirklich lustig.«

»Finden Sie? Wunderbar. Und was meinst du dazu, Rachel?«

Rachel warf Shelley einen Blick zu, deren Augenbrauen erwartungsvoll gewölbt waren.

»Sehr komisch«, sagte sie tonlos.

»Na, siehst du, Jack«, sagte Faye und stieß ihn in die Rippen. »Ich habe dir doch gesagt, so was gefällt den Leuten.«

Jack zuckte mit den Schultern. »Von mir aus«, sagte er, »solange deine Cousine Avril nicht alles verdirbt, indem sie nach dem Essen aufsteht und ihren Lieblingswitz erzählt, du weißt schon – dass sie mal mit einem Zahnarzt ausgegangen ist, und als sie zum ersten Mal miteinander geschlafen haben, hat sie gar nichts gespürt.«

»Was hast du denn dagegen?«, fuhr Faye ihn an. »Der ist doch witzig.«

»Nein, ist er nicht. Er ist ordinär.«

Faye sagte, er finde ihn nur deshalb ordinär, weil jemand

aus ihrer Familie ihn erzählte, aber wenn es jemand von seinen Verwandten wäre, dann fände er ihn auf einmal urkomisch.

»Das ist doch lächerlich.«

»Ach, wirklich?«, fragte Faye erbost. »Das finde ich ganz und gar nicht.«

Ihre Eltern stritten sich nicht schärfer als gewöhnlich, doch für Rachel war dies nur ein weiterer Beweis dafür – nicht, dass sie den noch gebraucht hätte –, dass ihre Ehe vorbei war. Plötzlich entschloss sie sich, Shelleys Rat, sich nicht in die Ehe ihrer Eltern einzumischen, einfach zu ignorieren. Sie holte tief Luft und öffnete den Mund zum Sprechen.

Shelley sah es, warf Rachel einen warnenden Blick zu und räusperte sich laut.

»Und, Mrs. Katz, wie ist Tante Jessie denn gestorben? War sie sehr alt?«

»Na ja, schon sehr alt«, erklärte Faye, »aber eigentlich war es viel komplizierter. Es hat sich herausgestellt, dass sie eine Lungenentzündung hatte und schon länger mit einem Bein im Grab stand. Offensichtlich haben sie nur noch die Maschinen und Schläuche am Leben erhalten. Und dann, eines Morgens, kommt die Putzfrau rein und stöpselt die Beatmungsmaschine aus, um den Staubsauger anzuschließen. Fünf Minuten später war die arme Jessie dahin. Furchtbare Tragödie.«

Rachel konnte als Erste nicht mehr an sich halten, und bald bogen sich alle vor Lachen. Nach ein paar Minuten erklärte Faye, wenn sie nicht sofort zur Toilette ginge, würde sie sich in die Hose machen.

»Also, Shelley«, sagte Jack, als Faye verschwunden und das Lachen abgeklungen war, »du willst es also mit einer dieser natürlichen Geburtsmethoden versuchen?«

»Ja, ich möchte mein Kind in einem Wasserbecken zur Welt bringen.«

»Oh, davon habe ich schon mal gehört. Das ist sicher gut für Sie und das Baby, aber was sagen denn die anderen Badegäste dazu?«

Shelley blickte verwirrt drein, denn sie wusste nicht, ob sie lachen oder ihn ernst nehmen sollte.

»Schon gut, Shelley«, erklärte Rachel ungerührt. »Das ist nur ein Witz.«

»Na, dann«, sagte Shelley und kicherte höflich.

In diesem Moment kehrte Faye von der Toilette zurück.

»Also, Rachel«, sagte sie, »wir müssen los. Wir sollen in vierzig Minuten da sein, und du weißt ja, wie lahm dein Vater Auto fährt. Außerdem hat er überhaupt keinen Orientierungssinn.«

»Faye, fang nicht wieder davon an. Ich musste den Kupplung in unserem Auto dieses Jahr schon zweimal austauschen lassen. Und wer ist daran schuld, was meinst du?«

»Mich brauchst du gar nicht so anzuschauen«, erklärte sie entrüstet. »Ich benutzte nie die Kupplung.«

Rachel hörte sie noch im Treppenhaus zanken.

»Ist ja schon gut«, sagte Faye zu Jack, sobald sie im Auto saßen, »ich wollte deinen Fahrstil nicht kritisieren. Es tut mir Leid. Verzeihst du mir?«

»Habe ich dir denn jemals nicht verziehen?«, fragte er zurück, legte eine Hand auf ihren Oberschenkel und grinste sie an.

Sie beugte sich vor, umarmte ihn und küsste ihn auf die Wange.

»Weißt du, Jack«, sagte sie dann. »Ich mache mir Sorgen.«

»Sorgen? Worüber denn?«

»Da oben stimmt was nicht«, sagte sie und schaute aus dem Autofenster zu Rachels Wohnung hoch.

»Wie meinst du das?«, fragte Jack und startete den Motor. »Was soll denn nicht stimmen?«

»Ich habe im Bad eine Armbanduhr gefunden.«

»Na und?«

»Jack, es war eine Herrenuhr.«

»Na und?«

»Und ... findest du das denn gar nicht merkwürdig? Adam ist weg, und im Badezimmer liegt eine Herrenuhr.«

»Was soll daran merkwürdig sein? Vielleicht musste sie einen Installateur wegen einer Reparatur kommen lassen, und der hat sie da vergessen.«

»Sie hätte es aber erwähnt, wenn sie einen Handwerker gerufen hätte. So etwas erzähl sie mir immer. Nein, sie trifft sich mit einem anderen Mann – sie betrügt ihren Adam, ich weiß es genau. Wie kann sie so etwas nur tun, Jack? Warum tut sie mir das an? Und sie wird dem armen Adam das Herz brechen. Von unserem kleinen Sam gar nicht zu sprechen. O Gott, Jack, was sage ich jetzt bloß Hylda? Ihr tolles Rabatt-Angebot gilt nur bis zum fünften Januar. Sie will eine Anzahlung für die Hochzeitsfeier.«

»Scheiß auf Hylda. Dann musst du sie eben noch ein bisschen länger hinhalten. Wenn Rachel sich nicht mehr ganz sicher ist, was Adam betrifft, fang du ja nicht an, sie wegen dieser Feier unter Druck zu setzen.«

»Jack«, sagte Faye leicht gekränkt, »so etwas würde ich doch nie tun.«

»Und vor allem darfst du sie nicht nach der Uhr fragen.«

»Aber das muss ich doch«, erwiderte sie scharf. »Ich bin ihre Mutter. Ich kann nicht einfach zusehen, wie sie mit

Adam alles verdirbt und ihr ganzes Leben ruiniert. Ich muss doch wohl etwas sagen dürfen.«

Jack stellte den Motor ab und nahm die Hand seiner Frau. »Faye, hör mir mal gut zu«, sagte er ernst. »Denk bitte daran, womit wir beide uns zur Zeit befassen. Wie fändest du es denn, wenn Rachel dahinter käme und sich ständig einmischen würde? Ich meine, sie würde fuchsteufelswild werden, wenn sie das erführe. Sie würde uns keine Sekunde mehr in Ruhe lassen. Und ebenso wird sie es nicht schön finden, wenn du dich in ihre Beziehung zu Adam einmischst. Lass es sein, Faye. Ihr Liebesleben ist allein ihre Sache. Wir haben kein Recht, uns da einzumischen.«

15

Rachel legte ihre Notizen weg und räusperte sich.

»Also«, sagte sie und nahm noch einen Bissen Marmeladetoast. »Ist Ihnen schon mal aufgefallen, dass es bestimmte Sätze gibt, die man nie von einem Mann hört, und andere Sätze, die man nie von einer Frau hören würde? Ich meine, wer hat schon mal von einem Typen gehört, der zu seiner Freundin sagt: ›Wir müssen mal über unsere Beziehung sprechen‹, oder von einer Frau, die ihren nackten Lover anschaut und dabei murmelt: ›Gott, hast du einen schönen Hodensack‹?«

Sie biss wieder in ihren Toast.

»Ja, das geht«, sagte sie zufrieden. Sie lehnte sich auf dem Stuhl zurück, verschränkte die Arme und lächelte.

Rachel kam mit ihrer neuen Comedy-Nummer großartig voran – sie meinte, das lag vermutlich daran, dass es eine willkommene Ablenkung von dem Adam-Matt-Problem darstellte. Sie konnte es kaum fassen, wie die Ideen nur so sprudelten. Gestern Abend hatte sie schon einen ersten Entwurf ausgedruckt. Sie wusste, sie musste noch ein bisschen daran feilen, aber sie war beruhigt, dass die Basis für ihren

Fünf-Minuten-Auftritt bei dem Wettbewerb stand. Bis jetzt hatte sie nicht daran zu denken gewagt, doch allmählich – vor allem, nachdem Lenny neulich zu ihr gesagt hatte, sie sei die Bekannteste der Unbekannten in der Szene – wurde ihr klar, dass ihre Chancen vielleicht tatsächlich ganz gut standen.

Sie faltete ihre Notizen zusammen und steckte sie in ihre Handtasche, die auf dem Küchentisch stand. Dann sah sie auf die Uhr. Es war schon nach halb neun. Sie hatte nur noch eine knappe halbe Stunde, bis sie bei Xantia sein musste. Wegen ihres verrenkten Knöchels hatte sie zwei Tage lang nicht arbeiten können – zu Xantias großem Missfallen –, und deshalb wollte sie heute auf keinen Fall zu spät kommen.

Erst als sie vom Tisch aufstand, merkte sie, dass sie barfuß war. Der Knöchel tat schon fast nicht mehr weh, aber er war noch immer grün und blau und geschwollen. Gestern Abend hatte sie feststellen müssen, dass sie mit diesem Fuß unmöglich in ihre Turnschuhe passte, also hatte sie in ihrer Panik Shelley angerufen, die ihr vielleicht irgendwelche weiten Stiefel oder Slipper leihen konnte. Konnte sie aber nicht. Das Einzige, was sie fand, war ein Paar farbenfroher, fast kniehoher tibetischer Hüttenschuhe aus Jakwolle mit extra angestrickten Zehen und Bommeln an den Fesseln. Ihre Mutter hatte sie ihr mal zu Weihnachten geschenkt – so ungefähr 1983 –, und sie hatte sie noch nie getragen. So lächerlich sie auch aussahen, sie waren warm, weit und bequem und hatten eine griffige Gummisohle – perfekt.

Rachel lief ins Schlafzimmer, nahm einen dieser Hüttenschuhe vom Bett und zog ihn an. Dann betrachtete sie sich in dem großen Spiegel. Dieser knallbunte Hüttenschuh zusammen mit ihrer Combat-Hose gab einen unbeschreiblichen Effekt. Sie rang mit sich, ob sie den anderen auch noch anziehen sollte oder lieber einen normalen Schuh, aber damit hätte sie sicher noch absurder ausgesehen.

Sie ging wieder in die Küche und holte ihre Tasche und die Schlüssel. Dann schob sie sich noch eine kalte Scheibe Toast mit Marmelade in den Mund und ging.

»Hallo, ich bin's nur!«, rief Rachel, als sie sich selbst die Marx'sche Haustür aufschloss. Weil sie keine Antwort erhielt, nahm sie an, Otto und Xantia seien schon aus dem Haus.

Sie fing in der Küche an, wischte die Oberflächen ab und räumte die Spülmaschine aus. Dann ging sie hinauf auf die erste Piazza, um das Bett frisch zu beziehen und das Bad zu putzen. Als sie damit fertig war, brachte sie den Staubsauger, Lappen und so weiter ganz nach oben und putzte sich durch das ganze Haus bis unten. Nach einer guten Stunde hatte sie im gesamten Haus Staub gewischt und gesaugt. Sie hatte kein Eckchen ausgelassen. Schließlich ging sie wieder in die Küche, um einen Eimer frisches Wasser zu holen. Nachdem sie die Böden gesaugt hatte, musste sie sie noch wischen. Sie stand am Spülbecken und ließ Politur in den Eimer laufen, als sie plötzlich hinter sich jemanden wahrnahm. Sie fuhr herum.

»Xantia«, rief Rachel aus und griff sich mit der freien Hand an die Brust. »Gott, haben Sie mich vielleicht erschreckt.« Sie stellte die Flasche Putzmittel beiseite und drehte das heiße Wasser ab.

»Ach ja?«, sagte Xantia mit unbeeindrucktem Lächeln. »Tut mir Leid.«

»Entschuldigen Sie«, sagte Rachel, immer noch atemlos vor Schreck, »aber ich bin ein bisschen verwirrt. Ich habe gerade das ganze Haus von oben bis unten geputzt und Sie nirgendwo gesehen. Otto auch nicht. Und Sie haben auch nicht geantwortet, als ich beim Reinkommen Hallo gerufen habe. Ich verstehe das nicht. Wo genau kommen Sie gerade her?«

Xantia räusperte sich, ein wenig nervös, wie Rachel fand.

»Aber Schätzchen«, sagte sie mit großer Geste und strich einen ungehorsamen Dreadlock-Strang unter ihren Schleier, »Otto und ich waren auf der Arbeits-Piazza, wir arbeiten. Sie haben uns doch bestimmt dort gesehen?«

»Aber ich habe doch gerade erst im Arbeitszimmer Staub gewischt und gesaugt«, protestierte Rachel. »Und Sie waren nicht da, keiner von Ihnen beiden.«

»Ich versichere Ihnen, wir waren da«, erwiderte Xantia gereizt. »Der Arzt hat Ihnen wohl starke Schmerzmittel für Ihren Knöchel verschrieben. Also, ich komme davon auch immer ganz durcheinander.«

»Ich nehme aber gar keine Medikamente.«

»Na, dann weiß ich auch nicht«, sagte Xantia ungeduldig. »Wir waren jedenfalls da oben.«

Rachel zuckte mit den Schultern und schüttelte den Kopf. Es hatte keinen Sinn, sich darüber zu streiten. Aber sie war absolut sicher, dass weder Xantia noch Otto dort gewesen waren, als sie den Arbeitsbereich geputzt hatte.

»Und, was macht der Knöchel?«, fragte Xantia mit einer Stimme, die von falschem Mitleid triefte. »Tut es noch weh?«

»Nein, es tut nicht mehr weh. Aber er ist immer noch ein bisschen angeschwo–«

»Wunderbar, ich hätte da nämlich eine Bitte an Sie. Otto und ich geben am Mittwoch, dem Achtzehnten, unseren alljährlichen Vorweihnachtsbrunch, und ich hatte gehofft, Sie würden uns zur Verfügung stehen, sich um die Mäntel kümmern, Drinks und Knabbereien herumreichen und so weiter.«

»Gern«, sagte Rachel. »Das heißt, wenn ich einen Babysitter finde, denn dann hat Sam schon Weihnachtsferien. Aber das dürfte kein Problem sein.«

»Wunderbar.« Xantia wandte sich zum Gehen und drehte sich dann noch einmal um. »Übrigens«, sagte sie, »nehmen Sie auch an diesem Comedy-Wettbewerb teil?«

»Ja«, antwortete Rachel überrascht. »Ich bin dabei. Woher wissen Sie davon?«

»Ich habe neulich mit meiner Nichte telefoniert – nun ja, eigentlich ist sie Ottos Nichte –, und sie hat mir erzählt, dass sie teilnehmen will. Sie sind Vanessa doch sicher schon mal begegnet? Sie tritt schon ewig in London auf.«

Rachel dachte scharf nach. Vanessa. Nein, der Name sagte ihr nichts, und das war seltsam, denn sie war ziemlich sicher, alle Londoner Komiker zu kennen, die bei dem Wettbewerb mitmachen wollten.

»Nein«, sagte sie. »Ich glaube nicht.«

»Sie sollten wirklich mal die Augen nach ihr offen halten. Eine außerordentlich talentierte junge Frau. Sie hat mir erzählt, dass nach ihrem Vorsprechen bei Channel 6 die Jury doch tatsächlich aufgestanden ist und ihr applaudiert hat. Unter uns gesagt, ich denke, sie hat schon so gut wie gewonnen.«

»Tatsächlich?«, fragte Rachel, der es nicht gelingen wollte, den eisigen Unterton aus ihrer Stimme herauszuhalten.

»O ja. Otto und ich haben sie am Samstagabend im Comedy Café gesehen, und sie war die Einzige dort, bei der man so etwas wie Starqualitäten erkennen konnte. Ich meine, Sie sind bestimmt auch ganz gut, aber Vanessa ist eben einfach ein Naturtalent. Ihre Eltern haben nicht viel Geld, deshalb haben wir sie ein wenig unterstützt, während sie hart daran gearbeitet hat, sich einen Namen zu machen. Aber sie ist so unglaublich begabt, sie hätte es bestimmt auch ohne unsere Hilfe geschafft.«

Sie hielt inne und schüttelte den Kopf. »Ich kann mir gar nicht vorstellen, dass Sie ihr noch nicht begegnet sind.«

»Nein, ich auch nicht«, sagte Rachel mit gezwungenem Lächeln.

Während sie noch dastand und diese Vanessa, obwohl sie sie noch nie gesehen hatte, jetzt schon hasste, starrte Xantia wie gebannt auf Rachels Füße. Anscheinend hatte sie jetzt erst die Fußbekleidung bemerkt.

»Hm, interessant, was Sie da anhaben«, kicherte sie boshaft. »Ich wusste ja gar nicht, dass der Hüttenschuh in den Vorstädten sein Comeback gefeiert hat.«

Als Rachel gerade erwog, Xantia mit einer ihrer Dreadlocks zu erwürgen, erschien Otto. Er trug einen lavendelfarbenen Seidenkimono über einer ausgebeulten weißen Hose und passendem T-Shirt.

»Weißt du, Liebes«, sagte er und öffnete einen der Küchenschränke, »du solltest nicht so herablassend von Hüttenschuhen sprechen.«

»Nein?«, fragte Xantia, runzelte die Stirn und legte kokett den Kopf schief.

»Ganz und gar nicht.« Er holte eine Packung Kinder-Pinguis aus dem Schrank und riss sie auf. »Weil«, fuhr er fort und biss ein halbes Pingui ab, »du damit zum Ausdruck bringst, wie wenig du es zu schätzen weißt, dass es etwas furios Furchtloses und Mutiges an sich hat, wie Rachel sich über gegenwärtige Stiltrends hinwegsetzt, um stattdessen diese obsoleten, lächerlich absurden Flohmarktstücke zu tragen.«

Er hielt inne, um sich das restliche Pingui in den Mund zu schieben.

»Darüber hinaus möchte ich meinen«, fuhr er fort, »dass diese Zurschaustellung auf irrationale, ikonoklastische Weise beinahe neodadaistische Züge trägt. Außerdem lassen diese grellen Farbkontraste, die hier bei den Zehen eingesetzt wurden, kaum Zweifel daran zu, dass Rachel in ihrem Bemühen, eine neue künstlerische Ausdrucksform zu finden, unter den starken Einfluss sowohl des Fauvismus als auch der *Art Informel* geraten ist.«

Er war mit dem Pingui fertig und wickelte sich einen zweiten aus, während Xantia nachdenklich Rachels absurde Socken betrachtete.

»Weißt du, Otto«, sagte sie schließlich, »ich glaube, du hast Recht. Und ich denke, ich könnte auch nicht ganz falsch liegen, wenn ich darin noch eine subtile Hommage an die *Art Brut* zu entdecken meine?«

Rachel kannte diesen Fachbegriff noch aus dem Kunstunterricht. Er bezog sich auf Kunstwerke von Verbrechern oder Geisteskranken. Doch weil sie die Marx'sche Schaumschlägerei und Dummheit so überaus amüsant fand, war sie nur ein klein wenig gekränkt.

»Sehr gut möglich«, sagte er mit ernsthaftem Nicken. »Seeehr gut möglich.«

»Also, was meinst du, sollten wir Rachel bitten, die Hüttenschuhe bei der Party zu tragen? Oder, noch besser, wir stecken alle Kellner und Kellnerinnen in so etwas. Leute wie Charles Saatchi und Damien Hurst würden das bestimmt *ganz* apart finden.«

»Superb«, erklärte er und machte sich über das dritte Pingui her. »Wir könnten sogar noch einen Schritt weiter gehen und allen Gästen ein Paar Hüttenschuhe als Weihnachtsgeschenk überreichen.«

»Das ist göttlich«, verkündete Xantia. »Schlichtweg göttlich. Otto du bist ein Genie … meinen Sie nicht auch, Rachel?«

»Oh, unbedingt«, sagte Rachel, die sich mühsam das Lachen verkniff. »Auf jeden Fall.«

Otto und Xantia verschwanden im Flur und debattierten bereits darüber, wie sie noch rechtzeitig zweihundert Paar knallbunte Hüttenschuhe gestrickt bekommen könnten. Bald darauf hörte Rachel den Fahrer klingeln, und die Haustür schlug zu.

Sie beschloss, sich erst einmal Tee zu machen. Während sie darauf wartete, dass das Wasser kochte, musste sie über das schiere Ausmaß der Affektiertheit von Xantia und Otto lächeln. Doch gleich darauf wich ihr Lächeln einem verwirrten Stirnrunzeln, als sie sich noch einmal das Arbeitszimmer der beiden putzen sah. Sie waren *nicht* dort gewesen. Ganz sicher nicht. Daran bestand nicht der geringste Zweifel. Allmählich machte es ihr richtig zu schaffen, wie die beiden sich einfach in Luft auflösten. Wohin, zum Kuckuck, verschwanden sie ständig? Und warum?

Wie üblich war sie um kurz nach eins mit der Arbeit fertig. Sie wollte jedoch nicht nach Hause gehen, sondern sich mit Lenny treffen. Er hatte von Chris, der im Bathmat die Künstler buchte, von ihrem verrenkten Knöchel gehört und sie angerufen, um zu fragen, wie es ihr ging. Sie hatten sich unterhalten und dabei festgestellt, dass sie sich bis zum Wettbewerb nicht mehr sehen würden, weil keiner von beiden bis dahin noch einen Auftritt hatte.

»Hör mal«, hatte Lenny gesagt, »morgen Mittag habe ich frei. Darf ich dich irgendwo auf einen Imbiss und ein Bier einladen?«

Sie verabredeten sich im Red House bei Rachel um die Ecke. Auf diese Weise musste sie ihrem Knöchel keine langen Wege zumuten. »Es ist ganz leicht zu finden«, versicherte sie Lenny. »Es liegt direkt neben dem großen Copyshop.«

Das Pub war ziemlich voll. Männer in Anzügen saßen allein vor ihrem Bier und einem Teller hausgemachtem Pad Thai, Girlie-Grüppchen nippten an Weinschorle, und ein paar alte Knacker lasen das Neueste von den Pferderennen und hielten sich bis in den Nachmittag hinein an einem einzigen Guinness fest. Lenny war nirgends zu entdecken. Rachel sah auf die Uhr. Obwohl sie noch schnell nach Hause gegangen war, um die tibetischen Hüttenschuhe gegen ein Paar sommerlicher Sandalen zu tauschen, war sie ein paar Minuten zu früh dran. Sie beschloss, sich schon mal was zu trinken zu holen. Da es schon fast halb zwei und die Mittagspause bald vorüber war, herrschte kein so großes Gedränge mehr, und an der Bar war kaum etwas los. Die beiden Kellnerinnen räumten leere Teller ab, und Terry unterhielt sich mit einem Gast, während er Gläser polierte.

»He, Tel«, sagte der Gast, der an der Bar saß, mit einem breiten Liverpool-Akzent, der Rachel seltsam bekannt vorkam. »Hast du schon von diesen neuen Viagra-Augentropfen gehört? Bringen im Bett überhaupt nichts, aber damit sieht man richtig scharf.«

Terry gluckste. »Nicht schlecht«, sagte er und hängte ein paar Weingläser in das Gestell über seinem Kopf.

Rachel hielt einen Augenblick inne und betrachtete den Gast, sein blaues Samtjackett und den wüsten Haarschopf, der aussah, als niste eine Großfamilie Stare darin.

»O nein«, murmelte sie. »Nicht der schon wieder.«

Es war Trecker, der nervtötende, aber amüsante, Lederhosen tragende Blödmann, der sie angemacht hatte, als sie neulich Abend noch Orangensaft für Sam geholt hatte. Genau wie an jenem Abend hatte er eine *Sun* vor sich liegen.

»Hier steht«, sagte er und leerte sein Bierglas, »dass irgend so ein Forscher am Nordpol erfroren ist. Stell dir das mal vor, ich meine, wenn man erfriert und dann in die Hölle kommt, gäbe es da nicht unterwegs eine bestimmte Stelle, die man genau richtig findet?«

Sie lächelte wider Willen und schüttelte zugleich den Kopf. Wenn sie jetzt an die Bar ging, würde er sie vermutlich erkennen und sich wieder an sie ranmachen. Sie beschloss, lieber an einem Tisch in einer Ecke Platz zu nehmen und dort auf Lenny zu warten. Er könnte ihnen etwas zu trinken holen und ihr die Peinlichkeit weiterer Anmache von Trecker ersparen. Doch der einzige freie Tisch befand sich direkt vor dem Tresen. Widerstrebend setzte sie sich, mit dem Rücken zur Bar. Dann holte sie ihre Comedy-Notizen aus der Tasche und wollte sie noch einmal durchgehen, doch sie konnte sich nicht konzentrieren. Die Unterhaltung zwischen Terry und Trecker riss sie immer wieder aus ihren Gedanken.

»Und«, fragte Terry gerade, »schon irgendein Job in Sicht?«

»Nee. Weißt du, die meisten Arbeitgeber wollen, dass du einen schriftlichen Mathe- und Englischtest machst. Da falle ich halt immer durch, weil ich doch Legastheniker bin. Aber jetzt habe ich eine Anzeige gesehen, dass das Schwimmbad um die Ecke Rettungsschwimmer sucht. Da könnt ich es ja mal probieren.«

Terry lachte wieder. »Tu mir einen Gefallen, Trecker. Du hast die Statur eines Wippets mit Wachstumsstörungen. Außerdem hast du mir schon vor Ewigkeiten mal erzählt, dass du nicht schwimmen kannst. Ich könnte mich täuschen, aber ich dachte immer, das wäre eine der Mindestanforderungen an einen Rettungsschwimmer.«

»Ja, ich weiß, aber Mann, was da für schöne Weiber rumlaufen!«

»Stimmt«, entgegnete Terry immer noch lachend, »und wenn eine von denen am tiefen Ende des Beckens absäuft, wird sie sich bestimmt liebend gern von dir Mund-zu-Mund beatmen lassen, nachdem du heldenhaft mit deinem Flipper-Schwimmreifen hineingehüpft bist, um sie zu retten.«

»Schon gut«, sagte Trecker niedergeschlagen. »Ich hab's kapiert.« Er feuchtete den Finger an und blätterte seine Zeitung um. »Schau mal«, sagte er und deutete auf ein Foto, »da ist diese Schauspielerin – du weißt schon, die mit den Riesenmelonen, die keine Türklingel erreichen kann, ohne vorher einen Schritt zurück zu machen. Himmel, wie heißt die noch gleich? Na ja, jedenfalls hat sie Zwillinge bekommen. Mädchen.«

Er drehte die Zeitung herum und zeigte Terry das Bild. »Schau.«

Terry, der vier Teenager hatte, verzog nur das Gesicht.

»Weißt du«, sagte Trecker sehnsuchtsvoll, »ich hätte auch gern ein Baby.«

»Was, fängt deine biologische Uhr schon an zu ticken?«, gluckste Terry.

»Du weißt, was ich meine. Ich möchte irgendwann gern ein Papa sein, verstehst du – wenn ich mich endlich häuslich niedergelassen habe. Ich schätze, Kinder bringen richtig Sonnenschein ins Haus.«

»Ja, weil sie nie das verdammte Licht ausschalten.« Terry legte eine Pause ein. »Du hast also keine anderen Pläne, was Arbeit angeht?«

»Nein«, antwortete Trecker. »Ist eh nicht so wichtig, weil

ich jetzt jeden Tag mit einer Nachricht von Kelloggs rechne. Ich sage dir, Kumpel, wenn ich die Kelloggs-Kohle erst mal habe – dann geht's ab!«

»Was denn für Kelloggs-Kohle?«

»Hab ich dir das nicht erzählt?«

»Nein, ich glaube nicht.«

»Das bleibt aber unter uns, klar?«, sagte Trecker und senkte die Stimme, aber er war immer noch laut genug, dass Rachel jedes Wort verstand. »Es ist so, ich habe diese neuen Frühstückspops erfunden. Na ja, nicht die Pops selber, nicht die Zutaten – mehr die Form der Stückchen. Nach römischen Motiven.«

»Römisch«, wiederholte Terry.

»Ja. Also, ich habe einen ganzen Haufen von diesen so genannten Cerealien genommen und selber geformt, zu Streitwägen, Gladiatoren, Sklaven, Löwen und Kaiser Nero, mit dem Daumen nach unten. Dann habe ich die Skizzen an den Geschäftsführer von Kelloggs geschickt und ihm die Idee angeboten. Ich bin ganz sicher, dass er mein Angebot annehmen wird. Es kommt noch besser, Terry, mein Alter – ich habe mir auch einen sensationellen Markennamen einfallen lassen. Pass auf – der gefällt dir bestimmt. *Imperial Cereal.*«

»Imperial Cereal. Ja«, sagte Terry todernst. »Ja, ich finde, das hat was.«

»Worauf du einen lassen kannst«, erwiderte Trecker begeistert. »Aber das bleibt unter uns, klar? Du darfst keinem ein Sterbenswörtchen verraten. Keinem. Diese Idee könnte Millionen wert sein, Mann. Millionen.«

»Nur keine Sorge«, sagte Terry ihm zuliebe. »Meine Lippen sind versiegelt.«

Rachel legte ihr Manuskript auf den Tisch und runzelte

die Stirn. Irgendetwas an Treckers Frühstückserfindung kam ihr bekannt vor. Sie erinnerte sich vage, dass ihr jemand von einem Freund erzählt hatte, der so etwas Ähnliches erfunden hatte, aber sie konnte sich beim besten Willen nicht daran erinnern, von wem sie das gehört hatte.

In diesem Moment stand eine besonders hübsche Frau Mitte zwanzig mit einem Stretchtop und ohne BH von ihrem Tisch mit gleichaltrigen Frauen auf und ging auf die Bar zu. Rachel drehte sich langsam um, denn sie konnte einfach nicht widerstehen – sie wollte etwas von dem mitbekommen, was jetzt unweigerlich geschehen musste.

Sie sah zu, wie Trecker die Frau von oben bis unten musterte, die *Clitorati* aus der Hosentasche zog und das Buch neben sich auf den Tresen legte. Als sie das Buch nicht von selbst bemerkte, tippte er mit dem Finger darauf.

»Tolles Buch«, sagte er und zog an seiner Zigarette. »Meiner Meinung nach ist das wirklich eine tiefsinnige und provokante historische Analyse des Geschlechterkampfs vom achtzehnten Jahrhundert bis –«

»Tatsächlich?«, unterbrach sie ihn. »Ich bin beeindruckt. Aber wenn Sie sich den Klappentext noch einmal genau ansehen, werden Sie feststellen, dass da ›scharfsinnige historische Analyse‹ steht – nicht ›tiefsinnig‹.«

»Oh«, sagte er und zwinkerte ihr zu. »Sie haben ihn also auch auswendig gelernt, was?«

»Nein, ich habe ihn geschrieben.« Sie drehte das Buch um. »Sehen Sie, hier, am Ende dieses Zitats steht Rosie Lloyd, *New Society*. Tja, das bin ich. Ich bin Rosie Lloyd.«

Sie wandte sich an Terry und bestellte ein Bier, während Trecker, der nicht im Mindesten peinlich berührt oder verunsichert wirkte, nun versuchte, sie zu einem Essen beim Inder zu bewegen.

»Sie sind eingeladen«, rief er hinter ihr her, als sie zu ihrem Tisch zurückging. »Sie können auch eine Vorspeise und so haben.«

Rachel kicherte leise in sich hinein, als ihr jemand auf die Schulter tippte. Sie erschrak und fuhr herum, um sich einer strahlenden Pitsy gegenüberzusehen. Rachel stöhnte innerlich. Soweit sie wusste, wohnte Pitsy in Clapham. Was sie wohl hier wollte?

»Rachel, hi. Was machst du denn hier?«

»Ich wohne gleich um die Ecke. Ich bin mit Lenny zum Mittagessen verabredet. Und du?«

Pitsy rückte sich einen Stuhl zurecht und nahm Platz. Sie nippte an ihrem Guinness und erklärte, sie besuche eine Freundin hier in der Gegend.

»Ach, Rachel, ich habe das mit deinem Knöchel gehört. Tut mir ja so Leid.«

»Danke.«

»Muss scheußlich wehtun.«

»Ja, hat es. Aber jetzt ist es schon viel besser.«

»Und, wie kommst du mit dem Schreiben voran?«

»Ach, nicht schlecht«, sagte Rachel und rang sich ein Lächeln ab. »Wird schon. Du weißt ja, wie das ist.« Sie faltete ihre Notizen zusammen, schob sie in ihre Tasche und verstaute die Tasche unter dem Tisch.

»Na ja, ich habe es neulich ganz ernst gemeint. Wenn ich dir irgendwie helfen kann ...«

Rachel hätte Pitsy am liebsten gefragt, wo sie die kaltschnäuzige Unverschämtheit hernahm, ihre Hilfe anzubieten, obwohl sie offenbar selbst gutes Material so verzweifelt brauchte, dass sie es von Noeleen Piccolo klauen musste. Doch sie sagte nichts. Das hätte nur eine Szene gegeben.

»Wie kommst *du* denn mit dem Schreiben voran, Janeece?«, erkundigte sich Rachel durch zusammengebissene Zähne.

»Ach, du weißt ja, wie das ist, wenn man sein gesamtes Material grundsätzlich selbst schreibt«, entgegnete Pitsy mit einem Schulterzucken; dabei vergaß sie offenbar das Guinness in ihrer Hand, das sich fast vollständig über Rachel ergoss.

Rachel sprang erschrocken auf. Ihr T-Shirt war klatschnass.

»O nein, sieh dir das nur an«, rief sie, zog das T-Shirt von ihrem BH und schüttelte es aus. »Ich bin total durchweicht.«

»Rachel, das tut mir wirklich schrecklich –«

Doch Rachel hörte sie nicht mehr. Sie war schon im Eiltempo unterwegs zur Toilette.

Unter dumpfen Flüchen über Pitsy, die nicht nur ungeschickt und dumm, sondern auch noch verlogen war, bearbeitete Rachel mit Papierhandtüchern ihr T-Shirt. Es hatte nun ein großen, braunen Fleck, den sie nur wegbekommen würde, wenn sie das T-Shirt in Bleiche einweichte, sobald sie nach Hause kam. Im Moment konnte sie nur versuchen, es zu trocknen. Die nächsten zehn Minuten verbrachte sie damit, Bauch und Busen unter den Heißlufttrockner zu halten. Wenn Lenny inzwischen kam, würde Pitsy ihm schon erklären, was passiert war.

Als Rachel zurückkehrte, sah sie Pitsy an der Bar ihren Mantel anziehen.

»Hi, Lizzie«, rief sie einer Frau zu, die auf sie zukam. Offensichtlich war dies die Freundin, auf die sie gewartet hatte. Rachel beobachtete, wie sie sich zur Begrüßung umarmten. Dann nahm Pitsy ihre Freundin beim Arm und führte sie, ziemlich flott, wie Rachel fand, zur Tür.

»Sie hätte wenigstens warten können, bis ich wiederkomme, bevor sie abzieht«, sagte sie zu sich selbst. »Und sie hat meine Handtasche einfach unbewacht auf dem Boden stehen lassen.«

Rachel war zu sehr damit beschäftigt, schleunigst ihre Handtasche an sich zu nehmen, als dass sie die Tüte bemerkt hätte, die Pitsy nun bei sich hatte. Sie trug das Logo des Copyshops nebenan.

Pitsy war kaum fort, da erschien Lenny.

»Gott, tut mir Leid, dass ich so spät komme. Ich war in einem Seismologen-Chatroom und habe gar nicht auf die Zeit geachtet. Dann war auch noch furchtbar viel Verkehr. Wusstest du, dass man in der Tschechischen Republik kürzlich einige sehr interessante neue Tektiten entdeckt hat? Ach, übrigens, du wirst nie erraten, wen ich gerade draußen auf der Straße gesehen habe.«

»Pitsy«, sagte Rachel düster. »Sie hat sich ganz schnell verabschiedet. Hat ihr Guinness über mein T-Shirt gekippt.«

»Es würde mich nicht überraschen, wenn sie das mit Absicht gemacht hätte«, erklärte Lenny.

»Nein«, erwiderte Rachel. »Sie ist einfach in jeder Hinsicht dämlich, weiter nichts. Bevor ich es vergesse – sagt dir der Name Vanessa Marx irgendwas? Sie soll eine wahnsinnig heiße neue Komikerin sein, aber ich habe noch nie von ihr gehört.«

Lenny schüttelte den Kopf. »Ich auch nicht.«

»Bist du sicher?«

»Ganz sicher. Warum?«

Rachel erklärte die Sache mit Xantias Nichte.

»Ach, Rachel, du weißt doch, wie die Leute übertreiben, besonders Verwandte. Wahrscheinlich ist sie bloß eine billige Animateurin im Butlins oder so was.«

»Aber Xantia hat doch gesagt, dass sie bei dem Wettbewerb mitmacht.«

»Kann ja sein. Aber wenn wir zwei noch nie von ihr gehört haben, brauchst du dir ihretwegen keine Sorgen zu machen.«

»Ich mache mir auch keine Sorgen. Ich mag es nur nicht, wenn ich nicht weiß, gegen wen ich antreten muss.«

»Verstehe ich«, sagte er freundlich. »Aber du musst mir glauben, wenn ich dir sage, dass niemand eine bessere Chance hat, wenigstens unter die besten fünf zu kommen, als du. Und wer es bis dahin schafft, der hat es geschafft, so oder so.«

»Ach, hör schon auf«, sagte sie und wurde vor Verlegenheit ganz rot.

»Wenn du nur nicht so schrecklich bescheiden wärst. Du weißt doch, dass ich Recht habe, oder?«

Sie zuckte mit den Schultern. »Kann sein.«

»So ist es besser«, sagte er lächelnd. »Also, was möchtest du trinken?«

Joe brachte Sam um kurz nach acht zurück.

»Mama, Mama, du hast mir gefehlt!«, quietschte er, warf sich auf sie und hätte sie beinahe umgerannt.

»Holla«, rief Rachel, drückte ihn an sich und kämpfte mit dem Gleichgewicht. »Pass auf meinen Knöchel auf. Setzen wir uns lieber hin. War er brav?«, fragte sie Joe und setzte sich mit Sam aufs Sofa. Der war vollkommen glücklich, auf ihrem Schoß sitzen zu dürfen, während sie ihn küsste und in den Armen wiegte wie ein Kleinkind.

»Tadellos«, antwortete Joe. »Bis auf diesen Barbra-Kram.«

»Und, hast du schon von ihr gehört?«, fragte Rachel lächelnd Sam und strich ihm den Pony aus den Augen.

»Nein, noch nicht. Aber sie schreibt bestimmt. Das weiß ich genau.«

Rachel schüttelte gutmütig den Kopf.

»Und noch was, Mama, da kommst du nie drauf. Ich durfte Gregs Lötlampe benutzen.«

»Seine Lötlampe!«, rief Rachel aus. »Na, hoffentlich hast du dabei auch eine Schutzbrille getragen. Was habt ihr denn damit gemacht? Alte Farbe entfernt?«

»Quatsch«, sagte Sam und sah sie an, als sei sie schwer von Begriff. »Wir haben Crème Brûlée gemacht.«

16

Rachel und Shelley schleppten sich die Straße entlang und lachten sich halb tot. In ihrem Bemühen um weihnachtliche Stimmung hatten die Besitzer des koreanischen Mini-Marktes an der Ecke ihr Schaufenster mit einem metergroßen Weihnachtsmann dekoriert – er war ans Kreuz genagelt.

Sie waren auf dem Weg zum Postamt, um Shelleys neuen Vibrator abzuholen. Sie hatte ihren letzten kaputtgemacht, als sie eine Spinne damit erlegen wollte, die über den Teppich zum Bett gekrochen war, in dem Shelley gerade lag. Da sie einmal in einer Natur-Doku gesehen hatte, dass Spinnen vor lauten Geräuschen flohen, hatte sie sich den Vibrator aus ihrem Nachtkästchen geschnappt. Doch in ihrer Panik hatte sie ganz vergessen, dass sie das Ding eigentlich hatte einschalten wollen, sondern es einfach nach der Spinne geworfen. Technisch gesehen war ihr Wurf ein Volltreffer gewesen, doch der Vibrator hatte ihn nicht überlebt.

Im Internet hatte sie dann den »Vibromax Turbo 2000« entdeckt, der in Des Moines hergestellt wurde und schon dreimal zum Vibrator des Jahres gekürt worden war.

Nach den Dreharbeiten für die Bindenwerbung war sie um ein Uhr nach Hause gekommen. Eine defekte Kamera hatte Anfang der Woche die Aufnahmen unmöglich gemacht, so dass Darsteller und Crew gezwungen waren, am Samstag zu arbeiten. Doch um zwölf hatte der Regisseur Erbarmen und schickte sie alle nach Hause. Als Shelley die Tür aufschloss, fand sie eine Karte von der Post, die ihr mitteilte, dass der Postbote an diesem Vormittag vergeblich versucht habe, ein Päckchen zuzustellen. Sie könne es auf dem Postamt abholen.

Überglücklich, dass ihr Vibromax endlich gekommen war – durch die Schwangerschaft waren ihre Hormone etwas durcheinander, und sie war ständig schrecklich scharf, so dass sie es kaum erwarten konnte, das Ding endlich auszuprobieren –, war sie nach oben zu Rachel gerannt und hatte sie gebeten, mitzukommen.

»Ich brauche moralische Unterstützung«, sagte sie.

»Warum, um Himmels willen, brauchst du moralische Unterstützung?«

»Na ja, vielleicht ist er nicht gerade unauffällig verpackt. Stell dir mal vor, du stehst am Schalter und bekommst ein Paket mit der Aufschrift *Al's Vibrator Paradise* ausgehändigt? Ich glaube, ich würde im Boden versinken. Wenn du dabei bist, können wir so tun, als wäre er eine Requisite für ein Theaterstück.«

Rachel hatte zwar eingewendet, dass sie bis zum Wettbewerb nur noch eine Woche Zeit hatte und bis über beide Ohren damit beschäftigt war, an ihrem Stoff zu feilen, doch Shelley hatte noch einen Cappuccino und Schokoladenkuchen bei Starbucks draufgelegt, also hatte sie nachgegeben.

Nun waren sie schon fast am Postamt.

»Und, wirst du Matt sagen, was du für ihn empfindest?«

Rachel blieb kurz stehen und raschelte mit einem Fuß durch einen Haufen welker brauner Blätter.

»Ja. Ich kann nur hoffen, dass es ihm genauso geht.«

Shelley zog die Brauen hoch.

»Okay, ich weiß, dass er auf mich steht, aber das heißt noch lange nicht, dass er in mich verliebt ist. Was, wenn er nur auf eine unverbindliche Affäre aus ist?«

»Das ist schon möglich, aber nach allem, was du mir von ihm erzählt hast, bezweifle ich das. Also, du hast dich endlich durchgerungen, mit Adam Schluss zu machen, ja?«

Rachel nickte. »Das muss ich – selbst wenn es mit Matt nichts wird. Zwischen uns stimmt es schon lange nicht mehr. Wenn ich ehrlich bin, hat es wahrscheinlich nie so ganz gepasst. Die Sache mit Matt hat mich nur dazu gebracht, mir das endlich einzugestehen.«

Shelley nahm Rachels behandschuhte Hand und drückte sie.

»Also dann«, sagte sie. »Da sind wir.«

Der Kerl am Abholschalter blickte auf die Karte hinab, die Shelley ihm gegeben hatte.

»Oh«, sagte er, schüttelte den Kopf und zupfte sich mit schmutzigen Fingernägeln ein rotes Barthaar aus. »Könnte schwierig werden, das zu finden. Sie sehen ja, was wir hier für ein Chaos haben.«

Allerdings sahen sie das. Offensichtlich war tags zuvor ein Wasserrohr geplatzt, und der Bereich hinter dem Schalter, wo die Pakete lagerten, war überschwemmt worden. Es roch nach feuchter Pappe, und auf provisorischen Tapeziertischen lagen zig Haufen durchweichter, halb geöffneter Pakete – bei einigen fehlten die Adressaufkleber.

»Was soll denn in dem Paket sein?«, fragte er Shelley.

»Oh, äh … ein …« Sie räusperte sich nervös. »Wie würdest du das bezeichnen, Rachel?«

»Ein Elektrogerät«, half Rachel aus.

»Was für eins – eine Küchenmaschine oder so?«

»Eher was fürs Schlafzimmer«, erklärte Rachel.

Shelley lief rot an und stieß sie in die Rippen.

»Was – so eine Art Tischlampe vielleicht?«

»Äh … ein wenig bewegter«, erwiderte Shelley.

»Hören Sie, so kommen wir nicht weiter«, sagte der Postbeamte. »Sagen Sie mir, was es ist, und ich werde mich bemühen, es zu finden.«

In diesem Moment entdeckte Rachel ein längliches Päckchen, auf dem sie gerade noch ihren Straßennamen entziffern konnte.

»Oh, sehen Sie«, sagte sie. »Das ist es – das da drüben.«

Der Mann holte es.

»Es sieht doch ein bisschen zu groß aus«, flüsterte Rachel, »für einen … du weißt schon.«

»Das ist bestimmt bloß die Verpackung«, erwiderte Shelley.

»Hm«, sagte der Rotbart langsam und legte das Päckchen auf den Tresen, »die Straße stimmt schon mal, aber die Hausnummer ist unleserlich. Wir sollten es doch lieber aufmachen, ob es auch wirklich das richtige ist.«

»O nein!«, schrie Shelley auf und wurde noch röter. »Das ist wirklich nicht nötig. Ich bin sicher, dass das mein Päckchen ist.«

Doch der Mann bestand darauf. Offenbar war das unter diesen Umständen Vorschrift.

Während Shelley immer röter wurde, öffnete er vorsichtig das Paket. Gleich darauf lag der Inhalt auf dem Schalter.

»Oh«, sagte er begeistert. »Das wäre was für meine Frau.

So was will sie schon lange haben. Wissen Sie, wenn ich Frühschicht habe, muss ich um fünf Uhr aufstehen. Das heißt, ich muss meistens weg, bevor ich ihr einen machen kann. Das hier würde sie richtig glücklich machen.«

Er hielt inne. »Also, ist das nun Ihr Päckchen?«, fragte er Shelley.

»O ja«, sagte sie und schluckte schwer. »Das ist es.«

Gleich darauf eilte sie zur Tür, den automatischen Teekocher unter dem Arm.

»Aber der gehört dir doch nicht – du kannst ihn nicht behalten«, keuchte Rachel, als sie sie eingeholt hatte.

»Ich weiß«, sagte Shelley. »Ich bringe ihn später zurück und behaupte, es sei ein Missverständnis gewesen.«

Shelley versuchte Rachel dazu zu überreden, wieder reinzugehen und ein Ablenkungsmanöver zu starten, indem sie eine Ohnmacht vortäuschte, damit Shelley hinter den Tresen schlüpfen und den Vibrator suchen konnte, wenn Rotbart es nicht merkte, als sie jemand von der anderen Straßenseite rufen hörten.

»Das ist Matt«, sagte Rachel und winkte lächelnd. In einer Hand trug er eine volle Supermarkt-Tüte.

»Gott, ist der schnuckelig«, quietschte Shelley, als Matt über die Straße gesprintet kam. »Den würde ich auch jederzeit an meine Waschtrommel lassen.«

»Hallo«, sagte Matt zu Rachel und beugte sich vor, um ihr ein Küsschen zu geben. Er roch köstlich nach Kälte.

»Hallo, du«, schnurrte sie und erwiderte den Kuss.

»Was macht dein Knöchel?«, erkundigte er sich.

»Der ist schon fast wieder gut.«

»Rache«, sagte Shelley, die den Blick nicht von Matt wenden konnte, »willst du uns denn nicht vorstellen?«

Rachel stellte die beiden vor.

»Hallo«, hauchte Shelley mit einer Stimme, die ein paar Oktaven tiefer war als gewöhnlich. Sie stand immer noch da und starrte ihn wie gebannt an, den Mund leicht geöffnet, und bekam allmählich glasige Augen. Schließlich musste Rachel ihr heftig auf den Fuß treten, um sie zurückzuholen.

»Ach ja. Also, ich muss dann mal weiter. Ich … äh … muss noch einen Vibrator abholen. Nett, dich kennen gelernt zu haben, Matt.« Sie lief los und hatte offenbar überhaupt nicht gemerkt, was sie da gesagt hatte.

»Das ist also Shelley«, sagte Matt, legte einen Arm um Rachel und ging mit ihr die Straße hinab.

Sie nickte.

»Deine Freundin, die alte Jungfer, die meistens Brauntöne trägt und Antiquitäten-Sendungen liebt?«

Rachel lächelte ihn verlegen an.

»Aber sie ist schwanger, trägt einen Mantel mit Zebramuster und hat überhaupt kein Problem damit, einem wildfremden Mann zu erzählen, dass sie einen Vibrator benutzt.«

»Ich weiß«, erwiderte Rachel unschuldsvoll. »Es ist ganz erstaunlich, wie sie neuerdings aus sich herausgehen kann.«

Da gerade Mittagszeit war und sie den versprochenen Cappuccino mit Schokoladenkuchen nun doch nicht bekommen würde, lud sie Matt zu sich zum Mittagessen ein.

»Gern«, sagte er. »Dann kann ich mir meine Uhr holen. Ich habe sie im Bad vergessen, als wir …« Er verstummte, nahm ihren Arm und zwang sie, stehen zu bleiben. Dann küsste er sie auf den Mund.

In ihrer Wohnung angekommen, setzte Rachel Kaffee auf.

»Und, wie kommst du mit dem Schreiben voran?«, fragte Matt aufrichtig interessiert.

Sie erzählte ihm, dass sie so gut wie fertig war und nur

noch ein bisschen an ihrem Stoff feilen und ihn dann auswendig lernen musste.

»Ich würde mir gern mal ansehen, was du geschrieben hast«, sagte er.

Sie wurde rot. »Nein, das kann ich dir unmöglich zeigen«, sagte sie.

»Ach, bitte – bitte?«

Er redete noch ein paar Minuten lang mit Engelszungen auf sie ein, bis sie schließlich nachgab und ihm den Ausdruck ihrer Nummer holte.

Als Matt ihn durchlas, brach er hier und da in Lachen aus und las ihr ein paar Absätze noch einmal vor.

»Das ist fantastisch«, sagte er, als er fertig war. »Absolut fantastisch. Ich bin so stolz auf dich.«

Sie errötete wieder.

»Komm her«, sagte er und zog sie an sich. »Ich will dich.«

Sie waren mitten in einem tiefen Kuss, als es an der Tür klingelte.

»Oh, das habe ich ganz vergessen. Das muss Sam sein, er war schwimmen.«

»Rachel«, sagte er, »wenn du noch nicht willst, dass er mich kennen lernt, dann gehe ich schnell.«

Rachels Gedanken rasten. Sam wusste nur, dass sie bald Adam heiraten würde. Wenn sie ihn jetzt glauben ließ, sie hätte einen neuen Freund, würde es nur Schwierigkeiten geben – vor allem, da sie sich über die Natur ihrer Beziehung zu Matt noch nicht ganz klar war.

»Können wir nicht so tun, als wärst du der Klempner, der die Waschmaschine repariert?«, fragte sie.

»Kein Problem.«

»He, Sam«, rief sie, als ihr Sohn an ihr vorbei in sein Zimmer flitzte. »Wirf deine nassen Sachen nicht einfach in den

Flur. Heb sie bitte wieder auf und bring sie zum Wäschekorb.«

Gehorsam trottete er zurück; der nasse Pony klebte ihm am Kopf.

»Wer ist denn da in der Küche?«, fragte er.

Sie tischte ihm ihre Notlüge auf. Er war offenbar damit zufrieden und verschwand.

Rachel beschloss, Matts Uhr zu holen, die sie in ihrer Kommode verwahrt hatte. Sie brauchte ein paar Minuten, um sie zu finden, denn die Kommode hatte drei Schubladen, und sie konnte sich nicht erinnern, in welche sie sie gesteckt hatte.

Als sie wieder in die Küche kam, saß Matt immer noch am Küchentisch, doch nun war Sam bei ihm. Sie hatten sich einander offenbar schon vorgestellt und waren nun ins Gespräch vertieft. Rachel blieb in der Tür stehen und beobachtete sie; sie wollte die beiden nicht unterbrechen. Ihr fiel auf, dass Adam in den zwei Jahren, seit er Sam kannte, sich noch nie mit ihm hingesetzt und sich unterhalten hatte.

»Wie lange interessierst du dich denn schon für die Streisand?«, fragte Matt gerade.

»Ach, ich weiß nicht – seit einem Jahr oder so. Ich kenne alle ihre Songs auswendig.«

»Wirklich? Mein Vater ist auch ein großer Streisand-Fan. Er hat stapelweise Schallplatten von ihr.«

»Ich auch, aber *Pins and Needles,* das 62er Album, das hat er bestimmt nicht. Oder *Color me Barbra,* die Originalversion von 1966.«

»Nein«, sagte Matt, »ich glaube nicht.«

»Mein Vater hat mir letzte Woche *Color Me Barbra* gekauft, in diesem Secondhand-Plattenladen in Finsbury Park, wo wir immer hingehen. Ich habe sie in meinem Zimmer. Ich kann sie dir ja mal vorspielen, wenn du magst.« Sam sprang von seinem Stuhl auf.

»Lass nur, Sam«, sagte Rachel und betrat die Küche. »Matt muss sich noch die Waschmaschine ansehen. Er hat bestimmt keine Zeit für –«

»Ach, ein paar Minuten habe ich für seltene Streisand-Stücke immer übrig«, sagte Matt und stand auf. »Also los, Sam.«

Als Matt an ihr vorbeiging, ließ sie die Uhr in seine Hand gleiten, und er steckte sie in die Hosentasche.

Ein paar Minuten später kam Matt wieder in die Küche; Sam war in seinem Zimmer geblieben und hörte Musik.

»Feiner Kerl«, sagte er.

Rachel strahlte und schenkte zwei Tassen Kaffee ein.

»Ist schon komisch«, sagte er, setzte sich wieder und nahm sich eine Tasse, »ich habe da einen Cousin, der heißt Dudley. Ist etwa fünfzehn Jahre älter als ich. Er hat jahrelang als Kleinstadtanwalt irgendwo in Leicestershire gearbeitet, Scheidungen, Erbschaften und so. Mitte der achtziger Jahre ist er dann plötzlich mit seiner Frau nach Kalifornien gezogen. Anscheinend hat er auch einen amerikanischen Abschluss in Jura gemacht, und in der Familie geht das Gerücht, er sei jetzt Staranwalt in Hollywood. Ich weiß nicht, ob das wirklich stimmt, aber mein Vater behauptet, er sei Barbra Streisands Anwalt.«

»Klingt ein bisschen unwahrscheinlich«, sagte Rachel.

»Ja, vermutlich«, sagte Matt achselzuckend.

Rachel nippte an ihrem Kaffee.

»Matt – ich möchte mich für Sam entschuldigen. Er hat sich ziemlich in diese Barbra-Sache reingesteigert. Allmählich ist er wie besessen, und Joe bestärkt ihn auch noch darin. Das gefällt mir nicht.«

Matt lachte. »Weißt du was, ich denke schon die ganze Zeit, wie sehr Sam mich an mich selbst erinnert.«

»Was, du standest auch auf Barbra Streisand?«

»Nein. Torvill und Dean.«

Rachel wäre beinahe an ihrem Kaffee erstickt.

»Da war ich natürlich schon ein bisschen älter als Sam – fast fünfzehn. Aber jedes Mal, wenn sie im Fernsehen auftraten, saß ich völlig gebannt davor. Ich war wohl einer von sehr wenigen männlichen Teenagern, die sich von ihrer Mutter Eislaufunterricht gewünscht haben. Ich habe sie sogar dazu gebracht, mir eines von diesen hautengen, einteiligen Kostümen zu kaufen. Mein Vater fand das natürlich gar nicht komisch. Hat angefangen, mich eine Schwuchtel zu nennen. Ich glaube, wir haben ein halbes Jahr lang kein freundliches Wort gewechselt.«

»Himmel, das ist ja schrecklich. Wie kann ein Vater so grausam sein?«

»Na ja, man muss das im Zusammenhang sehen«, beschwichtigte Matt. »Mein Vater war Bauarbeiter. Selbst heute noch ist er ein Bär von einem Mann. Alle seine Kumpel waren Maurer und Gerüstbauer. Kannst du dir vorstellen, was er sich von denen hätte anhören müssen, wenn sich herausgestellt hätte, dass sein Sohn schwul ist?«

»Hm«, sagte sie. »Aber deine Begeisterung für Torville und Dean hat also nur so lange gehalten – ein halbes Jahr?«

»Ja, ich glaube, irgendwann wurde es mir einfach langweilig.«

»Na ja, gut zu wissen.« Sie lachte nervös.

Er sah sie forschend an. »Rachel, machst du dir wegen Barbra Streisand wirklich Sorgen um Sam?«

»Sorgen?«, fragte sie zurück. »Warum sollte ich mir Sorgen machen?«

»Weiß nicht. Du wirkst nur plötzlich ein bisschen angespannt.«

Sie starrte in ihren Kaffee.

»Du glaubst, Sam würde auch schwul werden, so wie sein Vater, richtig?«, fragte er.

»Sei doch nicht albern«, fuhr sie ihn an. »Er ist erst zehn. Er ist noch gar nichts.«

»Da hast du Recht. Aber du *glaubst,* er könnte schwul sein, nicht?«

Sie blickte auf. »Manchmal«, sagte sie, beinahe flüsternd. »Ich weiß, das sollte mir egal sein, aber ich mache mir eben trotzdem Sorgen. Die Leute haben so viele Vorurteile, und ich wünsche mir für ihn einfach ein ganz normales Leben. Ist das denn so schlimm?«

»Nein«, sagte er, streckte die Hand aus und legte sie auf ihre. »Natürlich ist das nicht schlimm.«

»Weißt du was, du bist der erste Mensch, dem ich davon erzählt habe.«

»Dachte ich mir«, erwiderte er lächelnd.

»Und jetzt hältst du mich für dumm und spießig, oder – weil ich nun mal so denke?«

»Rachel, das denke ich ganz sicher nicht von dir. Du bist weder dumm noch spießig. Aber du solltest dir keine Sorgen machen. Das ist vermutlich nur so eine Phase – eine Phase, die überhaupt nichts mit seiner sexuellen Orientierung zu tun hat.«

»Ja. Das sage ich mir auch immer, aber es fällt mir schwer …«

»Ich weiß«, sagte er sanft.

Sie saßen noch einen Moment lang schweigend beisammen. Plötzlich fühlte sie sich ihm näher als je zuvor. Sie beschloss, diesen Augenblick zu nutzen und ihm zu sagen, dass sie ihn liebte. Die schlimmste mögliche Antwort war, dass er nur eine lockere Beziehung wollte. Damit konnte sie leben – zumindest fürs Erste. Sie wollte gerade den Mund aufmachen und es ihm sagen, als er aufstand und erklärte, er müsse jetzt wieder an seine Dritte-Welt-Waschmaschine, die zwar fertig gebaut war, aber nicht laufen wollte.

»Aber ich wollte dir doch was zu essen machen«, protestierte sie.

»Tut mir Leid, aber ich muss jetzt wirklich los.«

Da erschien Sam, eine Streisand-Platte in der Hand. »Hier, ich dachte, dein Vater hätte vielleicht gern *Pins and Needles*. Ich habe sie doppelt.«

»Du meine Güte, Sam. Das ist wirklich lieb von dir, aber ich weiß nicht, ob …« Er blickte zu Rachel auf.

»Ist schon gut. Nimm sie nur«, sagte sie.

»Danke«, sagte Matt und strich Sam über den Kopf. »Das ist wirklich nett von dir. Mein Vater wird sich sehr freuen.«

Sam strahlte vor Freude.

Matt beugte sich vor und streifte ganz kurz Rachels Lippen.

»Ich ruf dich an«, sagte er. »Wiedersehen, Sam. Und vielen Dank.«

»Der ist cool«, verkündete Sam, als sie wieder in die Küche gingen. »Er hat mir einen tollen Witz über zwei Eimer Kotze in einem Bus erzählt.«

Sie kicherte. »Was möchtest du denn zum Mittagessen?«, fragte sie.

Sam zuckte mit den Schultern und setzte sich an den Tisch. »Er ist nicht wirklich der Waschmaschinen-Klempner, oder?«, fragte er, tauchte den Finger in die Zuckerdose und leckte ihn ab.

»Wie meinst du das?«, erwiderte Rachel und nahm ihm die Zuckerdose weg. »Natürlich ist er das.«

»Warum hat er sich dann die Maschine nicht mal angeguckt?«

»Hat er. Als du in deinem Zimmer warst.«

»Ich habe sie nicht laufen gehört.«

»Du hattest bestimmt deine Kopfhörer auf.«

Er sagte erst einmal nichts mehr. Dann: »Okay, aber warum hat er dich geküsst?«

»Mich geküsst?«, wiederholte sie mit gequälter Stimme. »Na ja, er ist … er ist auch irgendwie ein Freund, und außerdem Klempner«, log sie schwach.

»Freunde küssen sich aber nicht auf den Mund. Sich auf den Mund küssen ist wie Schmusen – außer, die Frau ist deine Mama oder Oma. Und man schmust nur mit Leuten, mit denen man Sex haben will.«

»Sam, das reicht jetzt. Matt ist ein Freund, weiter nichts. Nur ein Freund.«

»Dann willst du also nicht lieber ihn heiraten – statt dem langweiligen Adam?«

Er stellte zu viele Fragen – Fragen, die sie mit ihm noch nicht zu diskutieren bereit war.

»Natürlich werde ich ihn nicht heiraten«, sagte sie nervös.

»Schade. Matt ist lustig.«

»Ja, ich weiß«, erwiderte sie lächelnd.

Sie holte tief Luft.

»Weißt du was«, sagte sie mit ihrer besten Verhandlungsstimme, »ruf doch mal einen deiner Freunde an und frag, ob er nach dem Mittagessen zum Spielen herkommen möchte. Er darf sogar hier übernachten. Und wenn ihr brav seid, hole ich uns heute Abend was vom Chinesen.«

»Okay«, sagte Sam achselzuckend. »Ich frag mal Charlie … Also, bist du sicher, dass du Matt nicht heiraten willst?«

»Ganz sicher. Jetzt ab mit dir, und ruf Charlie an.«

Gleich darauf hörte sie Sam am Telefon.

»… also sagt der eine Eimer Kotze zum anderen: ›Du siehst ja traurig aus‹, und der andere Eimer sagt: ›Ja, ich werde immer ein bisschen traurig, wenn der Bus hier vorbeifährt – hier bin ich damals ganz groß rausgekommen.‹«

Da Charlies Mutter zur Zeit kein Auto hatte und ihren Sohn nicht zu Rachel bringen konnte, sagte sie, es wäre ihr lieber, wenn Sam zu ihnen nach Hause kam. Es wäre ihr auch Recht, wenn er über Nacht bliebe.

Rachel lieferte Sam um kurz nach zwei bei Charlie ab. Spontan beschloss sie, auf dem Rückweg bei ihrer Mutter vorbeizuschauen. Vielleicht ließ Faye sich ja überreden, über ihre Beziehung zu Simon zu sprechen. Rachel war ihrer Mutter gegenüber seit ein paar Tagen wieder milder gestimmt. Als sie endlich den Mut gefunden hatte, ihr zu sagen, dass sie die erste Hürde zum Comedy-Grand-Prix genommen hatte, waren Faye die Tränen gekommen.

»Ach, Schätzchen, ich wusste ja gar nicht, dass du so gut bist. Ich meine, ich fand dich immer sehr lustig, aber im Grunde dachte ich, du machst dir nur was vor. Dein Vater aber nicht. Der hat immer gesagt, du hättest das Zeug zum Star.«

»Aber es könnte trotzdem nichts draus werden«, warnte Rachel sie.

»Das macht nichts«, hatte Faye gesagt und ihrer Tochter die Hand getätschelt. »Du bist schon sehr weit gekommen – das allein zählt. Ach, meine Süße, ich bin ja so stolz auf dich!« Dann schlang sie die Arme um ihre Tochter und drückte sie an sich.

Rachel wusste, dass ihre Mutter jetzt zu Hause sein würde. Ihr Vater ging jeden Sonntag zum West-Ham-Spiel und ließ seine Frau allein zu Hause, mit einer Gesichtsmaske, einem Krimi und einer Schachtel Ferrero Rocher.

Als Rachel vor dem Haus hielt, bemerkte sie, dass die Schlafzimmervorhänge zugezogen waren. Sie runzelte die Stirn.

Das konnte nicht sein. Das würde sie nicht tun. Nicht in dem Bett, das Faye seit vierzig Jahren mit Jack teilte. Das war unvorstellbar. Oder? Sie hörte Shelley ihr raten, sich nicht einzumischen, aber sie konnte nicht anders. Sie musste herausfinden, was da vor sich ging.

Überraschend ruhig stieg Rachel aus, schloss das Auto ab und ging durch den Vorgarten. Sie beschloss, gar nicht erst zu klingeln, weil ihre Mutter vermutlich ohnehin nicht aufmachen würde, also kramte sie in ihrer Handtasche nach dem Hausschlüssel, den ihre Eltern ihr für Notfälle gegeben hatten. Und wenn das kein Notfall war – zumindest ein ehelicher Notfall –, was dann?

Erst als sie den Schlüssel im Schloss drehte, ging ihr auf, dass es auch andere, völlig harmlose Gründe geben könnte, weshalb die Vorhänge zugezogen waren. Vielleicht fühlte Faye sich nicht wohl und hatte sich hingelegt. Oder ihr Vater. Vielleicht waren sie ja auch zusammen im Bett. Sie konnte nicht einfach reinplatzen. Sie würde sich total zum Narren machen. Doch sie war immer noch wild entschlossen, der Sache auf den Grund zu gehen, also schlich sie durch den Flur und die Treppe hinauf.

Etwa auf halber Höhe hörte sie Stimmen und Gelächter aus dem Schlafzimmer ihrer Eltern. Sie blieb stehen und lauschte. Die erste Stimme war unverkennbar die ihrer Mutter. Die zweite war männlich. Sie erkannte sie nicht. Das musste wohl Simon sein. Sie hatte also doch Recht gehabt. Ihre Mutter *war* mit ihm im Bett. Ihr wurde übel, doch sie stieg tapfer weiter die Treppe hinauf. Sie hörte noch jemanden lachen. Seltsam – das war eine Frauenstimme, aber nicht die ihrer Mutter. Rachel hielt inne und runzelte die Stirn. Plötzlich fiel ein Mann in das Gelächter ein. Es hörte sich ganz nach ihrem Vater an. Was, zum Kuckuck, ging da oben vor sich?

Die einzige logische Erklärung war die, dass sie alles falsch verstanden hatte, dass die Stimme, die sie für Simons gehalten hatte, gar nicht Simons Stimme war; dass ihre Eltern vielleicht nur neue, maßgeschreinerte Kleiderschränke hatten einbauen lassen und sie nun ihren Freunden zeigten. Aber warum sie das bei geschlossenen Vorhängen tun sollten, konnte sie sich auch nicht erklären.

Sie hatte den oberen Flur erreicht und rückte langsam vor, Rücken und Hände an die cremeweiße Seidentapete gedrückt – Bruce Willis hätte es nicht besser machen können. Als sie das Schlafzimmer ihrer Eltern erreichte, sah sie, dass sie Tür einen Spalt offen stand. Inzwischen raste ihr Herz wie verrückt. Die wahrscheinlichste Antwort war, dass ihre Eltern in ihrem Schlafzimmer vollkommen unschuldig ihre neueste häusliche Errungenschaft präsentierten. Was sollte sie sagen, wenn sie sie beim Spionieren erwischten?

Ihre Gedanken wurden von der Stimme unterbrochen, die sie zunächst für Simons gehalten hatte.

»Also, Faye, Liebes, ich möchte, dass du dich jetzt einfach entspannst und vielleicht die Beine noch ein bisschen höher hebst – ja, genau so. Oh, das ist toll. Ganz fantastisch. Jetzt kann ich deinen Po sehen, und Tom auch. Ist das für dich gut so, Tom?«

Tom? Wer war denn das? Und warum, verfickte Scheiße,

starrte er ihrer Mutter auf den Hintern? Plötzlich hatte sie nicht mehr den geringsten Zweifel daran, dass es in diesem Zimmer um alles andere als maßgeschreinerte Kleiderschränke ging.

Rachel hatte jetzt die Schlafzimmertür erreicht. Das Blut rauschte ihr in den Ohren, als sie all ihren Mut zusammennahm und durch den Türspalt spähte. Sie schaute höchstens ein paar Sekunden hinein, doch das war lange genug.

Es waren nicht ihre Mutter und Simon, die sie da halb nackt auf dem Bett liegen sah, Arme und Beine ineinander verschlungen, ihre Mutter in der gewagten cremefarbenen Satin-Wäsche, die Simon ihr bei Selfridges gekauft hatte – es waren ihre Mutter und ihr Vater. Doch ihre Erleichterung hielt nicht lange vor. Zu ihren Füßen kniete Simon – vollständig bekleidet und praktisch sabbernd. Am anderen Ende des Bettes saß ein dickliches, teigiges Ehepaar Mitte sechzig. Die gewaltigen, schlaffen Brüste der Frau purzelten fast aus einem dunkelroten, spitzenbesetzten Wonderbra. Über der Wampe des Mannes spannte sich eine weiße Feinripp-Unterhose mit Eingriff. Außerdem hatte er eine große, rosafarbene Straußenfeder in der Hand.

Sie erkannte die beiden sofort. Das waren Coral und Ivan Finkel.

Sie schlich sich wieder die Treppe hinunter und zur Haustür hinaus.

17

Swinger?«, lachte Shelley. »So ein Blödsinn. Rachel, deine Eltern sind ein alterndes jüdisches Ehepaar. Glaub mir, sie sind ganz sicher keine Swinger.«

»Aber sie waren mit einem anderen Paar im Bett.«

»Moment mal, immer mit der Ruhe.« Shelley nahm ein Kissen vom Sofa und stopfte es sich in den Rücken. »Gerade eben hast du noch gesagt, sie waren ›auf‹ dem Bett, nicht ›im‹ Bett.«

»Im Bett, auf dem Bett«, erwiderte Rachel mit einer wegwerfenden Geste und lief weiter in Shelleys Wohnzimmer auf und ab wie ein Tiger im Käfig, »wo ist da der Unterschied? Sie sind tatsächlich Swinger.« Sie leerte ihr Glas Château Keinprofit.

»Aber haben deine Eltern wirklich, du weißt schon – *so was* – mit Coral und Ivan gemacht?«

»Na ja, nein«, gestand Rachel. »Nicht in diesem Moment.«

»Und was war mit Simon? Was hat er gemacht?«

»Er hat nur vor ihnen gekniet«, sagte sie und zog eine angewiderte Grimasse, »und sie angegafft. Dann war da noch dieser seltsame Tom, aber den habe ich nicht gesehen.«

»Also, Simon hat keinen von ihnen berührt?«

»Nein, aber er hat zugesehen. Das ist doch fast genauso schlimm.«

»Und deine Eltern? Kannst du dich erinnern, was sie genau getan haben?«

»Ich weiß nicht. Gekuschelt oder so.«

»Nur gekuschelt. Also, du hast eigentlich gar nicht gesehen, dass irgendwer irgendwas mit irgendwem gemacht hat?«

»Shelley«, sagte Rachel, der nun allmählich der Geduldsfaden riss, »meine Eltern und ihre Freunde lagen halb nackt auf dem Bett. Reicht das denn nicht? Was glaubst du, was sie da gemacht haben – sich gegenseitig nach Melanomen abgesucht?« Sie nahm die Flasche Château Keinprofit vom Couchtisch und schenkte sich nach.

»Also«, sagte Shelley, »du bist abgehauen, ohne wirklich etwas gesehen zu haben.«

»Das war auch gar nicht nötig. Ich meine, wenn sie keine Swinger sind, was dann?«

»Weiß nicht.« Shelley rang um eine Antwort. »Vielleicht sind sie einfach nur …«

»Sieh es ein – *sie sind Swinger.«* Rachel kippte den Wein hinunter. »Ivan Finkel hatte sogar eine Straußenfeder in der Hand. Ist das pervers oder was?«

»Nein. Pervers wäre der ganze Strauß.«

Rachel musste kichern.

»Versteh doch«, sagte sie nach einem weiteren Schluck Wein, »das ist überhaupt nicht komisch. Wir reden hier von meinen Eltern.«

»Ich weiß«, entgegnete Shelley und verkniff sich das Lachen. »Tut mir Leid. Mir ist schon klar, dass du heute einen Schock bekommen hast, aber ich kann mir nur vorstellen, dass du da aus einer Mücke einen Elefanten machst. Ich meine, selbst wenn deine Eltern in vorgerücktem Alter auf einmal …«

»Swinger geworden sind.«

»Ich wollte sagen: ›Interesse an etwas ausgefallener Erotik gefunden haben‹.«

Rachel warf ihr einen finsteren Blick zu. »Sie sind Perverse. Meine Eltern sind Perverse.«

»Schon gut, schon gut. Nehmen wir mal nur für einen Moment an, sie wären tatsächlich Swinger. Na und? Sie tun doch damit niemandem weh. Ich meine, swingen ist schon ein bisschen peinlich – irgendwie piefig vielleicht, aber wenn man darauf steht …«

»Wenn es hier um irgendjemand anderen ginge«, erklärte Rachel angespannt, »würde ich dir Recht geben. Aber das sind meine Mama und mein Papa. Es ist schon schlimm genug, sich vorzustellen, dass sie überhaupt Sex haben. Aber diese … diese *Ausschweifungen* in ihrem Alter. Das ist ekelhaft. Ich verstehe nicht, warum sie nicht einfach …«

»Was? Brav auf dem Bettchen sitzen und gegenseitig ihre Leberflecken zählen? Rachel, lass sie in Ruhe. Zumindest weißt du jetzt, dass deine Mutter deinen Vater nicht betrügt.«

Rachel zuckte ganz kurz mit den Schultern. »Stimmt«, seufzte sie.

Es war spät geworden, und Shelley, die in letzter Zeit schon um neun Uhr müde wurde, begann zu gähnen. Rachel verstand den Wink.

»Ach, übrigens, das habe ich dir noch gar nicht erzählt«, sagte Rachel, als Shelley sie zur Tür brachte. »Ich habe neulich im Pub diesen Trecker wieder gesehen.«

»Ach ja«, sagte Shelley und wurde wieder wach. »Der Komiker mit den schicken Siebzigerjahre-Klamotten und dem blassen Teint? Den würde ich wirklich gern mal kennen lernen.«

»Würdest du nicht, glaub mir«, erwiderte Rachel. Trecker war harmlos und irgendwie amüsant, das musste sie zugeben. Aber sie zweifelte keine Minute daran, dass Shelley etwas Besseres finden konnte. »Zunächst einmal versucht er immer noch, mit diesem lächerlichen Buch Frauen aufzureißen. Und er hat keine Arbeit. Soweit ich weiß, hockt er den ganzen Tag im Red House herum, liest Boulevardblätter und schmiedet absurde Pläne, um ganz schnell das große Geld zu machen.«

»Oh«, sagte Shelley grinsend. »Was denn zum Beispiel?«

»Okay, hör dir das mal an. Er erfindet Frühstücksflocken. Anscheinend sind seine neueste Idee Pops in römischen Motiven.«

»Wie, meinst du Centurios und Gladiatoren aus Weizen mit Zuckerüberzug?«

»Genau. Er nennt es ›Imperial Cereal‹. Er hat die Idee sogar dem Geschäftsführer von Kelloggs geschickt. Ich meine, ist das nicht traurig? Also dann, wir sehen uns morgen.«

Sie dankte ihr für den Wein und ging hinaus in den Flur.

»Schon gut«, antwortete Shelley. »Und bitte beruhig dich wegen dieser Swinger-Geschichte. Wahrscheinlich hast du irgendwas völlig falsch aufgefasst.«

»Hm, kann sein«, sagte Rachel und lachte zweifelnd. Sie drehte sich um und ging.

Shelley schloss die Tür. »Imperial Cereal«, kicherte sie leise und lehnte sich mit dem Rücken an die Tür. »Das ist wirklich witzig.«

Das Telefon begann zu klingeln, als Rachel die Wohnung betrat.

»Hallo, Schätzchen, ich bin's.«

»Ah«, sagte sie. »Mama.«

»Weißt du, warum ich dich so gerne anrufe, Rachel? Du scheinst dich immer so zu freuen, von mir zu hören.«

»Nein, das ist es nicht«, plapperte Rachel drauflos und fuhr sich mit der Hand durchs Haar. »Ich bin nur gerade ...« Himmel, dachte sie, wie plauderte man ganz locker mit seiner Mutter, wenn man sie vor ein paar Stunden mit Coral und Ivan Finkel im Bett gesehen hatte?

»Rachel, du klingst so komisch. Was ist denn los? Bist du krank? O Gott, sag bloß nicht, es ist Sam – ist er krank? Was hat er denn? Ist es was Ernstes? Hast du schon einen Arzt geholt?«

»Nein, nein, Mama. Alles in Ordnung. Uns fehlt nichts. Ich ... äh ... erschrecke nur immer so, wenn nachts das Telefon klingelt, das ist alles.«

»Aber Schätzchen, es ist doch erst kurz nach zehn. Das ist nicht spät. Fehlt dir auch wirklich nichts?«

»Nein, ehrlich«, sagte Rachel und bemühte sich nach Kräften, sich vor Augen zu halten, dass die sexuellen Vorlieben ihrer Eltern sie nichts angingen, dass sie kein Recht hatte, sie zu verurteilen, und dass alles andere als ein ganz normales Gespräch mit ihrer Mutter furchtbar spießig und engstirnig wäre. »Und, wie geht es euch? Habt ihr etwas Interessantes unternommen?«

Sofort schlug sie die Hand vor den Mund. Die Worte waren herausgepurzelt, bevor sie sich bremsen konnte. Jetzt würde ihre Mutter sie für schrecklich neugierig halten.

»Ich meine«, entfuhr es ihr, »nicht, dass ich davon ausginge, ihr hättet irgendetwas Tolles angestellt. Ihr hattet vermutlich nur einen ganz normalen, langweiligen Strau... ich meine, Tag.«

»Rachel. Bist du betrunken?«

»Ich? Nein. Na ja, ich habe gerade bei Shelley ein paar Gläser Wein getrunken. Aber ich glaube, ich bin nur ein bisschen müde. Ich habe sehr hart an meinem Auftritt am Sonntag gearbeitet, das ist alles.«

»Ich hoffe, du übertreibst es nicht«, sagte Faye besorgt. »Also, eigentlich rufe ich an, weil ich mit dir über Adam sprechen will.«

»Adam?«, fragte Rachel ein wenig beunruhigt.

»Ja. Hör mir mal gut zu«, sagte Faye und senkte die Stimme beinahe zu einem Flüstern, »ich weiß, das Gras auf der anderen Seite sieht immer grüner aus, aber es ist nun mal so, sobald du über den Zaun steigst und von den verbotenen Früchten naschst, könnte es passieren, dass du den Fuchs im Hühnerstall loslässt.«

»Entschuldige, könntest du das noch mal wiederholen?«

Natürlich hatte Rachel jedes Wort verstanden. Indem sie ihre Mutter zwang, diese seltsame Erklärung zu wiederholen, wollte sie nur etwas Zeit gewinnen. Irgendwie, sie hatte keinen blassen Schimmer, wie, ahnte Faye, dass sie Adam betrog. Rachel musste sich schnell überlegen, was sie ihr sagen sollte. Auf keinen Fall die Wahrheit, nämlich dass sie die Beziehung zu Adam beenden wollte. Faye würde nur anfangen zu lamentieren, sie ruiniere ihr ganzes Leben. Dann würde sie in Tränen ausbrechen, vor lauter Aufregung hyperventilieren, und dann würde Jack sich darum kümmern müssen, dass sie sich hinsetzte und in eine Papiertüte atmete. All dem war Rachel nicht gewachsen. Noch nicht. Aber sie wollte auch nicht lügen. Ihre einzige Möglichkeit, entschied sie, war, ihre Mutter loszuwerden. Aber wie?

Gleich darauf hatte sie einen Geistesblitz. Während Faye ihr ohne Punkt und Komma vorschwärmte, was für ein wunderbarer Mann Adam doch sei, dass sie ihn liebte wie einen eigenen Sohn, und was für einen großartigen Ehemann er abgeben würde, klemmte Rachel sich das Telefon ans Ohr und kletterte vorsichtig auf das wackelige Tischchen im Flur. Ganz langsam richtete sie sich auf. Sie lehnte sich mit dem Rücken an die Wand, streckte die Hand aus und drückte auf den roten Testknopf am Rauchmelder. Augenblicklich erscholl ein ohrenbetäubendes Kreischen.

»Rachel«, quiekte Faye, »ist das der Rauchmelder? Was ist passiert? Schätzchen, was ist da los?«

»Ist schon gut!«, brüllte Rachel, um den Radau zu übertönen, und rutschte vom Tisch. »Kein Grund zur Sorge. Sam ist aufgewacht und hat Hunger gekriegt, wollte sich einen Toast machen und hat ihn ankokeln lassen.« Sie unterstützte die Wirkung des Alarms, indem sie ein paar Mal höchst theatralisch hustete.

»Mama … *hust* … ich muss jetzt … *hust* … erst mal das Fenster aufmachen. Alles ist voller Rauch. Nein, es brennt nichts. Mama, nein, bitte – du brauchst wirklich nicht die Feuerwehr anzurufen. Ich habe alles unter Kontrolle.« Sie drehte den Kopf vom Hörer weg. »Schon gut, Sam«, rief sie, »ich komme! Mama, ich muss jetzt wirklich Schluss machen.«

Damit legte sie auf.

18

Der Dalai Lama lächelte und hob in höflicher Ablehnung die Hand, als Rachel ihm frittierte Alligatoren-Stiftchen von ihrem Tablett anbot. Dann wandte er sich wieder seiner Unterhaltung mit Anthea Turner zu.

»Meine liebe Miss Turner«, hörte Rachel ihn sagen, »ich bin Ihnen zu Dank verpflichtet. Ihre tiefen Einsichten sind erhebend. Ich bin nun seit zweitausend Jahren Dalai Lama, aber in all den Jahren habe ich die Erleuchtung noch nie aus diesem Blickwinkel gesehen.«

Rachel beobachtete, wie der Dalai Lama der Fernsehmoderatorin ein weiteres engelsgleiches Lächeln schenkte, kurz nickte und dann weiterging.

»Mr. Winner«, hörte sie ihn gleich darauf ausrufen, »welche Freude, es ist mir eine Ehre …«

Während Rachel sich weiter durch Ottos und Xantias von berühmten Gästen wimmelnde Wohn-Piazza arbeitete, ihr Tablett balancierte und hier und da Gesprächsfetzen auffing, merkte sie, dass sie die einzige Person hier war, von der sie noch nie gehört hatte. Falls alle Gäste im nächsten Moment tot umfallen sollten, so zweifelte sie nicht daran, dass das Parlament, die gesamten britischen Medien, die Mode- und Unterhaltungsindustrie, vom Ivy und einigen namhaften chirurgischen Kliniken ganz abgesehen, auf der Stelle würden schließen müssen.

Von all den vielen Gästen, die zu dieser Party eingeladen waren, hatte Rachel eigentlich nur eine Person unbedingt kennen lernen wollen, nämlich Xantias Nichte Vanessa, doch offenbar hatte die im letzten Augenblick abgesagt, weil sie mit den Vorbereitungen für den Wettbewerb zu beschäftigt war.

»Sie ist ja so gewissenhaft«, hatte Xantia in einem Tonfall gesagt, bei dem Rachel sich vorkam wie der letzte Nichtsnutz.

Jetzt war es schon nach drei Uhr nachmittags, und allmählich tat Rachel der Rücken weh, genau wie den anderen Kellnern und Kellnerinnen, die seit Mittag auf den Beinen waren. Die knallbunten Hüttenschuhe, die zu tragen man sie alle gezwungen hatte (die Marx'sche Bekleidungsfabrik hatte es geschafft, sie gerade noch rechtzeitig für die Party zusammenzustricken), waren zwar bequem, boten aber nicht so viel Halt wie richtige Schuhe.

Rachel hatte bemerkt, dass Otto sich die meiste Zeit über am Weihnachtsbaum aufhielt, einem drei Meter hohen Monstrum aus Silberdraht, erleuchtet von Hunderten winziger Glühbirnchen, und sich offenbar sehr ernst mit Charles Saatchi unterhielt. Aus Saatchis gelangweilter Miene zu schließen, erläuterte Otto vermutlich gerade seine Hüttenschuh-Theorie. Sie wurden von einem Anruf auf Ottos Handy unterbrochen, und falls Ottos sensationelle Theorie Charles Saatchi nicht sonderlich beeindruckt hatte, so machte dieser Anruf das sicherlich wieder wett.

»Kofi, Kofi … freut mich sehr, wie immer«, hatte Rachel Otto ausrufen gehört. »Wirklich schade, dass Sie nicht kommen konnten.« Er legte eine Hand über das Telefon. »Ich bin gleich wieder bei dir, Charles. Der Generalsekretär der Vereinten Nationen möchte sich einen Wintergarten anbauen lassen und hätte gern ein paar Tipps von mir.«

Xantia hingegen war in einem lavendelfarbenen Seidensari umhergeschwebt, die Handgelenke mit silbernen Armreifen beladen, und hatte sich durch den Raum gearbeitet wie ein echter Profi im Strippenziehen – was sie ja auch war. Denjenigen Gästen, die ihr gesellschaftlich oder beruflich nicht nützlich waren – Ainsley Harriot, Fern Britton, dem Erzbischof von Canterbury –, zeigte sie die kalte Schulter, während sie vor anderen – den Blairs, den Stings, den Amis' – eine so kniefällig demütige Haltung einnahm, dass Uriah Heep sie darum beneidet hätte.

Als Rachel gerade mit dem leeren Tablett in Richtung Küche unterwegs war, trat Xantia zu ihr und sagte, es sei ja schon nach drei, bald würden die ersten Gäste gehen, und Rachel solle im Flur bleiben und sich bereithalten, um ihre Mäntel von der Schlaf-Piazza zu holen.

Rachel hatte eben ihr Tablett in der Küche deponiert und Stellung im Entree bezogen, als es an der Tür klingelte.

»Mist, das wird doch nicht schon Shelley sein?«, brummte sie. Rachels Auto hatte am Morgen gestreikt, weil die Batterie leer war, so dass sie Shelley hatte bitten müssen, sie herzubringen.

»Ich sag dir was«, hatte Shelley ihr beim Aussteigen nachgerufen, »ich hol dich gern wieder ab, wenn du möchtest – aber nur, wenn ich mir mal das Haus anschauen darf.«

Rachel hatte zugestimmt, da Otto und Xantia bei so vielen Gästen, die durchs ganze Haus spazierten, eine weitere Besucherin nicht bemerken würden.

»Du kommst eine Stunde zu früh«, zischte Rachel, als sie die Tür öffnete.

»Ja, ich weiß«, erwiderte Shelley und trat ein. »Aber ich wollte mir genug Zeit lassen. Du weißt schon, mal einen gründlichen Blick auf …«

Rachel sah zu, wie Shelleys Blick durchs Entree wanderte.

»O mein Gott«, sagte sie gedehnt. »Ist das hier stylish oder was?«

Rachel erklärte ihr, dass die Party noch nicht vorbei war, und bat sie, ihr mit den Mänteln zu helfen. »Dann kannst du auch mal mit raufkommen.«

»Ist gut«, sagte Shelley abwesend und starrte hinauf zu der gläsernen Kuppel.

Schließlich kam das erste Dutzend Leute ins Entree und reichte ihr die Garderobenkärtchen mit ihren Nummern.

Gleich darauf folgte Shelley Rachel nach oben.

»He, Rache«, murmelte sie, »hast du den letzten Kerl gesehen, der mir seine Nummer in die Hand gedrückt hat?«

»Ja – so ein dunkler. Was ist mit ihm?«

»Das ist er. Der aus dem Film, den wir zusammen gesehen haben.«

»Welcher? Aus welchem Film?«

»Ach, du weißt schon … zum Schluss macht Richard E. Grant ihn fertig. Er ist mit dieser Frau verheiratet, die aus *Emergency Room* … die mit den Haaren.«

Am einen Ende der Schlaf-Piazza standen zwei bewegliche Kleiderständer mit langen Stangen, voll beladen mit Mänteln.

»Also los«, sagte Rachel zu Shelley. »Hilf mir, die Mäntel mit den Nummern auf den Kärtchen zu finden.«

Aber Shelley hörte gar nicht zu. Sie war zu sehr damit beschäftigt, mitten auf der Piazza zu stehen und einen entzückten Seufzer nach dem anderen auszustoßen, während sie sich langsam einmal um sich selbst drehte.

»Du meine Güte, Rachel, dieses Haus ist ja der Hammer. Der absolute Hammer.«

»Ja, ich weiß«, sagte Rachel und häufte Mäntel aufs Bett. »Aber ich könnte wirklich ein bisschen Hilfe gebrauchen.«

Shelley streichelte inzwischen Oberflächen und zog Schubladen auf.

»Shelley, lass die Finger von den Schubladen. Wenn Xantia hier raufkommt und dich beim Schnüffeln erwischt, kriegt sie einen Tobsuchtsanfall.«

Doch Shelley hörte nicht auf sie und sah sich weiter den Raum an.

Rachel gab es auf, auf ihre Hilfe zu warten, und suchte weiter nach Mänteln. Da sie vor den Kleiderständern stand und schier verzweifelte, weil sie ein paar Nummern einfach nicht finden konnte, merkte sie gar nicht, dass Shelley die milchige Glastür vor Xantias riesiger Kleiderkammer aufzog und darin verschwand.

Erst, als Rachel endlich alle Mäntel zusammen hatte und sich nach Shelley umsah, weil sie Hilfe beim Tragen brauchte, stellte sie fest, dass ihre Freundin verschwunden war.

»Haha, sehr komisch«, sagte sie geduldig. »Komm jetzt, lass den Quatsch. Wo bist du? Ich brauche wirklich deine Hilfe.«

Sie bekam keine Antwort.

»Shelley! He!«

»Ich bin hier drin«, kam es von Shelley gedämpft zurück.

»Wo?«

»Hier. In der Kleiderkammer.«

»Dann komm jetzt raus«, verlangte Rachel.

»Nein, komm du lieber her. Das musst du dir ansehen.«

»Shelley, das ist Xantias Kleiderschrank. Ich kann da nicht –«

»Komm einfach her«, befahl Shelley.

Rachel ging hinüber zu der Kleiderkammer und spähte durch die offene Tür hinein. Doch von ihrer Freundin war nichts zu sehen.

»Also gut«, sagte Rachel. »Wo steckst du?«

»Hier drüben.« Shelleys Stimme klang immer noch sehr gedämpft. Beinahe so, als höre sie sie durch eine Wand. Rachel trat in die Garderobe, die von zwei Spots an der Decke beleuchtet wurde. Zu beiden Seiten reihten sich die Kleiderstangen. Shelleys Stimme kam anscheinend von irgendwo hinter der Stange zu ihrer Rechten. Rachel schob ein paar Roben beiseite, bückte sich und trat durch die Lücke. Doch da war nichts außer der Wand.

Rachel war nun ziemlich verwirrt. »Wo, zum Teufel, steckst du?«, rief sie.

»Hier«, erwiderte Shelley.

»Wo ist hier? In Narnia?«

Als sie das Wort »Narnia« aussprach, glitt die Wand beiseite. Plötzlich stand Shelley grinsend vor ihr.

Rachel schrie vor Schreck auf, sprang zurück, stieß sich den Kopf an der Kleiderstange und fiel zu Boden.

»Himmel, hast du mich erschreckt«, keuchte sie, rieb sich den Kopf und blinzelte. Inzwischen hatte sich die Wand, Tür oder was auch immer, wieder geschlossen. »Würdest du mir bitte sagen, was hier los ist?«

»Steh auf. Steh auf«, verlangte Shelley aufgeregt und zog sie am Arm. »Das musst du dir ansehen, Rache. Du flippst aus.« Sie half ihr auf. »Halt dich an mir fest und mach die Augen zu.«

Rachel schloss die Augen.

»Moment noch«, sagte Shelley. »Da ist irgendwo ein Knopf … okay, ich hab's.«

Rachel hörte ein elektrisches Sirren.

»Weiter geht's«, sagte Shelley. »Vorsicht, Stufe.«

Rachel stellte vorsichtig den Fuß ab – auf dicken Teppichboden.

»Jetzt kannst du die Augen wieder aufmachen.«

Rachel stand nur da und starrte. Sie spürte, wie ihr im wahrsten Sinne des Wortes der Mund offen stand.

Shelley hatte sie in einen hell erleuchteten, fensterlosen Raum geführt, der etwa so groß war wie das Wohnzimmer ihrer Eltern. Den Boden bedeckte ein schriller violetter Teppich mit einem wirbelnden Goldmuster. Die Wände waren magnolienfarben gestrichen. Es gab einen steinernen Kamin, eine Bar, mit demselben Stein verkleidet, und ein dreisitziges Sofa in rosarotem Samt mit Fransen und Troddeln. In einer Ecke, neben dem größten und hässlichsten Breitwandfernseher, den Rachel je gesehen hatte, stand ein Abfalleimer, ebenfalls mit rosa Samt bezogen. Auf dem nachgemachten Chippendale-Couchtisch glänzte eine große Glasschale mit Obst, obenauf lag eine filigrane Traubenschere. Es gab noch ein paar Tischchen, ähnlich dem Couchtisch, nur kleiner. Auf zweien von diesen standen je eine Lampe in Gold und Onyx mit rosa Tiffany-Schirm. An den Wänden und in den Regalen, die mit Deko-Buchrücken bestückt waren, hingen und standen billige Canaletto-Drucke in schweren, nachgeahmten Goldrahmen.

»O mein Gott«, sagte Rachel langsam. »O mein Gott.«

»Was ist das hier?«, fragte Shelley. »Soll das Ironie sein?«

»Hier sind sie also immer«, flüsterte Rachel, rümpfte die Nase über einen Teller alter Pizzaränder auf einer samtenen Sessellehne und einen Pizza-Hut-Karton, der daneben auf dem Boden lag.

»Was meinst du damit, ›hier sind sie immer‹?«

»Hier. Auf der Pfannen-Pizza-Piazza.«

Shelley warf ihr einen verständnislosen Blick zu. Rachel ging japsend in dem Zimmer umher, so wie Shelley noch vor ein paar Minuten auf der Schlaf-Piazza. Ab und zu blieb sie stehen und hob einen filigranen Fotorahmen auf oder strich mit dem Finger über einen Nippes-Cockerspaniel.

»Rache«, sagte Shelley mit verwirrtem Stirnrunzeln und setzte sich auf das rosa Samtmonstrum, »komm schon, du hast mir immer noch nicht geantwortet. Was *ist* das hier?«

Rachel drehte sich zu ihr um. »Ich weiß auch nicht so genau«, sagte sie.

Sie erklärte Shelley Ottos und Xantias ständiges Verschwinden, wie sie das ganze Haus geputzt hatte und sicher war, sie nicht gesehen zu haben, bis sie plötzlich wie aus dem Nichts wieder auftauchten.

»Als ich Xantia darauf angesprochen habe, hat sie nur gesagt, sie wären die ganze Zeit über in ihrem Arbeitszimmer gewesen, und ich hätte sie eben nicht bemerkt. Ich meine, wie kann man ein relativ kleines Arbeitszimmer putzen und zwei Leute übersehen, die darin sitzen? Aber sie hat darauf beharrt. Ich sage dir, ich dachte schon, ich werde verrückt. Wenigstens weiß ich jetzt, wo sie waren.«

Plötzlich hörte Rachel Schritte. Sie fuhr herum. In der Tür, die Augen schreckgeweitet, stand Xantia.

»Äh«, sagte sie und schluckte schwer. »Sie … und Ihre kleine Freundin haben also unser äh … unser kleines Geheimnis entdeckt.«

Rachel kam nicht umhin zu bemerken, wie heftig sich ihr knallrotes Gesicht mit dem violetten Sari biss.

»Ähm, nein. Ja«, stotterte Rachel erschrocken. »Ich meine, das ist wirklich grandios, sehr geistreich.«

»Wirklich?«, fragte Xantia ungläubig.

»Ja. Sehr ironisch.«

Xantia runzelte ratlos die Stirn. Doch dann hellte sich ihre Miene auf.

»O ja, das ist es, nicht? Das ist … ein Projekt, an dem Otto und ich schon seit Monaten heimlich arbeiten.« Ihre Stimme zitterte. Sie hielt inne und reimte sich offenbar gerade den Rest der Geschichte zusammen. »Es ist … es ist ein Monument des ästhetischen Analphabetentums der unteren Mittelschicht in ihrer mittelmäßigen vorstädtischen Daseinsweise. Die … äh … die Tate Modern hat es bei uns in Auftrag gegeben. Natürlich wollten wir nicht, dass die Presse davon erfährt, bevor es für die öffentliche Präsentation bereit ist, also haben wir beschlossen, unsere Visionen hier umzusetzen. Im nächsten Jahr werden sämtliche Möbelstücke und Einrichtungsgegenstände in die Galerie gebracht, wo wir unser Opus dann wiedererstehen lassen werden.«

Sie lächelte verlegen.

Rachel nickte. »Xantia«, sagte sie, »wir sind nicht absichtlich hier eingedrungen. Meine Freundin Shelley hat den Raum durch einen dummen Zufall entdeckt.«

»Ja«, meldete sich Shelley zu Wort. »Das war allein meine Schuld. Rachel kann überhaupt nichts dafür. Ich habe mir Ihre Garderobe angesehen. Ich weiß, das war falsch, und es tut mir ehrlich Leid. Dann habe ich aus Versehen auf diesen Knopf gedrückt, die Wand ist auf einmal zurückgeglitten, und …«

Da hörten sie Ottos Stimme von der Schlaf-Piazza her.

»Rachel«, rief er. »Wo sind Sie? Da unten warten hundert Leute auf ihre Mäntel –«

»Otto, Liebling«, rief Xantia. »Wir sind hier.«

Otto kam herein, warf einen Blick auf Rachel und Shelley und erbleichte.

»Das sehe ich«, sagte er leise.

»Anscheinend«, fuhr Xantia fort, »haben Rachel und ihre Freundin ein wenig herumgeschnüffelt.«

»Guter Gott«, zischte er, »was machen wir jetzt? Ich meine, wenn die Presse hiervon erfährt, sind wir er-«

»Ach, sei still, Liebling«, schnitt Xantia ihm mit nervösem Kichern das Wort ab. »Die Presse wird von unserer ironischen Installation begeistert sein, sie soll nur jetzt noch nichts davon erfahren. Und ich bin sicher, Rachel wird nichts von unserem Projekt verraten.«

Otto sah Xantia stirnrunzelnd an. »Projekt?«, fragte er. »Was für ein Projekt?«

»Aber Otto«, sagte sie. »*Dieses* Projekt. Den Raum. Ich habe Rachel eben erklärt, dass er bald in der Tate Modern ausgestellt wird.«

»Oh«, sagte er, »ja, richtig. Nein. Ich bin sicher, sie werden nichts verraten.«

»Nein, natürlich nicht. Versprochen. Warum sollten wir auch? Und es tut uns wirklich Leid, Xantia, dass wir überhaupt hier hereingekommen sind. Das wird nie wieder vorkommen.«

»Nein, wird es nicht«, sagte Xantia, deren Stimme immer noch zitterte. »Rachel, Sie haben heute ohne meine Erlaubnis eine Freundin ins Haus gebracht. Als wäre das nicht schon genug, haben Sie beide in meinen Sachen herumgeschnüffelt. Ich glaube, ich kann Ihnen einfach nicht mehr vertrauen. Es tut mir Leid, aber ich denke, Sie sollten gehen.«

»Was? Wollen Sie mich etwa rauswerfen?«

Xantia nickte.

»Aber«, flehte Rachel, »ich wollte wirklich nicht …«

»Sie sollten jetzt gehen.«

»Xantia, bitte«, sagte Shelley. »Das war meine Schuld, nicht Rachels.«

Xantia sagte nichts. Sie starrte nur auf den Boden.

Rachel und Shelley trotteten ohne ein weiteres Wort an den Marx' vorbei. Otto trat nach ihnen aus der Garderobe und lud sich Mäntel auf den Arm.

Während Shelley sie nach Hause fuhr, entschuldigte sie sich ununterbrochen bei Rachel.

»Ach, lass nur, Shelley«, sagte Rachel schließlich. »Das reicht jetzt. Es war nicht allein deine Schuld. Ich habe auch meinen Teil dazu beigetragen. Ich habe dir immerhin erlaubt, dir das Haus anzusehen. Ich hätte Xantia vorher fragen müssen.«

»Das hätte auch keinen Unterschied gemacht. Ich war immer noch diejenige, die das geheime Zimmer gefunden hat.«

»Dir ist doch wohl klar«, bemerkte Rachel, »dass das Ding auf gar keinen Fall von der Tate in Auftrag gegeben worden ist.«

»Ja, das habe ich mir auch schon gedacht. Wenn es wirklich für die Tate wäre, stünde so ein Damien-Hirst-mäßiger Schafskopf in Formaldehyd auf dem Couchtisch. Irgendwas Krasses, um die Leute zu schockieren. Und wenn das wirklich nur eine Art Installation wäre, warum hätte es ihnen dann so peinlich sein sollen?«

»Weißt du«, sagte Rachel versonnen, »ich glaube, ich habe vor ein paar Jahren in einem Artikel gelesen, dass Otto und Xantia in Gants Hill aufgewachsen sind.«

»Das ist nicht dein Ernst«, kicherte Shelley. »Das sind wirklich zwei Essex-Spießer? Das kann nicht sein.«

»Doch, es stimmt. Wenn ich mich recht erinnere, sind beide in solchen scheußlichen Reihenhäusern aus den Dreißigerjahren aufgewachsen.«

»Kann ja sein, na und? Sie sind auf die Akademie gegangen und Stardesigner geworden. Der Rest ist Geschichte.«

»Vielleicht nicht ganz«, sagte Rachel nachdenklich. »Stell dir doch mal vor, das Zimmer ist gar kein Kunstwerk, sondern ein Zufluchtsort, so was wie ein Rückzug in ein früheres Leben. Ein Ort, an dem sie sich wirklich wohl und geborgen fühlen.«

Shelley platzte fast vor Lachen. »Das ist völlig absurd«, sagte sie. »Sie lieben dieses Haus. Es ist atemberaubend.«

»Das ist das Taj Mahal auch. Deswegen möchte ich noch lange nicht drin wohnen. Überleg doch mal. Im ganzen Haus gibt es nicht einen gemütlichen Sessel oder ein kuscheliges Sofa.«

Shelley dachte darüber nach.

»Also haben sie nur so getan, als fänden sie es ganz toll? Und eigentlich lieben sie nur dieses geheime Zimmer wirklich?«

»Ja«, stimmte Rachel eifrig zu. »Und das würde auch erklären, warum Otto so verzweifelt darauf aus war, dass die Presse nichts davon erfährt. Kannst du dir vorstellen, was passieren würde, wenn Nettle di Lucca darüber schreibt, dass sie ein geheimes Gruselkabinett mit Samtsofa und Canaletto-Drucken an den Wänden haben?«

»Dann könnten sie doch gegenüber der Presse einfach das Gleiche behaupten wie bei uns – dass das eine verrückte Installation ist, und dann wäre die Sache noch ein künstlerischer Triumph.«

»Kann sein. Aber du musst das mal von ihrem Standpunkt aus sehen. Sie sehen es nämlich so: Sobald ihre Verbindung zu Essex ins Spiel kommt, werden die Leute in ihren snobistischen, exklusiven Künstler-Kreisen es sich zweimal überlegen, bevor sie ihnen das glauben. Otto und Xantia haben Angst, als Fälschungen entlarvt und zum Gespött der Kunstszene gemacht zu werden – vom totalen Ruin ganz zu schweigen.«

»Du meine Güte«, sagte Shelley und riss die Augen auf. »Du könntest ein Vermögen machen, wenn du das den Medien anbietest. Bist du nicht mal ein kleines bisschen in Versuchung, die Story teuer zu verkaufen?«

»Nein«, erwiderte Rachel. »Die Marx' sind vielleicht grässlich arrogante Snobs, aber Xantia hat mir heute Nachmittag fast Leid getan. Sie erschien mir so … ich weiß auch nicht – verletzlich, irgendwie. Nein, das könnte ich ihnen nie antun.«

19

Okay«, fuhr Rachel fort. Sie lag in der Badewanne und formte ihr shampooniertes Haar zu kleinen Hörnchen. »Haben Sie sich schon mal überlegt, wie vieles anders gelaufen wäre, wenn die zwölf Apostel schwul gewesen wären?« Sie hielt inne und zählte bis drei für einen kurzen Lacher. »Das Letzte Abendmahl wäre ein Brunch gewesen. Das Wasser bei der Hochzeit von Kanaan wäre nicht in Wein, sondern in Bombay Sapphire Martinis verwandelt worden mit einem Schuss Curaçao für die Farbe. Und die Bergpredigt wäre gleich von Anfang an ein Musical gewesen.«

»Ja, ja … endlich«, sagte sie dann.

Bisher war ihr Timing immer ein klein wenig zu schnell gewesen, aber jetzt plötzlich, obwohl sie nervös war und der »Joke for Europe«-Wettbewerb in knapp drei Stunden stattfinden würde, hatte sie es genau richtig hinbekommen.

Ab und zu hatte sie in den vergangenen Tagen der Mut fast verlassen, vor allem dann, wenn sie sich Sorgen um ihr Timing machte, doch jedes Mal – wie ein Wunder – hatten Lenny oder Matt angerufen, sie wieder aufgebaut und daran erinnert, wie hervorragend ihre Chancen standen, diesen

Wettbewerb zu gewinnen. Selbst Adam hatte am Telefon ermunternde Geräusche von sich gegeben.

Gelegentlich, so wie jetzt, gestattete sie sich einen kleinen Tagtraum davon, was das bedeuten würde. Nicht nur, dass sie beim Comedy-Grand-Prix in Helsinki mit dabei sein würde – viel wichtiger noch, sie würde ihre eigene Comedy-Show bei Channel 6 bekommen. Das war so gewaltig, dass sie es kaum begreifen konnte. Sie fragte sich, wie es sich wohl anfühlen mochte, eines Morgens aufzuwachen und festzustellen, dass sie berühmt war. Meistens wachte sie nur auf, um festzustellen, dass sie eine halbe Stunde zu spät dran war.

Sie würde Agenten haben, Assistenten, Produzenten, Stylisten, Anwälte. Leute. Leute, die mit den Leuten anderer Leute sprechen würden. Sie kicherte.

Man würde sie auf der Straße erkennen. Und sie würde Geld haben. Richtig Geld. Sie malte sich aus, wie sie in die Bank spazieren und mit ihrem Fernsehvertrag vor Mr. Lickdish herumwedeln würde.

Sie zog Kreise durch den Schaum auf ihrem Badewasser und versuchte sich vorzustellen, wie es wäre, all das zu haben, und dazu noch Matt.

Aber es waren nicht nur die aufmunternden Worte von Lenny und Matt, die ihr so viel Selbstvertrauen geschenkt hatten.

Vorgestern Abend hatte sie ihren Auftritt im Flicker and Firkin in Cheswick absolviert, und ihr etwas älterer Stoff war hervorragend angekommen. Danach war an der Bar ein Typ mittleren Alters, so trendy, dass es schon wehtat, mit einer seltsamen Drahtgestellbrille und einem schwarzen Anzug mit Mandarin-Kragen auf sie zugekommen und hatte sich als Robin Metcalf, Programmchef von Channel 6, vorgestellt. Er musste volle fünf Minuten damit verbracht haben, ihr zu erzählen, für wie talentiert er sie hielt und wie begeistert die Produzenten nach dem Vorsprechen von ihr gewesen waren.

»Wissen Sie«, sagte er noch, bevor er ging, »wir alle setzen am Sonntag große Hoffnung in Sie. Gewaltige Hoffnung.«

Rachel hatte ihm gedankt und mit angemessener Bescheidenheit bemerkt, sie wäre auch gern so zuversichtlich, doch insgeheim hatte sie das sehr beflügelt.

Beflügelt, wenn auch nicht im selben Maße wie die Unterhaltung mit Robin Metcalf, hatte sie die Entdeckung, dass die Mittelschicht-Haushalte im Westen Londons immer noch genauso verzweifelt gute Putzfrauen suchte wie eh und je. Sie hatte erst gestern einen Zettel ins Fenster des Zeitschriftenladens gehängt und bereits heute ein Dutzend Vorstellungsgespräche vereinbart.

Seit Xantias Party hatte sie Matt nur einmal getroffen – zum Mittagessen. Er hatte sich erboten, bei Xantia vorbeizuschauen und die Wiener zu sabotieren, als er von ihrem Rausschmiss erfuhr. Dann hatte er gebrüllt vor Lachen, als sie ihm von dem geheimen Zimmer erzählte. Sie hatte versucht, ihm zu sagen, was sie für ihn empfand, aber sie saßen in einem überfüllten, lärmenden Pub, und das war ihr doch nicht als der richtige Augenblick erschienen.

Und die ganze Zeit über hatte sie verzweifelt, aber erfolglos versucht, eines zu verdrängen: Adam würde am Tag des Wettbewerbs nach Hause kommen.

Sie hatte ihm nicht am Telefon sagen wollen, dass ihre Beziehung beendet war. Selbst wenn er sie betrog, war sie es ihm schuldig, ihm das ins Gesicht zu sagen. Aber wann? Sie wusste, sie konnte unmöglich das emotionale Trauma, mit Adam Schluss zu machen, und den Comedy-Wettbewerb an ein und demselben Tag bewältigen. Ihre einzige Möglichkeit war, so zu tun, als sei alles in Ordnung, bis sie den Wettbewerb hinter sich hatte.

Das wiederum bedeutete, dass sie Adam und Matt irgendwie auseinander halten musste, denn sie wollten beide dabei sein. Abgesehen davon, wie eine Verrückte aus irgendeiner Schlafzimmerkomödie zwischen den beiden hin- und herzurasen, fiel ihr absolut nichts ein, um eine Begegnung der beiden zu verhindern. Sie hatte sich auch Sorgen gemacht, wie sie Matt von ihren Eltern fern halten sollte, doch das hatte sich erledigt, weil ihre Eltern beschlossen, auf Sam aufzupassen und sich den Wettbewerb im Fernsehen anzuschauen.

Und dann hatte gestern Abend völlig überraschend Adam angerufen, um ihr zu sagen, dass einer der Zahnärzte, die für seinen Onkel Stan arbeiteten, kurzfristig gegangen war und Stan Adam dringend brauchte, bis er einen Ersatz gefunden hatte.

»Es tut mir so schrecklich Leid, Rachel«, hatte er gesagt. »Ich weiß, wie viel dir dieser Wettbewerb bedeutet, aber ich kann Stan jetzt nicht einfach im Stich lassen. Er braucht mich dringend.«

Er hatte sich ängstlich und nervös angehört. Für Rachel war es unüberhörbar, dass er sich auf Tränen und Wutausbrüche gefasst gemacht hatte. Als sie nicht weinte und auch kein Theater machte und ihm recht fröhlich sagte, sie verstehe das und er brauche kein schlechtes Gewissen zu haben, verwirrte es ihn offenbar noch mehr, wie gut sie es aufnahm.

Sie wickelte sich in ein Handtuch und ging mit tropfenden Haaren ins Schlafzimmer, wo sie kurz stehen blieb, um die Vase voll Sonnenblumen auf der Kommode zu bewundern.

Jack und Faye hatten ihr die Blumen heute Morgen geschickt, um ihr viel Glück zu wünschen. Plötzlich wurde ihr klar, wie sehr sie ihre Eltern liebte. Und wenn sie Swinger wären, dachte sie, sie waren immer noch dieselben liebevollen, ergebenen Eltern wie immer. Und vor allem standen sie offenbar nicht kurz davor, sich zu trennen. Was sie im Bett taten – und mit wem –, ging sie nichts an. Sie beschloss, die Erinnerungen an neulich zu begraben, obwohl es nicht ganz leicht sein würde, das Bild von Ivan Finkel mit der Straußenfeder zu vergessen, und sich ihren Eltern gegenüber so zu verhalten, als sei gar nichts geschehen.

Ihr Outfit lag auf dem Bett. Faye hatte darauf bestanden, es zu bezahlen, doch im selben Atemzug angedeutet, wie viel Freude es ihr machen würde, ihr Kleid für den Wettbewerb mit Rachel zusammen auszusuchen. Rachel hatte zunächst gezögert. Als sie noch ein Teenager gewesen war, hatten gemeinsame Shoppingtouren gewöhnlich in schlimmem Streit geendet, und seither waren sie kaum noch zusammen einkaufen gegangen. Sie wusste, wenn Faye mitkam, würden sie wieder aneinander geraten. Aber schließlich fand sie es undankbar, das Angebot abzulehnen, und sie hatten sich am Freitagnachmittag getroffen.

Rachel hatte schon befürchtet, Faye würde diese Gelegenheit wahrnehmen, sie wieder nach ihrer Beziehung zu Adam auszuhorchen, doch das tat sie nicht. Rachel nahm an, dass ihre Mutter spürte, wie nervös sie wegen dem Wettbewerb war, und sie deshalb in Ruhe ließ. Nur einmal, bei Karen Millen, sprach sie das Thema überhaupt an, indem sie bemerkte, wie enttäuscht sie sei, dass Adam nicht zum Wettbewerb kommen konnte.

»Na ja, wenn er keine Zeit hat, hat er eben keine Zeit«, sagte Faye. Rachel war nicht sicher, ob sie sich das nur einbildete, aber sie meinte, einen Anflug von Verärgerung in Fayes Stimme gehört zu haben. Das war das erste Mal, dass Faye überhaupt in einem anderen Ton als dem restloser Vergötterung von Adam sprach.

Wieder einmal spielte sie mit dem Gedanken, ihrer Mutter von Matt zu erzählen, entschied sich aber dagegen. Sie hatte jetzt keinen Nerv, den urgewaltigen Ausbruch mütterlichen Entsetzens, Tränen und endloser Befragungen über sich ergehen zu lassen – schon gar nicht vierundzwanzig Stunden vor dem wichtigsten Abend ihrer Karriere. Stattdessen erzählte sie ihr etwas von Onkel Stans Angina pectoris und dass Adam ihn jetzt einfach nicht im Stich lassen wolle. Dann wechselte sie das Thema. Faye merkte offensichtlich, dass sie in dieser Richtung nicht weiterkommen würde, und ging suchend an den Kleiderständern entlang.

»Oh!«, quietschte sie gleich darauf. »Das musst du dir ansehen.«

Rachel sah es sich an und verzog das Gesicht.

»Aber etwas mit ein wenig Glitzer wäre genau das Richtige, damit du auch auffällst«, schwärmte Faye und hielt Rachel das knappe, bis zum Oberschenkel geschlitzte Lurex-Fähnchen hin.

Sie hätte beinahe gesagt: »Ja, und als Accessoires einen Bordstein und eine Kontrolle von der Sitte«, aber sie hatte sich zurückgehalten, weil sie Faye nicht kränken wollte. Stattdessen lächelte sie und sagte, das sei nicht ganz das, was sie sich vorgestellt habe.

Schließlich einigten sie sich auf eine schwarzseidene Caprihose, ein glänzendes fuchsienrotes Top mit geschlitztem Ausschnitt und dreiviertellangen Ärmeln und passende pinkfarbene Slingpumps mit Pfennigabsätzen.

Rachel verbrachte die nächste halbe Stunde damit, ihre

Haare sorgfältig zu föhnen, sich zu schminken und anzuziehen. Sie sah immer noch ein wenig nuttig aus, fand sie – weniger Urban Chic als Bordstein-Schick.

Das sagte sie auch Shelley, die ein paar Minuten später hereinschaute, um ihr alles Gute zu wünschen.

»Sei doch nicht albern«, entgegnete Shelley mit einer Stimme, die vor Beruhigung nur so triefte. »Du siehst fantastisch aus. Also, du gehst jetzt da raus und haust sie einfach um. Matt und ich sind auch da, um dich anzufeuern.«

»Danke«, sagte Rachel herzlich und drückte ihre Freundin an sich. »Du weißt schon – dass du immer für mich da bist. Ich weiß gar nicht, was ich ohne dich tun würde.«

Rachel erreichte die Gas Station um kurz vor sieben. Wie gestern, als sie und die anderen Teilnehmer zu den Licht- und Soundchecks hier gewesen waren, standen vor dem Haus drei riesige Übertragungswägen, aus deren Türen sich Dutzende dicker Kabelstränge auf das Pflaster draußen ergossen. Rachel stieg vorsichtig darüber und folgte den Kabeln ins Haus. In der Lobby tummelten sich keuchende, schwitzende Männer in T-Shirts, die Equipment und Bierbäuche stemmten. Als sie so dastand und ihnen zusah, durchzuckte sie die Realität dessen, was gleich geschehen würde – sie würde live im landesweiten Fernsehen auftreten. Sie fühlte sich plötzlich schrecklich allein und begann zu zittern.

»Oh, hallo. Ihr Name, bitte?«

Rachel drehte sich um und stand vor einem lächelnden Mädchen in einer schwarzen Steppjacke mit einem Klemmbrett in der Hand. An einer Kette um ihren Hals hing ihr Ausweis von Channel 6. Rachel nannte ihren Namen. Das Mädchen suchte auf seiner Liste, hakte sie ab und führte sie hinauf zum grünen Salon.

Die Luft war zum Schneiden dick vor Rauch und nervösen Unterhaltungen. Die meisten Leute hatten sich in kleinen Grüppchen versammelt und standen entweder herum oder saßen auf den roten Plastikstühlen. Wer keine Zigarette in der Hand hatte, klammerte sich an eine Flasche Wasser. Einige liefen bleich und ängstlich auf und ab. Darunter war auch ein Bauchredner mit einer Puppe. Beide waren angezogen wie Nana Mouskouri.

An einem Ende des Raums stand ein langes Büfett mit Sandwiches und Getränken. Darüber hingen drei Monitore. In der Hoffnung, eine Cola würde ihren Magen beruhigen, machte Rachel sich zum Büfett auf, wobei sie unterwegs lächelnd Bekannte grüßte. Sie trank gerade den ersten Schluck, als sie Lenny auf sich zukommen sah.

»Na, Rachel, wie geht's?« Er küsste sie auf die Wange.

»Ach, ganz gut – abgesehen davon, dass ich mich auf der Stelle übergeben könnte … und dir?«

»Ebenso«, sagte er mit schwachem Lächeln und griff nach einer Dose Seven-Up.

Lenny hatte eben vorgeschlagen, etwas frische Luft schnappen zu gehen, als das Mädchen mit dem Klemmbrett hereinkam und ein halbes Dutzend Leute einsammelte – darunter auch Lenny –, um sie in die Maske zu bringen.

Als Lenny zur Tür hinausging, kam Pitsy herein. Sie entdeckte Rachel sofort und winkte ihr zu. Sie trug ein kurzes, scharlachrotes Satinkleid, rote Haarbänder an den Rattenschwänzchen und passende, klobige Plateauschuhe. Rachel sah nach, ob sie sich diesmal die Urwälder abrasiert hatte. Hatte sie. Offensichtlich hatte irgendjemand von den Fernsehleuten sie beiseite genommen und ein Wörtchen mit ihr geredet.

»O Gott, Rachel«, sagte Pitsy und gesellte sich zu ihr, »du

bist ein bisschen grün im Gesicht. Du bist doch nicht nervös, oder?«

»Ach, na ja, du kennst das doch«, erwiderte Rachel lächelnd und nippte an ihrer Cola. »Ein bisschen schon.«

»Tatsächlich? Also, ich habe natürlich noch nie unter Lampenfieber gelitten. Das liegt daran, dass ich immer volles Vertrauen in mein Material habe. Ich glaube, man kann nur nervös werden, wenn man nicht sicher ist, ob das wirklich was taugt.«

Rachel erwog gerade, Pitsy die Cola über den Kopf zu kippen, als das Klemmbrett-Mädchen wieder erschien und Rachel aufrief.

Wie alle anderen Teilnehmer kannte Rachel ihre Position im Ablauf des Wettbewerbs schon seit einigen Tagen. Sie war als Letzte dran. Das hatte den Vorteil, dass die Juroren ihren Auftritt noch frisch im Gedächtnis haben würden, wenn sie sich entschieden. Der Nachteil war, dass sie eineinhalb Stunden warten musste, bis sie endlich drankam.

Als die Auftritte begannen, ertrug sie es nicht mehr, im grünen Salon zu sitzen und den anderen auf den Monitoren zuzusehen. Was, wenn die absolut brillant waren und ihr das letzte bisschen Selbstvertrauen raubten?

Stattdessen ging sie draußen auf und ab, bis ihr zu kalt wurde, oder saß allein in der Bar neben dem Zuschauerraum, las ihr Skript noch einmal durch und hörte sich das Gelächter des Publikums an. Als sie gerade an der Bar saß, etwa zwanzig Minuten vor ihrem Auftritt, und sich elender denn je fühlte, merkte sie, dass es keinen Sinn mehr hatte, weiterzulesen. Wenn sie ihr Material bis jetzt nicht auswendig konnte, würde sie es nie mehr rechtzeitig lernen. Und wenn es schlecht war, konnte sie jetzt auch nichts mehr daran ändern.

Einen Moment lang starrte sie Löcher in die Luft. Dann

suchte sie eine Ablenkung, irgendetwas, um ihre steigende Panik zu mildern. Zuerst wischte sie Chipskrümel vom Tisch. Als alle Krümel auf dem Boden gelandet waren, griff sie nach dem Schminkspiegel in ihrer Tasche. Als sie den Spiegel wieder einsteckte, bemerkte sie ein Programm der Veranstaltung, das auf dem Stuhl gegenüber lag. Sie beugte sich vor und nahm es. Auf den Innenseiten waren die Namen der Teilnehmer abgedruckt. Unter jedem Namen stand eine kurze Biographie. Erst als sie die lange Reihe von Namen überflog, merkte sie, dass eine Vanessa Marx nicht dabei war. Das fand Rachel sehr seltsam, da Xantia doch so ein Getue um ihre Nichte gemacht hatte.

Sie zuckte mit den Schultern. Vielleicht hatte Vanessa ihre Bewerbung zurückgezogen, oder Xantia hatte irgendetwas falsch verstanden. Sie stopfte das Faltblatt in ihre Handtasche und vergaß es.

Um Viertel vor zehn beschloss sie, wieder hinaufzugehen und sich Pitsy, die unmittelbar vor ihr dran war, auf dem Bildschirm anzusehen. Rachel nahm an, dass sie nicht den Nerv haben würde, heute Abend ihre geklauten Noeleen-Piccolo-Nummern zu präsentieren, also würde sie vermutlich wieder mal weniger als unterdurchschnittlich sein. Rachel konnte es kaum erwarten, sie zu sehen. Die Frau war ganz sicher dabei, sich total zum Narren zu machen.

Doch Rachel schaffte es gar nicht bis zum Grünen Salon. Dass panische Klemmbrett-Mädchen, das sie schon überall gesucht hatte, schnappte sie sich und ließ sie nicht mehr los. Sie führte Rachel durch ein paar Türen und einen Gang entlang auf die Bühne zu.

Die beiden standen in den Kulissen, das Mädchen einen knappen Meter vor Rachel mit ihrer Handtasche in der Hand. Gleich darauf erschien die Visagistin dämlich lächelnd und mit einem Hut wie ein umgekehrter Blumentopf über kurzen blonden Löckchen. Sie puderte Rachels Gesicht und sprühte ihr Haarlack auf. Auf der Bühne moderierte Lenny gerade die Überleitung und würde gleich Pitsy vorstellen.

»Danke, Dennis«, sagte er gerade, bezogen auf den vorigen Auftritt, »für erstaunliche Erkenntnisse über die Briten und ihre Sümpfe. Na ja, wo ich herkomme, wäscht sich keiner die Hände, nachdem er auf dem Klo war. Wir waschen uns nicht mal die Hände, nachdem wir die Klotür wieder aufgesperrt haben …«

Das Publikum lachte. Gleich darauf kündigte er Pitsy an.

Die Visagistin fummelte weiter an Rachels Haaren herum. Obwohl Rachel so nervös war, brachte sie ein stummes Hohnlachen zustande. Wenn hier irgendwer seine Quittung kriegen würde, dann war das die blöde Pitsy Carter.

»Ich bin jetzt etwa seit einem Jahr mit diesem Kerl zusammen«, begann sie. »Aber wir sind schon astrologisch unvereinbar. Ich bin eine Jungfrau. Er ist ein Arschloch …«

Als das Publikum auflachte, keuchte Rachel laut auf.

Miss Klemmbrett fuhr herum und zischte ihr zu, sie solle leise sein. Ohne an die Visagistin zu denken, die immer noch an ihrem Haar herumsprühte, machte sie ein paar Schritte auf die Bühne zu.

»Außerdem prahlt er ständig damit, was für ein Gentleman er sei. Ich sage nur: ›Warum denn, weil du extra in der Badewanne aufstehst, um ins Waschbecken zu pinkeln?‹«

Wieder brüllendes Gelächter.

Rachel konnte nicht fassen, wie unverfroren Pitsy tatsächlich war – geradezu tollkühn. Sie trat live im landesweiten Fernsehen mit geklautem Stoff auf. Die Nummer ging weiter – und plötzlich wurde der Ton anders.

»Sagen Sie mal, haben Sie sich schon mal überlegt, wie vieles anders gelaufen wäre, wenn die zwölf Apostel schwul gewesen wären?«

Rachel drehte sich der Magen um. Sie wollte ihren Ohren nicht trauen, also blieb sie einfach stehen, hörte zu und blinzelte ungläubig.

»Das Letzte Abendmahl wäre ein Brunch gewesen. Das Wasser bei der Hochzeit von Kanaan ...« Rachels Magen fuhr Achterbahn. Sie öffnete den Mund, doch es kam nur ein gedämpftes Jaulen heraus. Sie versuchte es noch einmal. Ihr Kiefer bewegte sich brav auf und ab, doch es kamen noch immer keine Worte aus ihrem Mund. Sie stand nur da, völlig fassungslos, die Augen vor Entsetzen aufgerissen.

»Und die Bergpredigt wäre gleich von Anfang an ein Musical gewesen.«

Das Publikum johlte und klatschte.

Endlich brachte Rachel die ersten Worte heraus. »O Gott«, würgte sie erstickt. »Das ist meine Nummer. Pitsy hat meine Nummer geklaut. Sie hat sie geklaut, das Miststück.«

Das Klemmbrett-Mädchen fuhr erneut herum. »Verflixt noch mal, seien Sie bitte still.«

»Aber Sie verstehen das nicht. Sie hat –«

»Hören Sie, das ist nur die Panik vor dem Auftritt«, versuchte das Mädchen sie zu beruhigen. »Entspannen Sie sich. Wenn Sie erst mal draußen sind, geht es Ihnen wieder gut.«

Pitsy war nun in voller Fahrt.

»... ich meine, wer hat je von einem Mann gehört, der zu seiner Freundin sagt: ›Ich finde, wir müssen mal über unsere Beziehung sprechen‹, oder von einer Frau, die ihren nackten Lover anschaut und dabei murmelt: ›Gott, was für ein süßer Hodensack‹?«

Lautes Lachen aus dem Publikum.

Mittlerweile hyperventilierte Rachel und raufte sich buchstäblich die Haare. Die Visagistin sah es, stieß einen entsetzten Schrei aus und stürzte sich mit der Bürste auf sie.

»Lassen Sie das, verdammt noch mal!«, zischte Rachel. Die Frau sprang erschrocken zurück.

»Verstehen Sie doch – das ist *meines.* Das ist meine Nummer«, flüsterte Rachel außer sich. »Jedes Wort. Jedes verdammte, beschissene Wort.«

Rachel überlegte, ob sie auf die Bühne marschieren und Pitsy damit konfrontieren sollte. Aber so wütend sie war, sie wusste doch, dass niemand ihr glauben würde. Sie würde als neidische, rasende Irre dastehen und am Ende vom Sicherheitsdienst hinausgeworfen werden. Außerdem wäre ihre Karriere damit gelaufen. Als sei sie das nicht ohnehin schon.

Also stand sie nur da, raufte sich weiter die Haare und sprang vor Wut auf und ab. Wenn sie Pitsy in die Finger bekam, würde sie sie umbringen. Nein, vorher würde sie noch Noeleen Piccolo anrufen, Pitsy dann mit ihr zusammen ermorden und ihre Leiche den Dingos zum Fraß vorwerfen.

Es dauerte nicht lange, bis Rachels rasende Wut schierer Panik wich. Sie hatte nichts, womit sie auf die Bühne treten konnte. Nichts. Beinahe wäre sie in Tränen ausgebrochen. Es half alles nichts, sie würde da rausgehen und eine alte Nummer abziehen müssen. Sie atmete tief durch. Okay … okay, dachte sie und bemühte sich, sich zu beruhigen und zu konzentrieren. Was sollte sie als Eröffnung hernehmen? Aber ihr fiel absolut nichts ein. Einfach gar nichts.

Sie blickte zur Bühne. Pitsy war fertig und hatte die Bühne verlassen, anscheinend auf der anderen Seite. Der Applaus war ohrenbetäubend. Sie schaute hinaus zum Publikum. Die Leute standen auf, schrien und klatschten. Die Wahl der Jury war nur noch eine Formalität, dachte Rachel. Pitsy hatte gewonnen. Pitsy hatte ihr Skript gestohlen und damit gewonnen. Rachel drehte sich der Kopf. Ihr wurde schlecht. Sie fürchtete, ihre Knie würden nachgeben, und hielt sich am Vorhang fest.

Schließlich verebbte der Applaus, und Lenny kündigte eine tief schürfende Nummer an. Das Publikum lachte und applaudierte wieder, als auf dem Bühnenhintergrund Dias von Kindern im Sandkasten erschienen.

Im nächsten Moment kündigte Lenny Rachel an.

»Also«, sagte das Klemmbrett-Mädchen, »denken Sie daran, was wir Ihnen bei den Proben gesagt haben – gehen Sie einfach raus, amüsieren Sie sich und ignorieren Sie die Kameras.«

Dann bohrte sich das Klemmbrett in Rachels Rücken. Rachel zitterte oft vor Angst, bevor sie auf die Bühne ging, aber so etwas wie das hier hatte sie noch nie erlebt. Sie war wie betäubt vor Panik und konnte sich nicht bewegen. Das Klemmbrett stupste sie noch einmal an. Sie machte zwei zögerliche Schritte auf die Bühne zu. Sie wollte gerade den dritten machen, als sie spürte, dass jemand sie am Arm packte.

»Rachel. Nein. Tu das nicht.«

Sie drehte sich um. Es war Matt. Shelley stand neben ihm. Beide waren außer Atem und sahen sie entsetzt an. Matt zog sie hinter die Kulissen zurück.

»Sie hat mein Material gestohlen«, entfuhr es Rachel. »Diese Frau, die vor mir dran war, sie hat es gestohlen.«

»Ich weiß«, sagte er und legte einen Arm um sie. »Shelley und ich haben alles gehört.«

»He«, rief das Klemmbrett-Mädchen in einer Mischung aus Panik und Ungeduld, »könnte mir bitte mal jemand erklären, was hier los ist? Wer hat was gestohlen? Rachel, Sie müssen jetzt da raus. Bitte. Alle warten auf Sie.«

»Sie geht nirgendwo hin«, erklärte Shelley entschieden und nahm dem Klemmbrett-Mädchen Rachels Handtasche ab. »Höchstens nach Hause.«

»Rachel Katz …«, verkündete Lenny nervös zum zweiten Mal. Und zum zweiten Mal wurde die Musik eingespielt.

Matt und Shelley geleiteten Rachel wie Bodyguards an den verwunderten Technikern und Backstage-Leuten vorbei zur Treppe, die zum Ausgang führte.

»Bitte. Sie können doch nicht einfach gehen!«, rief das Klemmbrett-Mädchen ihnen verzweifelt nach und rannte ihnen mit der Visagistin hinterher. »Kommen Sie zurück!«

»Rachel Katz …«, sagte Lenny noch einmal mit nervösem Lachen und einem lauten Räuspern. Wieder Musik.

»Oooh«, hörte Rachel die Visagistin quietschen. »Das ist ja genau wie in der Szene in *The Sound of Music,* wo die Von Trapps in die Schweiz entkommen.«

Rachel schluckte die Tränen hinunter und bemühte sich, an etwas Schönes zu denken, doch es fiel ihr nichts ein.

20

Erst einige Sekunden später, als sie den Bühnenausgang erreichten, brach Rachel zusammen. Volle fünf Minuten lang schluchzte sie haltlos an Matts Schulter, während Shelley ihr sanft den Rücken tätschelte.

»Na, komm, meine Süße«, sagte Shelley schließlich, »machen wir, dass wir hier wegkommen. Du kannst jetzt sowieso nichts mehr tun.«

Rachel schniefte. Dann hob sie plötzlich den Kopf und rückte von Matts Schulter ab. »Da irrst du dich«, sagte sie mit grimmig entschlossener Miene.

Bevor Matt und Shelley sie aufhalten konnten, rannte sie schon die Treppe zum Grünen Salon hinauf, wo jetzt sicher alle Mitbewerber vor den Bildschirmen versammelt waren, während die dreißig landesweiten Regional-Jurys ihre Bewertungen verkündeten. Sie stieß die Tür auf und stürmte hinein wie eine Naturgewalt. Alle drehten sich erschrocken um. Sie erkannte an ihren verlegenen Mienen, dass sie über sie getratscht hatten, weil sie offensichtlich ausgeflippt war. Sie suchte überall nach Pitsy, konnte sie aber nirgends entdecken.

»Pitsy«, brüllte Rachel. »Wo, zum Teufel, steckt das Miststück? Na los, raus damit: Wo ist sie?«

Niemand sagte etwas. Alle starrten nur auf diese verrückte, keuchende Frau, die vor Wut schäumte, kurz vor ihrem Auftritt wohl einen kleinen Nervenzusammenbruch erlitten hatte und jetzt offenbar regelrecht psychotisch wurde.

»Sie ist nicht hier«, sagte einer schüchtern, der anscheinend die arme Irre beruhigen wollte. »Wir haben sie hier nicht gesehen. Vielleicht ist sie auf dem Klo.«

Rachel drehte sich auf dem Absatz um und stieß in der Tür mit Matt und Shelley zusammen.

»Rachel, bitte. Hör auf damit«, flehte Matt und nahm sie beim Arm. »Shelley war schon auf dem Klo. Da ist sie auch nicht.«

Aber Rachel hörte nicht zu. Sie entriss ihm ihren Arm, rannte den Gang entlang und stürmte die Damentoilette. Wenn sie Pitsy in die Finger bekäme, würde sie ihr die Eingeweide herausreißen und sie um ihren dürren Hals wickeln.

Wie eine geistesgestörte, prämenstruelle Kung-Fu-Kämpferin trat sie nacheinander alle Kabinentüren ein. Nichts. Pitsy hatte sich offenbar ganz schnell in Sicherheit gebracht. Um sofort wieder aufzutauchen, sobald das Endergebnis verkündet und sie zur Gewinnerin erklärt wurde.

Gleich darauf rannte Rachel im Gang auf und ab, rüttelte an Türklinken und brüllte Pitsys Namen.

»Janeece, ich kriege dich schon noch, du gottverdammtes, diebisches Mistvieh.«

Alle Zimmer waren abgeschlossen. Sie wusste nicht, wo sie noch suchen sollte. Frustriert und besiegt stieß sie immer wieder mit dem Kopf an eine der Türen.

»Komm jetzt, Rache«, flüsterte Matt und legte ihr die Hände auf die Schultern. »Wir fahren zu mir und saufen uns erst mal bewusstlos.«

Sie ließ zu, dass er einen Arm um sie legte.

»Geht ihr zwei mal allein«, sagte Shelley diplomatisch. Sie reichte Rachel ihre Handtasche. »Ich gehe wieder rauf und warte, bis Lenny aus der Maske kommt. Irgendjemand muss dem armen Kerl sagen, was passiert ist. Dann gehe ich nach Hause und rufe deine Eltern und Joe an – damit sie wissen, dass dir nichts zugestoßen ist. Ich sage ihnen, dass du sie morgen anrufst.«

Sie umarmte Rachel, warf Matt ein herzliches Lächeln zu und ging zur Tür. Rachel starrte ihr voller Dankbarkeit nach. Es stimmte – sie war jetzt nicht in der Lage, mit den anderen zu sprechen. Noch nicht.

Als sie endlich unterwegs waren und es in dem Van langsam warm wurde, beruhigte Rachel sich ein wenig. Sie überlegte, wie Pitsy an ihr Skript gekommen sein mochte.

»O mein Gott«, sagte sie dann gedehnt. »Ich weiß, wie sie das angestellt hat.«

Sie erklärte Matt die Sache mit Pitsy und ihren Noeleen-Piccolo-Nummern. Dann erzählte sie ihm von dem Tag, als sie im Red House auf Lenny gewartet hatte und Pitsy plötzlich aufgetaucht war.

»Sie hat mir ihr Guinness übers T-Shirt gekippt. Ich bin auf die Toilette gegangen, um es zu trocknen, und habe meine Handtasche unter dem Tisch stehen lassen. Mein Skript war da drin. Ich war gute zehn Minuten lang weg. O Gott, sie hatte genug Zeit, alles durchzulesen – sich sogar einiges abzuschreiben.«

»Vielleicht musste sie nicht mal was abschreiben«, sagte Matt nachdenklich. »Vielleicht hat sie es einfach kopiert. Mein Mitbewohner ist oft im Red House. Ich habe ihn da schon ein paar Mal abgeholt, wenn er nicht mehr stehen konnte, und ich erinnere mich, dass gleich nebenan ein Copyshop ist. Ich frage mich nur, warum sie das getan hat?«

»Aus dem gleichen Grund, aus dem sie auch von Noeleen Piccolo geklaut hat. Pitsy hat überhaupt kein Talent, und das weiß sie auch, aber sie ist krankhaft besessen davon, berühmt zu werden. Was tut man, wenn man so verzweifelt, um nicht zu sagen verrückt ist und einem selbst keine guten Gags einfallen? Man klaut sie von jemand anderem.«

Matt schüttelte nur ungläubig den Kopf.

»Danke, dass du für mich da warst«, sagte sie und brachte sogar ein Lächeln zustande. »Ich kann dir gar nicht sagen, wie viel mir das bedeutet. Wenn du und Shelley mich nicht gerettet hättet, wäre ich auf die Bühne gegangen und hätte mir alles versaut.«

Er drückte ihr Knie. »He«, sagte er herzlich, »ich weiß, dass für dich im Moment alles hoffnungslos aussieht, aber du wirst deine Karriere schon wieder auf die Beine stellen. Und mit deinem Talent wirst du es früher oder später nach ganz oben schaffen. Es wird eben ein bisschen länger dauern, als du dachtest, das ist alles.«

»Ja, kann sein«, sagte sie leise, und einen Moment lang fuhren sie schweigend weiter.

»Weißt du«, sagte Matt versonnen, »es muss doch einen Weg geben, diese miese Pitsy bloßzustellen.«

»Wie denn? Bei Witzen gibt es kein Urheberrecht. Und selbst wenn, könnte ich nicht beweisen, dass dieses Material von mir stammt.«

»Doch, das könntest du. Ich habe es gelesen. Ich war letzte Woche in deiner Wohnung – als ich Sam kennen gelernt habe –, und da habe ich es gelesen.«

Sie lächelte wieder und streichelte seinen Arm. »Und was

meinst du, wer wird dir das glauben? Immerhin schläfst du ja mit mir – da ist es doch klar, dass du so etwas sagst.«

Widerstrebend musste er ihr Recht geben.

Es war zwar der letzte Sonntag vor Weihnachten, aber es war trotzdem kaum Verkehr, und so erreichten sie Matts Wohnung in Muswell Hill in weniger als zwanzig Minuten. Sie lag im obersten Stock eines großen, ein wenig heruntergekommenen Wohnblocks aus den Dreißigern.

Während er zwei Whiskygläser aus der Küche holte, ging Rachel ins Wohnzimmer, setzte sich auf das uralte auberginenfarbene Kunstledersofa und zog etwas hinter ihrem Rücken hervor, was sie für den Teil eines Waschmaschinenmotors hielt. Sie betrachtete das Zimmer – den Couchtisch aus Rauchglas, voll Schlieren, halb leerer Kaffeetassen, alter Zeitungen und weiterer mechanischer Kleinteile, den abgewetzten, fleckigen, alten braunen Teppich, ein Poster von Andy Warhols Suppendosen, den pseudonoblen Kaminsims mit einer Flasche *Eau Sauvage* darauf – von Matts Mitbewohner, nahm sie an –, die löchrigen Rollos vor dem Fenster. Der Raum sah aus, als sei er irgendwann um 1974 eingerichtet worden und seither weder mit einem Staubsauger noch irgendwelchen Putzmitteln in Berührung gekommen. Es fehlte nur noch ein Edelstahl-Fondueset und ein Schälchen Oliven, die auf dem Regal verstaubten. Himmel, dachte sie, Adam würde einen dieser Schutzanzüge gegen biologische Waffen verlangen, bevor er einen Fuß in dieses Zimmer setzte. Sie selbst hätte auch nicht unbedingt hier wohnen wollen, fand diesen Junggesellen-Stil aber irgendwie reizvoll.

»Weißt du was, Shelley wäre von diesem Zimmer begeistert«, sagte sie, als er mit den Gläsern und einem Gefrierbeutel Eiswürfel zurückkehrte.

»Das hier? Ein einziger Saustall.« Er ging hinüber zu dem weiß furnierten Wohnzimmerschrank und öffnete die Klapptür der Hausbar.

»Ja, aber es ist so schön retro.« Wie die engsten Angehörigen bei einer Beerdigung fand Rachel es erleichternd, ein paar Minuten lang über Alltägliches zu sprechen. »Shelley findet so etwas ganz toll. Du müsstest mal ihre Wohnung sehen. Unglaublich. Ein bisschen übertrieben, was die Farben angeht, vielleicht, aber sie hat wirklich ein gutes Auge für Design. Wenn du die Möbel behalten und bei dem Siebzigerjahre-Stil bleiben würdest, könnte sie aus diesem Zimmer wirklich was machen.«

»Komisch, dass du das gerade jetzt sagst«, entgegnete er. »Ich habe für morgen die Maler bestellt; die wollen mir einen Kostenvoranschlag machen, um die ganze Bude zu renovieren. Sie haben gesagt, sie könnten auch über Weihnachten arbeiten, damit es rechtzeitig fertig wird, bis meine Mutter Neujahr zu Besuch kommt.«

Rachel sah ihn stirnrunzelnd an. »Du hast Leute gefunden, die bereit sind, über Weihnachten zu arbeiten?«

»Sikhs«, sagte er.

»Ach so. Na ja, ich könnte doch morgen mal mit Shelley vorbeikommen. Sie hat bestimmt ein paar tolle Ideen.«

Er kam herüber und reichte ihr ein Glas Scotch. »Meinst du, dass dir morgen wirklich danach ist?«

»Vermutlich nicht«, sagte sie lächelnd. »Aber wenn ich mich nicht aufraffe, hocke ich nur zu Hause und rege mich über Pitsy auf.«

»Also dann, sehr gerne«, sagte er. »Ich wollte euch beide sowieso einladen. Ich plane nämlich einen Testlauf für meine Dritte-Welt-Erfindung. Sie ist endlich fertig. Die Delegation aus Burkina Faso will sie sich Anfang Januar ansehen, und wenn ich Glück habe … na ja, man kann nie wissen.« Er setzte sich neben sie aufs Sofa.

»Das ist fantastisch, Matt«, sagte sie, zog ihn an sich und küsste ihn. »Das will ich um nichts in der Welt verpassen.«

Sie sah auf die Uhr. »Die Wertungen müssten jetzt alle eingegangen sein«, sagte sie. Bevor er sie daran hindern konnte, hatte sie schon die Fernbedienung in der Hand. »Nenn es ruhig morbide Neugier«, sagte sie und nahm einen kräftigen Schluck Scotch. »Aber ich muss mich überzeugen, dass sie gewonnen hat.«

Der Bildschirm füllte sich mit einer Aufnahme der jubelnden Pitsy im Grünen Salon, umgeben von all ihren Mitbewerbern, die ihren Pokal herumschwenkte und Champagner aus einer Magnumflasche trank.

Eine Träne lief Rachel über die Wange.

»Welche Überraschung«, murmelte sie. Sie wandte sich Matt zu. »Das hätte ich sein sollen.«

»Ich weiß«, sagte Matt sanft und wischte die Träne mit einem Finger fort. Er stand auf, kam mit der Whiskyflasche zurück und füllte ihr Glas auf.

»Natürlich«, zwitscherte Pitsy gerade irgendeinem Reporter zu, den Rachel nicht kannte, »hätte ich das nie geschafft ohne meine Tante und meinen Onkel, die mich bei meiner Karriere unterstützt haben, seit ich von Australien hierher gekommen bin.«

»Ich wusste gar nicht, dass sie hier Verwandte hat«, bemerkte Rachel.

Sogleich gesellten sich zwei weitere Personen zu Pitsy ins Bild.

»O Gott«, quiekte Rachel und erstickte fast an ihrem Scotch, »das sind Xantia und Otto. Pitsy ist ihre Nichte?« Sie sah zu, wie die beiden Pitsy küssten und umarmten.

»Das verstehe ich nicht. Xantia sagte, ihre Nichte hieße Vanessa.«

Der Anblick von Pitsy und den Marx', die für die Fotografen posierten, wurde Rachel auf einmal zu viel. Sie schaltete den Fernseher aus.

»Moment mal«, sagte Matt, beugte sich vor und nahm sich die Programmzeitschrift vom Couchtisch. »Ich bin sicher, dass ich hier drin was über den Wettbewerb gelesen habe.« Er blätterte sich rasch durch. »Ja, genau. Hier ist es.«

Er reichte ihr die Zeitschrift. Auf einer Doppelseite waren sämtliche Teilnehmer des Wettbewerbs mit Foto aufgeführt – Rachel inbegriffen. Unter jedem Bild stand auch eine kurze Biographie.

»Das wusste ich ja gar nicht«, sagte sie kopfschüttelnd. Sie fand Pitsys Foto sofort und las den Text darunter.

»… ›geboren in Killadingo, Queensland, 1974 … bla, bla, bla … die stolzen Eltern Roy und Nadine Carter … Die in England geborene Nadine ist die Schwester des weltberühmten Designers Otto Marx.‹ Ja, hier steht es: ›Ihre Eltern nannten sie Vanessa, doch seit sie 1999 ihre Profi-Karriere begann, arbeitet sie unter ihrem zweiten Vornamen Janeece‹.«

Sie warf die Zeitschrift auf den Couchtisch.

»Also«, fragte Matt, »glaubst du, die Marx' wissen von ihrer Masche?«

»Keine Ahnung. Ich meine, die Marx' sind Schwachköpfe, aber ich kann mir nicht vorstellen, dass sie in solche Betrügereien verwickelt sind.« Sie lehnte sich auf dem Sofa zurück und rieb sich die Augen.

»Komm, du bist völlig fertig«, sagte Matt. »Versuch doch, ein bisschen zu schlafen.«

Diesmal widersprach sie nicht.

Matts Schlafzimmer war ein Chaos aus herumliegenden

Klamotten, Zeitungen und jeder Menge Metallteile und Maschinenschrott.

»Aber das Bettzeug ist frisch gewaschen«, sagte er, räumte einen Stapel Schaltbretter vom Bett und legte sie auf den Boden.

Er zog sie an sich. »Wir kriegen das wieder hin, bestimmt«, sagte er sanft. »Irgendwie. Das verspreche ich dir.«

»Wir?«, fragte sie. »Wie meinst du das, ›wir‹?«

Er zögerte und holte tief Luft. »Ich meine«, sagte er und sah ihr fest in die Augen, »dass ich dich liebe.«

»Wirklich?«

Er nickte. »Du klingst so überrascht.«

»Na ja, ich dachte es mir schon, aber ich war mir nicht sicher.«

Sie setzte sich aufs Bett. Er setzte sich neben sie. Dann legte er eine Hand unter ihr Kinn und drehte ihren Kopf zu sich hin.

»Und, geht es dir genauso?«

Sie erwiderte seinen Blick. »Unbedingt«, sagte sie.

Ihr tiefer, zärtlicher Kuss schien ewig zu dauern. Danach drückte er sie so fest an sich, dass sie kaum noch Luft bekam. Sie wusste sehr wohl, dass sie ihm von Adam erzählen sollte und dass sie diese Beziehung beenden würde, sobald er aus Südafrika zurückkam, aber sie konnte ihm nichts sagen. Sie hatte Angst, er könnte wütend auf sie werden, weil sie ihm gegenüber nicht aufrichtig gewesen war, und nach dem Abend, den sie gerade hinter sich hatte, war sie dem einfach nicht gewachsen.

Er ließ sie los, ging an seine Kommode und gab ihr ein säuberlich gefaltetes Hemd, das sie anziehen konnte. Dann bestand er darauf, ihr einen Becher heiße Milch zu machen.

Als er zurückkam, lag sie schon im Bett. Er reichte ihr die

Milch in einem South-Park-Becher. Als sie ausgetrunken hatte, legte er sich neben sie, nur noch in seinen Boxershorts, hielt sie im Arm und streichelte ihren Kopf.

»Gute Nacht«, sagte er und küsste sie auf die Stirn.

Trotz des Whiskys, der heißen Milch und obwohl sie in seinen Armen lag, konnte sie einfach nicht einschlafen.

»Matt, bist du noch wach?«, fragte sie nach etwa zehn Minuten.

»Ja, gerade noch«, murmelte er.

»Ich kann nicht schlafen«, klagte sie. »Ich kann nicht aufhören, an heute Abend zu denken. Du hast nicht zufällig Schlaftabletten da, oder?«

Er stützte sich auf den Ellbogen und knipste die Nachttischlampe an.

»Nein, aber ich habe etwas viel Besseres«, sagte er grinsend.

»Ach, Matt, ich bin erledigt. Mir ist jetzt wirklich nicht nach …«

Schon hatte er die Bettdecke beiseite geschoben. Langsam knöpfte er das Hemd auf, das sie trug, und küsste und kitzelte ihre Brüste.

»Na los, zieh es aus«, sagte er, »und leg dich auf den Bauch.«

Gleich darauf saß er auf ihr, und sie spürte Öl auf ihren Rücken tropfen, das stark nach Lavendel roch.

Langsam und geübt begann er, ihren Nacken und ihre Schultern zu massieren, bearbeitete mit den Fingern die harten, verkrampften Muskeln. Ein paar Mal zuckte sie vor Schmerz zusammen. Dann, ganz allmählich, ließ die Spannung nach, und sie wurde immer gelöster.

»Oh, du machst das gut«, flüsterte sie. »Sehr gut.«

Er machte noch eine Weile so weiter. Dann küsste er sie

auf Nacken und Schultern, legte sich neben sie und massierte an ihrer Wirbelsäule entlang. Bald knetete er durch ihr Baumwollhöschen hindurch ihren Po. Als er einen Finger in die Spalte schob, erschauerte sie.

Sie drehte sich um und ließ ihn ihr Höschen herunterziehen. Sie spürte, wie feucht sie zwischen den Beinen geworden war. Auch seine Finger fanden die Stelle, und gleich darauf glitten sie über ihre Klitoris.

»Lass dich einfach gehen«, drängte er sanft. Sie fühlte, wie sie davontrieb, auf einer Welle reinen Genusses. Bald spürte sie die erste Erlösung, und dann noch eine.

Danach küsste er sie auf das Gesicht, den Bauch und die Brüste.

»Und jetzt schlaf schön«, befahl er zärtlich und strich ihr den Pony aus den Augen.

»Danke, dass du heute für mich da warst«, sagte sie schläfrig.

»Ich werde immer für dich da sein«, flüsterte er.

In dem Augenblick, als Rachel aufwachte, traf die Erinnerung daran, was bei dem Comedy-Wettbewerb passiert war, sie wie ein Schmetterball in die Magengrube. Doch zugleich fühlte sie sich unerklärlicherweise beflügelt. Dann fiel ihr wieder ein, dass Matt gesagt hatte, er liebe sie. Sie seufzte zufrieden und drehte sich herum, um einen Arm um ihn zu legen, doch er war nicht da. Gleich darauf hörte sie seine Stimme aus dem Wohnzimmer. Da war auch eine zweite Stimme, ebenfalls männlich. Das musste sein Mitbewohner sein. Sie lauschte, konnte aber nicht verstehen, was sie sagten.

Als sie ihre Gefühle über den gestrigen Abend ein wenig genauer betrachtete, merkte sie, dass ihre Wut noch keineswegs verraucht war. Allerdings war die Hoffnungslosigkeit geschwunden – die Angst, dass ihre Karriere damit gelaufen war. Vermutlich hatte Matts Zuversicht auf sie abgefärbt, dachte sie, denn sie war nun fest entschlossen, Pitsy bloßzustellen und es ihr heimzuzahlen.

Sie starrte zur Decke hinauf. Vielleicht sollte sie mit dem Naheliegendsten beginnen: Pitsy ausfindig machen, ihr ins Gewissen reden und sie dazu bringen, sich öffentlich zu ihrem Betrug zu bekennen. Sie lachte laut auf. Diese Idee war absurd. Zunächst einmal war Pitsy nicht ganz dicht und hatte kein Gewissen. Zum Zweiten war sie mittlerweile ganz sicher abgetaucht und würde nicht zu finden sein.

Die einzige Alternative war, mit Xantia zu sprechen. So tief vergraben sie auch sein mochte, Rachel war sicher, dass die Frau irgendwo eine menschliche Seite hatte. Sie hatte einen kleinen Blick darauf erhascht, als sie und Shelley das geheime Zimmer gefunden hatten. Für ein paar Augenblicke war Xantias arrogante Beredsamkeit unsicherer, errötender Verlegenheit gewichen. Doch ob Xantias menschliche Seite sich auch auf andere als sie selbst erstreckte, war schwer zu sagen.

Aber es bestand immerhin eine Chance – wenn auch eine so hauchdünne, dass man sie als magersüchtig bezeichnen musste –, dass Xantia sich darüber furchtbar aufregen würde und vielleicht sogar bereit war, sich bei den Leuten von Channel 6 für Rachel einzusetzen. Sie hatte dort sicher irgendwelche Beziehungen. Wahrscheinlich kannte sie sogar Robin Metcalf, den Programmchef, der sich Rachel neulich vorgestellt hatte.

Rachel wusste, dass sie nicht an Pitsys Stelle zur Siegerin des Wettbewerbs gekürt werden konnte. Das wäre für den Sender viel zu kompliziert, von peinlich ganz zu schweigen.

Sie wollte nur ihren guten Ruf bei diesen Leuten nicht verlieren, dann wären sie vielleicht bereit, ihr später eine Zusammenarbeit anzubieten.

Das einzige Problem bei ihrem Plan – abgesehen davon, dass Xantia sich weigern könnte, mit ihr zu sprechen oder ihre Geschichte zu glauben – war, dass die Marx' Weihnachten immer in Venedig verbrachten und sie Xantia erst nach Neujahr würde erreichen können. Es würde zwar furchtbar frustrierend sein, über die Weihnachtsferien herumzusitzen, sich Sorgen zu machen und über Xantias Reaktion zu spekulieren, doch sie hatte keine andere Wahl.

Sie wollte hören, was Matt von ihrem Plan hielt, also stand sie auf, zog den Morgenmantel an, den er ihr herausgelegt hatte, und ging in den Flur. Als sie draußen stand und den Morgenmantel zuband, konnte sie Matts Stimme deutlich verstehen. Er beschwerte sich gerade bei seinem Mitbewohner über den Saustall im Wohnzimmer, und vor allem über ein paar leere Curry-Behälter, die der nicht weggeworfen hatte. Gleich danach hörte sie die andere Stimme und schlug die Hand vor den Mund.

»He, tut mir Leid, Mann«, sagte die Stimme mit dem unverkennbaren Liverpool-Akzent. »Ich wollte sie ja gestern Abend nach dem Essen noch wegräumen, aber da war es schon nach zwei, und mir ging's echt nicht gut. Ich hatte vorher ein Blind Date und musste die Frau loswerden. Stellt sich doch raus, dass die tatsächlich Augen wie klare Waldseen hat – aber auch eine Nase wie ein Sprungbrett.«

»Trecker?«, flüsterte Rachel fassungslos. »Matts Mitbewohner ist *Trecker?*«

Sie öffnete die Tür einen Spalt breit und lugte hinein, um sicherzugehen, dass sie richtig gehört hatte. Hatte sie. Da lag er, auf dem Sofa ausgestreckt. Er las Zeitung und zog an einer

Zigarette, mit nichts als seiner Lederhose bekleidet. Matt stand am Esstisch und sammelte Curry-Kartons ein.

»Und was ist mit diesem ganzen Müll auf dem Boden?«

Sie sah, dass der gesamte Boden um den Tisch herum mit kleinen Gegenständen bedeckt war, die anscheinend aus Papier waren.

»Das is' mein Origami.«

»Dann hebe ich es wohl besser auf, nicht?«, sagte Matt sarkastisch.

»He, ich hab doch schon gesagt, dass es mir Leid tut. Lass es einfach liegen. Ich mach es später weg.«

Matt bückte sich und fegte mit einer Hand die Origami-Stückchen zusammen. Dann hob er eines auf und starrte es an. Sie konnte nur erkennen, dass es in etwa die Form eines Blütenblattes hatte, mit vielen kleinen Spalten.

»Und, was soll das sein?«, fragte Matt und schob den Finger in eine Spalte.

»Fotzen«, sagte Trecker.

»Von wem sprichst du denn jetzt?«

»Meine Origami-Teilchen. Das Problem ist, ich krieg sie nie genau richtig hin. Ich hab noch stundenlang dran gearbeitet, nachdem ich gestern heimgekommen bin, aber meine äußeren Schamlippen stehen immer zu weit vor.«

Draußen vor der Tür erstickte Rachel fast an einem unterdrückten Lachanfall.

»Herrgott noch mal, Trecker«, stöhnte Matt. »Ich habe Rachel mitgebracht. Ihr ist gestern Abend etwas ganz Schlimmes passiert. Jemand hat ihr ihre Nummer geklaut, und sie fühlt sich jetzt bestimmt miserabel. Das Letzte, was sie jetzt braucht, ist, dass sie in einen Haufen Origami-… äh.« Matt zögerte.

»Fotzen«, half Trecker nach.

Kopfschüttelnd sammelte Matt die Papierstückchen auf.

»Und, wo steckt sie denn, deine Kleine?«, fragte Trecker.

»Rachel«, erwiderte Matt betont, »ist noch im Bett.«

»Ach so. Oh, das hab ich dir ja noch gar nicht erzählt. Ich habe heute Morgen einen Brief von Kelloggs bekommen.«

»Ach ja? Und was steht drin?«

»Na ja, das war eigentlich nur so ein höflicher Formbrief, aber sie haben sich für mein Imperial-Cereal-Angebot bedankt und gemeint, sie würden mir bald ausführlicher schreiben.«

»Großartig«, sagte Matt verächtlich und stopfte verunglückte Origami-Genitalien in die Überreste von Chicken Tikka Masala in einem der Kartons.

Trecker zog an seiner Zigarette.

»Hier«, sagte er und hielt die Zeitschrift hoch, die Rachel als das Fernsehprogramm vom Tisch erkannte. »Siehst du die Bilder von den ›Joke for Europe‹-Teilnehmern? Weißt du was, ich kenne sogar eine von denen.«

»Wen?«, fragte Matt und ging hinüber, um sich die Bilder anzusehen.

»Die da. Die kenne ich.«

»Trecker, das ist Rachel. Woher kennst du sie denn?«

»Ach, ich hab vor ein paar Wochen im Red House versucht, sie anzumachen. Reg dich nicht gleich auf, das ist schon ewig her.« Er kratzte sich sanft die Brust.

Nun beschloss Rachel, leise die Bühne zu betreten.

»Sie hat so getan, als wäre sie nicht interessiert«, fuhr Trecker fort, »aber unter uns gesagt, ich glaube, sie war ziemlich scharf auf mich.«

»Hallo, Trecker«, sagte Rachel strahlend.

Trecker sprang vom Sofa und stand mit rotem Gesicht vor ihr. Dann bückte er sich zum Couchtisch hinunter und drückte die Zigarette im Aschenbecher aus. Es überraschte sie, dass er überhaupt zu Verlegenheit fähig war. Sie konnte wieder einmal nicht anders, als ihn doch irgendwie liebenswert zu finden.

»Hallo«, sagte er und verschränkte schamhaft die Arme vor der Brust, um seine Brustwarzen zu bedecken. »Tut mir Leid wegen gestern Abend. Matt hat mir erzählt, dass jemand deinen Stoff geklaut hat. Du bist bestimmt ziemlich mies drauf, hm?«

»Ja, so in der Art«, sagte sie freundlich und bemerkte, dass Matt rasch die Curry-Schachteln vom Tisch fegte und hinter seinem Rücken versteckte.

»Na ja«, meinte Trecker verlegen, »ich wollte gerade unter die Dusche. Hat mich gefreut, dich wiederzusehen, Rachel.«

»Mich auch, Trecker.«

»Hier«, sagte Matt, »ich glaube, das sind deine.« Er zog die Curry-Schachteln hinter seinem Rücken hervor und drückte sie seinem Freund in die Hände.

Trecker wandte sich zum Gehen, doch Matt rief ihn zurück und legte den Aschenbecher voller Kippen obendrauf.

Sie sahen ihm nach, als er zur Tür ging, wo er noch einmal stehen blieb, den Kopf senkte und an seinen Achselhöhlen schnüffelte. Als er endlich das Zimmer verließ, brummte er etwas in der Art, dass er stinke wie ein Fertig-Curry.

Matt schloss die Augen und drückte die Finger an die Augenhöhlen.

»Bitte entschuldige, Rachel. Ich wusste ja nicht, dass Trecker versucht hat, dich anzumachen. O Gott … sag bloß, er hat bei dir auch seine *Clitorati*-Nummer abgezogen.«

»Gut, dann sag ich's eben nicht«, neckte sie ihn.

Matt grinste. »Ich weiß, du hältst Trecker für den letzten Idioten, aber er ist kein übler Kerl –«

Er brach ab. Aus dem Badezimmer drang lauter, misstönender Gesang.

Matt verdrehte die Augen. »Er hat nur nicht die geringste Ahnung, wie man mit Frauen umgeht.«

»Was du nicht sagst.«

Matt lehnte sich über das Sofa und hob ein Paar Unterhosen auf.

»Und ich geb's ja zu, er ist ziemlicher Faulpelz.« Er stopfte sich die Unterhose in die Hosentasche. »Aber ich lasse bei ihm Milde walten, weil er eine schwere Zeit hinter sich hat. Er ist nach New York geflüchtet, um ein gebrochenes Herz zu kurieren. Endlich hatte er es geschafft, eine Frau kennen zu lernen, und dann, als er sich wirklich in sie verliebt hat, stellte sich heraus, dass sie nur hinter seinem Sperma her war. Wenn er nicht mitten in der Nacht aufgestanden wäre und im Gefrierschrank nach ein paar Fischstäbchen für ein Sandwich gesucht hätte, wäre er nie dahinter gekommen.«

»Wie? Du meinst, sie war eine Samenräuberin?«

Matt nickte. »Der Gefrierschrank war voll mit gebrauchten …«

»Schon gut«, sagte sie kichernd. »Ich hab's verstanden.«

Matt kam zu ihr und strich mit einem Finger über ihre lächelnden Lippen. »Weißt du was? Ich glaube, dein Sinn für Humor kehrt allmählich zurück«, sagte er.

»Oh, das würde ich nicht sagen«, erwiderte sie. »Ich bin nur fest entschlossen, mir von der verdammten Pitsy Carter nicht alles versauen zu lassen.«

Sie erklärte ihm ihren Plan, mit Xantia zu sprechen. Er hielt das für wenig aussichtsreich, aber immerhin einen Versuch wert.

»Wart's nur ab«, sagte Rachel mit geradezu boshaftem Grinsen. »Wenn ich mit Pitsy fertig bin, wird sie um Gnade winseln.« Sie streckte die Hand aus, nahm sich einen Apfel und biss hinein. Herzhaft.

»Weißt du«, sagte er, »das ist eines von den Dingen, die ich an dir so liebe.«

»Was? Meinen Mut und meine grimmige Entschlossenheit im Angesicht meiner Feinde?«

»Nein«, sagte er, »wie du kaust. Mit den Schneidezähnen, wie ein Kaninchen. Das ist echt niedlich.«

»Gar nicht wahr«, quietschte sie empört, schnappte sich ein Kissen und schlug es ihm spielerisch auf den Kopf.

21

Na, mein Schatz, wie fühlst du dich?«, fragte Faye in diesem schmerzlich betroffenen Tonfall, den sie in Zeiten großen persönlichen Leids stets anschlug, sei es bei Beerdigungen oder damals, als Corals neue Einbauküche endlich geliefert worden war – nach vier Monaten Wartezeit –, mit Fronten in Rosenholz »Sandringham« statt wie bestellt in Teak »Balmoral«.

»Mama, mir geht's gut – genau wie vor einer Stunde, als du schon mal angerufen hast, und wie eine Stunde davor auch.«

»Bist du sicher? Ich meine, wie kann es dir gut gehen nach einem solchen Trauma, wie du es erlebt hast? Coral meint, du hättest vielleicht alles verdrängt. Sie hielte es für eine gute Idee, wenn du dir professionelle Hilfe holen würdest – du weißt schon, damit du deine Wut endlich loslassen und dich der Trauerarbeit für deine gestohlenen Witze zuwenden kannst. Sie war da vor ein paar Jahren bei jemandem, als sie diese Zwangsneurosen hatte. Leider, muss ich sagen, hat es nicht viel geholfen. Jedes Mal, wenn sie dort war, hat sie eine ganze Stunde lang das Sprechzimmer ihres Therapeuten geputzt.«

»Mama, ich brauche keine Therapie. Mir geht's gut, ehrlich … Nein, du und Papa könnt gar nichts für mich tun … Nein, bitte geh nicht zur Polizei. Die interessiert das ganz sicher nicht das kleinste bisschen. Kannst du dir vorstellen, dass sie bei *Crimewatch* sagen: ›Wenn Sie, liebe Zuschauer, die Frau gesehen haben, die diese Witze gestohlen hat, rufen Sie bitte folgende Hotline an …‹?«

»Na gut, aber dein Vater wird trotzdem mal mit unserem Anwalt darüber sprechen. Ich rufe dich nachher noch mal an und erzähle dir, was er gesagt hat.«

»Ja, ist gut, Mama. Wie du meinst. Bis später.« Rachel verdrehte die Augen, drückte auf den Beenden-Knopf und legte ihr Handy aufs Armaturenbrett.

Shelley auf dem Beifahrersitz begann zu lachen. »Du weißt schon«, kicherte sie, »was man sagt: Dass alle Frauen irgendwann wie ihre Mutter werden?«

»Lieber Gott, lass das nicht wahr sein«, erwiderte Rachel.

»Ja, bei mir auch. Meine Mutter stand auf Michael Fish, diesen glubschäugigen Wetterfritzen von der BBC.«

Es war kurz nach zwei, und Rachel und Shelley waren gerade mit Rachels Auto unterwegs zur feierlichen Enthüllung von Matts Waschmaschinen-Erfindung. Die Fahrt von Crouch End nach Muswell Hill hätte nicht länger als fünf Minuten dauern dürfen, aber es war Heiligabend, die Ausfallstraßen waren völlig verstopft, und sie hatten sich seit einer Viertelstunde kaum von der Stelle gerührt.

Shelley schaltete das Radio ein, obwohl nur noch Weihnachtslieder liefen, und sang »Stille Nacht« mit. Rachel sang die zweite Stimme, obwohl sie wusste, dass sie auf einem Keramikofen sitzen und trotzdem keinen Ton halten konnte. Als sie zum abschließenden »Schla-af in himmlischer Ru-hu« kamen, gelang es nicht einmal Shelley, den höchsten Ton zu treffen, und die beiden begannen haltlos zu lachen.

Es dauerte eine Weile, bis Rachel bemerkte, dass Shelley nicht mehr lachte, sondern scharf durch den Mund einatmete. Rachel drehte sich zu ihr um. Shelleys Gesicht war verzerrt, beide Hände auf ihren dicken Bauch gepresst.

»Alles in Ordnung?«, fragte Rachel.

Shelley stieß langsam den Atem aus und lächelte. »Ja. Kein Problem. Das sind nur eine Art Probewehen. Die habe ich schon den ganzen Abend.«

Rachel sah sie besorgt an.

»Bist du sicher, dass das keine richtigen Wehen sind? Ich hatte bei Sam auch solche Vorwehen, aber die haben nicht so wehgetan. Es ist nur noch ein Monat bis zum errechneten Datum, oder? Nach dem, was vor ein paar Wochen passiert ist, sollten wir vielleicht doch lieber ins Krankenhaus fahren, damit sie mal nach dir sehen?«

»Ach Quatsch, mach dich nicht verrückt. Mir geht's gut. Ist schon wieder vorbei.«

»Bist du sicher?«

»Absolut. Das fühlt sich genauso an wie damals, als sie mich ins Krankenhaus gebracht haben. Da war es falscher Alarm – und so wird es jetzt auch sein. Ich mache mich doch nicht wieder zum Narren. Reden wir lieber von etwas anderem. Also, da du und Matt einander endlich eure Gefühle eingestanden habt, wann wirst du Adam denn nun in die Wüste schicken?«

»Sobald er nach Hause kommt, wann immer das sein mag. Könnte noch Wochen dauern, bis –« Wieder brach sie ab, denn Shelley gab leise pustende Geräusche von sich.

»Das war's«, erklärte Rachel nach einem einzigen Blick auf das schmerzverzerrte Gesicht ihrer Freundin. »Ich bringe dich jetzt sofort ins Krankenhaus. Vorwehen sind nie und nimmer so schmerzhaft. Du, meine Liebe, hast richtige Wehen.«

»Rachel«, rief Shelley entnervt, »bitte, hör auf damit! Ich habe keine Wehen. Es tut immer nur ein paar Sekunden lang weh. Siehst du? Es ist schon wieder weg.«

Sie grinste. »Außerdem«, fuhr sie fort, »weigere ich mich, dieses Baby zur Welt zu bringen, bevor ich diesen wunderbaren Trecker kennen gelernt habe. Ich kann noch gar nicht fassen, dass er Matts Mitbewohner ist.«

»Shelley, um Himmels willen, bist du noch ganz dicht? Du steckst vermutlich schon in den Anfängen einer Geburt und kannst an nichts anderes denken, als dir einen Mann zu angeln?«

»Also, zum letzten Mal, ich *habe* keine Wehen. Das sind nur Vorwehen, falscher Alarm – okay?«

»Na schön. Wenn du das sagst.«

Der Verkehr war so dicht, dass sie eine weitere halbe Stunde bis Muswell Hill brauchten. Unterwegs hatte Shelley noch zwei weitere »Vorwehen« und wieder eine, als die beiden vor Matts Haus standen und darauf warteten, dass die Tür geöffnet wurde. Diesmal sagte Rachel nichts, denn es hatte keinen Sinn. Wenn das wirklich nur falscher Alarm war, würde es auch wieder aufhören.

»Wir sind's«, sagte Rachel, als Matt sich durch die Sprechanlage meldete.

»Hallo. Trecker ist nicht zufällig bei euch da draußen, oder?«

»Nein, ich habe ihn nicht gesehen.«

»Oh. Na ja, er hätte schon vor einer Stunde wieder da sein sollen.«

Der Summer ertönte, die Tür ging auf und sie traten in den

Hausflur. Dann, als die Tür gerade hinter ihnen ins Schloss fiel, hörten sie draußen eine Stimme.

»Ach, komm schon, Demi«, flehte die Stimme. »Na los, meine Süße. Nur noch ein paar Schritte, tu's für mich.«

»Das ist Trecker«, sagte Rachel mit verwirrtem Stirnrunzeln.

»Bist du sicher?«, fragte Shelley enttäuscht. »Anscheinend hat er jetzt doch eine Freundin.«

»Muss sein Blind Date von gestern Abend sein«, sagte Rachel. »Aber er hat doch gesagt, er wäre sie wieder losgeworden.«

»Also, Demi, jetzt mach's mir doch nicht so schwer. Komm schon, wie wär's mit ein paar Pralinen?«

Die beiden Frauen tauschten einen verwunderten Blick.

Plötzlich ertönte ein klapperndes Geräusch.

»Gutes Mädchen, Demi. So ist es brav.«

Klipp-klapp, klipp-klapp.

»Rachel«, sagte Shelley, »stimmt was mit meinen Ohren nicht, oder hörst du auch *Hufgeklapper?«*

Rachel schüttelte völlig verständnislos den Kopf und öffnete die Haustür. Trecker kam aufs Haus zu. Er zerrte an einem Strick. Am anderen Ende des Stricks hing ein äußerst räudig und alt wirkender Esel.

»O mein Gott«, murmelte Rachel. »Was ist denn das?«

»Das ist ein Esel«, kicherte Shelley.

»Das sehe ich«, entgegnete Rachel. »Ich meine, was soll der hier? Falls du es noch nicht bemerkt hast, in Muswell Hill werden Lasttiere eher selten gebraucht.«

Shelley ignorierte diese Bemerkung. Sie war zu sehr damit beschäftigt, Trecker in seinem braunen Samtanzug aus einer sehr eng geschnittenen Jacke mit sehr breitem Revers und ausgestellter Hose zu bewundern.

»O Gott«, flüsterte Shelley. »Du hattest Recht mit seiner hellen Haut. Ist der Mann umwerfend oder schlicht umwerfend?«

Rachel verdrehte die Augen.

Gleich darauf standen Trecker und die mottenzerfressene Demi vor ihnen.

»Hallo, Trecker«, sagte Rachel. »Hübscher Esel.«

»Ja. Demi gehört meiner Tante Pam. Sie leitet ein Tierheim in Kent. Ich habe sie gerade abgeholt.« Er streichelte Demi über die Nüstern.

»Das muss ja ulkig ausgesehen haben, ein Esel im Bus.«

»Sehr komisch. Ich habe mir Van Morrison ausgeliehen und einen Pferdetransporter gemietet.«

Nun bemerkte er Shelley.

»Also, Rachel«, sagte er lächelnd, »du hast mich noch gar nicht deiner Freundin vorgestellt.«

»Ach ja, Entschuldigung. Das ist Shelley. Sie wohnt unter mir … Aber ich verstehe immer noch nicht ganz. Was hat ein Esel in einem Mietshaus zu suchen?«

Er ignorierte sie.

»Hallo, Shelley«, sagte er. »Ich heiße Dave, aber meine Freunde nennen mich Trecker.«

»Aha, und warum?«

»Shelley«, brummte Rachel ungeduldig, »du weißt genau, warum. Ich hab's dir schon erzählt.«

Shelley trat Rachel kräftig auf den Fuß.

»Na ja«, sagte Trecker, der von dem Brummen und Treten nichts mitbekommen hatte, »David Brown – das ist mein voller Name – ist die meistverkaufte Traktorenmarke in Cornwall. Da komme ich her, und als ich in die Schule kam, haben alle angefangen, mich Trecker zu nennen. Als ich neun war, sind wir nach Liverpool umgezogen, aber da hat mich auch schon die ganze Familie so genannt. Der Name ist wohl einfach hängen geblieben. Und, wann kommt das Baby?«

»In vier Wochen«, sagte Shelley kokett und strich mit beiden Händen über den lila und grün gestreiften Pulli, der sich über ihrem Bauch spannte.

»Was wäre dir denn lieber? Ein Junge oder ein Mädchen?«

»Ist mir egal.«

»Ich liebe Babys.«

»Wirklich?«

»Ja. Ich glaube, das liegt daran, dass ich selber mal eines war.«

Rachel stand fassungslos daneben, als Shelley in lautes Lachen ausbrach.

»Natürlich war ich als Baby potthässlich. Die Polizei daheim sucht immer noch per Haftbefehl nach dem verantwortlichen Storch.«

Shelley lachte wieder.

»Und, was führt dich nach London?«, fragte sie kichernd.

»Ach, ich habe immer mal wieder eine Zeitlang hier gelebt. Aber die letzten paar Monate war ich in Amerika – in verschiedenen geschäftlichen Angelegenheiten. Jetzt, da ich wieder hier bin, werde ich meine geschäftlichen Interessen etwas vielseitiger gestalten. Derzeit stehe ich in Verhandlungen mit einem der größten Lebensmittelkonzerne. Sie haben schon einige beachtliche Angebote auf den Tisch gelegt, aber ich halte mir noch alle Möglichkeiten offen.«

»Einige beachtliche Angebote, von wegen«, brummte Rachel.

Shelley stieß sie in die Rippen.

»Na ja, wenn du mich fragst«, sagte Shelley, »ist das einzige wirklich zukunftsträchtige Segment auf dem Lebensmittelmarkt der Bio-Anbau, die ganze Health-Food-Branche.«

»Na, ich weiß nicht. Der Gesundheitsfraß hat meinen Großvater das Leben gekostet, weißt du?«

»Das Leben gekostet?«, wiederholte Shelley erstaunt. »Du lieber Gott. Wie denn?«

»Na ja, das war in dem Lastwagen, der ihn überfahren hat.«

Shelley lachte so heftig, dass sie zu grunzen begann.

»Hört mal«, mischte Rachel sich ein, »wenn ihr beide dann mal ausgelacht habt, könnten wir vielleicht erfahren, was dieser Esel hier zu suchen hat?«

Trecker wandte sich an Rachel. »Hat Matt es dir nicht erzählt?«

»Äh, nein.«

»Na ja«, sagte er und tätschelte Demis Flanke, »diese Waschmaschine ist für arme Dörfer in der Dritten Welt konzipiert – wo es logischerweise keinen Strom gibt.«

»Stimmt.«

»Und wenn die Maschine nicht elektrisch betrieben werden kann, dann muss sie irgendwie anders angetrieben werden, richtig?«

»Na ja – vermutlich.«

»Glaub mir einfach. Muss sie. Also, eine Waschmaschinentrommel voller Wäsche und Wasser ist viel zu schwer, als dass ein Mensch sie drehen könnte, aber jedes gewöhnliche Lasttier kann das schon – so wie unsere Demi hier. Sie wird den Testlauf machen.«

»Was?«, keuchte Rachel. »Du willst sie tatsächlich mit rauf in die Wohnung nehmen? Aber der Gestank?«

»Keine Angst, sie wird sich dran gewöhnen.«

Trecker überging Rachels fassungsloses Schweigen und zerrte erneut an Demis Strick, die den Kopf zurückwarf, ein lautes »I-ah« ausstieß und sich endlich ein paar Schritte vorwärts bewegte. Trecker hatte sie gerade halb durch die Tür manövriert, als ein Paketbote zum Haus getrottet kam, beladen mit vier schuhschachtelgroßen Paketen, die in braunes Packpapier gewickelt waren.

»Eine Lieferung für Nummer vierzig«, verkündete er und musste hinter Demi stehen bleiben. »Ich fürchte, ich komme da nicht vorbei ...«

»Aha«, sagte Trecker. »Das ist bestimmt für Polly, die Aromatherapeutin, die bei Matt und mir gegenüber wohnt. Keine Sorge, Mann. Ich nehm sie ihr mit rauf.«

Rachel sah, dass Trecker nur eine Hand frei hatte, weil er mit der anderen den Strick festhielt, also streckte sie einen Arm über Demis Rücken und nahm die Pakete entgegen.

»Ein Esel«, gluckste der Paketbote und tätschelte Demis Hinterteil. »Wenn ich daran gedacht hätte, hätte ich meiner Frau auch einen zu Weihnachten besorgt. Sie meckert ständig, dass ich ihr Hilfe im Haushalt besorgen soll.«

Kaum war er verschwunden, erschien der Maler. Rachel erkannte ihn sofort, denn er trug einen Turban. Er hatte auch seine zwei Söhne dabei – Zwillinge, dachte Rachel –, etwa zwölf Jahre alt und ebenfalls mit Turbanen auf den Köpfen.

»Hallo, ich bin Sadu Singh. Ich möchte zu Mr. Clapton.«

»Er wohnt in Nummer achtunddreißig«, sagte Rachel und lächelte Mr. Singh an. »Aber keine Sorge, da wollen wir alle hin – wenn wir erst einmal den Esel durch die Tür bekommen haben.«

»Darf ich vielleicht behilflich sein?«, erbot sich Mr. Singh mit einem höflichen Lächeln, das wohl andeuten sollte, er habe es täglich mit Eseln zu tun, die nicht durch Türen gehen wollten.

Rachel wollte gerade erklären, warum das Tier überhaupt hier war, als Demi unter lautem »I-ah« ein paar Schritte hinaus auf den Weg zurückwich und einen dampfenden Haufen auf das Blumenbeet fallen ließ.

»Iih, wie eklig«, riefen die Zwillinge unisono.

Mr. Singh ermahnte sie flüsternd, nicht so zu schreien, da sah Rachel Matt die Treppe herunterkommen. Er kam zu ihnen, küsste Rachel auf die Wange und sagte »Hallo« zu Shelley.

»Ah«, sagte er dann, als er Trecker vergeblich an Demis Strick ziehen sah. »Ich habe mich schon gewundert, wo ihr bleibt. Jetzt verstehe ich. Also, wir müssen sie in den Lift und nach oben in die Wohnung schaffen, bevor die Nachbarn sie sehen und einen Aufstand veranstalten. Mr. Singh, ich weiß, Sie halten uns jetzt vielleicht für völlig verrückt, aber ich werde Ihnen alles erklären, wenn wir erst mal drin sind.«

Damit begann er an Demis Halfter zu zerren, während Trecker es weiterhin mit dem Strick versuchte. Sie zogen nach Leibeskräften, aber Demi weigerte sich, auch nur einen Schritt zu tun.

»Hm«, sagte Rachel schließlich, »wie wär's, wenn ich die andere Seite des Halfters nehme?«

»Okay«, sagte Trecker.

Sie reichte die Pakete Mr. Singh und den Zwillingen. Doch in dem Moment, als Rachel nach dem Halfter griff, schrie der Esel lauter als je zuvor. Er machte immer noch keinerlei Anstalten, einen Huf zu rühren. Erst als Trecker vorschlug, Matt und Rachel sollten zurücktreten, und dann versuchte, sie allein vorwärts zu locken, folgte sie ihm durch die Tür in den Hausflur.

»Braves Mädchen. Braves Mädchen«, lobte Trecker lächelnd und hielt ihr ein paar Bonbons hin. Demi schleckte sie ihm gierig von der Hand.

»Gut so. Nur noch ein paar Schritte, meine Süße. Nur ein paar Schritte.«

Demi sah ihn an, furzte und weigerte sich kategorisch, auch nur einen Meter weiterzugehen.

Alle waren so damit beschäftigt, Demi in den Lift zu schaffen, dass niemand die alte Mrs. Liebowitz hörte, die mit Mr. Liebowitz im ersten Stock wohnte und sich nun die Treppe hinabschlich, um nachzusehen, was dieser Lärm zu bedeuten hatte.

Hätte irgendjemand anderes eine schwangere Frau, einen Mann, der einen Esel hinter sich herzog, und drei Männer im Turban mit Paketen auf den Armen gesehen, hätte er wohl angenommen, dass irgendwo im Haus zu Weihnachten ein Kinderfest stattfinde und dass diese Leute im Hausflur engagiert worden waren, um ein besonders lebendiges Krippenspiel aufzuführen, jedoch Schwierigkeiten hatten, ihr lebendigstes Bühnenaccessoire zur Mitwirkung zu überreden. Nicht so Mrs. Liebowitz.

Sie hatte den Großteil des Vormittags mit ihrer katholischen Nachbarin, Mrs. O'Rourke, verbracht, sich mit Pasteten voll gestopft und – vor allem – ein halbes Dutzend großzügig eingeschenkter Gläser Eierlikör genossen. Daher kam Mrs. Liebowitz – die sonst nie Alkohol trank, außer ein oder zwei Gläschen israelischen Wein zum Passahfest – zu einem anderen Schluss. Einem ganz, ganz anderen Schluss.

Als sie über das Treppengeländer spähte und die Szene im Eingang gewahrte, keuchte sie auf, stieß ein paar Mal »O mein Gott« aus und keuchte wieder.

Die Aufregung, von einem plötzlich Herzrasen ganz zu schweigen, war zu viel für sie. Sie suchte hektisch in der Tasche ihrer Strickjacke nach ihren Herzpillen, die sie, eingewickelt in ein Stückchen Toilettenpapier, stets bei sich trug. Ihre arthritischen Finger fummelten, so schnell sie nur konnten, und schafften es schließlich, das Papier auseinander zu falten und die Pille unter ihre Zunge zu schieben.

Mit trockenem Mund und völlig atemlos kletterte sie die Treppe wieder hinauf, so rasch ihr schwaches Herz und ihre kurzen, krampfadrigen Beine es zuließen.

»Harry, Harry«, kreischte sie, als sie keuchend ihre Küchentür erreicht hatte. »Komm schnell. Du musst dir ansehen, was da unten im Hausflur vor sich geht.«

Mr. Liebowitz, der an dem blauen Resopaltisch saß, gemütlich Zeitung las und eine Mandarine schälte, blickte nicht einmal auf.

»Was ist denn nun schon wieder?«, seufzte er müde, brach einen Mandarinenschnitz ab und schob ihn in den Mund. »Was ist es diesmal Aufregendes?«

»Wenn ich es dir sage, würdest du mir nicht glauben. Du musst mitkommen und dir das ansehen. Harry, um Himmels willen, leg diese Mandarine weg. Du musst mitkommen. Bitte.«

Harry Liebowitz brach einen weiteren Schnitz ab und starrte seine Frau über seine Brille hinweg an.

»Ada, du bist ja ganz rot im Gesicht. Wie viel Sherry hat diese Maggie O'Rourke dir eigentlich gegeben?«

»Ein paar, aber mir geht es gut, ehrlich. Bitte. Ich flehe dich an. Leg diese Mandarine weg und komm mit.«

»Du hast mir immer noch nicht gesagt, was eigentlich los ist.«

»Also schön, hör dir das an.« Sie machte eine dramatische Pause. »Unten im Eingang sind eine schwangere Frau, ein Mann mit einem Esel – ich glaube, es ist einer dieser netten jungen Männer von oben, aber ich konnte ihn nicht genau erkennen, weil ich meine Brille vergessen habe. *Und* drei Männer mit Turbanen. Mit Geschenken in den Händen.«

»Wirklich«, sagte er tonlos. »Und als Nächstes erzählst du mir sicher, dass sie im Holiday Inn kein Zimmer bekommen haben.«

Er lachte über seinen eigenen Witz.

»Ada, du hast zu viel getrunken, du bist im Sessel eingenickt und das hast du nur geträumt.«

Er wandte sich wieder seiner Zeitung zu. »Ach, Herrgott«, stöhnte er, »sieh dir das an – Filme zu Weihnachten: *Gesprengte Ketten*. Jedes Jahr derselbe Mist. Was denken die sich eigentlich dabei? Schauen diese Fernsehfritzen denn kein Fernsehen?«

»Harry, bitte, du musst mir glauben. Da ist ein Esel. Sie versuchen, einen Esel in den Lift zu schaffen.«

»Blödsinn. Warum sollte jemand einen Esel in einen Lift schaffen wollen?«

»Ich weiß nicht. Vielleicht kommt er nicht die Treppe rauf. Weißt du, was ich denke?«

»Nein.«

»Ich denke …« Wieder eine dramatische Pause. »Ich denke, dies ist die Wiederkunft Christi.«

»Die Wiederkunft Christi«, wiederholte er.

»Ja, ich bin ganz sicher.«

»Schön. Wie du meinst«, sagte er ganz in Gedanken und fuhr mit dem Finger über das BBC-Programm für die Feiertage. »Immer derselbe Mist«, brummte er. »Was Besseres fällt denen wohl nicht ein.«

»Harry«, flehte Mrs. Liebowitz, »ich sagte, ich glaube, das könnte die Wiederkunft Christi sein. Meinst du nicht, dass du dafür wenigstens von deiner Zeitung aufblicken solltest?«

»Aber du hast doch gesagt, einer von denen könnte oben

im Haus wohnen, du bist nur nicht sicher, weil du deine Brille vergessen hast? Also, wenn ich so darüber nachdenke, das könnte eine tolle Sache werden, wie? Wenn du Recht hast, stehst du in der nächsten Ausgabe der Bibel. Das Evangelium nach Ada, Die Ihre Brille Vergessen Hat. Das Buch der Angetrunkenen Liebowitz. ›Und so geschah es, dass zum Hügel Muswell kamen mehrere Fremde, die die Menschen nicht recht erkennen konnten, denn siehe: ihre Augen waren schlecht, und sie hatten ihre Brillen vergessen.‹«

Er hielt inne, um noch einen Mandarinenschnitz zu essen.

»Und außerdem«, fuhr er achselzuckend fort. »Was interessiert uns die Wiederkunft Christi? Wir sind Juden. Er hat uns doch schon beim ersten Mal nicht interessiert. Was geht es uns also an, wenn er jetzt noch mal kommt?«

»Aber vielleicht ist das ja gerade der Sinn der Sache. Verstehst du denn nicht? Vielleicht war Gott so wütend, weil die Juden Seinen Sohn beim ersten Mal ignoriert haben, dass Er ihn jetzt ein zweites Mal schickt?«

»In die Vayzemere-Wohnanlage, Muswell Hill?« Mr. Liebowitz lachte. »Wohin denn sonst ... Mein Gott, die zeigen doch tatsächlich *Cannonball.*«

»Harry, bitte. Das ist kein Witz.«

»Lacht denn jemand?«

»Oh, bitte, komm doch mit runter, Harry«, bettelte Mrs. Liebowitz, den Tränen nahe.

Er stieß einen langen Seufzer aus. »Na schön. Also gut.« Harry Liebowitz, nicht gerade ein Leichtgewicht, stemmte sich unter Zuhilfenahme der Tischplatte langsam vom Stuhl hoch.

»Schnell«, drängte sie, »schnell doch.«

Das Paar tapste die Treppe hinunter. Dann blickten sie über das Geländer in den Hausflur hinunter.

»Siehst du, da ist gar niemand«, verkündete Mr. Liebowitz. »Ich habe dir doch gesagt, du hast zu viel getrunken. Ada, sieh es endlich ein – du bist eingenickt. Du hast geträumt.«

»Zum letzten Mal, ich *habe nicht* geschlafen«, beharrte Mrs. Liebowitz. »Ich habe das nicht geträumt.«

Mit einem Schulterzucken machte Harry sich daran, die Stufen wieder hinaufzusteigen. Mrs. Liebowitz hingegen, die ihrem Mann unbedingt beweisen wollte, dass sie nicht geträumt hatte, ging weiter hinunter. Als sie unten ankam, bemerkte sie ein braunes Paket, das mitten im Flur lag. Sie ging hin. Als sie erkannte, dass es genauso aussah wie die Pakete, die vorhin die Drei Weisen getragen hatten, bückte sie sich langsam, eine Hand ins Kreuz gelegt, und hob es auf. Ohne erst nach einem Adressaten oder einem Aufkleber zu suchen, der den Inhalt erklärte, riss sie das Paket auf. Hätte sie auf die Adresse geschaut, so hätte sie gesehen, dass das Paket für Holly, die Aromatherapeutin in Nummer vierzig, bestimmt war. (Vor lauter Applaus und Jubel, als sie es endlich geschafft hatten, Demi durch den Eingang und in den Aufzug zu bewegen, hatte Rachel ganz vergessen, es mitzunehmen.)

Darin fand sie zwei kleine, blaue Glasflaschen, sorgfältig in Papier geschlagen und in Styropor-Kügelchen gelagert. Mrs. Liebowitz wickelte erst das eine, dann das andere aus. Da sie ihre Brille nicht trug, musste sie sie auf Armeslänge von sich halten, um die Etiketten lesen zu können. Einen Augenblick lang stand sie nur da und blinzelte mit offenem Mund. Dann eilte sie die Treppe hinauf.

»Harry«, kreischte sie, als sie ihre Wohnung erreichte, »was sollen wir jetzt bloß machen? Die Drei Weisen haben ihren Weihrauch und ihre Myrrhe unten im Flur verloren.«

»Nur keine Sorge«, kam Harrys Antwort aus der Toilette. »Die werden sie sich schon wiederholen.«

Als sie endlich die Wohnung erreicht hatten, führte Matt alle, inklusive der Sikhs, die ihre übrigen Aromatherapie-Pakete bei Nummer vierzig abgeliefert hatten, durch den Flur in die Küche. Demi machte jetzt keinen Ärger mehr und trottete fröhlich hinter Trecker und Shelley her, die sich angeregt über Babys unterhielten.

Bald drängten sich alle in der winzigen Küche. Die Waschmaschine stand in der Mitte, mit einer Decke verhüllt. Darunter ragte ein riesiger schwarzer Hebel hervor, seltsam gebogen, der in einem großen, gepolsterten U endete. Daneben stand ein großer Eimer Wasser, und daneben wiederum etwas, das aussah wie ein altes, mechanisches Laufband aus der Urzeit der Fitness-Studios. Ein dicker grüner Schlauch verlief von irgendwo unter der Decke ins Spülbecken.

Die Sikh-Zwillinge waren von all dem offenbar völlig überwältigt und fragten, ob sie nicht ins Wohnzimmer gehen und derweil fernsehen durften. Mr. Singh wirkte jedoch sehr interessiert, als Matt erklärte, er werde gleich die erste Waschmaschine der Welt sehen, die eigens für entlegene Dörfer in der Dritten Welt konstruiert worden sei.

»Also dann, los geht's«, sagte Matt. Wie ein Zauberer, der für seinen Trick ein Tischtuch von einer voll gedeckten Tafel zieht, riss er die Decke herunter.

»Meine Damen und Herren«, verkündete er strahlend, »ich präsentiere Ihnen die Eselwasch eins.« Das andere Ende des mysteriösen Hebels steckte in einer großen Aluminium-Kiste, die seitlich an die Wand einer alten, emaillierten Waschmaschine geschraubt war, welche von oben beladen wurde und offensichtlich aus den Sechzigern stammte.

Als der Applaus verebbt war, ließ Demi sich von Trecker auf das Laufband führen und sich in das U-förmige Gebilde einspannen. Dann klappte Matt den Deckel der Maschine auf und füllte die Trommel mit Wasser aus dem Eimer. Gleich darauf gab Trecker der guten Demi eine Handvoll rosa Bonbons, die dem Esel offenbar am liebsten waren, und brav trottete sie in gemächlichem Tempo los.

»Also, ihr müsst euch jetzt vorstellen«, sagte Matt laut, um das geschäftige Surren zu übertönen, »dass Demi in einem Dorf natürlich nicht auf einem Laufband, sondern um einen Pflock herumlaufen würde. Aber das Prinzip bleibt das gleiche. Die Verbindungsstange würde immer noch in diesem Getriebekasten enden« – er zeigte auf die Aluminiumkiste an der Maschine – »und über einen patentierten Mechanismus die Rotation der Trommel antreiben … hier. Das ist ein sehr leistungsstarkes Getriebe, das heißt, Demi braucht nur recht flott zu gehen« – er streichelte Demis Flanke und flüsterte ihr etwas zu – »um eine ausreichende, wenn auch nicht besonders schnelle Rotation der Trommel zu bewirken.«

Demi auf dem Laufband mit Verbindung zum Getriebe wurde schneller und das Surren aus dem Getriebekasten bald zu einem Klappern, gefolgt vom vertrauten Geräusch einer Wäschetrommel, die sich beachtlich schnell drehte.

Auf Matts Gesicht breitete sich ein Lächeln aus. Rachel drehte sich zu ihm um und umarmte ihn.

»Das ist absolut fantastisch«, jubelte sie aufgeregt. »Ich bin so stolz auf dich.«

»Ja, Mann, gut gemacht«, sagte Trecker und klopfte Matt auf den Rücken.

Doch Matt und Rachel waren zu sehr in ihrem Kuss versunken, um seine Glückwünsche mitzubekommen.

»Ich liebe dich«, sagte Rachel, als sie sich schließlich wieder trennten.

»Ich liebe dich auch«, sagte Matt lächelnd und gab ihr einen letzten Kuss auf den Mund.

»Die Eselwasch Eins wird dich weltberühmt machen«, erklärte sie. »Du wirst den Wäsche-Nobelpreis gewinnen, ganz bestimmt. *Ich weiß es!*«

»Na ja«, sagte Matt, »wir müssen erst mal abwarten, was die Leute vom Außenhandel aus Burkina Faso sagen, wenn sie sich die Sache nächste Woche anschauen. Die letzten Wochen waren eine ziemliche Zitterpartie. Den Wasserablauf habe ich erst vor ein paar Tagen richtig hinbekommen, und ich habe sie immer noch nicht unter vollem Esel voraus getestet.«

In diesem Moment ergoss sich unter enormem Gurgeln und Rülpsen ein Wasserstrahl aus dem Schlauch ins Spülbecken.

»Ja!«, triumphierte Matt. »O ja.«

»O nein«, rief Shelley aus. »O nein.«

Alle drehten sich nach ihr um.

Shelley räusperte sich nervös. »Tut mir Leid«, sagte sie und blickte auf die kleine Pfütze zu ihren Füßen hinab. »Aber ich glaube, mein Fruchtwasser hat sich gleich angeschlossen.«

Dann verzerrte sie das Gesicht vor Schmerzen und sank auf einen Küchenstuhl, als eine weitere Wehe einsetzte, kaum eine Minute später gefolgt von der nächsten.

Rachel meinte, Shelley werde wohl gleich ihr Kind bekommen, und es wäre ratsam, einen Krankenwagen zu rufen. Kein normales Fahrzeug hatte am Weihnachtsabend eine Chance, Shelley noch rechtzeitig durch den dichten Verkehr ins Krankenhaus zu bringen.

Während Matt einen Krankenwagen rief, halfen Rachel und Trecker Shelley in Matts Schlafzimmer.

»Mr. Singh«, sagte Matt, als er zum Telefon griff. »Das ganze Durcheinander tut mir wirklich Leid. Vielleicht wäre es besser, wenn Sie morgen wiederkommen. Würde es Ihnen etwas ausmachen, Demi abzuschirren und sie auf den Balkon zu stellen? Da draußen ist frisches Heu für sie.«

Es waren kaum ein Dutzend Schritte bis zum Schlafzimmer. Auf dieser kurzen Strecke hatte Shelley noch drei weitere heftige Wehen, die sie viel Kraft kosteten.

»Nur keine Angst«, sagte Trecker zuversichtlich. »Ich kenne mich mit Geburten aus. Ich habe dir das noch nicht erzählt, aber meine Mama hat insgesamt sechs Kinder geboren. Als sie das letzte Mal die Wehen bekam, bei Eugene, kam die Hebamme erst, als alles vorbei war. Mein Vater hat mit meinen Geschwistern einen Ausflug gemacht, damit sie mal ein bisschen Ruhe hat, also war ich der Einzige, der ihr helfen konnte.«

»Was?«, fragte Shelley und sah ihn rehäugig an. »Du hast deinen kleinen Bruder ganz allein zur Welt gebracht?«

Er nickte.

Rachel runzelte die Stirn. Sie war nicht sicher, ob das nur eine neue Prahlerei von ihm war, wie seine märchenhaften Verhandlungen mit »einem der größten Lebensmittelkonzerne«.

»Wie alt warst du denn da?«, fragte Shelley.

»Ungefähr dreizehn. Aber ich war nicht ganz allein. Die Dame vom Notruf hat mir die ganze Zeit über am Telefon gesagt, was ich machen muss.«

Als Shelley sich aufs Bett setzte, kam eine weitere Wehe. Diesmal schrie sie, dass die Wände wackelten.

»Rache, ich glaube, es kommt. Ich glaube, es kommt.«

Rachel spürte Panik in sich aufsteigen, und Demi machte es auch nicht besser; sie stand draußen auf dem Balkon und hatte offenbar vor, sich beim Eselsgebrüll-Grand-Prix zu bewerben.

»Okay, meine Süße«, sagte Rachel und versuchte, sich ihre Panik nicht anmerken zu lassen, »halt dich an meiner Hand fest und atme. O Gott, wo bleibt der verfluchte Krankenwagen?«

Selbst wenn Trecker sich ein bisschen auskannte, meinte sie, dass der Notarzt das sicher wesentlich besser konnte.

Trecker hatte inzwischen drei Kissen aufgeschüttelt und ans Kopfende des Bettes gelegt. Vorsichtig hob Shelley die Füße vom Boden und rutschte aufs Bett.

»Rachel«, sagte Trecker, »geh doch bitte mal zum Wäscheschrank und hol ein paar Handtücher.«

»Okay«, sagte sie und ließ Shelleys Hand los. »Keine Angst«, flüsterte sie und strich ihrer Freundin über den Kopf. »Ich bin gleich wieder da.«

»Iiiiaaaaauuuuuuff«, stöhnte Shelley.

»Ii-aah, ii-aah«, kam die Antwort vom Balkon.

»O Gott«, murmelte Rachel. »Der Esel glaubt, endlich eine Freundin gefunden zu haben.«

»Schon gut, Shelley«, sagte Trecker ruhig. »Atme durch die Wehe weiter. Pusten, pusten. So ist es gut. Sehr schön. Gutes Mädchen.«

Rachel musste Matt nach dem Wäscheschrank fragen. Er führte sie ans Ende des Flurs.

»Der Krankenwagen ist unterwegs«, sagte er. »Und die Singhs kümmern sich um Demi.«

Sie nickte und sah in sein bleiches, besorgtes Gesicht. »Stell doch mal Wasser auf.«

»O ja«, sagte er zittrig. »Kochendes Wasser. Man braucht immer kochendes Wasser, wenn ein Baby kommt. Warum eigentlich?«

»Ich habe keine Ahnung«, kicherte sie. »Ich dachte nur, du siehst aus, als könntest du eine kräftige Tasse Tee vertragen, und Mr. Singh bestimmt auch. Der muss ja da draußen erfrieren.«

Bis Rachel mit den Handtüchern wiederkam, war Shelleys untere Körperhälfte nackt und ihre Knie angewinkelt. Trecker hatte seine Jacke ausgezogen, die Hemdsärmel aufgerollt und kniete zu ihren Füßen auf dem Bett.

»Gooott«, schrie Shelley, das Gesicht vor Schmerz verzerrt. »Ich will pressen. Ich will pressen.«

»Scheiße, Trecker«, sagte Rachel, die es nun wirklich mit der Angst zu tun bekam. »Ich kann schon den Kopf sehen. Was machen wir jetzt? Warum ist der Scheiß-Krankenwagen noch nicht da? Sitzen die noch auf ihrer Scheiß-Weihnachtsfeier rum oder was?«

»Rachel, bitte beruhig dich«, sagte Trecker gelassen. »Du nützt hier niemandem, wenn du jetzt durchdrehst. Gib mir bitte die Handtücher, und dann nimm wieder Shelleys Hand.«

Sie reichte ihm die Handtücher, und er breitete ein paar davon unter Shelley aus.

»Es wird alles gut, versprochen«, flüsterte Rachel Shelley zu und küsste ihre feuchte Stirn. »In ein paar Minuten hast du ein wunder-wunderschönes Baby.«

»Also, wenn du die nächste Wehe spürst«, sagte Trecker, »darfst du nicht pressen, du musst hecheln. Ich will erst sichergehen, dass die Nabelschnur sich nicht um seinen Hals gewickelt hat.«

Die nächste Wehe kam. Shelley grub die Fingernägel in Rachels Hand, schnitt eine schreckliche Grimasse und hechelte nach Leibeskräften.

»Gut«, verkündete Trecker. »Ist anscheinend alles in Ordnung. Also, nächstes Mal kannst du pressen. Press richtig fest.«

Das Kinn an die Brust gedrückt und fest an Rachels Hand gekrallt, presste Shelley. Das kurze rote Haar klebte an ihrem schweißnassen Kopf. Rachel nahm eines der übrig gebliebenen Handtücher und tupfte ihr das Gesicht ab.

Shelley warf ihr einen kurzen Blick zu und brachte sogar ein Lächeln zustande. Die Wehe klang ab, eine neue setzte ein.

»Du machst das großartig«, ermunterte Trecker sie. »Na los, nur noch ein paar Mal pressen, dann hast du's geschafft. Du kannst das.«

Zwei gigantische Kraftanstrengungen später erschien der Kopf.

Und gleich darauf glitt Satchmo Peach in diese Welt und brüllte das ganze Haus zusammen.

22

Mrs. Peach, eine kleine Frau mit einer großen roten Kunstlederhandtasche und blondierten Strähnchen von Bandnudelbreite, traf völlig aufgelöst an Shelleys Krankenhausbett ein.

»O Liebling«, keuchte sie und beugte sich vor, um sie zu küssen, »es tut mir Leid, dass wir so lange gebraucht haben, aber der Verkehr war mörderisch. Und dann, du wirst es nicht glauben, war da dieser schreckliche Unfall auf der Southend Road. Vier Autos sind ausgebrannt. Weiß Gott wie viele Feuerwehrwagen auf der Straße. Ich habe sechs Leichen gezählt. Dein Vater meint, es wären acht gewesen. Weißt du, wir konnten da einfach nicht vorbeifahren, ohne die Videokamera rauszuholen, und jetzt sind die Batterien leer, und Film ist auch keiner mehr übrig. Wir können das Baby nicht filmen.«

»Keine Sorge, Mama«, sagte Shelley fröhlich. »Ich meine, ein Inferno mit vier brennenden Autos und verkohlten Leichen auf der Southend Road ist eine Gelegenheit, die sich dem Video-Amateur nur einmal im Leben bietet. Im Gegensatz zur Geburt deines ersten Enkelkindes.«

»Ach, ich bin ja so froh, dass du das verstehst. Aber wir wollen unsere Verspätung wieder gutmachen, deswegen ist dein Vater noch unten und kauft den halben Blumenladen leer … Und, geht es dir gut? Ist das Baby gesund?«

»Ja«, antwortete Shelley lächelnd. »Uns beiden geht es gut.«

»Und dem Baby fehlt ganz bestimmt nichts?«

»Ganz bestimmt. Sieben Pfund und kerngesund.«

Mrs. Peach legte eine Hand auf die Brust und stieß einen tiefen Seufzer der Erleichterung aus.

»Oh, Gott sei Dank«, sagte sie. »Dein Vater und ich haben uns ja solche Sorgen gemacht, weil doch alles sehr plötzlich kam und dann noch bei irgendjemandem in der Wohnung. Wessen Wohnung war das überhaupt?«

Shelley erwiderte nur, das sei eine lange Geschichte, und sie würde sie ihr ein andermal erzählen. Die Ärzte wollten sie und das Baby noch ein paar Tage im Krankenhaus behalten, um sicherzugehen, dass ihnen nichts fehlte.

Erst jetzt bemerkte Mrs. Peach Rachel, die in einem Plastikstuhl mit hoher Lehne auf der anderen Seite an Shelleys Bett saß.

»Rachel«, rief Mrs. Peach aus. »Ich habe Sie ja gar nicht gesehen. Ich möchte mich für alles bedanken, was Sie heute Nachmittag getan haben. Weiß der Himmel, was alles hätte passieren können, wenn Sie nicht dabei gewesen wären.«

»Oh, *ich* habe wirklich nicht viel getan«, sagte Rachel und errötete leicht. »Und, Mrs. Peach, wie geht es Ihnen?«

Sobald Rachel diesen Satz ausgesprochen hatte, bereute sie ihn bitterlich. Shelley, die die Augen geschlossen hatte und sie mit den Fingern massierte, erging es offenbar genauso.

»Wie es mir geht?«, wiederholte Mrs. Peach mit bitterem,

kehligem Lachen, ließ sich aufs Fußende des Bettes fallen und wühlte in ihrer Handtasche herum. »Haben Sie nur eine Stunde Zeit oder sechs?«

»Mama«, zischte Shelley, als ihre Mutter eine Schachtel Benson & Hedges hervorholte. »Steck sie weg. Das hier ist eine Entbindungsstation, verdammt.«

»Ach ja, Entschuldigung«, sagte Mrs. Peach verlegen. »Es ist die Aufregung. Ich kann kaum noch klar denken.«

Sie steckte ihre Zigaretten wieder ein und ließ ihre Tasche zuschnappen. »Also, wo war ich gleich? Ach ja. Wie es mir geht? Ach, Rachel, ich sage Ihnen, es ist inzwischen so schlimm geworden – Sie wissen schon, *da unten* –, dass ich nicht mal lachen kann, ohne gleich auszulaufen. Ich kann nicht einmal mehr meine liebste Fernsehserie schauen. Siehst du, Shelley, lass dir das eine Warnung sein – das passiert mit dem Körper einer Frau, wenn sie Babys bekommt. Na, wo ist denn nun mein Enkelsohn?«

»Ich hatte mich schon gefragt, wann du endlich nach ihm fragen würdest«, sagte Shelley mit sarkastischem Lächeln. »Er ist hier.«

Sie deutete auf das Gitterbettchen, das auf Rachels Seite des Bettes stand. Mrs. Peach schlich ums Bett herum.

»Uhuu, wo ist denn mein kleiner Liebling?«, quiekte sie und streichelte Satchmos kahles Köpfchen. »Na, mein Liebling? Na, komm, sag's deiner Oma – wer ist denn mein kleiner Schatz? Oh, Shelley, er ist wunderschön.« Sie nahm die Hand ihrer Tochter.

»Ja, nicht?«, strahlte Shelley stolz. »Ich kann es kaum fassen, dass ich ihn endlich habe.«

»Oh, das wirst du schnell begreifen«, sagte Mrs. Peach, »nämlich beim ersten Mal, wenn er dich die ganze Nacht lang wach hält.« Sie drehte sich wieder zum Gitterbett um. »Na, bist du nicht niiiedlich? O ja, das bist du. Uhuu, komm zu Oma, kleiner Mann. Komm zu deiner Oma, jaaa.«

Mrs. Peach schob ihre Tasche etwas weiter den Arm hinauf, hob sacht das schlafende Baby aus dem Gitterbett, setzte sich auf Shelleys Bettkante und hielt ihn auf dem Arm.

»Satchmo«, sagte sie lächelnd zu Shelley. »So wurde Louis Armstrong genannt, nicht? Ich meine, ›It's a Wonderful World‹ ist eines meiner Lieblingslieder, aber ich wusste gar nicht, dass du ein Armstrong-Fan bist.«

»Bin ich nicht. Mir gefällt nur der Name.«

»Na ja, ungewöhnlich ist er, das muss ich dir lassen. Hast du dir denn schon einen zweiten Vornamen überlegt? Der könnte ja dann vielleicht ein bisschen konventioneller sein. Wenn ihm Satchmo später nicht mehr gefällt, kann er stattdessen seinen zweiten Vornamen benutzen.«

»Mama, bitte fang nicht wieder damit an. Mir gefällt Satchmo wirklich gut. Ich finde, der Name ist so schön Boheme.«

»Wirklich, Liebes? Na ja, es ist deine Entscheidung. Wir werden uns schon irgendwie daran gewöhnen. Was meinen Sie denn dazu, Rachel? Finden Sie, Satchmo klingt nach Boheme?«

»Oh, unbedingt«, log Rachel. Insgeheim stimmte sie in diesem einen Punkt mit Mrs. Peach überein. Ihrer Meinung nach würde der arme Junge gnadenlosen Hänseleien ausgesetzt sein, wenn er erst mal in die Schule kam, aber sie wäre nicht im Traum darauf gekommen, Shelley wehzutun, indem sie ihr das sagte.

Mrs. Peach zuckte gutmütig mit den Schultern. »Dein Vater und ich hatten ja gehofft, du würdest dich für einen traditionelleren Namen entscheiden. Ganz unter uns gesagt, hatte er die heimliche Hoffnung, du würdest ihn nach deinem Großvater väterlicherseits nennen.«

»Klar doch. Als würde ich meinem Kind den Namen Enoch antun.«

In diesem Moment begann Satchmo zu weinen.

»Ooh, muss mein kleiner Mann vielleicht ein Bäuerchen machen?«, krähte Mrs. Peach. Vorsichtig legte sie sich Satchmo über die Schulter und rieb ihm den Rücken.

»Na, komm«, sagte sie und stand auf. »Deine Mami muss sich ausruhen. Ich gehe ein bisschen mit dir spazieren. Sollen wir uns mal den hübschen Weihnachtsbaum anschauen?«

Mit diesen Worten watschelte Mrs. Peach hinaus auf den Gang.

»Weißt du was, Rache«, sagte Shelley und nahm ihre Hand, »es freut mich sehr, dass du und Matt endlich zusammen seid. Ihr seid wirklich wie füreinander geschaffen. Ihr habt eine wunderbare Zukunft vor euch.«

Rachel spürte einen Kloß im Hals. »Ja, das glaube ich auch. Hör mal, ich muss jetzt los – Matt wollte noch bei mir vorbeikommen. Wir sehen uns morgen. Sam ist über Weihnachten bei Joe, und er und Greg haben mich für morgen zum Mittagessen eingeladen. Ich schaue auf dem Weg dorthin bei dir vorbei, ja?«

»Ja. Gern«, sagte Shelley schläfrig. »Und Rachel – noch mal vielen Dank für alles.«

»Ach was, ich habe eigentlich nichts getan, außer in Panik zu geraten. Trecker war der Held des Tages.« Sie ging zum Fußende des Bettes und nahm ihre Jacke.

»Rache«, sagte Shelley ein wenig zögernd.

Rachel blickte auf.

»Ich weiß, du hast nicht viel für Trecker übrig, aber nach

dem, was er heute getan hat, musst du doch zugeben, dass er etwas Besonderes ist.«

Rachel sah sich gezwungen, ihr zuzustimmen.

Als sie sich ins Auto setzte, klingelte ihr Handy. Es war Sam.

»Oh, hallo, mein Schatz«, sagte sie fröhlich. »Ich wollte dich gerade anrufen. Wie geht's dir?«

»Mir geht's gut. Mama – es tut mir ganz furchtbar Leid, was gestern Abend passiert ist. Ich finde, diese Frau müsste ins Gefängnis kommen für das, was sie gemacht hat.«

»Ja, da hast du Recht«, erwiderte Rachel.

»Papa hat gesagt, er würde ihr einen glühend heißen Schürhaken sonst wohin schieben, wenn er sie in die Finger bekäme.«

»Hat er das gesagt? Ach, das ist aber lieb. Sag ihm, ich weiß es zu schätzen, ja?«

Sie schwatzten noch ein paar Minuten lang. Sie fragte, was er so gemacht hätte, und er erzählte ihr, er habe heute Nachmittag mit Greg *Freundinnen* auf Video gesehen.

»Das ist nett«, sagte sie nur. »Ach, übrigens, Shelley hat ihr Baby bekommen.«

»Cool.«

»Ein kleiner Junge – namens Satchmo.«

»Satchmo? Das ist ja doof.«

Sie schalt ihn für diese Bemerkung, aber nur halbherzig.

Auf der Heimfahrt entschied sie, dass sie es unmöglich länger aufschieben konnte, Matt von Adam zu erzählen. Wieder einmal fürchtete sie, er würde wütend auf sie werden, weil sie nicht aufrichtig gewesen war. Aber wenn sie ihm erst einmal versichert hätte, wie sehr sie ihn liebte und dass es mit Adam aus und vorbei sei – obwohl Adam ja noch nichts davon wusste –, würde er sich bestimmt wieder beruhigen. Als sie vor dem Haus hielt, spürte sie trotzdem, wie sonst vor einem Auftritt, die Frettchen in ihrem Bauch Purzelbäume schlagen.

Sie hatte gerade eine Flasche Wein aufgemacht, als Matt kam.

»Perfektes Timing«, erklärte sie und schwenkte die Flasche. Sie küsste ihn, nahm ihm die Jacke ab und hängte sie auf.

»Rache«, sagte Matt und sah sie mit gerunzelter Stirn an. »Du siehst angespannt aus. Alles in Ordnung?«

»Ja, sicher«, zwitscherte sie und merkte, dass sie ihre Aufregung wohl doch nicht so gut verbarg, wie sie immer geglaubt hatte.

»Wie geht's Shelley und dem Baby?«, fragte er, als sie ins Wohnzimmer gingen.

»Bestens«, sagte sie. »Trecker wollte sie nachher noch besuchen.«

Matt lachte und setzte sich aufs Sofa. »Ich glaube, den hat's wirklich schwer erwischt mit Shelley«, bemerkte er.

Rachel kniete sich vor den Couchtisch, nahm ein Weinglas und schenkte es ein.

»Matt«, sagte sie und reichte ihm das Glas, »ich muss dir etwas Wichtiges sagen.«

»O Gott«, keuchte er theatralisch, »sag bloß, du hast Pitsy gefunden, mit einem Fleischermesser beseitigt und die Einzelteile in ein halbes Dutzend Mülltüten gesteckt, und jetzt willst du mich bitten, sie im nächsten Wald zu verscharren.«

»Schöne Vorstellung«, sagte sie lachend, »aber das ist es nicht.«

Sie trank einen großen Schluck Wein.

»Es ist so, ich war nicht ganz ehrlich zu dir.« Sie sah ihm jetzt direkt in die Augen. Ihr Puls raste.

»Na ja, es ist …« Sie schluckte schwer und beschloss, es

einfach auszuspucken. »Die ganze Zeit über, seit wir uns kennen, war ich irgendwie mit jemand anderem verlobt.«

»Was?«, sagte er und verzog das Gesicht, eher erschrocken und verwirrt als wütend. Er stellte das Glas auf den Couchtisch und wartete ab, was sie noch zu sagen hatte.

Während sie ihm von Adam erzählte, rieb er sich das Kinn.

»Aber du sollst wissen, dass es vorbei ist«, sagte sie schließlich, stand auf und setzte sich zu ihm aufs Sofa. »Matt, ich habe noch nie jemanden so geliebt wie dich.«

Er sagte nichts.

»Sieh mal, ich weiß, ich war nicht ganz ehrlich, aber das Ganze ist mir wirklich nicht leicht gefallen. Als wir uns zum ersten Mal verabredet haben – sogar, als wir zum ersten Mal miteinander geschlafen haben, da habe ich mir noch eingeredet, dass ich Adam liebe. Ich habe eine Weile gebraucht, um alles auf die Reihe zu bekommen und mir einzugestehen, was ich für dich empfinde. Du kannst Shelley fragen. Sie wird dir sagen, wie schlimm das für mich war.«

Mit grimmiger Miene stand er auf und ging zum Fenster.

»Rachel«, sagte er und wandte ihr weiter den Rücken zu, »wie soll unsere gemeinsame Zukunft aussehen, wenn wir einander nicht die Wahrheit sagen können?«

»Matt, es tut mir Leid. Ich habe einen Fehler gemacht. Aber ich war so durcheinander. Ich verspreche dir, ich werde dir nie, nie wieder etwas verheimlichen.«

Er drehte sich um und sah sie an. Sie erkannte an seinen schmalen Lippen, dass er furchtbar wütend auf sie war. Sie hatte ihn noch nie wütend gesehen und fand ihn trotzdem sehr sexy.

»Woher soll ich denn wissen, dass es zwischen dir und diesem Adam wirklich aus ist?«

»Weil ich es dir sage. Du musst mir einfach glauben. Außerdem bin ich ziemlich sicher, dass er in Südafrika eine andere Frau dabei hat.«

»Und woher soll ich dann wissen, dass du nicht nur mit mir schlafen wolltest, um dich zu rächen?«

Sie wollte die Frage eigentlich keiner Antwort würdigen.

»Du weißt, dass das nicht stimmt«, flüsterte sie. Sie sah, wie seine Miene ein wenig weicher wurde. Er kam zum Sofa zurück und setzte sich neben sie.

»Rachel.« Plötzlich war sein Tonfall milder, sanfter. »Du hattest vor, diesen Kerl zu heiraten. Du hast selbst gesagt, dass du sehr verwirrt warst. Vielleicht machst du dir nur etwas vor, wenn du glaubst, du hättest keine Gefühle mehr für ihn. Vielleicht fällt es dir nicht so leicht, wie du meinst, wirklich mit ihm Schluss zu machen.«

»Aber ich habe schon mit ihm Schluss gemacht … zumindest für mich.«

»Aber du hast ihm noch nicht gesagt, dass es aus ist, oder?«

»Nein, aber nur deshalb, weil er in Südafrika ist und ich ihm das nicht am Telefon sagen möchte. Selbst wenn er mich betrügt, das bin ich ihm schuldig.«

»Der Grund könnte aber auch sein, dass du ihn immer noch liebst und es nicht über dich bringst, ihm zu sagen, dass es aus ist.«

»Matt, so ist es nicht, ehrlich«, sagte sie und kämpfte verzweifelt mit den Tränen.

Er zog die Brauen hoch.

»Also gut, ich gebe ja zu, dass es wehtun wird, mit ihm Schluss zu machen, aber ich werde diesen Entschluss auf keinen Fall rückgängig machen.«

»Hör mal«, sagte er und nahm ihre Hand, »ich denke, ich

sollte dir ein bisschen Zeit lassen, damit du dir über deine Gefühle klar werden kannst.«

»Aber ich *bin* mir über meine Gefühle im Klaren.« Die Tränen brannten schon in ihren Augen.

»Das sagst du andauernd, aber ich will einfach sicher sein können, dass du sicher bist.« Er überlegte kurz. »Also, warum nimmst du dir nicht über Weihnachten Zeit, dir alles noch einmal gründlich zu überlegen? Und dann solltest du erst einmal mit Adam sprechen. Und nach Neujahr rufst du mich mal an.«

Er beugte sich vor, küsste sie flüchtig und stand auf. Und dann war er fort, ohne auch nur »Frohe Weihnachten« zu sagen. Rachel war verwirrt, aber vor allem hätte sie sich am liebsten in den Hintern getreten.

Sie fuhr sich mit den Fingern durchs Haar. In dem Moment, als sie merkte, dass sie etwas für Matt empfand, hätte sie gründlich über ihre Beziehung zu Adam nachdenken, sich dem Unabänderlichen stellen und die Sache beenden sollen. Dann hätte sie Matt nicht so verletzt, er wäre nicht wütend auf sie, weil sie ihn hintergangen hatte, und inzwischen wäre alles in bester Ordnung.

Sie hatte keine Wahl, dachte sie, als Adam sofort anzurufen und ihn zu fragen, wann er nach Hause kommen würde. Wenn er in ein paar Tagen wieder zurück sein wollte, konnte sie warten und es ihm von Angesicht zu Angesicht sagen, wie sie es vorgehabt hatte. Wenn er plante, noch länger zu bleiben, würde sie die Beziehung eben per Telefon beenden müssen.

Sie malte sich aus, wie Matt reagieren würde, wenn sie ihm sagte, dass sie endlich reinen Tisch gemacht hatte. Er würde sie in den Arm nehmen, ihr auf der Stelle verzeihen und sich entschuldigen, weil er an ihr gezweifelt hatte. Dann würden sie spektakulären Versöhnungs-Sex genießen, und alles wäre in Butter.

Natürlich würde es nicht leicht sein, mit Adam Schluss zu machen, und auch sehr traurig.

Sie trank sich noch zwei Gläser Mut an (falls er doch in Südafrika bleiben wollte und sie es sofort tun musste), ging in den Flur und wählte seine Nummer.

»Tut mir Leid«, sagte der Mann an der Rezeption. »Mr. Landsberg und seine Freunde sind an Weihnachten auswärts zum Wildtiergrillen eingeladen. Ich weiß nicht, wann er zurück sein wird.«

23

Anusol«, sagte Trecker, nahm Shelleys Hämorrhoiden-Creme aus dem Nachttisch und betrachtete den Namen. »Das ist ja eklig. Ich meine, die haben einfach nur die Wörter ›Anus‹ und ›Öl‹ zusammengesetzt. Wenn man's genau nimmt, heißt das Zeug also ›Arschöl‹.«

»Nein, heißt es nicht«, sagte Rachel genervt. »Du sprichst es falsch aus. Es heißt Anyusol. ›Sol‹ kommt von ›solvere‹, lösen.«

Shelley war auf die Toilette gegangen und hatte Trecker und Rachel an ihrem Bett zurückgelassen. Satchmo schlief in seinem Gitterbett.

»Ach so«, sagte Trecker langsam, als der Groschen fiel. »Jetzt hab ich's kapiert. Aber findest du nicht, dass sie sich was Aufregenderes ausdenken könnten – wie ›Juckstop‹ oder so. Du weißt schon, nach ›Truck Stop‹. Ich meine, ›Arschöl‹ ist nicht unbedingt leicht zu vermarkten, oder?«

»Im Gegensatz zu Imperial Cereal natürlich.«

»Lach du nur«, sagte er und drohte Rachel mit erhobenem Zeigefinger, »aber Matt und du, ihr werdet schon sehen, wer zuletzt lacht, wenn der Anruf von Kelloggs kommt.«

»Kann sein«, kicherte Rachel. Allmählich gewöhnte sie sich an Trecker. Er war so verrückt und beinahe kindisch in seinem Optimismus, und das fand sie sehr liebenswert.

Sie zögerte einen Moment. »Trecker, hast du Matt heute Morgen gesehen?«

Er sagte, er habe ihn nur kurz gesehen, als Matt nach Nottingham aufgebrochen war. Eine seiner Tanten wohnte dort, und an Weihnachten versammelte sich die ganze Familie bei ihr.

»Ich dachte, er würde dieses Jahr vielleicht nicht hinfahren, weil er Weihnachten lieber mit dir verbringen will, aber er hat es sich im letzten Moment noch anders überlegt. Rachel, ist bei euch irgendwas schief gelaufen?«

»Schon irgendwie.« Sie erklärte es ihm.

»Du weißt natürlich, warum er so reagiert hat, nicht?«

Sie schüttelte stirnrunzelnd den Kopf.

»Das ist ihm schon mal passiert – dass Frauen nicht ehrlich zu ihm waren. Vor ein paar Jahren war er mit dieser Krankenschwester zusammen. Sah fantastisch aus, einen Hintern wie zwei vollkommene … na ja, jedenfalls war sie verheiratet. Sie waren ein Jahr lang zusammen, als sie es ihm schließlich gesagt hat. Und dann auch nur, um sich zu verabschieden und zu erklären, sie wolle bei ihrem Mann bleiben. Ich weiß, niemand hat es gern, wenn man ihm etwas verschweigt, aber Matt ist da wirklich sehr empfindlich.«

»O Gott«, sagte Rachel und schaute nun noch schuldbewusster drein. »Das konnte ich doch nicht ahnen.«

Da kam Shelley zurück.

»Wer ist wo sehr empfindlich?«, fragte sie und stieg wieder ins Bett.

Rachel erzählte ihre Geschichte zum zweiten Mal.

»Also«, sagte Trecker, als sie fertig war, »ihr zwei Hübschen bleibt mal schön hier sitzen und unterhaltet euch gut. Ich bin zum Abendessen in Feltham eingeladen. Muss langsam los.«

Er stand auf, küsste Shelley auf die Wange und sagte »Trara« zu Rachel. Als er an Satchmos Bettchen vorbeikam, blieb er stehen und sah hinein.

»Weißt du was, Shelley«, sagte er zwinkernd, »er hat deine Kinne.«

»Was soll das heißen, ›Kinne‹«, fuhr sie in gespielter Empörung auf. »Frechheit. Mach, dass du verschwindest.«

Doch er rührte sich nicht und blickte wieder auf das Baby hinab.

»Weißt du was, meine alte Carrera-Bahn liegt bei meiner Mutter auf dem Speicher und staubt vor sich hin. Vielleicht sollte ich nach Weihnachten mal nach Liverpool hochfahren und sie holen. Kinder lieben so was.«

»Trecker, das ist wirklich lieb von dir, aber zwischen den Stillzeiten ist Satchmo schon so beschäftigt, weil er immer mit meinem Vater Tischfußball spielt.«

Sie und Rachel wechselten einen Blick und kicherten. Schließlich kapierte auch Trecker den Witz.

»Ach so«, sagte er. »Na ja, ich warte wohl lieber noch, bis er ein bisschen größer ist.«

»Ich denke, das wäre das Beste«, sagte Shelley immer noch lachend.

Er wandte sich zum Gehen.

»Oh, Trecker«, rief sie ihm nach. »Noch mal vielen Dank für die Pralinen.«

»War mir ein Vergnügen«, erwiderte er lächelnd.

»Trecker hat so einen wunderbaren Sinn für Humor«, sagte Shelley, als er weg war. »Er ist bei Sonnenaufgang hier aufgetaucht, und ich glaube, ich habe zwei Stunden lang ununterbrochen gelacht. Ich meine, schau dir nur mal die hier an.«

Sie öffnete ihr Nachtkästchen und holte eine in Zellophan-Papier gewickelte Schachtel Scherz-Pralinen hervor.

»Natürlich werde ich die nicht essen«, erklärte sie, »das Zeug besteht praktisch nur aus E-Nummern. Aber es ist eine nette Geste.«

Sie legte die Schachtel neben sich.

»Rache, mach dir keine Sorgen wegen Matt. Er liebt dich. Wenn du mit Adam Schluss gemacht hast, wird er schon wiederkommen. Ganz bestimmt.«

»O Gott, das hoffe ich«, sagte Rachel düster.

Shelley begann zu lächeln. »Komm schon, es ist Weihnachten. Scheiß auf die E-Nummern. Wie wäre es mit einem Schoko-Penis?«

»Und, hat Shelley der Riesenpopel gefallen, den du ihr geschenkt hast?«

»Sam, nur zu deiner Information, dieser Popel hat mich fünfunddreißig Pfund gekostet – und, ja, er gefällt ihr sehr.«

Joe sah Rachel neugierig fragend an. Sie erklärte ihm, dass sie zu Weihnachten einen Ring für Shelley gekauft hatte.

»Und an dem Ring klebt dieser Klumpen aus durchscheinendem, fluoreszierendem grünem Plastik, der so unregelmäßig und eingedellt ist.«

»Du hast Recht, Sam«, sagte Joe und zwinkerte ihm zu. »Klingt tatsächlich genau wie ein Riesenpopel.«

»Hört ihr zwei jetzt endlich mal auf, euch über mich lustig zu machen«, sagte Rachel und traf Joe mit einem Sofakissen an der Schulter.

»Nein, bitte, schlag mich nicht«, flehte Joe. »Mir ist eh

schon schlecht. Die dritte Portion Cognac-Soufflé hätte ich lieber auslassen sollen.«

Rachel jubelte triumphierend und schlug gleich noch mal nach ihm.

Es war schon fast vier, und Gregs fantastisches, »eklektisches« Weihnachtsmahl, mit dem er sich solche Mühe gegeben hatte – Krabben-Wan-Tan, ein perfekt gebratener Truthahn auf individuell zusammengestelltem Gemüsebett, eine Art Sri-Lanka-Kuchen mit Sirup und Cashewnüssen, das Cognac-Soufflé und noch ein Weihnachtspudding – war endlich beendet.

Greg, dessen gastgeberische Erregung sich zu ernsten postkulinarischen Stress-Kopfschmerzen ausgewachsen hatte, weshalb er schon drei Schmerztabletten hatte nehmen müssen, räumte gerade den Geschirrspüler ein und hatte sämtliche Hilfsangebote ausgeschlagen. Rachel und Joe, müde und faul vom vielen Essen und Trinken, lümmelten mit Sam in der Mitte auf dem weißen Conrad-Sofa herum.

Rachel konnte kaum glauben, was für einen netten und entspannten Tag sie heute erlebt hatte. Nicht nur, dass Greg und Joe ihr verboten hatten, auch nur einen Finger zu rühren, sie hatten auch in einem fort davon gesprochen, was sie Pitsy antun würden, wenn sie sie in die Finger bekämen. Zum ersten Mal spürte Rachel, dass die Überreste schwelender Wut auf Joe beinahe verschwunden waren. Sie hatte beschlossen, nichts von Matt zu erzählen, weil sie die schöne Stimmung nicht verderben wollte.

»Ich muss schon sagen, Greg«, erklärte Rachel, als er mit einem Tablett voller Kaffeetassen und Trüffelpralinen wieder auftauchte, »dieses Mittagessen war eigentlich keine Mahlzeit, sondern vielmehr ein essbares Kunstwerk. Dieses Pflaumen-Cognac-Soufflé …«

Greg errötete vor Freude, als er das Tablett auf den Couchtisch stellte.

»Ja, und ich will mich zwar nicht selbst loben, aber dieser Truthahn hat meinen Gaumen auch ganz schön gekitzelt.«

»Das liegt daran, dass du die Federn drangelassen hast«, sagte Joe und zwinkerte Rachel zu.

Greg schenkte gespielt beleidigt Kaffee aus, doch alle anderen, inklusive Sam, lachten sich kaputt.

Während die Erwachsenen Kaffee tranken, wurde Sam allmählich laut und nervig. Wenn er nicht über Rachel hinweg auf Joes Schoß kletterte, erzählte er wenig komische Witze oder versuchte, ihre Aufmerksamkeit mit lahmen Rätseln oder »In welcher Hand habe ich es«-Tricks zu erregen.

»Na los, Sam«, sagte Joe schließlich, »surf doch noch ein bisschen im Internet. Es gibt bestimmt ein paar Barbra-Seiten, die du noch nicht gefunden hast.«

Die drei hatten zusammengelegt, um Sam zu Weihnachten einen Computer zu schenken. Überglücklich war er bei Joe den ganzen Vormittag in seinem Zimmer durchs Internet gesurft. Jetzt war er von all den Erwachsenengesprächen gelangweilt, wollte ein bisschen Aufmerksamkeit und nicht zurück in sein Zimmer gehen.

»Ihr wollt mich doch nur loswerden, stimmt's?«, schmollte er.

Sie brauchten fast zehn Minuten, um ihn davon zu überzeugen, dass das nicht stimmte. Schließlich brummte er, er habe ja nicht darum gebeten, geboren zu werden, und trollte sich in sein Zimmer.

»Weißt du, Rache«, bemerkte Joe, »es ist schon erstaunlich. Bevor wir wissen, wie uns geschieht, wird er ein pampiger Teenager sein.«

Als sie mit dem Kaffee fertig waren, schlug Greg einen Spaziergang vor. »Vielleicht hilft das ja gegen meine Kopfschmerzen«, sagte er.

»Ich bin dabei«, erwiderte Joe. »Rache?«

»Wenn es euch nichts ausmacht, würde ich lieber hier bleiben und mich ein bisschen hinlegen. Wenn ihr nichts dagegen habt.«

Joe fragte Sam, ob er mitkommen wolle, doch mittlerweile war er so ins Internet vertieft, dass Joe nur zur Antwort bekam: »Psst. Geh weg. Ich bin beschäftigt.«

Rachel schlief beinahe sofort ein.

»Mama.«

Sie hatte keine Ahnung, wie lange sie geschlafen hatte, als sie wie aus weiter Ferne Sams Stimme hörte.

»Was?«, fragte sie schläfrig und öffnete halb die Augen. Er stand vor dem Sofa.

»Mama, meinst du, es wird noch schneien?«

»Ach, ich weiß nicht«, stöhnte Rachel und legte sich ein Kissen über den Kopf.

»Aber Mama, weiter oben in London liegen schon fast zwei Meter Schnee.«

»Sam, bitte mach jetzt keine Witze, mein Schatz. Ich schlafe.«

»Nein, Mama. Mama! Meine Freundin Emily sagt, ihr Vater musste gestern die Haustür freischaufeln.«

»Du hast keine Freundin, die Emily heißt.«

»Hab ich doch. Sie ist echt nett. Wir haben uns Witze gemailt. Sie hat gesagt, vielleicht können wir mal zusammen ins Kino gehen. Darf ich?«

»Von mir aus. Frag sie, wo genau sie wohnt. Und warum sie dir so komische Schneegeschichten erzählt.«

Er zog ab. Eine Minute später stand er wieder vor ihr.

»Cobble Hills«, verkündete er. »Ist das in der Nähe von Muswell Hill?«

Sie nahm das Kissen vom Kopf.

»Äh, nein, nicht direkt«, antwortete sie. »Ich fürchte, du wirst feststellen, dass sie in dem anderen London wohnt. In Kanada. Das würde auch den Schnee erklären.«

Sam machte ein langes Gesicht. »Ach so«, sagte er enttäuscht. »Sie hat mir ein Foto von sich geschickt. Sie ist echt hübsch. Ich dachte, vielleicht könnte sie meine Freundin werden. Sie ist dreizehn, also habe ich behauptet, ich sei zwölf.«

Rachel kicherte. »Ach, Sam. Wie schade, dass sie so weit weg wohnt.«

Er verzog sich wieder an den Computer, zweifellos, um Emily die traurige Neuigkeit zu vermelden, dass ihr gemeinsamer Kinobesuch wohl ausfallen würde.

Rachel setzte sich auf. Erst nach ein paar Augenblicken wurde ihr die volle Bedeutung dieser Internet-Begegnung ihres Sohnes bewusst. Emily war ein Mädchen. Sam fand sie hübsch. Er wollte mit ihr ins Kino gehen, mit dieser älteren Frau. Er hatte deshalb sogar ein falsches Alter angegeben.

»So ist es recht, mein Kleiner«, murmelte Rachel. »So ist es recht.«

Sie saß einfach so da, ein glückliches Lächeln auf den Lippen. Sie hörte die Wohnungstür nicht aufgehen und bemerkte auch nicht, dass Greg und Joe wieder ins Wohnzimmer gekommen waren.

»Rachel. Erde an Rachel«, sagte Joe und wedelte mit einer Hand vor ihrem Gesicht herum.

»Oh, was? Entschuldigung«, sagte sie abwesend. »Ich war meilenweit weg.«

»Alles in Ordnung?«, fragte Joe. »Du bist ein bisschen rot im Gesicht.«

»Nein, mir geht's gut. Könnte gar nicht besser sein.« Sie hielt inne. »Joe?«

»Ja?«

»Das ist jetzt vielleicht eine komische Frage, aber wie alt warst du, als du in die Pubertät gekommen bist?«

»Ich?« Er blickte verwirrt drein. »Keine Ahnung. Aber ich erinnere mich, dass ich meinen ersten feuchten Traum von Bradley Lebetkin hatte, als wir noch in der Grundschule waren. Also war ich da wohl zehn oder elf.«

»Also warst du dir ganz tief drinnen immer schon deiner Homosexualität bewusst – selbst, als du mich geheiratet hast?«

»Eigentlich schon, ich wollte es mir nur nicht eingestehen. Warum?«

»Ach, nur so«, sagte sie.

Rachel kam gegen zehn nach Hause – ohne Sam. Er wollte noch ein paar Tage bei Joe und Greg bleiben. Erst als sie im Flur stand und den Mantel auszog, sah sie das rote Lämpchen am Anrufbeantworter blinken.

Sie spielte die Nachrichten ab.

Ihre Mutter wollte wissen, wie es ihr gehe, und Lenny hatte aus demselben Grund angerufen. Er sagte auch, er habe versucht, Pitsy ausfindig zu machen, bisher ohne Erfolg.

»Ihre Mitbewohnerin hat gesagt, sie hätte sie seit gestern nicht mehr gesehen. Aber ich habe die E-Mail-Adresse von Noeleen Piccolo herausbekommen. Ich habe ihr wegen Pitsy geschrieben und sie gebeten, die Augen aufzuhalten, falls sie in Sydney auftauchen sollte. Ich habe mir gedacht, vielleicht hat unsere haarige Freundin solche Angst vor dir, dass sie sich erst einmal nach Australien abgesetzt hat, bis ihre Show bei Channel 6 anläuft. Ich weiß nicht, ob etwas dabei rauskommt, aber Pitsy ist so ein mieses Stück, dass ich einfach irgendetwas unternehmen musste.«

Rachel wünschte, er wäre hier, damit sie ihn umarmen könnte.

»Du bist der Beste, Lenny«, sagte sie laut. »Weißt du das? Der Allerbeste.«

Die dritte Nachricht war von Adam. Anscheinend hatte er schon seit dem Wettbewerb versucht, sie zu erreichen und zu fragen, wie es gelaufen war, aber immer nur ihren Anrufbeantworter erwischt und schließlich Faye angerufen. Die hatte ihm dann von Pitsy erzählt.

»Was für ein Miststück. Wie kann jemand so etwas tun? Das ist böse. Die pure Bosheit. Du musst ja am Boden zerstört sein … Also, ich habe auch Neuigkeiten. Ich komme nach Hause. Es ist ein Wunder, Onkel Sam hat einen Freund eines Freundes aufgetan, der ab nächste Woche die Vertretung übernehmen kann. Also komme ich morgen nach Hause, am zweiten Weihnachtsfeiertag. Mein Flugzeug landet um eins, aber du brauchst mich nicht abzuholen, ich nehme direkt den Anschlussflug nach Manchester. Einer der Partner in der Praxis gibt abends einen Empfang, und nachdem ich so lange weg war, sollte ich mich da unbedingt sehen lassen. Aber gleich am nächsten Morgen komme ich zu dir nach London. Ich muss etwas sehr Wichtiges mit dir besprechen.«

Ihr erster Gedanke war, dass er ihr sagen wolle, er habe eine andere Frau kennen gelernt und ihre Beziehung sei beendet. Das würde es ihr viel leichter machen. Andererseits wünschte sie, sie müsste nicht noch einen weiteren Tag auf ihn warten. Sie sah dieser Begegnung ohnehin schon sehr nervös entgegen. Noch länger sinnlos zu warten, sich immer wieder zu überlegen, wie sie es ihm sagen wollte, würde alles nur noch schlimmer machen. Nach ein paar Sekunden fiel ihr die beste Lösung ein. An einem Feiertag würde er vermutlich ewig auf den Flug nach Manchester warten müssen. Sie würde ihn am Flughafen treffen und mit ihm sprechen, bevor er weiterflog.

24

Du meine Güte«, murmelte Rachel, während sie den Mann in Panamahut und dreiteiligem Khaki-Anzug mitsamt dunkelrotem Einstecktuch in der Brusttasche anstarrte. »Wo will der denn hin – zum Tee mit Oscar Wilde?«

Erst ein paar Sekunden später merkte sie, dass »der« Adam war. Sie schüttelte ungläubig den Kopf. Adam hatte einen hervorragenden Geschmack, was Kleidung anging. Von allen Männern, die sie kannte, hatte er den elegantesten Stil und beherrschte das Understatement meisterhaft. Er war gewiss kein Modegeck. Als sie zusah, wie er seinen Gepäckwagen an einem Dutzend Leute vorbeischob, die am Ausgang auf Freunde und Verwandte warteten, fragte sie sich, was, um Himmels willen, eine so bizarre Verwandlung ausgelöst haben mochte.

Muss wohl der Stil sein, den ganz Durban diese Saison trägt, dachte sie, denn sie wusste, wie leicht man sich im Ausland dem dortigen Stil anpasste. Was war denn mit diesem Poncho, den sie in Guatemala gekauft hatte? Der sah auch nie wieder so gut aus, als sie ihn dann zu Hause in London hängen hatte.

Ihr Herz hämmerte. Gestern Abend im Bett hatte sie ihre Lebewohl-Ansprache ein Dutzend Mal geprobt, und sie wusste immer noch nicht recht, was sie sagen sollte.

Sie wollte ihm gerade schüchtern zuwinken, als sei er ein Taxi und sie nicht ganz sicher, ob sein Licht an war oder nicht, doch er sah sie nicht. Er war stehen geblieben und sprach mit der jungen Frau hinter ihm, die ebenfalls ihr Gepäck vor sich herschob. Nach dem gemeinsamen Lachen und den langen Blicken zu schließen, kannten sie sich ziemlich gut.

»Das ist sie«, flüsterte Rachel. Die Frau war knochig, beinahe kantig, makellos geschniegelt und gebügelt, trug eine Brille mit dünnem goldenem Gestell und ein graues Kostüm.

Da Rachel nie ganz sicher gewesen war, ob Adam sie betrog, war sie auch gar nicht auf die Idee gekommen, er könnte die Betreffende mit nach Hause bringen.

Kein Wunder, dass ich ihn nicht vom Flughafen abholen sollte, sagte sie zu sich selbst.

Adam und die Frau gingen weiter, unterhielten sich und merkten offenbar gar nicht, dass sie unmittelbar auf Rachel zusteuerten.

Als sie kaum noch zwei Meter von ihr entfernt waren, fiel plötzlich eine Reisetasche vom Gepäckwagen der Frau. Adam bückte sich, hob sie auf und legte sie wieder oben auf den Stapel Koffer auf ihrem Wagen. Dann zog er seinen Panamahut und machte eine grandios theatralische Verbeugung. Während Rachel das Gesicht verzog – halb lachend, halb peinlich berührt –, brach die Frau in Kichern aus. Dann warf er die Oberlippe in seiner besten Mick-Jagger-Goldfisch-Imitation auf und küsste sie ziellos ins Gesicht.

Rachel trat ein paar Schritte vor und tippte Adam auf den Rücken.

»Na, hallo«, sagte sie fröhlich. »Ich hoffe, ich störe nicht.«

Adam fuhr herum. »O Gott … Rachel«, keuchte er. »Dich hatte ich nicht erwartet.«

»Das sehe ich«, sagte sie. »Willst du mich nicht deiner Begleiterin vorstellen?« Sie wusste, sie sollte ihn nicht so quälen, aber sie konnte nicht widerstehen. Sie strahlte die Frau an, die sich verlegen und sichtlich geschockt neben Adam herumdrückte.

»Äh, öh, ja«, entfuhr es ihm. »Das ist Yootha. Sie ist die, äh, Zahnhygienikerin von Onkel Stan.«

»Freut mich sehr, Sie kennen zu lernen«, schwafelte Rachel drauflos und bemerkte, wie gut Yoothas dünne, schmale Lippen mit dem Brillengestell harmonierten. »Es muss ja *so* eine große Hilfe für Adam gewesen sein, dass Sie sich bei dieser schrecklichen Heuschreckeninvasion um ihn gekümmert haben.«

Ivana Trump hätte nicht gedemütigter aussehen können, wenn man sie in einem Birkenstockladen erwischt hätte, als die arme Yootha in diesem Augenblick.

Bevor sie noch etwas sagen konnte, hatten sich beide Frauen Adam zugewandt, der in seiner Hosentasche wühlte und vor sich hin fluchte. Blut tropfte sanft aus seiner Nase und lief ihm übers Kinn.

Sekundenschnell hatte Yootha eine Packung Taschentücher aus ihrer Handtasche parat.

»Ist schon gut, Addy, leg den Kopf zurück und drück ganz fest auf die Nasenwurzel.«

Bald darauf nahm er die Taschentücher von der Nase und schniefte. »Ich glaube, es hat aufgehört. Also, Aardvark, Rachel und ich müssen uns unterhalten. Geh dich doch inzwischen in den Geschäften da umsehen. Du könntest dir ja mal bei Boots die verschiedenen Sorten Zahnseide ansehen. Ich finde dich dann schon.«

»Na gut, Addy, wenn du meinst, dass es dir wirklich besser geht.«

Er versicherte ihr, es sei alles in Ordnung, und sie schob mit ihrem Gepäckwagen ab.

»Addy und sein kleines Erdferkelchen«, sagte Rachel und grinste Adam an. »Wie niedlich.«

Sie suchten sich ein paar freie Plätze. Adam nahm den Hut ab und ließ ihn zwischen den Knien baumeln.

»Sieh mal, Rache«, sagte er, »es tut mir schrecklich Leid. Ich wollte nicht, dass du es so erfährst. Ich wollte mich in aller Ruhe mit dir zusammensetzen und es dir erklären.«

Sie nickte langsam. »Das mit dir und Yootha – ist also was Ernstes?«

»Wir kennen uns ja noch nicht lange, aber, ja, ich glaube, das ist es. Wir haben uns vom ersten Moment an wunderbar verstanden. Weißt du, wir haben so viel gemeinsam. Sie bügelt ihre Unterwäsche, genau wie ich.«

»Ja, aber vorher stärkt sie sie noch«, sagte Rachel lächelnd und klimperte unschuldsvoll mit den Augen.

»Und sie hat mich dazu gebracht, meine gesamte Garderobe umzustellen. Sie findet, ein Mann im mittleren Alter sollte distinguierter aussehen.«

Rachel sagte nichts. Im mittleren Alter, dachte sie. Er war doch erst sechsunddreißig, um Himmels willen.

»Weißt du«, sagte Adam, legte den Hut auf den freien Sitz neben sich und drehte sich zu ihr um, »ich hatte solche Angst davor, es dir zu sagen. Ich wappne mich schon seit Tagen gegen Tränen und eine Riesenszene. Aber du scheinst es ja sehr gelassen aufzunehmen.«

»Hm. Ja, weißt du, dafür gibt es einen Grund ...«

Als sie ihm von Matt erzählte, wichen Schock und Fassungslosigkeit in seiner Miene allmählich der Erleichterung.

»Weißt du, Rachel«, sagte er schließlich, »wir haben uns nur etwas vorgemacht, als wir glaubten, wir könnten einander glücklich machen. Wir sind zu verschieden. Du mit deiner Comedy, ich mit meinem …«

»Hosenspanner?«, schlug sie hilfsbereit vor.

Er lachte auf. »Ich dachte, wenn wir erst einmal verheiratet wären, könnte ich dich ändern, damit du mehr wie ich wirst. Aber ganz tief drinnen weiß ich schon lange, dass wir nicht füreinander geschaffen sind.«

»Das würde jedenfalls erklären, warum du nicht mehr mit mir schlafen wolltest«, bemerkte sie.

»Es tut mir Leid. Ich hätte mit dir reden sollen.«

Sie tätschelte sein Knie und sagte, das sei jetzt nicht mehr wichtig.

»Und, liebst du diesen Matt wirklich?«

»O ja.«

Er legte den Arm um ihre Schulter und sagte ihr, wie sehr er sich freute, dass sie jemanden gefunden hatte. Sie erwiderte, sie freue sich auch für ihn.

»Du wirst mir fehlen«, sagte er.

»Ja, du mir auch.«

Eine Träne kullerte ihr über die Wange. Er wischte sie weg. Dann drückte er sie an sich, aber nur ganz kurz. Sie merkte, dass auch er fürchtete, von seinen Gefühlen überwältigt zu werden.

Er ließ sie los und stand auf.

»Ich gehe jetzt besser. Yootha macht sich sonst noch Sorgen, wo ich abgeblieben bin.«

Sie drückte seine Hand. »Alles Gute«, sagte sie.

»Wünsche ich dir auch. Und grüß Sam schön von mir.«

Sie nickte.

Er drehte sich um und wollte seinen Hut aufheben, doch eine extrem dicke, mit Muttermalen übersäte Frau in fleischfarbener Stretchhose und einem T-Shirt mit der Aufschrift *Pittsburgh: City of Dreams* nahm den Platz ein, auf dem er ihn deponiert hatte.

Mit einer Mischung aus Traurigkeit und enormer Erleichterung ging Rachel zum Parkplatz. Erst als sie auf dem Weg durch die Abflughalle am Qantas-Schalter vorbeikam, merkte sie, dass sie in die völlig falsche Richtung gelaufen war. Sie hatte sich gerade umgedreht, um zurückzugehen, als sie eine kleine Frau mit Rattenschwänzen bemerkte, die vom Check-In-Schalter zur Abflug-Lounge ging.

Rachels Gesicht wurde kalkweiß.

»Scheiße!«, rief sie aus, und ihre Hand ballte sich unwillkürlich zur Faust. »Das ist Pitsy.«

Rachel rannte los.

»Janeece«, schrie sie über den ganzen Gang. »Komm zurück. Komm – sofort – zurück!«

In dem Moment, als Pitsy sich umdrehte und Rachel entdeckte, erschien ein Ausdruck schieren Entsetzens auf ihrem Gesicht. Gleich darauf rannte sie los, auf das Gate zu. Rachel rannte noch schneller und schrie unentwegt Pitsy hinterher. Als Pitsy nicht stehen blieb, begann sie, um Hilfe zu schreien.

»Halten Sie diese Frau auf, bitte! Halten Sie sie auf!«

Pitsy sprintete weiter, und Rachel fiel allmählich zurück.

»Bitte, jemand muss sie aufhalten!«, kreischte sie. »Sie hat meine Witze gestohlen.«

Mittlerweile waren viele Leute stehen geblieben, um diese Verrückte anzustarren. Ein Mann aus einer Gruppe lachender japanischer Geschäftsleute hob die Videokamera vors Auge.

Rachel blieb stehen und rang keuchend nach Atem, als Pitsy weit vor ihr dem Beamten am Zugang zur Abflug-Lounge Pass und Ticket zeigte.

»Halten Sie sie auf«, brüllte sie. »Sie ist eine Diebin. Lassen Sie sie nicht durch!«

Doch es war zu spät. Pitsy war fort. Als Rachel endlich keuchend den Schalter erreichte, sah sie Pitsy schon an der Passkontrolle stehen.

»Sie hat meine Witze gestohlen«, schluchzte Rachel leise. »Sie hat meine Witze gestohlen.«

Rachel stand noch ein paar Sekunden lang dort, das Gesicht in den Händen vergraben, und bohrte sich frustriert die Fingernägel in die Stirn. Als sie schließlich wieder aufblickte, stieß sie einen kleinen Schreckensschrei aus. Vor ihr ragten vier Polizisten in kugelsicheren Westen auf, die Maschinengewehre vor der Brust.

Rachels Hände schossen in die Höhe.

Einer der Polizisten, so um die vierzig, trat vor.

»Schon gut, Kleine«, sagte er mit freundlichem Lächeln. »Nehmen Sie die Hände wieder runter. Kommen Sie einfach mit uns mit, wir erzählen Ihnen ein paar ganz tolle Witze.«

Er streckte die Hand aus und nahm Rachel beim Arm.

»Nein, Sie verstehen das nicht«, flehte sie verzweifelt, während sie vergeblich versuchte, sich aus seinem kräftigen Griff zu befreien. »Diese Frau hat ganz im Ernst meine Witze gestohlen. Ehrlich. Sie müssen mir glauben.«

»Oh, natürlich. Wir glauben Ihnen«, beschwichtigte er sie. »Kommen Sie doch mit, dann können Sie uns alles erzählen.« Flankiert von seinen drei Kollegen, führte er sie von der Menge fort, die sich um die Szene versammelt hatte.

»Gehen Sie weiter«, sagte einer der Polizisten. »Die Show ist vorbei. Hier gibt's nichts mehr zu sehen.«

»Also, können Sie mir sagen, wie die Medikamente heißen, die Sie nehmen sollen?«, fragte der andere sie freundlich.

»Ich nehme keine Medikamente«, heulte sie auf. »Ich bin Komikerin. Ich mache Stand-up-Comedy.«

»Aber sicher«, sagte er geduldig. »Natürlich sind Sie das. Und, kennen Sie schon den mit dem Scheich, Carol Vorderman und dem Kamel?«

25

Sobald sie von Heathrow nach Hause kam – die Polizei hatte sie endlich gehen lassen, nachdem sie sie überredet hatte, Lenny und Joe anzurufen, die die Geschichte mit Pitsy bestätigten –, versuchte Rachel, Matt anzurufen. Sie wollte ihm so schnell wie möglich erzählen, dass es mit Adam aus und vorbei war, doch sie erreichte ihn weder zu Hause noch über sein Handy.

Am folgenden Tag versuchte sie es wieder und bekam Trecker an die Strippe, der erklärte, er habe auch nichts von Matt gehört; er wusste nur, dass Matt gesagt hatte, er werde vielleicht eine Woche oder so in Nottingham bleiben. Sie fragte, ob Trecker seine Nummer in Nottingham habe. Hatte er nicht. Noch dazu hatte Matt sein Handy zu Hause gelassen.

»Na ja«, sagte Trecker, »er hat damit gerechnet, erst nächstes Jahr von dir zu hören. Wahrscheinlich will er mal so richtig ausspannen, nachdem er so hart an der Eselwasch eins gearbeitet hat. Aber allzu lange kann er gar nicht wegbleiben, weil die Leute aus Burkina Faso nächste Woche kommen. Er meldet sich bestimmt bei dir. Mach dir keine Sorgen.«

Aber das war unmöglich. Am dritten Tag des Wartens hatte sie sich eingeredet, Matt sei so wütend auf sie, weil sie ihm ihre Beziehung zu Adam verschwiegen hatte, dass er nie wieder mit ihr sprechen oder sie sehen wollte.

Am Ende der Woche sehnte sie sich so sehr nach ihm, dass sie weder essen noch schlafen konnte. Sie nahm ihr Handy sogar mit zur Sylvester-Party bei Polly, der Aromatherapeutin – Trecker hatte sich selbst, Shelley und Rachel eine Einladung verschafft. Sie wollte es dabei haben, nur für den Fall, dass er sie um Mitternacht anrief, um ihr ein Gutes neues Jahr zu wünschen. Er rief nicht an.

Um zwei Uhr morgens beschlossen alle, draußen auf der Straße eine Polonaise zu veranstalten. Rachel war die Letzte in der Schlange und hielt das Handy ans Ohr gepresst. Inzwischen war sie so verzweifelt, dass sie ganz zufällig irgendwelche Nummern in Nottingham wählte in der Hoffnung, ihn zu finden. Die meisten Leute legten einfach auf, aber sie verbrachte auch ein paar sehr nette Minuten damit, Neujahrsgrüße mit einer mormonischen Familie auszutauschen.

Das Einzige, was sie daran hinderte, völlig abzudrehen, war die Aussicht auf ein Gespräch mit Xantia und die Möglichkeit – wie unwahrscheinlich das auch sein mochte –, dass ihre ehemalige Arbeitgeberin ihr helfen könnte, ihre Karriere zu retten.

Sie nahm an, dass Xantia um den dritten oder vierten Januar aus Venedig zurück sein würde. Es erschien ihr wenig sinnvoll, vorher anzurufen und einen Termin auszumachen. Auf diese Weise würde Rachel nur gezwungen sein, ihr Anliegen bereits am Telefon vorzubringen, und Xantia würde sich vermutlich weigern, ihr überhaupt zuzuhören, und einfach auflegen. Die besten Aussichten hatte sie wohl, wenn sie einfach hinfuhr – vielleicht hatte sie Glück und erwischte sie zu Hause.

Am dritten und vierten Januar war niemand da.

Am Morgen des fünften, als sie gerade zum dritten Mal auf gut Glück zu Xantia fahren wollte, klingelte das Telefon. Es war Trecker, der ihr sagte, er habe eine Nachricht von Matt auf dem Küchentisch gefunden.

»Sie lag unter dem Marmeladeglas. Er muss sie geschrieben haben, bevor er gefahren ist. Aber hier herrscht ein solcher Saustall, und ich habe in letzter Zeit keine Marmelade mehr gegessen, deswegen habe ich sie nicht gesehen. Jedenfalls steht da drauf, dass du erst seinen Kumpel Phil anrufen sollst, bevor du zu Xantia gehst.«

Rachel runzelte die Stirn. Der Name sagte ihr nichts. »Das ist alles?«

»Ja, und da steht auch eine Nummer.« Er las sie ihr vor. »He, tut mir Leid, wenn das wichtig ist, aber ich habe den Zettel eben erst gefunden. Lass mich wissen, wie es gelaufen ist. Trara, Süße.«

»Du meine Güte, Rache, das ist ja irre«, sagte Shelley, die an ihrem Küchentisch saß und versuchte, gleichzeitig ihre Wimpern zu tuschen, eine Scheibe Toast zu essen und Satchmo die Brust zu geben. Sie sollte um elf im Filmstudio sein und war spät dran. Sowohl Rachel als auch Trecker hatten sie bekniet, nicht so bald nach der Geburt wieder zu arbeiten, aber die Binden-Leute hatten beschlossen, einen zweiten Werbespot zu drehen; sie hatten ihr gutes Geld geboten und waren völlig damit einverstanden, dass sie Satchmo mitbrachte, und diese Versuchung war zu groß für Shelley. »Du meinst, dieser Freund von Matt hat tatsächlich Ottos und Xantias geheimes Zimmer *eingebaut?*«

»Ja«, sagte Rachel, »als er das ganze Haus für sie renoviert hat. Mein erster Gedanke war vollkommen richtig. Phil sagt, ihr Getue um das Haus und die Piazzas ist eine einzige Show. Sie hassen das Haus und finden es beide eiskalt und scheußlich kahl. Das geheime Zimmer ist der Raum, in dem sie nach Herzenslust herumhängen und es sich gemütlich machen können. Anscheinend hat Otto Phil und seinen Kollegen fünfhundert Pfund pro Nase bezahlt, damit sie es für sich behalten.«

»Jetzt wird es überhaupt kein Problem mehr sein, Xantia auf deine Seite zu ziehen. Du brauchst nur damit zu drohen, dass du einer Zeitung von dem geheimen Zimmer erzählst. Ganz einfach. Sie wird nachgeben wie ein morsches Brett ... sehen meine Wimpern gut aus?«

»Bestens. Was meinst du damit, ich soll mit den Medien drohen? Das wäre ja Erpressung. Dann wäre ich nicht viel besser als Pitsy.«

»Rache«, sagte Shelley und schnallte Satchmo in seinen tragbaren Kindersitz, »als wir das Zimmer entdeckt haben, hast du gesagt, du könntest den Marx' so etwas nicht antun, aber inzwischen hat sich viel verändert. Deine Karriere steht auf dem Spiel. Pitsy muss endlich bekommen, was sie verdient.« Sie stand auf und ging zum Kühlschrank.

Rachel saß nachdenklich am Tisch. »Ich weiß«, begann sie, »aber ...«

Sie brach ab. Shelley hatte soeben einen Tupperbehälter geöffnet und stopfte sich zwei große grüne Blätter daraus in den BH.

»Kohl«, sagte sie, als sie Rachels fragende Miene bemerkte. »Sehr gut für rissige Brustwarzen.«

Shelleys Telefon klingelte. Es war Trecker, der ihr viel Glück wünschen wollte und anbot, abends noch vorbeizukommen und ihnen Bio-Fertigpizza aus dem Supermarkt in den Ofen zu schieben.

»Und, wie läuft's mit euch beiden?«, fragte Rachel grinsend, als Shelley das Telefon wieder auf den Tisch legte. »Habt ihr – du weißt schon …«

»Du machst wohl Witze«, erwiderte Shelley lachend. »Ich habe vor zehn Tagen ein Kind geboren. Jetzt weiß ich ganz genau, was deine Mutter meint, wenn sie sagt, es fühlt sich an, als würde man mit einem Kürbis zwischen den Beinen herumlaufen. Nein, wir lassen es ganz langsam angehen.«

Rachel nickte zustimmend.

»Also«, fragte Shelley, »willst du bei Xantia schweres Geschütz auffahren?«

»Nein. Ich bringe es einfach nicht über mich, ihr so zu drohen.«

»Na ja«, sagte Shelley, die immer noch an den Kohlblättern in ihrem BH herumzupfte, »das musst du wissen, aber wenn die Frau nicht über Weihnachten eine Gehirnoperation und eine völlige Persönlichkeitsumwandlung hat vornehmen lassen, könnte es sein, dass dir nichts anderes übrig bleibt.«

Rachel drückte auf die Klingel und hörte gleich darauf Stilettos über den Kalkstein drinnen klackern – vermutlich Xantias neue Putzfrau.

Die Tür ging auf, und vor ihr stand eine nuttig aussehende Frau mittleren Alters in einer hautengen roten Satinhose und Kunstlederschühchen. Riesige goldene Kreolen baumelten an ihren Ohren.

Rachel stellte sich vor und erklärte, dass sie früher für Xantia gearbeitet habe.

»Ich weiß, sie hat sicher viel zu tun, aber ich hatte gehofft, sie würde ein paar Minuten für mich erübrigen. Ich muss etwas Dringendes mit ihr besprechen.«

Die Frau sagte nichts. Sie stand nur da und starrte Rachel an, ein schwaches Lächeln auf den Lippen, den Kopf leicht schief gelegt. Das Schweigen wurde Rachel unbehaglich. Sie lächelte verkrampft und betrachtete den platinblonden Pagenschnitt und das enge schwarze Stretchtop ihres Gegenübers. Auf dem Top prangte eine Applikation, ein Tigerkopf in Rot und Gold mit offenem Maul und gebleckten Zähnen. Rachel war sich nicht ganz sicher, aber die Frau kam ihr irgendwie bekannt vor.

»Hallo, Rachel«, sagte die Frau schließlich, »ich habe Sie schon erwartet.«

Diesen arroganten Tonfall erkannte Rachel sofort.

»O Gott. Xantia?«, fragte sie, völlig vor den Kopf geschlagen. »Sind Sie das?«

»Ja, Liebes«, quietschte sie, und ihre Stimme schnappte beinahe über vor kindischer Aufregung, »ich bin es wirklich. Mein neues Ich. Oder sollte ich sagen … mein *wahres* Ich.«

Sie drehte eine Pirouette, dann noch eine und trat zurück, um Rachel einzulassen. Rachel, die ihren Augen immer noch nicht trauen wollte, trat in den Flur.

»Das verstehe ich nicht. Was, um alles in der Welt …«

Bevor sie den Satz beenden konnte, waren die beiden plötzlich von Menschen umringt. In ihrer Verwirrung brauchte Rachel ein paar Sekunden, bis sie aus den Kameras und Scheinwerfern schloss, dass es sich um ein Kamerateam handelte.

»Okay, Leute«, sagte Xantia und klatschte in die Hände. »Fünf Minuten, ja? Ich muss mich hier um etwas sehr Wichtiges kümmern.«

Irgendwer sagte: »Schnitt«, und die Kameras und Scheinwerfer wurden ausgeschaltet.

Als Xantia sie in die Küche führte, entdeckte Rachel, dass sie einen sexy Hüftschwung in ihren Gang eingebaut hatte.

Xantia bot Rachel einen Stuhl an.

»Nescafé?«, fragte sie und schwenkte die Dose herum.

Rachel schüttelte den Kopf und sagte: »Nein, danke.«

»Na ja, mache ich mir eben einen.«

»Xantia, bitte, erklären Sie mir das. Was ist passiert? Was ist hier los?«

»Na ja …« Sie löffelte Instant-Kaffee in einen Becher. »Otto und ich haben beschlossen, unsere Maske zu lüften – na ja, den Vorhang vor dem geheimen Zimmer sozusagen.« Sie machte eine bedeutungsvolle Pause und rührte in ihrem Becher herum, den sie geziert in der Hand hielt. »Und der Welt zu verkünden, dass wir bourgeoise Banausen sind – und stolz darauf.«

Ein geflüstertes »Du meine Güte«, war alles, was Rachel zustande brachte.

»Otto hat sogar extra ein Emblem zum Anstecken kreiert – ein schwarzes Band mit kleinen goldenen Sovereigns darauf.«

Sie goss kochendes Wasser in ihren Becher.

»Wissen Sie, es gibt noch mehr Leute wie uns da draußen – angesagte Top-Designer, die gezwungen sind, in einer seelenlos durchgestylten Umgebung wie dieser hier zu leben, um ihren Ruf und ihr Geschäft zu schützen, obwohl sie sich insgeheim nach Magnolientapeten, Laura-Ashley-Chintz und Heizkörperblenden in Zierschnitt sehnen.«

Sie setzte sich Rachel gegenüber.

»Unsere Mission«, fuhr sie fort, »ist es, diesen armen Seelen zu helfen, damit sie nicht länger ihr wahres Selbst verleugnen müssen. Gott hat uns die Hausbar geschenkt, die beim

Öffnen ›Nessun Dorma‹ spielt. Mit welchem Recht treten wir Seine Geschenke mit Füßen?«

»Warum haben Sie sich denn zu diesem Coming-out entschieden?«, fragte Rachel.

»Seit wir das geheime Zimmer haben einbauen lassen, leben Otto und ich in ständiger Angst, dass jemand es entdeckt und uns damit erpresst.«

»Aber Xantia«, fiel Rachel ihr ins Wort, »so etwas hätte ich doch nie getan.«

»O nein, Sie nicht, meine Liebe«, sagte sie lachend. »Sie sind viel zu anständig dafür. Ich habe darüber nachgedacht und bin zu dem Schluss gekommen, dass Sie so etwas nie durchziehen könnten.«

»Danke«, sagte Rachel verschämt.

»Also, als Sie und Ihre Freundin das Zimmer entdeckt hatten, wurde uns klar, welche Erleichterung das eigentlich war. Der Stress, es immer geheim zu halten und dann noch dafür zu sorgen, dass Ottos wahre Abstammung nicht auffliegt, das war uns eigentlich schon lange zu viel.«

»Sie meinen, er ist gar nicht mit Karl Marx verwandt?«

»Lieber Himmel, nein. Er stammt von Knopffabrikanten ab.«

Sie machte wieder eine Pause.

»Na ja, jedenfalls haben wir beschlossen, das Haus zu verkaufen und nach Weybridge zu ziehen. Gestern erst haben wir dort dieses wirklich umwerfende Haus entdeckt. Es hat mal irgendeinem Playboy-Model gehört, hat einen topmodernen Fitnessraum, ein holzgetäfeltes Billardzimmer mit Geweihen an den Wänden und eine Bar, die aussieht wie ein Pub auf dem Land. Es ist einfach zauberhaft, Rachel. Ganz zauberhaft.«

»Ja, das kann ich mir vorstellen«, sagte Rachel.

Xantia blickte entrückt in die Ferne.

»Lassen Sie mich raten – das Kamerateam ist hier, um Sie und Otto auf der Straße zum Damastsofa zu begleiten?«

»Ja. Es sind sogar zwei Teams, das andere ist gerade mit Otto unterwegs. Er kauft eines von diesen riesigen amerikanischen Wohnmobilen. Wir wollen im Frühjahr damit nach Newquay fahren.«

»Und was wird aus Ihrem Unternehmen?«, fragte Rachel.

»Na ja, wir können natürlich nicht weiterhin einen Stil verkaufen, an den wir nicht glauben. Otto meint, wir sollten uns mal mit Gedenk-Porzellan beschäftigen.«

Rachel kicherte. So verrückt sie auch waren, sie konnte nicht anders, als die Marx' zu bewundern.

Es entstand ein Schweigen. Rachel fragte sich, ob dies der geeignete Moment sei, um das Thema Pitsy anzuschneiden.

»Xantia, ich habe Ihnen noch gar nicht gesagt, warum ich hier bin.«

»Aber das weiß ich doch. Ich sagte ja vorhin schon, ich habe Sie erwartet.«

Rachel sah sie erstaunt an.

»Ein Freund von Ihnen – Lenny, der Moderator von diesem Comedy-Wettbewerb – war vor ein paar Minuten hier. Er hat mir das gebracht.«

Sie drehte sich auf dem Stuhl um und nahm eine Videokassette von der Arbeitsplatte.

»Dieser Lenny ist ein junger Mann mit großer Überzeugungskraft. Er hat sich geweigert, das Haus zu verlassen, bevor ich es mir angesehen hatte. Das ist eine Aufnahme von einer australischen Komikerin namens Noeleen Piccolo. Zuerst hatte ich ja gehofft, dass diese Noeleen unsere Janeece bestohlen hat, aber im Grunde wusste ich gleich, dass es genau andersherum war. Wir wollten es uns nie eingestehen, aber wir hatten immer schon das Gefühl, dass Janeece nicht übermäßig talentiert ist. Ich gebe es wirklich ungern zu, aber Janeece hat überhaupt nur deshalb Auftritte bekommen, weil Otto und ich die Leute geschmiert haben.«

Rachel nickte. »Ich verstehe«, sagte sie.

»Das war Ottos Idee. Seine Schwester ist ziemlich unglücklich mit ihrem ewig erfolglosen Mann in Killadingo, und er wollte eben etwas für sie tun. Sie war so stolz bei dem Gedanken, dass Vanessa, Janeece, oder wie auch immer sie sich jetzt nennen mag, es als Künstlerin zu etwas bringt. Aber, Rachel, Sie müssen mir glauben, ich hatte keine Ahnung, dass sie mit plagiierten Witzen gearbeitet hat, bis Lenny mir dieses Video gezeigt hat. Ich kann Ihnen gar nicht sagen, wie Leid mir das tut. Otto und ich haben seit dem Wettbewerb nichts mehr von Vanessa gesehen oder gehört. Wir haben keine Ahnung, wo sie steckt. Ich kann nur hoffen, dass sie die Strafe bekommt, die sie verdient.«

Sie streckte beide Hände aus und umfasste Rachels Hand. »Kurz bevor Sie kamen, habe ich mit Robin Metcalf von Channel 6 gesprochen und ihm alles erklärt.«

»Tatsächlich? O Gott, Xantia, das ist wunderbar. Was hat er denn gesagt?«

»Er sagte, er habe Sie vor ein paar Wochen bei einem Auftritt gesehen und daher schon gewusst, wie talentiert Sie sind. Er hat angenommen, Sie wären neulich aus Lampenfieber durchgedreht, und deshalb wollte er das Risiko nicht eingehen, Sie noch mal live im Fernsehen auftreten zu lassen, falls so etwas wieder passiert. Er wird Sie bald anrufen, heute oder morgen.«

Rachel stand auf, ging um den Tisch herum und umarmte Xantia.

»Danke«, sagte sie und küsste sie auf die Wange. »Vielen, vielen Dank.«

Xantia, die nicht an derart plötzliche, überschwängliche Zuneigungsbekundungen gewöhnt war, wurde haargenau so rot wie ihre Satinhose.

Rachel hüpfte durch den Vorgarten, hinaus auf den Gehweg und direkt in Lenny hinein.

»Oh, lieber Himmel, Lenny«, rief sie aufgeregt, »ich wollte dich gerade anrufen. Was machst du hier?«

Er erklärte, er hätte sie zu Xantia gehen sehen, angenommen, dass es um Pitsy ging, und in der Nähe bleiben wollen, um sofort im Bilde zu sein.

»Es ist alles geregelt«, sagte Rachel. »Xantia hat bei Channel 6 alles aufgeklärt – und das verdanke ich nur dir. Lenny, du hast mir das Leben gerettet. Wie kann ich das je wieder gutmachen?«

Sie schlang die Arme um ihn und hätte ihn beinahe umgeworfen.

»Du kannst mich auf Fish and Chips einladen«, sagte er lachend.

»Gemacht«, erwiderte sie, hakte sich bei ihm unter und zwang ihn, mit ihr die Straße entlangzuhüpfen.

Sie saßen im Pub, tranken Guinness, warteten auf ihr Essen und unterhielten sich über all die Angebote vom Fernsehen, die Lenny seit dem Wettbewerb bekommen hatte, als er mitten im Satz abbrach.

»Ach, übrigens«, sagte er dann und grinste breit, »ich habe mir noch etwas für dich aufgehoben. Ich muss dir was zeigen.«

»Himmel, Len«, sagte sie kichernd, »ich weiß nicht, ob ich heute noch eine Überraschung verkrafte.«

»Ach, ich denke, die wirst du noch schaffen.« Er griff in die Manteltasche und holte eine zusammengefaltete Zeitung heraus. Er reichte sie Rachel. »Das ist der *Sidney Morning Herald.* Tolle Schlagzeile, was?«

Sie las die Schlagzeile: *Komikerin mit Brotaufstrich geteert und gefedert.*

Darunter war ein großes Farbfoto von Pitsy, die von einer wütenden Frau mit einem Glas *Vegemite* attackiert wurde. Rachel starrte ungläubig auf das Foto. Dann brach sie in lautes, quietschendes Gelächter aus.

»Ach du kackendes Känguru – Noeleen, die rasende Rächerin.« Sie lachte so laut, dass die Leute sich nach ihr umdrehten.

Lenny erklärte: »Anscheinend ist Pitsy, kaum dass sie wieder in Australien war, bei irgendeinem Comedy-Slam in einer Kneipe ans Mikro gegangen und hat ihre Noeleen-Piccolo-Nummern abgezogen. Und rate mal, wer ganz zufällig im Publikum saß?«

»Ms. Piccolo, die deine Warnung per E-Mail bekommen hatte … Lenny, was soll ich dazu noch sagen? Das ist umwerfend. Einfach umwerfend.«

Sie umarmte ihn und drückte ihm einen dicken Kuss auf die Stirn.

»Weißt du«, sagte sie nachdenklich, als sie sich wieder hinsetzte, »eines verstehe ich immer noch nicht. Pitsy konnte bei dem Wettbewerb doch nur mit meinen Sachen auftreten, wenn sie vor mir drankam. Wie hat sie das gedeichselt?«

»Ja, daran habe ich auch schon gedacht. Ich habe einen Freund, der ist Aufnahmeleiter bei Channel 6, und ich habe ihn gebeten, sich mal umzuhören. Also, nach dem Vorsprechen hat einer der Produktionsassistenten sich an sie rangemacht. Es ist schon wieder aus mit den beiden, aber offenbar waren sie mehrere Wochen lang zusammen.«

Rachel schüttelte langsam den Kopf und musste erst einmal verdauen, was er ihr erzählt hatte. »Und während dieser Zeit hat Pitsy ihn ausgenutzt.«

»Na ja, so könnte man es auch ausdrücken«, sagte Lenny grinsend.

Sie hatten gerade aufgegessen, als Rachels Handy klingelte. Es war Shelley, die aus dem Filmstudio anrief.

»Ich kann es dir jetzt nicht erklären, ich muss gleich am Set sein«, sagte sie ganz außer Atem vor Aufregung, »aber du musst sofort hierher kommen. Das *musst* du einfach sehen.«

»Was? Was ist denn?«

»Deine Eltern. Sie sind hier.«

»Meine Eltern? Red keinen Quatsch. Was hätten die denn in einem Filmstudio zu suchen?«

»Rachel, sie sind hier. Ich schwöre es.«

»Aber warum? Ich verstehe überhaupt nichts mehr.«

»Wirst du schon noch. Ich muss jetzt Schluss machen. Steig einfach ins Auto und komm her.« Sie gab Rachel die Adresse.

Mit äußerst verwirrter Miene entschuldigte Rachel sich bei Lenny und versprach, ihn bald richtig schick zum Abendessen auszuführen, um sich für alles zu bedanken, was er für sie getan hatte. Dann raffte sie schnell Mantel und Tasche zusammen und machte sich auf den Weg.

26

Mit meinen zweiundsiebzig«, sagte Jack mit frechem Grinsen, »fühle ich mich immer noch so, als wäre ich zwanzig. Nur meine Freundin von damals sieht heute ein bisschen anders aus.«

Faye lachte zu laut und boxte ihn spielerisch in die Schulter.

»Ach, hören Sie nicht auf ihn«, sagte sie. »Das meint er nicht so. Ich glaube, mein Mann wollte damit sagen, nur weil Schnee auf dem Dach liegt, ist das Herdfeuer noch lange nicht aus. Wir sind vielleicht nicht mehr die Jüngsten, aber Jack und ich lieben uns und finden einander noch genauso anziehend wie an unserem Hochzeitstag. Ich vergöttere ihn.«

Rachel und Shelley standen ganz hinten in dem Aufnahmestudio und beobachteten Jack und Faye, die auf einem Chintz-Sofa saßen und vor laufender Kamera interviewt wurden.

»Shelley«, zischte Rachel, »würdest du mir bitte sagen, was, zum Teufel, hier los ist? Warum werden meine Eltern gefilmt?«

Shelley sagte nichts. Sie lächelte nur wissend.

»Es gibt immer noch keinen anderen Mann, bei dem ich eine Gänsehaut bekomme wie bei Jack«, fuhr Faye fort.

Sie drehte sich zu ihm um. Die beiden sahen einander in die Augen, dann zog Jack sie an sich und küsste sie leidenschaftlich auf den Mund.

»Und Schnitt.« Das war der Regisseur. Rachel konnte ihn zwar hören, aber nicht sehen, weil er ihr den Rücken zuwandte.

»Faye, Jack«, fuhr er fort, »das war fantastisch. Ganz fantastisch. Wie war das für dich, Tom?«

Der Kameramann nickte.

Faye und Jack standen vom Sofa auf.

»Fanden Sie das wirklich gut so, Simon?«, fragte Faye errötend. »Ich meine, dass ich nicht mehr aussehe wie mit zwanzig, das können Sie doch rausschneiden, oder?«

Rachel sah Shelley an und blinzelte. »Was? Das ist Simon? *Der* Simon? Simon, der perverse Fernsehpolsterer?«

»Na ja, jedenfalls heißt er Simon«, erwiderte Shelley lachend.

In diesem Moment entdeckte Faye ihre Tochter.

»Oh, gütiger Gott«, rief sie aus. »Jack, da ist Rachel.«

Sie kam zu ihnen herübergerannt, wobei sie fast über ein Kabel stolperte. Shelley verzog sich taktvoll zu Satchmo, der in seinem Tragesitz schlief, bewacht von einem der Aufnahmeleiter.

»Rachel«, sagte Faye und lächelte nervös. »Was machst du denn hier?«

»Äh, dasselbe könnte ich dich fragen. Mama, warum gebt du und Papa Interviews über euer Sexualleben?«

Faye und Jack wechselten einen Blick.

»Sieh mal, Schätzchen«, begann Jack, »deine Mutter und

ich wollten es dir ja sagen, aber wir dachten, du würdest nur versuchen, uns davon abzuhalten.«

»Wovon abzuhalten?«, fragte Rachel. »Ich verstehe kein Wort.«

»Wir haben auf eine Anzeige im *Guardian* geantwortet. Simon, der da drüben, ist Dokumentarfilmer. Wir machen bei einer sechsteiligen Serie mit, die ältere Paare zum Thema Sex beraten soll. *Die Liebe in den Zeiten des Rheumatismus* heißt sie. Das ist alles sehr anständig und geschmackvoll. Wir konnten sogar Coral und Ivan Finkel überreden, auch mitzumachen.«

Das neue Training, die Diät ihres Vaters, ganz zu schweigen von der Szene, die sie im Schlafzimmer ihrer Eltern gesehen hatte – plötzlich ergab das alles einen Sinn. Rachel wurde klar, dass sie keine Swinger waren, und ihr fiel ein Stein vom Herzen.

»Dann ist das so eine Art Ratgebersendung?«

»Ja«, sagte Faye schüchtern. »Es macht dir also nichts aus?«

»Ausmachen? Warum sollte es mir etwas ausmachen? Es würde mir etwas ›ausmachen‹, wenn ich feststellen müsste, dass meine Eltern … ich weiß nicht, senile Swinger sind oder so. Das hier ist … wunderbar. Eklig, aber wunderbar.«

»Aber, na ja«, jammerte Faye, »es gibt ein paar Aufnahmen von uns im Bett, wo wir nicht sehr viel anhaben. Es passiert natürlich nichts – alles sehr niveauvoll. Und ich trage da wirklich sehr sexy Unterwäsche. Simon ist sogar mit mir zu Selfridges gegangen, um sie auszusuchen.«

»Freut mich für dich, Mama. Freut mich für euch beide. Ich bin ja so erleichtert – nein, ich meine, ich bin so, äh, *stolz*. Sehr, sehr stolz.«

»Was?«, fragte Rachel Sam, als sie in die Küche kam, um ihm etwas zu essen zu machen. »Du hast Robin Metcalf gesagt, ich sei auf dem Klo?«

Er nickte.

Sie schnaubte leise.

»Na ja, warst du doch. Ich habe ihm ja nicht gesagt – du weißt schon –, was du da machst oder so.«

Sie sollte wohl dankbar sein, dass ihr zumindest Schlimmeres erspart geblieben war.

»Ich habe nur gesagt: ›Sie ist gerade auf dem Klo, sie ruft zurück.‹ Was ist daran falsch? Ich habe sogar daran gedacht, mir seine Nummer aufzuschreiben, genau, wie du es mir immer sagst.« Er reichte ihr einen Fetzen Papier.

»Okay, gut gemacht«, sagte sie und strich ihm über den Kopf. »Das war prima. Es ist nur so, Robin Metcalf ist ein ziemlich hohes Tier, und du hättest vielleicht besser sagen sollen, ich sei gerade nicht zu Hause, weißt du?«

Sam zuckte mit den Schultern, nahm sich eine Packung Chips aus dem Küchenschrank und ging wieder in sein Zimmer.

Rachel atmete ein paar Mal tief durch, ging in den Flur und wählte Robin Metcalfs Durchwahlnummer.

Er begrüßte sie herzlich und erzählte ihr erst einmal, wie sehr er bedauerte, was bei dem Wettbewerb geschehen sei. Dann enthüllte er ihr, dass er nach dem Gespräch mit Xantia ein paar Stunden mit dem Unterhaltungs-Chefredakteur und mehreren Produzenten diskutiert hatte, wie der Sender ein wenig Wiedergutmachung leisten könnte.

Sie hatten sofort entschieden, dass Pitsy auf gar keinen Fall ihre eigene Sendung bekommen oder zum Comedy-Grand-Prix nach Helsinki fahren würde. Sie würden der Presse erklären, Pitsy leide an irgendeiner chronischen, frei erfundenen Krankheit, und dass sie an ihrer Stelle den Zweiten zum Sieger küren würden.

Rachel fand das nur fair. Es waren zwar ihre Witze, die den Wettbewerb gewonnen hatten, aber sie war an jenem Abend nicht aufgetreten und hatte also kein Recht, an Pitsys Stelle zum Sieger erklärt zu werden.

»Aber bis uns etwas Besseres einfällt«, fuhr Robin Metcalf fort, »wie wär's damit: Wir haben eine neue Comedy-Show mit unseren besten Komikern, die diesen Samstag bei Channel 6 anläuft. Aber wir haben ein Problem. Unser Top-Act hat die Grippe und musste leider absagen, und da dachten wir uns, vielleicht könnten Sie für sie einspringen?«

Was? Sich in zwei Tagen völlig neues Material ausdenken? Das konnte sie nicht. Unmöglich, lächerlich, irrsinnig. War der Kerl nicht mehr ganz dicht oder was?

»Okay, ich bin dabei«, sagte sie eifrig. »Und ich danke Ihnen vielmals für diese Chance. Ich werde Sie nicht enttäuschen.«

Eine Stunde später beruhigte sich ihre Aufregung allmählich. Wie sie sich in achtundvierzig Stunden eine brandneue Fünf-Minuten-Nummer ausdenken sollte, war ihr völlig schleierhaft. Panik stieg in ihr auf, und sie sehnte sich mehr denn je nach Matt. Sie wünschte sich, dass er sie in den Arm nahm und ihr sagte, sie solle keine Angst haben, weil er sie liebte und wüsste, dass sie das konnte. Sie wollte, dass er ihr etwas zu essen brachte, während sie schrieb und schrieb. Aber vor allem wollte sie ihm endlich sagen, dass es mit Adam vorbei war und dass sie ihn über alles liebte.

Wieder griff sie zum Hörer und wählte seine Nummer, doch es schaltete sich nur der Anrufbeantworter ein.

27

Ich sage Ihnen – ich bin vierunddreißig, und meine Mutter will unbedingt, dass ich heirate. Sie meint, heiraten und Kinder kriegen sei nun mal das, was man mit vierunddreißig so macht. Ich meine, wie würde sie es wohl finden, wenn ich an ihrem achtzigsten Geburtstag zu ihr sage: ›Na, Mama, wann brichst du dir endlich die Hüfte? Alle deine Freundinnen machen das doch auch?‹«

Wieder einmal brüllte das Publikum vor Lachen und hämmerte mit den Bierflaschen auf die Tische. Rachel stand strahlend auf der Bühne. In ihrer Levis-Hüftjeans, einem Nackenband-Top mit psychedelischem Muster und winzigen Strassclips im Haar hätte man sie kaum als die Frau wiedererkannt, die die letzten beiden Tage panisch und im Pyjama vor ihrem Computer um gute Einfälle gebetet hatte, während sie sich mit Pumpernickel und Marshmallows voll stopfte und fläschchenweise Rescue-Tropfen hinunterkippte.

Nachts hatte sie wach gelegen und darum gebetet, dass Matt zu ihr zurückkommen möge.

Doch irgendwie hatte sie es geschafft, sich in achtundvierzig Stunden eine brandneue Fünf-Minuten-Nummer auszudenken. Und hier stand sie nun, als Star des Abends live im Fernsehen. Es kam noch besser – das Publikum, darunter auch ihre Eltern, Shelley und Trecker, fand sie ganz fantastisch. Und noch wichtiger war, dass auch Robin Metcalf ihren Auftritt schlicht liebte. Die letzten vier Minuten war er hinten im Publikum gestanden und hatte mit den übrigen Gästen gelacht und geklatscht. Während sie darauf wartete, dass der Applaus verebbte, war Rachel so high, wie man ohne die Hilfe illegaler Substanzen überhaupt nur sein konnte.

»Das Problem ist nur, ich habe ziemliches Pech mit Männern.«

»Ohh«, machte das Publikum.

Sie kicherte. »Ja. Wissen Sie, bei mir sind schon so viele Blind Dates schief gegangen, dass meine Freundinnen jetzt zusammengelegt haben, um mir einen Blindenhund zu kaufen.«

Gelächter.

»Wenn ich es tatsächlich mal schaffe, eine feste Beziehung einzugehen, dann meistens mit einem Mann, der einfach nicht mit seinen Gefühlen umgehen kann. Zum Beispiel der Typ, mit dem ich vor ein paar Jahren ausgegangen bin. Ich habe mich immer auf dem Sofa an ihn gekuschelt und ihm gesagt, dass ich ihn liebe. Er hat darauf nur erwidert: ›Sei still, ich will das Spiel hören.‹ Danach kam einer, der sich als Bankräuber entpuppte. Weiß der Himmel, wie ich die Anzeichen dafür übersehen konnte. Ich dachte, die Brechstange hebe er sich für eine besonders heiße Nacht auf. Offenbar hatte er einen Großteil seiner Kindheit in diversen Jugendstrafanstalten verbracht. Das einzige Foto von ihm, das seine Eltern in einem goldenen Rahmen aufgehängt hatten, stammte aus der Verbrecherkartei.

Und dann der letzte Mann, mit dem ich ausgegangen bin. Er war … Er war …«

Vor lauter Schreck setzte ihr Herz einen Schlag aus. Sie hatte keine Ahnung, wie sie ihn fast fünf Minuten lang hatte übersehen können. Aber er war da, genau vor ihr – und sah sie ruhig an. Er lachte und klatschte nicht wie die anderen. Er saß nur da und nippte ab und zu an seiner Flasche Bier. Und beobachtete sie. Sie starrte weiter ins Publikum, denn wenn sie sich ihm zuwandte, ihm in die Augen sah, war die restliche Nummer gelaufen.

»Also, ja, dieser Typ. Er … Er …«

Sie stand da, schluckte schwer und räusperte sich.

Warum war er gekommen? Wahrscheinlich nur, um ihr zu sagen, dass es aus war.

Das Publikum kicherte. Sie meinten offenbar, ihre plötzliche Unsicherheit gehöre zur Show. Sie blickte zu Robin Metcalf hinüber, der erwartungsvoll lächelte. Und dann konnte sie nicht mehr anders, sie sah Matt an. Ihre Blicke trafen sich, und sie konnte an nichts anderes mehr denken als daran, wie sehr sie ihn liebte und vermisste und dass der Gedanke, ihn zu verlieren, einfach unerträglich war. Sie merkte, dass das Publikum nicht mehr kicherte, sondern unbehaglich hüstelte. Irgendwer rief: »Na los, weiter.« Wenn sie jetzt wieder ins Publikum blickte, würde sie höchstwahrscheinlich Robin Metcalf sehen, der die Hände vors Gesicht schlug.

Sie hatte ihm versprochen, dass sie ihn nicht enttäuschen würde, aber genau das tat sie gerade. Die Sekunden verstrichen, ohne dass sie etwas sagte, und ihr wurde klar, dass sie sich bald endgültig von ihrer Karriere würde verabschieden müssen. Wenn dem so war, dachte sie, hatte sie nichts mehr zu verlieren. Sie konnte ebenso gut einfach sagen, was ihr so wichtig war.

»Wissen Sie«, sagte sie leise, »dieser letzte Mann, mit dem ich ausgegangen bin, den habe ich sehr geliebt, und ich liebe ihn immer noch. Aber ich habe eine Dummheit gemacht. Ich war nicht ehrlich zu ihm – ich habe ihm etwas Wichtiges über mich verschwiegen – und jetzt vertraut er mir nicht mehr.«

Verlegenes Kichern aus dem Publikum.

»Letzte Woche ist er weggefahren, und seitdem warte ich darauf, dass er mich endlich anruft, aber das hat er nicht getan. Ich habe versucht, ihn zu erreichen, um ihm zu sagen, wie sehr ich ihn liebe und vermisse, aber er geht nicht an sein Handy. Vielleicht will er mich nie wieder sehen. Ich bin ziemlich sicher, dass ich es versaut habe.«

Sie wandte sich wieder an ihr Publikum.

»Ziemlich dämlich, hm?«, sagte sie.

Sie sah nach Robin Metcalf. Seine gequälte, bittende Miene schien sagen zu wollen: »Bitte, bitte, lass das irgendeinen Sinn haben.«

Sie merkte nicht, dass Matt langsam aufstand.

»Rachel«, sagte er, »du hast es nicht versaut. Ich liebe dich.«

Sie stand stocksteif da und wollte ihren Ohren nicht trauen. Dann drehte sie sich zu ihm um.

»Wirklich?«

Er nickte. »Wirklich.«

Sie fuhr wieder herum, um das Publikum anzusprechen.

»Er liebt mich«, quietschte sie.

Sie ließ das Mikro fallen, ignorierte die Kameras, die jede ihrer Bewegungen verfolgten, und sprang in seine Arme.

Der Applaus war ohrenbetäubend. Die Leute standen auf und jubelten. Andere pfiffen und trampelten mit den Füßen. Einige Frauen hatten Tränen in den Augen.

»O Gott«, sagte sie, lachend und weinend zugleich, als er

sie fest an sich drückte. »Du hast soeben live im Fernsehen verkündet, dass du mich liebst.«

»Na und«, sagte er grinsend, »ich werde dich gleich live im Fernsehen abknutschen.«

Während auf den Bildschirmen im ganzen Land der Abspann durchlief, stand das Paar dort direkt vor der Bühne, umarmte und küsste sich und bemerkte die vielen Leute nicht einmal, die zu ihnen kamen, ihnen auf die Schultern klopften und viel Glück wünschten. Erst als Robin Metcalf Rachel an der Schulter packte, landete sie unsanft wieder in der Wirklichkeit.

»Oh, Gott, Robin … Es tut mir entsetzlich Leid. Ich habe Matt da sitzen sehen, und ich konnte einfach nicht anders.«

»Ist schon gut, Kleine. Sie waren heute Abend ganz fantastisch, das Publikum war begeistert. Und die Publicity nach diesem Auftritt hier wird Sie in wenigen Stunden in die Stratosphäre befördern. Ich wollte Ihnen nur sagen, dass Sie bei uns eine gesicherte Zukunft erwartet. Aber ich wäre Ihnen dankbar – und meine Nerven ebenfalls –, wenn Sie zukünftige Versöhnungsfeiern irgendwo anders abhalten könnten.«

Damit küsste er sie auf beide Wangen und verkündete, dass sie während der gesamten zehnwöchigen Serie sein Top-Act bleiben würde. Dann verzog er sich an die Bar.

»O Gott«, sagte Rachel fassungslos. »Ich hab's geschafft. Die ganzen zehn Wochen – ich hab's geschafft.«

Matt zog sie an sich.

»Ich bin so stolz auf dich«, sagte er zärtlich und sah ihr in die Augen. Dann küsste er sie wieder.

Sie fanden schließlich den einzigen Ort, an dem sie sich unterhalten konnten, ohne von Glückwünschen verfolgt zu werden: die winzige Damentoilette.

Matt stand mit dem Rücken zur Tür in der Kabine, und alle paar Sekunden, wenn wieder eine Frau hereinwollte, rief Rachel, es sei besetzt.

»Als du nach Nottingham gefahren bist, ohne eine Telefonnummer zu hinterlassen«, erklärte Rachel, ans Waschbecken gelehnt, »dachte ich, du wärst schrecklich sauer und wolltest mich nie wiedersehen.«

»Der Witz ist, ich habe eine Nummer hinterlassen. Ich habe sie Trecker auf die Mailbox gesprochen.«

»Die ist nicht bei mir angekommen.«

»Das weiß ich jetzt auch. Trecker hat mir vorhin erklärt, dass er nicht weiß, wie er seine Nachrichten abhören kann. Und die Bedienungsanleitung für sein Handy hat er nie gelesen, weil sie unter seinem gebrochenen Bettpfosten steckt. Ich weiß, ich hätte dich anrufen und sie dir geben sollen, anstatt mich auf Trecker zu verlassen, aber ich hatte Angst.«

»Angst? Wovor?«

Er zögerte. »Ich hatte Angst, du würdest mir sagen, dass du bei Adam bleiben willst.«

Er erklärte, dass er vor ein paar Stunden nach Hause gekommen sei, um die Delegation aus Burkina Faso zu empfangen, und dass Trecker ihm erst da gesagt hatte, sie habe mit Adam Schluss gemacht.

»Ich liebe dich«, sagte er wieder und strich ihr über die Wange. »Und es tut mir Leid, wenn ich in dieser Adam-Sache übertrieben reagiert habe. Mir ist so etwas Ähnliches schon mal passiert, und das wollte ich nicht wieder erleben.«

»Ich weiß. Trecker hat mir von dieser verheirateten Frau erzählt, mit der du zusammen warst. Es tut mir wirklich schrecklich Leid, dass ich nicht von Anfang an aufrichtig zu dir war. Also, was haben die Leute aus Burkina Faso gesagt?«

»Ach«, antwortete er beiläufig, »nur, dass sie die Eselwasch ganz fantastisch finden. Und dass sie mit einem Kredit von der WHO tausend Stück davon zum Preis von je fünfhundert Dollar kaufen wollen. Und dass auch andere Dritte-Welt-Länder schon davon gehört haben und sehr interessiert sind. Trecker schätzt, wir könnten sie bald hauptberuflich herstellen. Dann brauchen wir Personal und eine Fabrik und alles.«

»Matt«, keuchte sie und schlang ihm die Arme um den Hals. »Du bist berühmt. Du wirst berühmt sein. Du bekommst tatsächlich noch den Wäsche-Nobelpreis.«

Mittlerweile stand eine ganze Schlange verzweifelter Frauen mit voller Blase vor der Toilette und hämmerte an die Tür. Doch über die wütenden Frauenstimmen erhob sich eine männliche.

»Äh, Entschuldigung … wir sind von der Presse und möchten Ms. Katz interviewen. Vorsicht, bitte … Platz für die *Daily Mail.*«

»Das ist Trecker, der den Journalisten spielt«, kicherte Rachel.

Matt öffnete die Tür einen Spalt, und Trecker und Shelley quetschten sich hindurch. Es folgte weiteres Schulterklopfen und Jubelgeschrei.

»Ich will euch ja nicht euren Triumph nehmen, Freunde, aber ich habe Neuigkeiten«, sagte Trecker schließlich.

Trecker trug einen brandneuen Secondhand-Samtanzug aus den Siebzigern. Er und Shelley tauschten einen wissenden Blick.

»Ich dachte, es würde euch vielleicht interessieren, dass ich gerade eine E-Mail von Kelloggs bekommen habe. Sie finden die Imperial-Cereal-Idee fantastisch. Nein, großartig. Sie meinten, das sei genau das, wonach sie gesucht haben – sie haben mein Design als genial bezeichnet. Sie wollen schon in ein paar Monaten einen Marketing-Testlauf machen. Wir reden hier über ein paar Hunderttausend.«

Rachel und Matt sahen einander an, etwas unsicher, ob er sie auf den Arm nehmen wollte.

»O ihr Kleingläubigen«, sagte er, als er ihre Gesichter sah. Er griff in die Tasche, holte einen Ausdruck der E-Mail hervor und reichte ihn Matt.

»Sieh mal«, sagte er, beugte sich über Matts Schulter und deutete auf den letzten Absatz. »Sie bieten mir sogar einen Vertrag über zwei Frühstücksflocken-Sorten an.«

Draußen waren die Frauen mit den vollen Blasen kurz davor, eine Meuterei anzuzetteln. Zwischen dem Hämmern und den Drohungen, sie würden gleich die Tür eintreten, stritten sie offenbar noch mit einer Frau, die sich nach vorn durchdrängeln wollte.

»Nein, nein, Sie verstehen nicht«, sagte die Frau empört. »Ich kann nicht warten, bis ich dran bin … und mein Mann auch nicht. Es ist wirklich dringend. Meine Tochter ist da drin, eingeschlossen mit einem fremden Mann.«

Das Hämmern an der Tür wurde noch energischer.

»Schätzchen, ich bin's. Bitte, komm heraus. Du musst uns sagen, was los ist. Was ist mit Adam? Ich meine, soll ich Hylda Klompus jetzt sagen, dass wir die herzförmigen Lachspasteten doch nicht wollen?«

Rachel wandte sich mühsam lächelnd an Matt.

»Matt«, sagte sie, »das ist nicht ganz der Rahmen, der mir vorschwebte, aber ich glaube, es ist Zeit, dass du meine Eltern kennen lernst.«

Als sie die Tür öffnete, drängten die Frauen herein, als stürmten sie die Rettungsboote der *Titanic;* Jack und Faye wurden draußen an die Wand gedrückt.

»Weißt du was, Rachel«, sagte Matt, als sie mit Van Morrison zu ihrer Wohnung fuhren, »ich mag deine Eltern – vor allem deine Mutter.«

»Was? Obwohl sie gesagt hat, im richtigen Licht könntest du beinahe als jüdisch durchgehen?«

»Trotzdem«, sagte er grinsend.

28

Es war ein drückend heißer Tag im Juli, und das Standesamt Hampstead füllte sich mit Hochzeitsgästen.

Faye und Jack saßen schon seit zwanzig Minuten auf ihren Plätzen. Faye hatte die meiste Zeit über per Handy mit Hylda Klompus telefoniert.

»Also, es ist alles unter Kontrolle, ja, Hylda? Es steht doch bei dieser Hitze nichts mehr draußen – die Hollandaise für den Lachs ist im Kühlschrank? Das fehlte noch, dass wir unseren Gästen eine Salmonellen-Epidemie servieren … Nein, mir geht's gut. Meine Knöchel sind so dick geschwollen wie kleine Baumstämme, aber ansonsten ist alles in Ordnung.«

»Faye«, zischte Jack. »Hör endlich auf zu telefonieren. Sie fangen gleich an.«

»Wie wollen sie denn anfangen? Braut und Bräutigam stehen immer noch da draußen. Sieht Rachel nicht zauberhaft aus? Ich bin ja so froh, dass sie sich für das Elfenbeinfarbene entschieden hat. Das Reinweiße hat wirklich nicht zu ihrem Teint gepasst.«

Sie stupste Jack in die Rippen. »Ich wusste doch, dass ich

mit dieser Uhr in Rachels Badezimmer Recht hatte. Da war etwas im Busch. Und als Adam dann nicht zu diesem Comedy-Wettbewerb aufgetaucht ist …«

Sie drehte sich um und sah Shelley mit Trecker hereinkommen, der Satchmo in einem Gestell vor dem Bauch trug.

»Ich hoffe nur, Shelley sorgt dafür, dass das Baby nicht schreit. Sie heiratet bestimmt als Nächste. Sieh sie dir nur an, sie und ihren Trecker. Rachel sagt ja, er sei jetzt ein sehr wohlhabender Mann. Shelley hat die Schauspielerei aufgegeben, und er finanziert diese Bioladen-Kette, die sie aufmachen will.«

In diesem Moment kamen Joe und Greg mit Sam herein, dicht gefolgt von Adam mit einer unübersehbar schwangeren Yootha.

»Ach, schau sie dir nur an mit diesem Bauch, mein lieber Adam. Sie sieht ja aus wie eine dieser dürren Heuschrecken mit einem Bierbauch. Aber sieht Sam nicht entzückend aus in dem Matrosenanzug, den ich ihm gekauft habe? Ich hätte ja einen Kilt und ein Rüschenhemd schöner gefunden, aber er wollte nichts davon hören.«

»Kann man ihm kaum verdenken. Was sind wir denn, der Clan der McKatz?«

»Jack?« Faye senkte die Stimme, während sie Joe und Greg musterte. »Ich frage mich, wer von den beiden die Frau ist?«

»Herrgott noch mal, Faye!«

»Schon gut. Ich bin eben neugierig.«

»Warum brauchen die nur so lange?«, fragte Jack gereizt und fuhr mit dem Finger die Innenseite seines Kragens entlang.

Faye drehte sich um und verrenkte sich fast den Hals.

»Da draußen tut sich was. Ich glaube, jetzt kommen sie gleich … Nein. Ich habe mich geirrt. Es ist jemand anderes.«

Sie starrte.

»O mein Gott«, quietschte sie dann. »O mein Gott. Sie ist es.«

»Wer?«

»Jack, dreh dich um.«

Er drehte sich um. »Ich kann aber ohne meine Brille nichts erkennen«, sagte er.

Sie griff in ihre Handtasche und reichte ihm seine Brille. Er setzte sie auf.

»Sie ist es, ganz bestimmt. Jack – sie ist es.«

»Wer denn?«, fragte er ungeduldig.

»Sie. Barbra Streisand. Sie ist gekommen. Sie ist tatsächlich gekommen.«

»Faye, jetzt beruhig dich mal. Das ist bestimmt nur ein Double. Rachel und Matt müssen sie engagiert haben, um Sam eine Freude zu machen.«

»Das ist kein Double. Sieh dir nur mal diese Nase an, diese Augen.«

Bevor Jack sie aufhalten konnte, sprang Faye auf. Die Frau, die sie für Barbra Streisand hielt, nahm gerade in der letzten Reihe Platz.

»Äh, hallo«, sagte Faye, wobei sie beinahe einen Knicks gemacht hätte.

Die Frau blickte auf und lächelte.

»Ich bin Faye Katz, die Brautmutter. Ich möchte Ihnen nur sagen, welche Ehre und welche Freude es ist, Sie kennen zu lernen, und dass ich *Yentl* bestimmt sechsmal gesehen habe.«

Die Frau lächelte weiterhin geheimnisvoll.

»Sie *sind* es doch, oder nicht? Sie *sind* doch Barbra? Mein

Mann glaubt, Sie wären ein Double, aber ich bin sicher, dass Sie Sie sind.«

Die Frau zwinkerte, tippte mit dem Zeigefinger an einen Nasenflügel und fächelte sich mit einem First-Class-Ticket von British Airways Luft zu.

Epilog

Der Europäische Comedy-Grand-Prix hatte im März in Helsinki stattgefunden. Sieger wurde der norwegische Komiker mit einer Nummer über Ibsen, Grieg und – einen Matjeshering.